Maarten 't Hart
Der Psalmenstreit

Zu diesem Buch

»Zwei Schiffe mehr, du wirst Gott loben und preisen, du wirst der größte Reeder von Maassluis sein.« So einfach stellte sich seine Mutter das vor. Doch zu diesem Zweck würde Roemer Stroombreker Diderica heiraten müssen, ein abscheulicher Gedanke, denn Diderica Croockewerff überragte ihn um Haupteslänge, und ihr Geruch erinnerte ihn an einen riesigen Heilbutt. Natürlich, man schrieb das Jahr 1739, der Heringsfischerei war keine goldene Zeit beschieden in diesen Tagen, und auch die Reederfamilie der Stroombrekers mußte schauen, wo sie blieb – aber sollte Roemer dafür auf die Liebe der mittellosen Anna Kortsweyl verzichten? Am Vorabend des grimmigen Aufstands der Fischer von Maassluis, der sich an der neuen Reimform der Psalmen entzündet, beginnt Maarten 't Harts detailreiche und sinnliche Lebensgeschichte des Roemer Stroombreker.

Maarten 't Hart, geboren 1944 in Maassluis bei Rotterdam, studierte Biologie in Leiden und war dort Dozent für Tierethologie. Nach seinen Jugenderinnerungen »Ein Schwarm Regenbrachvögel« erschien 1997 auf deutsch sein Roman »Das Wüten der ganzen Welt« und wurde zu einem überragenden Erfolg mit vielen Auszeichnungen. Es folgten unter anderem »Die Netzflickerin«, »Bach und ich«, »Die Sonnenuhr«, »In unnütz toller Wut«, »Die Jakobsleiter«, »Mozart und ich« und zuletzt »Der Psalmenstreit« und »Der Flieger«. Maarten 't Hart lebt in Warmond bei Leiden.

Maarten 't Hart

Der Psalmenstreit

Roman

Aus dem Niederländischen von
Gregor Seferens

Piper München Zürich

Mehr über unsere Autoren und Bücher:
www.piper.de

Von Maarten 't Hart liegen bei Piper im Taschenbuch vor:
Ein Schwarm Regenbrachvögel
Gott fährt Fahrrad
Die schwarzen Vögel
Die Jakobsleiter
Das Wüten der ganzen Welt
Die Netzflickerin
Bach und ich (mit CD)
Das Pferd, das den Bussard jagte
Die Sonnenuhr
In unnütz toller Wut
Mozart und ich (mit CD)
Der Psalmenstreit

Mix
Produktgruppe aus vorbildlich bewirtschafteten Wäldern und anderen kontrollierten Herkünften
www.fsc.org Zert.-Nr. GFA-COC-1223

Ungekürzte Taschenbuchausgabe
Dezember 2008

Titel der niederländischen Originalausgabe:
»Het Psalmenoproer«, De Arbeiderspers, Amsterdam 2006

Umschlag: Büro Hamburg. Anja Grimm, Stefanie Levers
Bildredaktion: Büro Hamburg. Alke Bücking, Charlotte Wippermann
Umschlagabbildung: Rijksmuseum Amsterdam
Autorenfoto: Sven Paustian
Satz: Uwe Steffen, München
Papier: Munken Print von Arctic Paper Munkedals AB, Schweden
Druck und Bindung: CPI – Clausen & Bosse, Leck
Printed in Germany ISBN 978-3-492-25288-1

Der Psalmenstreit

INHALT

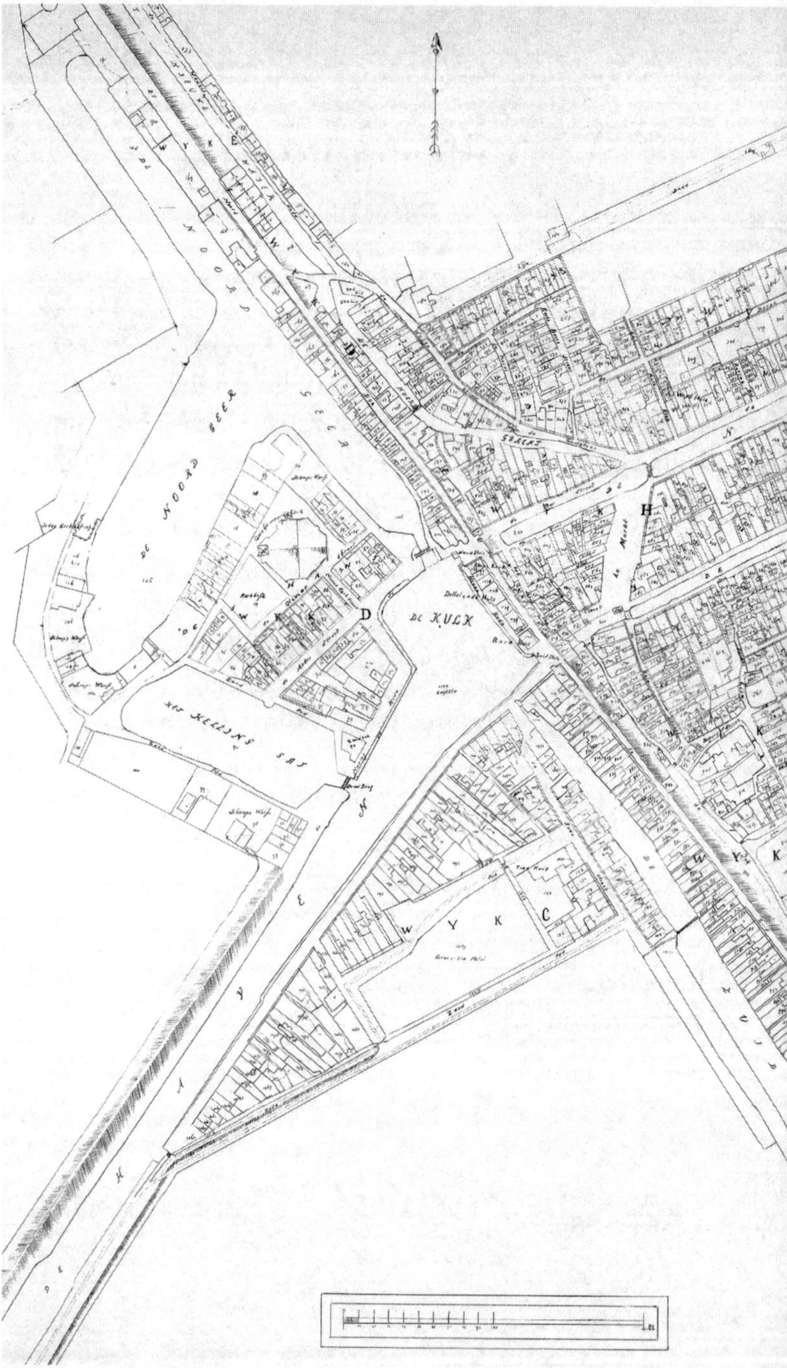

DE KULK
DE NOORD
GEER
GRACHT
W Y K C

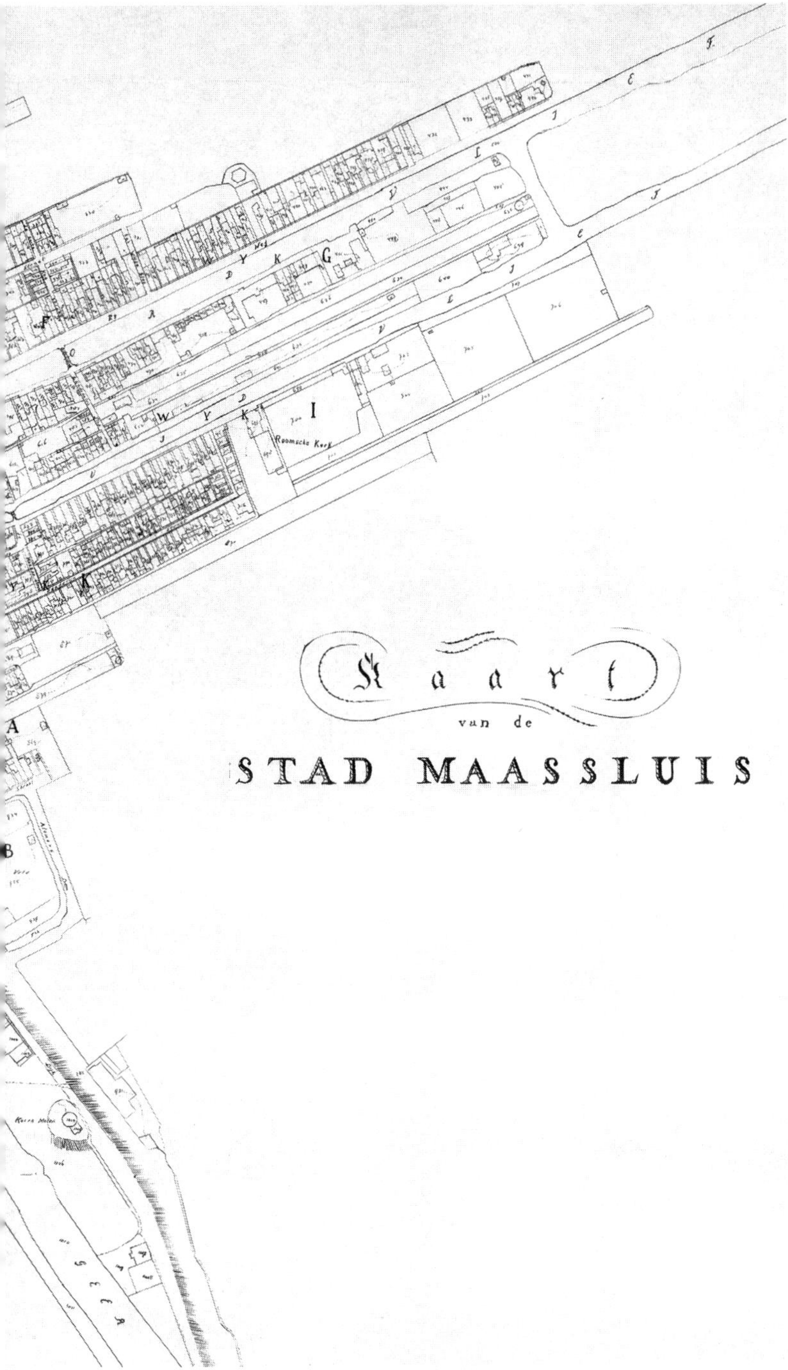
Kaart
van de
STAD MAASSLUIS
Roomsche Kerk

Die Veerstraat mit den »Breede Trappen«, die der wohlhabende Maassluiser Bürger Govert van Wijn 1732 stiftete. Die Monsterse Sluis war damals noch keine Kammerschleuse; sie wurde erst 1889 zu einer solchen, und bei diesen Umbauten wurden auch die Treppen entfernt.

Die vornehmen Meister

Am Abend des 9. Oktober anno 1739, nach dem Jahrhundertfest, durfte er mit einem brennenden Leuchter zu Bett gehen. Stolz trug er, nach jedem Schritt kurz innehaltend, damit sich die flackernde Kerzenflamme beruhigen konnte, den glänzenden Leuchter in sein Mansardenzimmer. Dort angekommen, stellte er das Licht behutsam auf die Kommode. Wenn der Schlaf sich seiner erbarmt hatte, würde Marije kommen, um die Kerze zu löschen.

Er lag in seiner Bettstatt und schaute durch die Wimpern zu der Kerze hinüber. Die Flamme kam schneller zur Ruhe als er. Noch immer glühten seine Wangen. Zum ersten Mal hatte er nicht nur Ventilhörner, Fagotte und Pauken gehört, sondern sogar echte Streichinstrumente! Lange bevor sie in der Kirche erklangen, hatte Meister Spanjaard der Reihe nach auf die schon bereitstehenden Instrumente gedeutet und feierlich ihre Namen genannt.

»Sind das etwa nicht die Geigen?« hatte er gefragt.

»Nein, das sind die Gamben, die Geigen sitzen schräg dahinter.«

»Aber die sind doch viel kleiner«, hatte er erstaunt und auch recht enttäuscht festgestellt.

»Ja, sie sind längst nicht so groß wie die Gamben, aber dennoch klingen Geigen am schönsten.«

Ob das stimmte? Das dunkelrote, gelackte Holz der großen Gamben hatte im Licht der Oktobersonne, das durch die hohen Kirchenfenster hereinströmte, prächtiger geflammt als der Firnis der Geigen.

An einem der Tage davor hatte Meister Spanjaard in der Schule aus der Zeitung vorgelesen: »Da es am kommenden Freitag hundert Jahre her sein wird, daß die Groote Kerk allhier vollendet und die erste Predigt dortselbst gehalten wurde, wird Pastor Hoffman zum Gedenken daran morgens predigen. Anschließend wird das Jubelfest mit mancherlei musikalischen Instrumenten durch vornehme Meister gefeiert werden. Während des Gottesdienstes sind jedwedes Handwerk und jedweder Broterwerb strikt untersagt, des weiteren der Ausschank, das Kegeln, das Schlagballspielen und dergleichen Exerzitien, auf daß der Tag des Dankes durch keinerlei Ungehörigkeiten turbiert werden möge.«

»Allerlei musikalische Instrumente hier in Maassluis, das übersteigt allen Verstand, es ist ihnen hoch zu Kopfe gestiegen, sie scheißen wahrhaftig höher, als ihnen der Schwanz hängt«, hatte Meister Spanjaard gesagt. »Dort eilen wir in aller Frühe hin, denn sonst finden wir nicht einmal mehr einen Stehplatz.«

»Das Presbyterium hat sogar dafür gesorgt, daß am Freitag kein Markt abgehalten wird«, hatte seine Mutter spitz bemerkt, als er zu Hause von den verschiedenen Musikinstrumenten berichtet hatte. »Die sind offenbar irre geworden. Na, mich werden sie jedenfalls nicht verrückt machen. Freitags in die Kirche! Im Morgengrauen hin und in der Abenddämmerung wieder zurück, das kann ich dir flüstern. Als ob ich dafür Zeit hätte. Freitag Schrubbtag, vorne und hinten, wo soll das hinführen, wenn sie aus Freitagen Sonntage machen? Werden die Mittwoche dann Freitage?«

Ungeachtet ihres wütenden Protests war die Kirche an jenem Freitagmorgen tatsächlich bereits lange vor Beginn der Feierlichkeiten voller Menschen. Und er hatte dort, sich unter dem dunklen Tonnengewölbe nichtig wie ein Sommergoldhähnchen fühlend, neben Meister Spanjaard und dessen Sohn Thade gesessen und zum grimmigen Pferdekopf von Pastor Hoffman aufgesehen. Das rechte Auge des Predigers war geschlossen, doch links von der Nasenwurzel wölbte sich hoch auf seiner Stirn, gleich unter der schmuddeligen Mähne seiner grauen Perücke, eine riesige Augenbraue, so daß es so aussah, als spähte der Pastor mit einem blitzenden, weit aufgerissenen Zyklopenauge unaufhörlich zu den Hunderten von Kirchgängern hinüber.

Hoffman hatte weitläufig geschildert, wie das Dorf aus einigen Hütten in Höhe der Monsterse Sluis geboren worden war und wie die eigensinnigen Bauern aus Maasland sich während des zwölfjährigen Waffenstillstands im Achtzigjährigen Krieg bis zum Äußersten gegen die Abtrennung von Maassluis gewehrt hatten. Dennoch habe der Ratspensionär Johan van Oldenbarneveld am 18. Mai 1614 das Separationsdokument unterschrieben. Danach sei das Dorf, dank der besonderen Gunst des Allmächtigen, so schnell gewachsen, daß sich sogar die aus dem Jahr 1598 stammende Kirche an der Hoogstraat, die anstelle einer hölzernen Kapelle errichtet worden war, schon bald als zu klein erwiesen habe. Indem man eine Steuer von einem Stuiver pro Tonne Kabeljau, Schellfisch und Dorsch sowie sechs Stuivern pro hundert Stück Lengfisch erhoben habe, sei es innerhalb von elf Jahren gelungen, ein Kapital von 14 699 Gulden und acht Stuivern anzusparen, genug für den Bau einer neuen Kirche. Der Grundstein sei im Jahre 1629 gelegt worden, und zehn Jahre später habe Pastor Fenacolius die Kirche am 8. Oktober 1639 weihen können.

Auf diese Erläuterungen zur Entstehungsgeschichte der Groote Kerk ließ Hoffman eine Predigt von gut einer Stunde über Jesaja 33, Vers 20, folgen: »Schaue Zion, die Stadt unseres Stifts«. Anschließend memorierte er die Vortrefflichkeiten aller Magistrate und Gerichtsherrinnen des vergangenen Jahrhunderts und dankte ihnen der Reihe nach für ihre Verdienste bezüglich der Groote Kerk. Zwischendurch wurden die Psalmen Davids angestimmt, getragener sogar als an echten Sonntagen, so daß manche Strophen fast eine Viertelstunde dauerten.

Aber nach Vortrag, Predigt, Dankeswort und schleppendem Psalmengesang waren schließlich doch noch die dunkelbraunen Violen und die geflammten Gamben erklungen. Während er von seinem Bett aus die bewegungslose Kerzenflamme fixierte, wußte er immer noch nicht, ob er das eigenartige wogende Rauschen der Violen und Gamben atemberaubender gefunden hatte oder den majestätischen Klang der nagelneuen Garrels-Orgel. Es war, als müßte man zwischen Iltis und Otter wählen. Den Iltis, der von allen verabscheut wird, hatte er vom ersten Tag an, als er ihn in der Abenddämmerung durch den Garten schleichen sah, heimlich geliebt. Welch einen wunderschönen, mattglänzenden, dunkelbraunen Pelz hatte so ein Iltis. Und wie lustig das spitze Schnäuzchen mit den dünnen, weißen Ohrmuscheln und die kecken Wechsel von grauen und dunkelbraunen Flecken bei Mund und Augen aussahen. Im Vergleich dazu fiel der Otter, von allen ebenso gehaßt wie sein kleiner Vetter, der Iltis, deutlich weniger auf, denn er war von gleichmäßigerer Färbung und hatte eine weniger ausdrucksstarke Schnauze. Allerdings hatte er, als er eines Morgens in aller Frühe in den Garten geschlichen war, einen Otter am Goudsteen im klaren Wasser der Noordgracht auftauchen sehen. In den ersten Strahlen der Morgensonne hatte sich der augenscheinlich auf der Stelle schwimmende Otter im Wasser des Vliet aufgerichtet und, während die Goudsteentropfen aus seinen Schnurrbarthaaren fielen, ohne jede Scheu zu ihm hinübergesehen. Er hatte den Blick erwidert und gesagt: »Wir haben noch eine halbe Tonne Präsenthering im Keller stehen. Ich werde dir ein Fischlein holen.« Doch als er mit dem Hering wieder in den Garten kam, war der Otter bereits verschwunden. Am nächsten Tag war er erneut mit einem Fisch in den Garten gegangen, und nachdem er eine kleine Weile gewartet hatte, kam der Otter beinahe geräuschlos angeschwommen und riß ihm dann blitzschnell und unerwartet den Präsenthering aus den Fingern, um ihn ein Stück weiter, im Schilfrand, laut schmatzend, prustend und brummend, aber auch ab und zu zufrieden aufschauend, rasend schnell hinunterzuschlingen. Danach war er bellend wie ein Hund in den goldenen Strahlen des ersten Sonnenlichts weggeschwommen.

Was danach im vorigen Sommer geschehen war, schien fast ein noch größeres Wunder zu sein als der sprechende Esel des Bileam oder die schwimmende Axt des Propheten Elias. Der Otter war schon nach etwa einer Woche aus dem Wasser des Goudsteen ans Ufer gekommen, hinein in ihren Garten, um ihm den Ihle aus der Hand zu reißen. Nach einem Monat hatte er den Otter streicheln dürfen, und eines Tages war der Otter, nachdem er seinen Hering verschlungen hatte, im Vliet verschwunden und mit einer glänzenden Brasse im Maul wieder aufgetaucht. Die zappelnde Brasse hatte er im Garten zwischen die blauweißen Blütenkronen des Ehrenpreis gelegt. War die Brasse für ihn bestimmt? Als er sie nehmen wollte, hatte der Otter warnend gebellt, den Fisch rasch wieder ins Maul genommen und war damit untergetaucht.

Gut, Samuel wurde, als er in seinem Bett lag, vom Herrgott selbst gerufen, und das war ihm noch nie passiert, aber Samuel hatte nie Freundschaft mit einem Otter geschlossen. Jedenfalls stand davon nichts in der Bibel, ebensowenig wie von Fledermäusen, die einem an schwülen Sommerabenden ganz knapp über den Kopf schwirrten, als wollten sie sich einen Scherz erlauben und einen erschrecken. Im Buch des Propheten Jesaja wurde die Fledermaus in einem Atemzug mit dem Maulwurf erwähnt und so getan, als handele es sich bei ihnen um gräßliche Tiere, in deren Löcher man Götzen hineinwirft. Aber Fledermaus und Maulwurf hatten doch keinerlei Gemeinsamkeiten? Und über flatternde Schmetterlinge stand auch nichts in der Bibel, obwohl man sich doch einen Sommer ohne gaukelnde Kohlweißlinge, Hauhechelbläulinge und Schwärmer kaum vorstellen konnte. Während er an die zierlichen unbiblischen Schmetterlinge dachte, tauchte, als müßte es jedesmal, wenn er im Bett lag, so enden, die drängende Frage auf: War tatsächlich von allen Tieren, also auch von den in der Bibel so schmählich vergessenen Schmetterlingen, ein Paar auf der Arche Noahs gewesen? Und auch von all den Käfern und Insekten, die in der Bibel ebensowenig erwähnt werden? Und von den Seehunden, die man auf den Sandbänken in der Brieler Maas in der Sonne liegen sehen konnte? Waren die etwa mühsam über Land zur Arche gerobbt?

Dieweil er mit immer noch weit geöffneten Augen über diese Frage grübelte, hoffte er wider besseres Wissen, daß Gott ihn, wie einst Samuel, rufen würde. »Siehe, hier bin ich! Du hast mich gerufen«, würde er erwidern und gleich darauf fortfahren: »Aber darf ich dich erst etwas fragen: Wie konnten die vielen tausend Paare in der Arche Noah Platz finden? In der Bibel steht, daß sie dreihundert Ellen lang, fünfzig Ellen breit und dreißig Ellen hoch war. Das erscheint recht groß, doch meiner Meinung nach ist sie selbst für alle Vögel zu klein, denn allein davon gibt es schon so viele. Und wie erging es den Schmetterlingen in der Arche? Schmetterlinge leben nicht tagelang, sondern nur ein paar Stunden. Sie waren demnach alle bereits mausetot, als die Arche nach vierzig Tagen auf dem Berge Ararat auf Grund lief. Sie können unmöglich aus der Arche geflogen sein. Oder hast du die Schmetterlinge erst nach der Sintflut geschaffen? Aber warum werden dann Schmetterlinge in deinem Buch nirgends erwähnt?«

Es gab so vieles, was er Gott über Tiere fragen wollte. »Warum, Herr, hast du ein so wunderbares Tierchen wie den Iltis geschaffen, dem fast jeder sofort ans Fell will, weil er die Hühner tötet und ihre Eier auffrißt?« Er starrte ununterbrochen auf die brennende Kerze. Als die Flamme leicht zu qualmen und zu flackern begann, da schoß ihm durch den Kopf: Jetzt ist es da, das stille, sanfte Sausen, genau wie bei Elia in der Höhle. Nun wird eine Stimme zu mir sprechen. Er richtete sich in seinem Bett auf und spitzte die Ohren.

Die Räder eines Handkarrens polterten über das Kopfsteinpflaster der Veerstraat. Er vernahm gellende Stimmen und darüber hinweg das schrille Gebell eines Hundes. Ein anderer Hund antwortete auf das Bellen, und ein dritter Hund schlug an. Dann schien es, als stimmten alle Hunde unten am Deich einträchtig bellend einen Kriegspsalm an. Offenbar mußte die unwirkliche Sonntagsruhe, welche die Stadt den ganzen Freitag über geknebelt hatte, doch noch gründlich gestört werden. Er setzte sich aufrecht hin. Die Kerzenflamme flackerte beängstigend. Vorsichtig glitt er aus dem Bett. Behutsam schlich er zum runden Mansardenfenster. Das erste, was er erblickte, waren das gekräuselte Wasser und der zarte Mondenschein. Es war, als spränge das Licht von Welle zu Welle, genau zu der Stelle hin, von der tagsüber die Treckschute nach Delft abfuhr. Dann erst schwenkte sein Blick zu dem im Mondlicht matt glänzenden feuchten Kopfsteinpflaster hinüber. Geschoben von zwei weniger vornehmen Meistern, als er früher am Tag gesehen hatte, und akkompagniert von schemenhaftem Mannsvolk, kam der Handkarren so unwirklich langsam näher, daß es fast so aussah, als stiege er nach jedem Stein in die Tiefe, um anschließend den folgenden Stein wieder hinaufzuklettern. Was auf dem Karren transportiert wurde, war ganz offenbar schwer wie Blei. Er konnte jedoch nicht so recht erkennen, worum es sich handelte. Von oben sah es aus wie ein dunkler, großer, an allen Seiten über den Hundekarren hinausragender Felsblock.

So schwer es war, den Karren vorwärtszuschieben, so schwer schien es auch, ihn zu bremsen. Die schemenhaften Begleiter mußten mit anpacken, um seine langsame, aber unaufhaltsame Bewegung zu stoppen. Schließlich kam er vor dem Haus des Nachbarn Govert van Wijn, der im vorigen Jahr vom Allmächtigen in die Ewigkeit aufgenommen worden war, zum Stillstand. Dort klopfte man deshalb auch nicht an, sondern eine der dunklen Gestalten, die geschoben hatten, schritt auf ihre Haustür zu und ließ feierlich den kupfernen Klopfer auf die massive Eichentür fallen.

Bald nachdem Marije die Tür geöffnet hatte, antwortete ihre helle Sopranstimme fröhlich auf das, was die dunkle Gestalt ihr mitgeteilt hatte. Die Gestalt ging wieder zum Karren, eine Art Kommando erklang, und alle Männer auf der Veerstraat stellten sich ordentlich um den Karren herum auf. Abermals erklang ein Befehl. Hände packten den Felsblock und hoben ihn vom Karren. Anschließend schleppten die Träger die schwere Last zur Haustür. Dann sah er nichts mehr. Rasch zog er sich Hemd, Hose und Strümpfe an und blies die Kerze aus. So vorsichtig wie möglich stieg er die Treppe wieder hinab, die er so stolz mit dem brennenden Leuchter hinaufgegangen war. Als er unten in den breiten, dunklen Flur kam, konnte er sich gleich der Prozession anschließen, die sich über die Fliesen in Richtung Küche bewegte. Er wollte nur eines wissen: Was trugen die Männer? Er nahm sich vor, in Windeseile wieder in sein Bett zu schleichen, sobald er dies in Erfahrung gebracht hatte. Weder Marije noch seine Mutter brauchten zu wissen, daß er heimlich aufgestanden war.

Im Gang war es jedoch so stockfinster, daß er kaum sehen konnte, was die Männer da trugen. An der Unterseite des Gegenstands schimmerte etwas grauweiß. Blasses Mondlicht fiel in die Küche. Doch auch dort war es so dunkel, daß er – obwohl Marije und seine Mutter die Prozession bereits erwarteten – ganz leicht und unbemerkt in die finstere Nische neben dem Kamin huschen konnte. Von dort schaute er zusammengekauert zu den Männern hinüber, die mit ihrer bleiernen Last vor der Anrichte stehengeblieben waren.

»Was nun? Wohin mit ihm?« fragte einer der Männer.

»Auf die Anrichte vielleicht«, schlug Marije vor.

»Ist nicht breit genug. Fällt er runter.«

»Nie zuvor ein solches Enakskind gesehen«, sagte ein anderer Mann. »Als wir ihn rausholten, haben wir gleich gesagt: ›Sobald wir die *Duizent Vreesen* im Kulk festgemacht haben, bringen wir den zur Witwe Stroombreker in die Veerstraat.‹ Wir haben ihn kaum in die Bünn gekriegt. Der Hinterleib ragte raus. Dennoch ist er nicht eingegangen.«

Marije holte einen Leuchter aus dem Wohnzimmer und entzündete mit dem brennenden Docht weitere Kerzen. Allmählich wurde es in der Küche heller. Hinzu kam, daß sich seine Augen inzwischen besser auf das Halbdunkel eingestellt hatten. Was die Männer dort in den Händen hielten, war ein unförmiger Fisch, ein Plattfisch, ein schreckliches Riesenvieh. Seine beiden schiefergrauen, fluoreszierenden Fensterglasaugen schienen genauso zu ihm herüberzuspähen wie das Riesenauge von Pastor Hoffman. Der Fisch ist noch nicht ganz tot, dachte er.

»Was ist das?« fragte seine Mutter.

»Ein Heilbutt«, sagte der Schipper der *Duizent Vreesen*, »wir haben ihn bei den Shetlandinseln gefangen. Es grenzt an ein Wunder, daß wir ihn aus dem Wasser bekommen haben. Als wir versuchten, ihn ins Boot zu kriegen, da hob eine tüchtige Welle ihn zum Glück in die Höhe. Sonst hätten wir es nie geschafft. Es schien fast, als wenn er aus eigener Kraft an Bord schwimmen würde. Das Spritzwasser lief ab, und da lag er und schlug mit dem Schwanz, als wollte er uns alle zermalmen. Ich glaube, er ist schwerer als eine Färse.«

»Darf ich euch allen zum Dank ein Glas Branntwein anbieten?« fragte seine Mutter.

»Da sagen wir nicht nein, Frau Stroombreker«, sagte der Schipper, »doch ehe wir uns ein Gläschen genehmigen, müssen wir ihn erst irgendwo ablegen.«

»Draußen vielleicht, auf den Steinen? Die habe ich vorhin noch geschrubbt«, sagte Marije.

»Ja, nur zu, Steuermann«, sagte seine Mutter, »da liegt er gut. Und er bleibt kühl.«

»Dort machen sich vielleicht allerlei Kater und Elstern über ihn her«, wandte der Skipper ein.

»Das wird schon nicht so schlimm werden«, meinte seine Mutter, »der Sommer ist vorbei, die Kater übernachten im Haus. Und Elstern, ach, die habe ich hier noch nie gesehen.«

»In Ordnung, Frau Stroombreker, wir legen ihn draußen hin.«

Die Sandelijnstraat

Auch wenn er noch so früh nach unten ging, seine Mutter kam ihm immer zuvor. Auch an diesem Samstagmorgen fuhrwerkte sie bereits eifrig in der Küche herum, als er nach unten kam. Sie legte allerlei Messer auf der Anrichte bereit.

»Denk bloß nicht, ich hätte nicht gesehen, daß du gestern abend aus dem Bett aufgestanden bist«, knurrte sie.

»Ich wollte sehen, was die Männer bringen«, sagte er leise.

»Bah, ein stinkendes Meeresungeheuer.«

»Wirst du es in Stücke schneiden?«

»Worauf du dich verlassen kannst. Weg damit, bevor der Fisch anfängt zu stinken.«

»Aber Thade … ich würde ihn sehr gern Thade zeigen. Und sein Vater will ihn bestimmt auch sehen.«

»Meister Spanjaard? Ein so launischer Witwer im Haus? Das gibt nur Gerede. Ich wollte, du wärest weniger oft mit seinem Sohn zusammen.«

»Er ist mein bester Freund«, sagte Roemer beleidigt.

Seine Mutter ging darauf nicht weiter ein. »Warum bringen die Männer mir in Gottes Namen ein solch grausiges Ungeheuer? Gut gemeint, zweifellos. ›Wir bringen der Reederswitwe, um sie günstig zu stimmen, den größten Heilbutt, den wir jemals gefangen haben.‹ Aber was soll die Witwe mit so einem unförmigen Untier? Selber aufessen?

Einen Monat lang jeden Tag Heilbutt? Selbst wenn er nicht zu stinken anfinge, hinge er einem bald zum Hals raus. Es bleibt uns nichts anderes übrig, als ihn sofort zu verteilen. Warum haben die Männer mir nicht so einen Geldsack gebracht, wie man sie voriges Jahr nach dem Ableben unseres Nachbarn Govert van Wijn auf dessen Dachboden gefunden hat? Sechsundzwanzig Scheffelsäcke und sechshundert glänzende Gulden in jedem Beutel! Ganz gleich, wie lange man sie aufbewahrt, nie werden sie stinken. Also gut, Meister Spanjaard darf sich den Heilbutt unter einer Bedingung ansehen: Er muß ein möglichst großes Stück davon abschneiden und mitnehmen. Doch bevor du wieder zu ihm hinläufst, ißt du erst schön deine Grütze auf.«

Eine Viertelstunde später erklomm er die breiten Deichtreppen seitlich der Monsterse Sluis. Auf der anderen Seite stieg er wieder hinunter, rannte durch den Schoolslop bis zu Thades Haus. Mit beiden Fäusten trommelte er an ein Fenster des Klassenraums. Beinahe augenblicklich kam Thade aus dem Hinterhaus angerannt. Während sein einziger Freund die Schultür öffnete, rief er: »Gestern abend hat die Mannschaft der *Duizent Vreesen* einen riesigen Heilbutt gebracht. Auf einem Handkarren. Komm und schau ihn dir an.«

»Was gibt es?« fragte Meister Spanjaard, der ebenfalls aus dem Hinterhaus auftauchte.

»Ein Riesenheilbutt, wurde gestern abend gebracht. Meine Mutter hat gefragt, ob Sie auch mitkommen wollen. Mit einem großen Messer. Um ein Stück davon abzuschneiden.«

Einen Moment lang wehte, als sie die breiten Treppen hinauf- und wieder hinabgingen, ein kalter, dünner Nieselregen über die Schleuse und die Veerstraat. Darum glänzte der Heilbutt matt im fahlen Oktoberlicht, als Vater und Sohn Spanjaard kurze Zeit später sprachlos um ihn herumgingen. Erst jetzt, im grauen Morgenlicht, zeigte sich so richtig, wie gruselig das Ungeheuer aussah. Auf seiner Haut glänzten überall unförmige, widerlich rotgefärbte, warzenartige Geschwüre, und der verzogene, mißgebildete Mund sah aus, als hätte man vergeblich versucht, ihn mit Handspaken zu schließen. Die kalten schiefergrauen Augen schienen noch immer, so mausetot das Ungeheuer inzwischen auch war, nach jedem Zuschauer zu schielen.

Der Schulmeister legte sein Messer demonstrativ auf eine Fensterbank und sagte: »Zuerst muß er saubergemacht werden. Kopf ab. Eingeweide raus. Aber wie? Versuch nur mal, ihn umzudrehen. Dafür braucht man mindestens vier Mann. Soll ich Verstärkung holen?«

»Gern«, sagte Roemers Mutter, »sagt jedem, der helfen will, daß er ein großes Stück abschneiden und mitnehmen darf.«

»Mir reicht die Leber«, sagte Meister Spanjaard, »Heilbuttleber, Hirnschmalzgeber.«

Nie sollte Roemer vergessen, wie die in aller Eile zusammengerufenen Männer eine gute halbe Stunde später beinahe schweigend mit Messern und Körben dem Heilbutt zu Leibe rückten. Es schien, als hätten sie schon früher einmal solch einen unheilverkündenden großen Plattfisch einmütig Hand in Hand arbeitend filetiert. Und alles, was sie von dem Heilbutt abschnitten, schien brauchbar. Sogar die Innereien verschwanden in den Körben. Einer der Kerle flüsterte: »Was für ein Vergnügen werden meine Schweine daran haben, ich höre sie schon verschmitzt grunzen.«

Als es vorbei war, lagen einige riesige Stücke Heilbuttfleisch auf der Anrichte. Seine Mutter murrte: »Das ist mehr, als wir in zwei Wochen schaffen. Mindestens die Hälfte muß weg. Aber wohin? Halt! Engeltje, das arme Kind! Noch blutjung, aber auch schon Witwe. Vier kleine Würmer. Bestimmt tut es ihr leid, daß sie uns damals verlassen hat. Nun gut, bevor du zur Schule gehst, bringst du ihr ein Riesenstück in die Sandelijnstraat. Frag dort, wo Engeltje Kortsweyl wohnt. Bestell ihr einen schönen Gruß von mir.«

Sie nahm ein ordentliches Stück, legte es in einen Eimer, gab ihm diesen und brummte: »Jetzt aber los.«

Er wollte sagen: »Kann Marije das nicht machen«, doch seine Mutter preßte die Lippen aufeinander, sah ihn kurz grimmig an, und ohne ein Wort des Protests ging er mit dem glänzenden Eimer durch den Gang auf die Veerstraat hinaus. Über die hohe Treppenbrücke gelangte er zum Markt. Dort angekommen, dachte er: Ich kippe den Eimer einfach in den Zuidvliet.

Ihm war jedoch plötzlich so, als tauchte das weiße Gesicht seiner Mutter für einen Moment zwischen den kleinen Wellen des friedlich sich kräuselnden Wassers auf. Er riß sich zusammen, ging am fahlgrauen Zuidvliet entlang und blieb beim Sluispolderslop stehen. Durch diese Gasse mußte er, wenn er zur Sandelijnstraat wollte. In dem engen Steg schien es noch Nacht zu sein. Weiter hinten, dort, wo der schmale Durchgang in das Sluispolderhofje überging, krakeelten Kinder. Jungen in seinem Alter sah er nicht. Die fuhren bereits als Prickenbeißer oder waren schon zum Ausweider oder Einpacker befördert worden. Dennoch pochte sein Herz, als er durch den Slop und über den kleinen Platz rannte. Sogar wenn er mit Thade durch die Stadt schlenderte, machten sie einen großen Bogen um die Gegend hinter dem Zuidvliet. Dort wohnte, in den engen, rechtwinklig zueinander verlaufenden Gassen, das grimmige Gesindel mit seinem gruseligen Gezücht. Und auch wenn die aufgeschossenen Burschen ausnahmslos bereits zur See fuhren, so begegnete man dort oft genug leicht reizbaren Lümmeln und hitzköpfigen Halunken, die sich, und waren sie noch so klein, mit einem herausgeputzten Reederssöhnchen oder Schulmeistersproß nur allzugern anlegten, vorausgesetzt, sie waren in der Überzahl.

Er schaute in die Sandelijnstraat hinein, die von den Bewohnern immer Lange Straat genannt wurde. Und das zu Recht, denn sie war ganz zweifellos die längste Straße der Stadt. Bei weitem nicht so schmal wie der Slop, der bereits hinter ihm lag, aber mit viel höheren Häusern. Es schien, als neigten sich die schmutzigen Giebel einander zu, so daß sich nur ein schmaler Streifen dunkelgetönter Himmel zwischen ihnen wölbte. Barfuß rannten zerlumpte Kinder in die Häuser rein und wieder raus. Schmuddeliges Federvieh scharrte zwischen dem Kopfsteinpflaster. In den Dachrinnen pirouettierten krächzende Krähen, und als er sich dann schließlich doch, wenn auch vorerst nur zaghaft einen Fuß vor den anderen setzend, in die Straße hineinwagte, da erschallte plötzlich eine Stimme aus einem halboffenen Fenster. »Becehehrteuchbecehehrteuch.«

Vor Schreck ließ er den Eimer fallen. Scheppernd rollte er über das Pflaster. Um zu verhindern, daß das Heilbuttstück herausfiel, ergriff er rasch den Henkel, und abermals erklang die heisere Altmännerstimme: »Bechehrteuchbechehrteuch.« Erst jetzt sah er, daß ihn aus einem offenen Fenster ein himmelblauer Papagei mit seinen dunklen Knopfaugen beobachtete, und erneut erklang dieselbe Botschaft, deren Bedeutung er nun auch verstand: »Bekehrt euch, bekehrt euch.« Um jeden Irrtum bezüglich der Botschaft auszuschließen, fuhr der Schopf des Vogels nach jedem »Bekehrt euch« für einige Sekunden himmelwärts.

Wie schon früher an diesem Tag fiel ein kümmerlicher Nieselregen. Gleichzeitig riß dort, wo die Sandelijnstraat an das sumpfige Gebiet bei der Wippersmühle grenzte, die Wolkendecke auf, und es fiel ein Sonnenstrahl in die Straße. Das Licht machte ihn mutiger. Entschlossen ging er nun weiter, und als er ein Männlein entdeckte, das auf der Untertür seines Häuschens lehnte und pfeiferauchend die Straße beobachtete, da fragte er: »Können Sie mir sagen, wo Engeltje Kortsweyl wohnt?«

»Hintendurch«, erwiderte der Pfeifenraucher. »Was hass'n da? Weißfisch? Her damit.«

»Nein, den soll ich Engeltje Kortsweyl bringen.«

Der Alte nahm die Pfeife aus dem Mund, räusperte sich und spuckte dann einen großen, braunen Klumpen aus. Offenbar sollte der Schleim im Eimer landen, denn als der Rotz die Außenseite des Eimers traf, brummte der Mann: »Verdammt, daneben.«

Und erneut sog er seine Wangen nach innen, um soviel Spucke wie möglich zu sammeln. Roemer machte rasch ein paar große Schritte; trotzdem wurde sein Eimer von einem zweiten Strahl getroffen.

Die Begegnung mit dem spuckenden Pfeifenraucher hatte die Aufmerksamkeit von allerlei barfüßigem Kroppzeug auf Roemer gelenkt. Sie liefen hinter ihm her, schauten dreist in den Eimer, zogen deutlich vernehmbar die

Nasen hoch und johlten: »Dreckschwein, friß deinen fiesen Fisch allein!«

Er mußte einem staubigen Hahn ausweichen, der mitten auf der Straße mit geschwollenem Kamm demonstrativ zum Wolkenhimmel krähte, als sende er ein Hühnergebet in die Höhe. Er ging an der Hoekerstraat vorbei und gelangte in den abgelegensten Teil der Sandelijnstraat. Die johlenden Kinder blieben zurück. Es schien, als gälte das Licht, das aus der Hoekerstraat in die Sandelijnstraat fiel, als Grenze, die nicht überschritten werden durfte. Doch so abgelegen dieses Ende der Sandelijnstraat auch war, er wurde dennoch aus allen Häusern heraus beobachtet, an denen er vorbeiwankte. Überall sah er hinter schmutzigen, mit zerflossenem Krähendreck verschmierten Fenstern die weißen Flecken der Gesichter. Lautlos bat er, es möge jemand erscheinen, den er fragen konnte, wo Engeltje wohnte. In der Ferne hörte er einen Esel schreien. Was tun? Einfach irgendwo anklopfen und nach Engeltje fragen?

Aus der Sint-Aagtenstraat tauchte plötzlich eine Nonne auf, die in die Sandelijnstraat schaute. Sie verschwand ebenso hastig, wie sie gekommen war, und doch brachte ihr wundersames, kurzes Erscheinen Hilfe. Obertüren wurden wild aufgerissen, Frauen zeigten sich, die ihre Fäuste in Richtung der Sint-Aagtenstraat ballten.

Eine der kriegswütigen Schürzenträgerinnen fragte er: »Wissen Sie, wo Engeltje Kortsweyl wohnt?«

»Vorletzte Tür in Het peerd z'n bek auf der Vlietseite«, sagte die Frau mürrisch. »Was hass'n da? 'n Stück Fisch? Gib nur her, Engeltje hat immer alles, was sie braucht.«

Roemer rannte rasch weiter. Erleichterung machte sich in ihm breit, nicht nur, weil er sein Ziel beinahe erreicht hatte, sondern auch, weil er anschließend durch Het peerd z'n bek und an der Zuidvlietkade entlang nach Hause zurückkehren konnte. Zum Glück mußte er also nicht wieder durch die Sandelijnstraat gehen, auch wenn es sehr schade war, daß er den blauen Papagei nicht noch einmal zu sehen bekam.

Er klopfte an die vorletzte Tür in der Sandelijnstraat. Zunächst öffnete ihm niemand. Ob vielleicht keiner zu Hause war? So früh am Tag? Er klopfte noch einmal. Dann hörte er Schritte, die Obertür ging quälend langsam ein Stückchen auf, und aus der Finsternis, die drinnen sichtbar wurde, schauten ihn unter einer enganliegenden Haube zwei dunkle Augen ängstlich an.

»Wohnt hier Engeltje Kortsweyl?«

Das Mädchen nickte. Dadurch lösten sich einige der unter der Haube verborgenen Locken. Das Mädchen versuchte, sie wieder unter die Haube zu stopfen, stieß dabei jedoch gegen die Kopfbedeckung. Es schien, als hätte ihr widerspenstiges Haar nur darauf gewartet, denn nun gab es kein Halten mehr. Zahlreiche Locken schaukelten unvermittelt an ihren Wangen herab, die sich feuerrot färbten.

»Meine Mutter hat mir aufgetragen, eine Portion Fisch abzugeben«, sagte er.

Das Mädchen starrte ihn an, als redete er in Zungen. In dem verzweifelten Versuch, seine offenbar als seltsam empfundene Mission zu erklären, stotterte er: »Engeltje hat früher bei uns gearbeitet. Als Küchenmädchen.«

Es nützte nichts. Mit hochgezogenen Augenbrauen starrte ihn das Mädchen ununterbrochen an.

Er versuchte es noch mal. »Gestern abend kam die Mannschaft der *Duizent Vreesen* zu uns und brachte auf einem Handkarren einen ungeheuer großen Heilbutt. Den können meine Mutter, Marije ... Marije ist unser neues Küchenmädchen ... den können meine Mutter, Marije und ich allein nicht essen, und darum verteilen wir ihn, und weil Engeltje früher bei uns ...«

»Meine Mutter ist nicht zu Hause«, lispelte das Mädchen. »Meine Großmutter ist krank, da ist sie hin.«

Sie machte Anstalten, die Obertür wieder zu schließen.

»Fisch«, sagte er verzweifelt, »Heilbutt, schmeckt sehr gut, für euch, nimm du ihn doch bitte.«

Voller Abscheu starrte das Mädchen auf das riesige Stück Heilbutt im Eimer.

»Traust du dich nicht, ihn anzufassen? Macht nichts. Laß mich kurz rein, dann kippe ich den Fisch mit dem Eimer auf eure Anrichte, bitte.«

Das Mädchen schob ihre widerspenstigen Locken wieder unter das Häubchen, zog es sich fest über das Haar, öffnete die Untertür und ging vor ihm her durch einen stockfinsteren Gang, der in eine Höhle mündete, wo er eine in Bauchhöhe befindliche schmale Hartsteinplatte erkennen konnte. War das die Anrichte? Er war sich nicht sicher, ließ aber den Inhalt des Eimers darauf gleiten. Er drehte sich rasch um und sah durch die Türöffnung die Straße im Lichte eines erneuten kurzen Sonnenstrahls aufleuchten. Beinahe verzweifelt stürzte er auf das Licht zu. Da aber das Mädchen noch hinter ihm stand und in dem schmalen Gang nicht so schnell beiseite gehen konnte, stieß er mit ihm zusammen. Wieder löste sich die Haube, wieder sah er die Locken an den Wangen herunterfallen. Viel mehr brachte ihn aber aus der Fassung, daß er nach dieser ungewollten Berührung plötzlich auch den Duft des

Mädchens wahrnahm, einen Duft, den er noch nie zuvor gerochen hatte, einen Duft, der – so unaufdringlich er auch war – seine Nasenlöcher so unbändig füllte, daß er das Gefühl hatte, sie würden aufgeblasen, einen Duft, der lieblicher und wärmer und tiefer war als der von Kalmusblättern, die man, wenn man an einem Sommertag den Maaslander Treidelpfad entlangging, um den in Maassluis allgegenwärtigen Geruch von Gerberlohe und Fisch loszuwerden, so lange zerrieb und einatmete, bis der Gestank von Wrackheringen endgültig aus der Nase verschwunden zu sein schien.

Noahs Eltern

Als Dreikäsehoch hatte er mit Thade in den Schlammgräben des Taanschuurpolders Kammolche gefangen. Mit dem Kahn von Thades Onkel waren sie zusammen auf das Maassluise Diep hinausgefahren, um beim Stellen der Reusen zu helfen, in denen die köstlichen Lachse gefangen wurden. Sowohl während dieser Fahrten als auch beim anschließenden Herumsitzen im Fischerschuppen hatte Thades Onkel bereits das ganze Leben mit ihnen besprochen und sie vor den Gören gewarnt. Als ob man – in diesem Punkt waren Thade und er sich immer sehr einig gewesen – von diesen komischen Wesen mit ihren aufgeputzten Körpern und langen Röcken jemals etwas zu fürchten haben könnte!

Darum konnte er sich auch nicht dazu durchringen, Thade von seinem Ausflug ans Ende der Sandelijnstraat zu erzählen. Schon lange bevor sie im Lehrbuch von Bartjens zum Dreisatz gekommen waren, hatte Roemer alles mit Thade geteilt. Nun ja, fast alles. Seine vagen Zweifel hinsichtlich der Vögel, Schmetterlinge und Seehunde in der Arche Noah hatte er, von Scham und Schuldgefühlen erfüllt, für sich behalten. Kein Wort der Heiligen Schrift durfte man mit einem Fragezeichen versehen und folglich auch nicht diese Passage: »Und du sollst in den Kasten tun allerlei Tiere von allem Fleisch, je ein Paar, Männlein und Weiblein, daß sie lebendig bleiben bei dir. Von den Vögeln nach ihrer Art, von dem Vieh nach seiner Art und von allerlei Gewürm auf Erden nach seiner Art: von den allen soll je ein Paar zu dir hineingehen, daß sie leben bleiben.« Glasklar stand es da, aber es fiel ihm entsetzlich schwer zu glauben, daß von allen Tieren ein Paar in der Arche gewesen war. Auch von den langsamen Schnecken? Waren die denn, schon Monate bevor Noah sein Werkzeug zur Hand genommen hatte, losgekrochen, um rechtzeitig an Bord der Arche gehen zu können? Wenn er und Thade, von einem Ausflug in den Taanschuurpolder erschöpft, im hohen Gras der Böschung des Prickenteichs ausruhten, hatte ihm schon oft die Frage auf der Zunge gelegen: »Ob wirklich ein Paar von jeder Tierart auf der Arche gewesen ist?« Doch was hätte er tun sollen, wenn Thade sich aufgerichtet und ihn voller Entsetzen angesehen hätte, weil er einfach so an der reinen Wahrheit einer Stelle in der Heiligen Schrift zweifelte? Darum hatte er über die Sintflut geschwiegen. Wenn er nun auch noch das Mädchen mit der enganliegenden Haube unerwähnt ließ, dann standen bereits zwei Geheimnisse zwischen Thade und ihm. Ein Geheimnis, das ging gerade noch so, aber zwei, das war entschieden zuviel. Leicht und ungezwungen mußte er von der Sandelijnstraat berichten, das war ihm klar, aber gerade das schaffte er nicht. Es schien ihm besser, eine Woche oder so ins Land gehen zu lassen; dann gelang es ihm bestimmt, ganz beiläufig zu sagen: »Weißt du, was mir neulich in der Nähe von Het peerd z'n bek passiert ist?«

Doch dann sah er sie wieder, in ebendem Taanschuurpolder, in dem er so oft mit Thade herumstreifte. Mit der schneeweißen Haube auf dem Kopf, die ihre roten Locken im Zaum hielt, saß sie mit ein paar anderen Mädchen ihres Alters auf der Tanweide und flickte Netze. Als er bemerkte, daß eine der widerspenstigen roten Locken unter der Haube hervorlugte, war ihm, als drückte eine Riesenpranke ihm die Kehle zu. Seine Ohren gellten plötzlich von dem dröhnenden Lärm, der von den Schmieden, Werften und Faßmachereien ausging. Es war, als ob ihr betörender Duft wieder seine Nasenlöcher füllte und den Heilbuttgeruch daraus vertriebe. Wie schrecklich rasch die Reste des riesigen Ungeheuers in Verwesung übergegangen waren! Seit dem ersten Montag nach dem Jahrhundertfest hatten Marije und seine Mutter die Steine hinter dem Haus täglich mindestens einmal kräftig geschrubbt, doch auch als vom Heilbutt keine Spur mehr zu sehen war, schien an der Stelle, wo er verendet war, ein bestialischer Gestank aufzusteigen. Auch wenn er morgens seine Grütze aß, kam es ihm wiederholt so vor, als klebte das schale Heilbuttaroma plötzlich an seinem Löffel, und jedesmal wurde ihm auf der Stelle schlecht.

Einige Tage nachdem er das Mädchen auf der Tanweide gesehen hatte, waren Thade und er auf dem Rückweg von einem Spaziergang zum Duifpolder, wo sie auf einem Bauernhof, den seine Mutter verpachtet hatte, eine kleine Tonne Kreuzhering gegen Speckseiten, Käse, Butter, Möhren und Zwiebeln getauscht hatten. Sie gingen am Trekvliet entlang. Jenseits des Wassers erstreckten sich die Brutplätze der Rohrdommeln und Zwergdommeln. So selten man sie sah, so häufig hörte man sie in der Brutzeit rufen. Manchmal entdeckte man für einen Moment die Cousins der Rohrdommeln, die Zwergdommel oder den Nachtreiher, doch auch die hielten sich meistens im hohen Schilf versteckt.

Auf der Schulter der Wanderer ruhten die Enden eines langen Stocks, der durch die Griffe ihres Korbs mit Viktualien geschoben worden war. Der Treidelpfad war nicht breit genug, um mit einem Korb in ihrer Mitte nebeneinander zu gehen. Also ging Thade, der Kleinere, voraus. Von den Brutplätzen auf der anderen Seite erklang das kurze, runde Bellen einer Nonnengans.

»Steckt dort etwa ein Hund?« fragte Thade erstaunt.

»Nein, kein Hund, sondern eine Nonnengans. Paß mal auf, wenn die Nonnengans bellt, hört man gleich danach, auch wenn jetzt keine Brutzeit ist, manchmal auch den Ruf der Rohrdommel. Anhalten.«

Sie stellten den großen Korb ins Gras und legten sich auf der Polderseite des Ufers auf die hohe Böschung. Tief unter ihnen erstreckte sich der große Commandeurspolder bis zu den Häusern von Maasland. In den Wiesen beratschlagten die Kiebitze über ihre Flugroute.

Er hatte darauf gewartet, und dennoch war Roemer überrascht, als er tatsächlich den seltsam dumpfen, dröhnenden Baß der Rohrdommel vernahm. Wie ein Schiffshorn, das im dichten Nebel auf dem Sluyser Diep ängstlich rief.

»Das ist sie«, flüsterte er ehrfürchtig.

»Hast du schon mal eine gesehen?« wollte Thade wissen.

»Schon oft«, erwiderte er stolz und nicht ganz der Wahrheit entsprechend, »aber man muß sich große Mühe geben. Früh aufstehen und sich dann mit einem Boot stundenlang ins Schilf legen. Sie sind so unglaublich scheu. Wenn die Rohrdommel ein Geräusch hört, streckt sie ihren langen gelben Hals ganz weit in die Höhe, so daß er wie ein Schilfrohr aussieht. Darum heißen sie auch Rohrdommeln. Man fragt sich ...«

Wieder rief die Rohrdommel.

»Dreimal wird sie in der Heiligen Schrift erwähnt«, sagte er ehrfürchtig, »ich habe die Stellen in der Bibel angestrichen.«

Über Thades runde, rote, mit Sommersprossen übersäte Wangen sahen die meist schelmischen Augen einigermaßen erstaunt zu ihm hoch.

»Streichst du die Vögel in der Bibel an?«

»Ich habe alle Tiere angestrichen. Ich wollte wissen, wieviel darin vorkommen.«

»Warum?«

»Weil ... weil ...«

Er schwieg, holte tief Luft, seufzte, fuhr mit der Hand über die Augen, hörte tatsächlich wieder die Rohrdommel blöken und sagte: »Wie hat ein so unglaublich scheuer Vogel es über sich gebracht, aus dem Sumpf zu Noahs Arche zu fliegen?«

Sowohl Erleichterung als auch heftiger Schrecken stiegen von seinen Zehen aus durch den ganzen Körper in seinen Kopf hinauf, der sich feuerrot färbte. Dennoch hatte es den Anschein, als wäre es Thade überhaupt nicht bewußt, wie unerhört das Gesagte war. Ganz unbekümmert erwiderte er: »Die Menschen damals wurden steinalt, fast tausend Jahre. Noahs Vater und Mutter waren bestimmt noch nicht tot, als er mit seiner Arche losfuhr, und seine Großväter und Großmütter lebten vielleicht auch noch. Aber warum durften die nicht mit ins Boot? Verstehst du das? Man läßt doch seinen Vater und seine Mutter nicht ertrinken.«

Er war innerlich so aufgewühlt, daß er nicht in der Lage war, auf diese Frage zu antworten. Jahrelang war ihm vor dem Einschlafen pausenlos dieses eine Problem durch den Kopf gegangen: Wie konnte die Arche die Zehntausende von Tieren fassen, und nun gab es auf einmal noch ein zweites Problem, auf das er noch nie gestoßen war. Nachdem er sich ein wenig beruhigt hatte, versuchte er eine Antwort, die sich für ihn ganz selbstverständlich aus dem viel größeren Problem ergab.

»Die Arche war gerammelt voll. Sie paßten einfach nicht mehr rein.«

»Meinst du? Ein bißchen zusammenrücken, und schon geht's.«

»Zehntausende von Tieren mußten mit. Vielleicht sogar hunderttausend.«

»Ich verstehe das nicht. Wer läßt denn seinen Vater und seine Mutter ertrinken? Sollen wir mal unseren Katechismuslehrer fragen?«

»Wen? Schlump? Dann schlägt er seinen Rohrstock auf deinem Rücken in Stücke.«

»Wenn ich ihn frage. Nicht aber, wenn du ihn fragst. Seinen Rohrstock erhebt er nicht gegen einen Reederssohn.«

»Ich … ich würde ihn lieber fragen, ob auch Seehunde in der Arche waren.«

»Natürlich waren sie in der Arche. Seehunde ertrinken, wenn sie nicht hin und wieder an Land gehen können.«

»Die Arche lag weit vom Meer entfernt. Wie sind die Seehunde denn hingekommen? Sind sie etwa wochen- oder gar monatelang über Land dorthin gewatschelt?«

»Sie sind einen Fluß hinaufgeschwommen, bis sie in der Nähe der Arche waren.«

»Wäre möglich.«

»Weißt du was? Du fragst Schlump nach den Seehunden, und ich frage ihn gleich anschließend nach Noahs Eltern.«

Dies schien ihm eine gute Strategie zu sein, doch als er am Sonntagabend im Konfirmandenunterricht nach dem Gottesdienst – Schlump blätterte bereits in dem Buch *Kort begryp der Christelyke Leere* von Jacob Borstius, während die anderen Konfirmanden noch aus der Kirche kommen mußten – seine Frage zu den Seehunden einfach stellte und Thade danach gleich auf Noahs Eltern zu sprechen kam, da klappte der bleiche Gnom das Buch von Borstius zu und zischte Thade an: »Wie den Esel des Bileam werde ich dich verprügeln.«

Als Schlump sofort seinen Rohrstock erhob, wiederholte Roemer Thades Frage hastig. Schlump ließ den Stock wieder sinken und zischte: »Noahs Eltern waren schon gestorben.«

»Steht das in der Bibel?« wollte Roemer wissen.

»Wir können nachsehen«, brummte Schlump, und er schlug zornig die Heilige Schrift auf, blätterte und las vor: »Lamech war hundertzweiundachtzig Jahre alt und zeugte einen Sohn und hieß ihn Noah. Darnach lebte er fünfhundertundfünfundneunzig Jahre.« Schlump blätterte um und las weiter: »Er war aber sechshundert Jahre alt, da das Wasser der Sintflut auf Erden kam.«

Schlump murmelte noch eine Zeitlang Zahlen und sagte dann bissig: »Vater Lamech war also bereits fünf Jahre tot, als der Herr der Heerscharen die ungläubige und unbußfertige Welt mit der Sintflut züchtigte.«

»Und Noahs Mutter?« fragte Roemer.

»Über sie schweigt die Heilige Schrift«, brummte Schlump.

»Und sein Großvater?« wollte Thade wissen.

Schlump antwortete nicht, sondern streckte die Hand nach dem Rohrstock aus.

»Und sein Großvater?« fragte Roemer.

Wieder blätterte Schlump im Buch Genesis und las vor: »Methusalem war hundertsiebenundachtzig Jahre alt und zeugte Lamech.«

»Als Noah geboren wurde, da war sein Großvater also dreihundertneunundsechzig Jahre alt«, sagte Roemer, »denn Lamech war hundertzweiundachtzig, als Noah geboren wurde, und hundertsiebenundachtzig plus hundertzweiundachtzig sind dreihundertneunundsechzig. Methusalem ist neunhundertneunundsechzig Jahre alt geworden, er war der Älteste überhaupt. Also, als Noah sechshundert Jahre alt war und auf die Arche ging, da war Methusalem … da war Methusalem …«

Er schluckte. So verblüffend einfach die Rechnung war, das Ergebnis schien dennoch unmöglich, undenkbar zu sein. Schlump sah ihn lauernd an, und im Bewußtsein, daß er keine große Gefahr lief, schaute er recht unerschrokken zurück und sagte dann beinahe triumphierend: »Als Noah in die Arche ging, da war Methusalem folglich neunhundertneunundsechzig Jahre alt.«

»Darum also ist Methusalem gestorben, als er neunhundertneunundsechzig Jahre alt war«, rief Thade triumphierend. »Er ist bei der Sintflut ertrunken. Noah hat seinen eigenen Großvater ersaufen lassen.«

Zitternd und rot angelaufen, holte Schlump mit dem Rohrstock aus. Thade zuckte zusammen, kein Wort kam über seine Lippen, als der Stock auf seine rechte Schulter herabsauste.

»Ich … ich werde dich verprügeln, wie Elia die Baalspriester züchtigte, ich werde dich schlagen, wie Pekah in Samaria die Kinder Gileads schlug …«

Roemer schubste Thade kräftig beiseite und fing einen Schlag des pfeifenden Rohrstocks auf. Daraufhin duckte Schlump selbst sich wie ein streunender Hund, der einen Schlag bekommt. Er zischte wie ein Knurrhahn, ließ sich hinter dem Tisch im Konsistorialzimmer nieder und murmelte: »Darüber werde ich mit dem Presbyterium sprechen.«

Diderica Croockewerff

Du heiratest Diderica Croockewerff, und damit Schluß!«

Er erwiderte nichts, sah aber seine Mutter so tief betrübt an, daß sie tatsächlich für einen Moment unsicher wurde.

»Ich habe es deinem Vater auf dem Sterbebett versprochen«, sagte sie, gleich ihren stärksten Trumpf ausspielend.

»Aber damals ging sie noch bei Annetje Engelbrechts in die Elementarschule, genau wie ich, und damals wußte er nicht, wie sie einmal aussehen würde.«

»Was stimmt denn mit Diderica nicht? Sie ist eine muntere Frau.«

»Sie sieht aus wie ein Treidelpferd mit entzündeten Hufen.«

»Na, na, mäßige dich. Erst neulich, als ich sie mit ihrer faltenlosen Haube und ihren leuchtenden goldenen Ohrringen gesehen habe, da habe ich stolz gedacht: Sieh da, meine Schwiegertochter.«

»Sie ist viel größer als ich.«

»Ich war auch größer als dein Vater. Ich will kein Wort mehr darüber hören. Willst du vielleicht nach eigener Laune heiraten? Hast du das etwa vor? Du heiratest Diderica! Ihre Mutter hat ihrem Mann auch auf dem Sterbebett versprochen, daß Croockewerff sich mit Stroombreker verbindet. Die Witwe besitzt zwei beinahe noch neue Büsen, wir bringen zwei Huker mit ein. Dann fahren vier Schiffe unter der Flagge von Stroombreker und Croockewerff. Wir sind dann mit einem Schlag die größte Reederei in Maassluis. Wie du weißt, haben die meisten Reeder ein Schiff auf Fahrt, manche haben zwei und nur ganz wenige drei, wie etwa der alte Schelvisvanger. Und wir haben bald vier. Stell dir nur vor: Deine Stimme hat dann im Fischereirat das Gewicht von zwei Büsen und zwei Hukern. Man wird dich nach Den Haag delegieren.«

»Ich will nicht nach Den Haag.«

»Das kommt mit der Zeit, du wirst schon sehen, bestimmt, vier Schiffe, du wirst Gott loben und preisen, du wirst der größte Reeder sein – komm schon, denk dran, auf welcher Seite dein eigenes Brot mit Butter bestrichen ist. Glaubst du, daß ich mich seinerzeit danach gedrängelt habe, deinen Vater zu heiraten? Mit ihren besten Mützen auf dem Kopf standen sie vor mir in der Reihe, aber dein Vater hatte zwei Langleinenschiffe auf Pökelfahrt. Dann unterdrückt man seine Zweifel. Dann denkt man nicht mehr: Was für ein mickriges Kerlchen, sondern schreitet frohen Sinnes und wohlgemut zum Altar.«

Also schritt er, übrigens alles andere als wohlgemut, zehn Jahre nach dem Jahrhundertfest an einem Donnerstagnachmittag im Oktober neben seiner riesigen Braut durch die Groote Kerk. Und wieder ragte dort auf der ohnehin schon so hohen Kanzel Pastor Hoffman mit dem schielenden Auge unter der Gaffelaugenbraue und der mattgrauen, schmuddeligen Allongeperücke hoch über sie hinaus. Hoffman verglich den Ehebund mit dem Bund, den Gott seinerzeit mit Adam geschlossen hatte und den er nach dessen Fall mit allen, die sich bekehrten, großherzig aufs neue schließen wollte. »Durch Adams Bruch des Bundes wurden wir«, so der Prediger, »von Gott abgeschnitten und sind dem Satan zugefallen. Mit unserem Stammvater Adam haben wir den Tod dem Leben vorgezogen, haben wir uns selbst vom lebendigen Gott losgerissen. Und wäre es nicht so, daß sich nicht unendliche Gnade über uns ergösse, wir hätten unsere Abstammung von Adam endgültig verschleudert. Die Kluft zwischen Gott und Mensch kann nur durch den Blutsteg überbrückt werden, welcher vom Gesalbten selbst auf der Schädelstätte Golgatha geschmiedet und kalfatert wurde. Dort, auf Golgatha, hat Christus der Herr sich selbst für uns vollkommen zu Tode geliebt. Dort hat er sein Bundesblut für die Tilgung all unserer Sünden vergossen. Dort hat der Mittler selbst, als Blutzeuge im großen Gnadenbund, freiwillig die Bürgschaft für unsere Sünden übernommen. Ach, dürften wir, die wir mit Blut erkauft wurden, doch an den reichen Wohltaten dieses Bundes teilhaben und als Auserkorene Gottes in diesen Bund aufgenommen werden. Und darum warten wir demütig ab, ob die unendliche Gnade uns einst, und sei es auch nur, wenn wir sterbend die letzte Stufe erreicht haben, verhaften wird, so wie ich jetzt diesen sündigen Roemer Stroombreker und diese sündige Diderica Croockewerff im Ehebund verhaften werde. Dieser Ehebund wird ihre Sündhaftigkeit keineswegs vermindern, doch möge dieser Bund dennoch ein Abbild des großen Bundes, des Gnadenbundes, sein, so daß sie, vielleicht nun schon, ansonsten aber im Laufe der Zeit, wahre Teilhaber des Bundes werden mögen, so wie sie jetzt Teil ihres gemeinsamen Bundes werden. Und möge dieser Ehebund, darum bitten wir den allmächtigen Herrscher, reichlich mit Kindern gesegnet werden, und mögen diese Würmchen ein Abbild dessen sein, was wir, einzig durch die mit Christi Blut teuer erkaufte Gnade Gottes, einmal zu sein hoffen: wahre, allen Pomp und Prunk der Welt meidende Bundeskinder, die unterwegs zu Zions ewigen Hallen sind, wo wir bis in alle Ewigkeit mit dem Blutbräutigam die ewige Hochzeit des Lammes feiern werden.«

Nach der Blutstegpredigt musizierten diesmal keine vornehmen Meister auf mancherlei Instrumenten, um ihn zu trösten. Die Garrels-Orgel wurde vom festen Organisten Dominicus Jaarsma bespielt, der bereits seit 1733 seinen Dienst versah. Dessen solides, aber wenig überraschendes Spiel konnte ihn nicht aufmuntern. Erst als er am Ende des Nachmittags den prassenden Hochzeitsgästen, die das Reederhaus an der Veerstraat bevölkerten, für einen Moment entkommen konnte und im Garten bis zum Ufer spazierte, gelang es ihm wieder, tief durchzuatmen. Er starrte auf die gekräuselte Wasseroberfläche. Nein, der Otter würde nicht mehr aus dem inzwischen stark verschmutzten Vliet auftauchen. Auch den Iltis hatte er schon seit Jahren nicht mehr gesehen. Die Sonne warf ihre letzten Strahlen über den Goudsteen. Es war, als hätte er die ganze Zeit gewußt, wer dort, am Ende des Nachmittags, im verstohlen und schräg auf den Goudsteen fallenden Sonnenlicht über das glänzende Kopfsteinpflaster vorbeischlendern würde. Sie trug ein paar enganliegende Hauben übereinander. Dennoch lugten ihre roten Locken bei jedem Schritt, den sie machte, weiter unter den Haubenrändern hervor, und sie mußte sie mit ihrem Daumen wieder reinstopfen, wobei sie die Hauben mit den Zeigefingern mißmutig nach unten zog.

Er dachte daran, wie sie sich, wenn er an der Tanweide vorbeispazierte, immer tief über ihre Knüpfarbeit gebeugt hatte, wobei sie jedesmal so heftig errötete, daß die anderen Netzflickerinnen bereits beim ersten Mal, als er vorbeikam, alarmiert waren. Um ihr die oft bösartigen Sticheleien der anderen Mädchen und Frauen zu ersparen, war er, nachdem er vier- oder fünfmal dort gewesen war, nicht mehr an der Tanweide vorübergegangen. Das fiel ihm schwer. Er überlegte, wo er sie sonst noch sehen könnte. Jedesmal vom blauen Papagei ermahnt, sich zu bekehren, besuchte er oft die Sandelijnstraat, konnte sie aber nie entdecken. Auch während der Gottesdienste war sie nicht zu sehen. Ging sie etwa nicht zur Kirche? Soviel stand fest, jeden Morgen ging sie bei Tagesanbruch von der Sandelijnstraat zur Tanweide, und jeden Abend trottete sie todmüde in der blauen Abenddämmerung wieder nach Hause. Er mußte also nur herausfinden, wie spät sie hinging und wann sie wieder zurückwankte. Marije war früher einmal Netzflickerin gewesen, und sie erzählte ihm, daß die Arbeitszeit der Frauen durch den Sonnenaufgang und den Sonnenuntergang bestimmt würde. Im Sommer fingen sie manchmal schon um halb fünf an und arbeiteten bis zehn Uhr abends durch.

Darum ging er im Sommer oft schon im Morgengrauen am Zuidvliet entlang, und im Dämmerlicht des Abends spazierte er über den Zandpad. Und immer wenn er ihr auf seinen Streifzügen begegnete, errötete sie heftig und er auch. Nie sprachen sie ein Wort. Wohl aber lächelten sie sich nach einigen Jahren manchmal flüchtig und vorsichtig zu.

Und nun, da sie dort – zufällig? Absichtlich? Versehentlich? – übers Kopfsteinpflaster schritt, lächelte sie ihm offen zu, als wüßte sie, daß dies nun keine Konsequenzen mehr nach sich ziehen konnte, jetzt, da er an diesem Tag, wegen zwei Büsen, die zum Fang von frischem Hering bestimmt waren, ehelich mit einer riesigen Frau verbunden worden war, die aussah wie ein Bovenlander Pferd.

»Na«, erklang eine Stimme neben ihm, »wer mag das wohl sein?«

»Anna Kortsweyl«, sagte er.

»Sie kommt mir bekannt vor.«

»Kein Wunder, denn wenn wir zu deinem Onkel gingen, kamen wir immer an der Tanweide vorbei, wo sie mit den anderen Netzknüpferinnen saß.«

Thade winkte dem Mädchen zu, und das Mädchen winkte keck zurück. Er sagte: »So, so, an ihr hängt also dein Herz.«

Von heftigen Gefühlen übermannt, brachte er kein Wort heraus.

»Warum …?« fragte Thade.

»Meine Mutter hat es meinem Vater auf dem Sterbebett versprochen. Doch auch ohne dieses Versprechen hätte ich … hätten Anna und ich nie …«

»Und darum stehst du hier und trauerst wie Jakob, als er bemerkte, daß er Lea statt Rahel bekommen hatte? Na los, Kopf hoch, wirf die Flinte nicht ins Korn, du hättest es schlechter treffen können als mit dieser sündigen Diderica.«

»Sie ist so riesig.«

»Aber doch nicht viel größer als deine Anna.«

»Sie ist … in der Kirche stand ich gleich neben ihr … sie riecht nicht gut.«

»Ach, komm, nichts riecht hier gut. Hier stinkt alles nach Gerberlohe und Laberdan. Geh mit Diderica nach Maasland. Leg sie, wenn der Wiesenkerbel blüht, auf die

Böschung des Treidelwegs beim Duifpolder, und dann wirst du schon sehen, wie herrlich sie zu riechen beginnt.«

»Wir sprechen uns noch, wenn man dich im Ehereusen fängt.«

»Bevor es soweit ist, bin ich hier schon lange weg. Du glaubst doch nicht, daß ich mit meinem Hang zur leichtfertigen Lebensführung hier in diesem widerlich stinkenden Kaff versauern will, wo man Menschen, die ihre Ehre und ihren guten Namen verloren haben, bis zum Ende ihrer Tage mit größter Verachtung begegnet.«

»Anderenorts ist es bestimmt genauso.«

»Selbst wenn du recht hast: Wer kennt schon dein Gesicht in einer fremden Stadt?«

»Bleib doch hier. Bald habe ich vier Schiffe auf Fahrt, dann bin ich tatsächlich ein großer Reeder und brauche einen Buchhalter.«

»Einen Buchhalter? Keiner kann besser rechnen als du. Als ich mich noch mit den Brüchen abmühte, konntest du schon damit rechnen. Ich will hinaus in die weite Welt.«

Wieder ging Anna Kortsweyl auf dem Kopfsteinpflaster vorüber, diesmal aber nicht allein. Sie war in Begleitung eines Fischers von der *Duizent Vreesen.*

»Das sieht ziemlich ernst aus«, sagte Thade.

Roemer sagte nichts, schaute nur, wunderte sich nur, daß es ihm tief in die Seele schnitt. Ausgerechnet ein Ausweider von einem seiner eigenen Schiffe. Ich schmeiße ihn runter von meinem Langleinenschiff, war sein erster Gedanke. Dann dachte er: Nein, dadurch benachteilige ich Anna, ich muß ihn umgekehrt fördern. Wenn er sich als fähig erweist, kann ich ihn schon in jungen Jahren zum Schiffsführer machen. Auf Pökelfahrt nach Island. Dann ist er den ganzen Sommer über weg. Geht dort vielleicht über Bord oder erleidet Schiffbruch bei den Shetlandinseln.

Meister Spanjaard gesellte sich zu ihnen, starrte zum Fischer und seinem Mädchen auf dem Goudsteen hinüber und reimte: »Das ist gewiß kein passender Galan, zu einem solch liebreizenden Hühnchen paßt kein mürr'scher Hahn.«

Im Halbdunkel des großen Schlafzimmers auf der Vorderseite des Hauses in der Veerstraat machte viel später am Abend die Braut Anstalten, sich zu entkleiden. Zuerst aber legte sie ihren Psalter mit silbernen Schließen auf die Kommode.

»Das ist mein Taufgeschenk«, sagte sie, »das habe ich immer bei mir.« Einen Moment lang hielt sie den Psalter ganz fest in der Hand, sie schloß die Augen, murmelte etwas vor sich hin, das offensichtlich für den Allmächtigen gedacht war, und flüsterte dann: »Unsere Mütter haben uns, obwohl wir beide das gar nicht wollten, zueinander verurteilt.«

»Ja«, sagte er nüchtern.

»Wir wollen dennoch gemeinsam versuchen, das Beste daraus zu machen.«

»Ja«, sagte er wieder.

»Du darfst dort wohnen bleiben, wo du immer gewohnt hast. Ich darf das nicht. Hier gehört nichts mir, und darum hoffe ich, daß du damit einverstanden bist, wenn ich mein Taufgeschenk hier hinlege. Gleich liege ich in einem wildfremden Bett neben einem wildfremden Mann in einem wildfremden Haus. Bitte verschone mich.«

»Wenn ich dir damit eine Freude mache, will ich gern auf dem Dachboden in meinem eigenen Bett schlafen.«

»Oh, das wäre … dann könnte ich mich allein an das Bett gewöhnen … oh, da wäre wirklich …«

Lautlos schlich er hinauf in sein Bett. So könnte es doch immer bleiben? Der einzige Unterschied zu früher wäre dann, daß nun drei Frauen im Haus waren, die Mahlzeiten bereiteten, schrubbten, putzten, bohnerten, wuschen und bügelten.

Wie schon so oft lag er die ganze Nacht wach und sehnte sich danach, wenigstens ein paar Stunden schlummern zu dürfen. Er wußte, daß er in tiefer Nacht, ungefähr um drei, wenn er noch immer nicht schlief, in die Katakomben des Elends hinabsteigen würde. Er dachte an die Predigt von Pastor Hoffman. Adam und Eva im Paradies. Den Sündenfall. Gegessen vom Baum der Erkenntnis. Was aber, wenn von diesem Baum die Frucht abfiel, so wie Früchte nach einiger Zeit immer abfallen, und eine Ziege kam, welche die Frucht mitnahm, um sie, wie es Ziegen so oft tun, unter einem anderen Baum wieder aus dem Maul fallen zu lassen? Was, wenn Eva die Frucht nichtsahnend mit dem Gedanken aufgehoben hätte: »Diese Frucht ist von diesem Baum gefallen«, hätte man dann, wenn sie einen Bissen von der Frucht zu sich genommen hätte, auch vom Sündenfall reden können? Und was, wenn sich eine kleine Ziege die Frucht einverleibt und Adam das Tier kurz danach geschlachtet und den Magen mit der halbverdauten Birne oder dem Apfel darin aufgegessen hätte? Hätte man dann auch vom Sündenfall gesprochen? Sich plötzlich in seinem Bett aufrichtend, murmelte er dann vor sich hin: »Welchen Zweck hatte es um Himmels willen, einen solchen Baum ins Paradies zu pflanzen? War es, in Anbetracht der teuflischen Dilemmata, überhaupt sonderlich klug vom Allmächtigen, im Paradies einen Baum zu pflanzen, von dem man nicht essen durfte?« Warum? Warum sollte man einen solchen Baum dort hinstellen? Alles, was man machte, mußte doch darauf ausgerichtet sein, das Wohlbefinden der Menschen zu fördern. Mit einem derartigen Baum vergrößerte man es bestimmt nicht. Genau betrachtet war es vernünftigerweise nicht zu billigen, daß der Allmächtige diesen Baum in den Garten Eden gepflanzt hatte. Evas Vergehen ging eine zweifelhafte Anpflanzung voraus, die sie zu ihrem Fehltritt verleitete.

Unfähig

Auch in der zweiten Nacht versuchte er, in seinem knarrenden Bett einzuschlafen. Ebenso in der dritten und vierten Nacht. Danach war es bereits ganz selbstverständlich geworden, daß er abends, wenn überall im Haus die Kerzen gelöscht waren, mit seinem flackernden Leuchter die Treppe hinaufging. Wahrscheinlich hätte seine Mutter, wenn sie in diesen ersten Tagen bemerkt hätte, daß er nicht im ehelichen Bett nächtigte, die beiden dazu überredet, diese so ganz nebenbei getroffene Regelung wieder abzuschaffen. Aber auch sie war als junges Mädchen wegen zwei Schiffen verheiratet worden, und während der ersten Wochen in der Veerstraat hatte sie so unter ihrer Schwiegermutter leiden müssen, daß es ihr besser erschien, sich für die Dauer der Flitterwochen im Hintergrund zu halten. Sie hatte sich deshalb bei ihrer Schwester einquartiert. Als sie nach einem Monat wiederkam und Marije ihr am frühen Morgen in der Küche zuflüsterte, daß Roemer und Diderica nicht beieinander schliefen, sagte sie: »Ach, die Ärmsten. Ich verstehe sehr gut, daß sie sich erst daran gewöhnen müssen. Ich habe genau dasselbe erlebt. Aber es darf nicht zu lange währen. Liebe muß erblühen. Und wenn das nicht geschieht, dann müssen sie dennoch zusammen schlafen. Je länger der jetzige Zustand andauert, je mehr er zur Gewohnheit wird, um so schwieriger wird es, diese Entwicklung rückgängig zu machen.«

Noch am selben Tag sagte sie zu Roemer: »Von Marije hörte ich, daß du nachts noch immer in deinem eigenen Bett schläfst. Wird es nicht langsam Zeit, das zu ändern?«

»Nein«, sagte er hart.

»Doch«, erwiderte sie, »so kann es nicht weitergehen. Es muß doch einen Nachfolger geben. Wenn ihr nicht beieinander schlaft, erblüht keine Liebe, und aus der fleischlichen Vermischung wird nichts. Und wo bleiben dann meine Schäfchen, meine lieben Enkelchen? Wann soll ich dann je mit der Zimtstange rühren?«

Roemers Mutter sprach auch mit ihrer Schwiegertochter. Takt, ja sogar Feingefühl konnte ihr, auch wenn sie auf den ersten Blick ein Drachen war, nicht abgesprochen werden. Die Folge ihrer geduldigen Überredungskunst war, daß Roemer und Diderica eines Winterabends nackt und zitternd Seite an Seite in dem riesigen Bett lagen, das auch Roemers Vater und Mutter als eheliche Lagerstatt gedient hatte. Erst jetzt, als ihre Kleidung kein Hindernis mehr darstellte, wurde Roemer so recht deutlich, welcher Geruch von ihrer Schamgegend ausging, die zu betrachten er sich kaum getraut hatte. Es war ein Geruch, der ihm sehr vertraut vorkam. Obwohl Didericas Ausdünstungen nur einen Anklang an den sehr viel stärkeren Geruch darstellten, wurde ihm, so wie vor Jahren, als das schale Aroma des öfteren plötzlich um seinen Grützelöffel wehte, dennoch übel davon.

Starr lag er neben ihr im Bett. Vorsichtig tastete er nach seinem Glied. Er dachte zurück an die Schnecken, die er, ein Kind noch, so oft neugierig an ihrem Haus aufgehoben hatte. Jedesmal, wenn er sie hochnahm, hatten die Schnekken sich blitzschnell in ihr Haus zurückgezogen. »Schnecke,

Schnecke, mach ein Päuschen, komm schnell raus aus deinem Häuschen«, hatte er sie dann gelockt, und manchmal war die Schnecke tatsächlich zum Vorschein gekommen, wobei aus dem Kopf zwei geheimnisvolle Stielchen gestülpt wurden. Wie eine dieser angsterfüllten Schnecken hatte sich auch sein Glied in eine Falte zwischen den beiden Hoden zurückgezogen. Während er nach dem verschrumpelten Glied tastete und sich ein wenig aufrichtete, wogte Übelkeit durch seinen Körper. Das war unverkennbar dieser widerliche Dunst, dieser niederschmetternde, zerstörerische Gestank des verwesenden Heilbutts, dieser Geruch, der so viel schwächer war als der allgegenwärtige Gestank der Gerberlohe, diesen aber dennoch mit spielerischer Leichtigkeit zu überlagern schien.

Ob ich vielleicht unfähig bin, dachte er erleichtert und ängstlich zugleich.

Er blieb noch eine Weile ruhig liegen, bis die Übelkeit verebbte, und fühlte dann den unwiderstehlichen Drang, einen Blick auf sein Geschlecht zu werfen. Er stieg aus dem Bett, nahm den Leuchter, der auf der Kommode stand, ging zum Fenster und betrachtete im Licht der flakkernden Kerze aufmerksam sein Glied. Noch nie war es so winzig gewesen. Dort, wo für gewöhnlich die Vorhaut glänzte, sah er nur ein paar runzelige Falten. Er dachte an das, was im ersten Vers von Deuteronomium 23 stand: »Es soll kein Zerstoßener noch Verschnittener in die Gemeinde des Herrn kommen.« Wenn einen das Schicksal bereits so schwer getroffen hatte, durfte man zudem nicht mal in die Kirche gehen. Oder war es vielleicht sogar ein Segen, daß man nicht in die Kirche durfte?

»Was machst du?« fragte Diderica.

»Ich schaue nach, ob er noch dran ist«, sagte er. »Es ist gerade so, als ob er weg wäre. Nachher kann ich nicht einmal mehr mein Wasser abschlagen.«

Auch sie verließ das Bett. Um ihren großen, kräftigen und fleischigen Körper drapierte sie ein Umschlagtuch. Sie trat näher, warf einen Blick auf sein Geschlecht, kicherte dann leise und sagte: »Wie soll das werden?«

»Ich weiß es nicht«, sagte er, »ich glaube, wir sind nicht füreinander bestimmt.«

»Was für eine Schnapsidee, uns beide miteinander zu verheiraten.«

»Zwei Huker und zwei Büsen auf Fahrt, aber meine Männlichkeit ist verschwunden.«

Wenn Roemers Mutter ihrer beider verlegenes, aber auch spöttisches Kichern gehört hätte, dann hätte sie vielleicht irrtümlich gedacht, daß eine Taufe bevorstand, bei der sie als erste mit der Zimtstange rühren durfte.

Solch ein spöttisches Kichern erzeugt für gewöhnlich Groll. So erging es auch Diderica. Je stärker ihr bewußt wurde, daß sie, wenn sich nicht grundlegend etwas änderte, nie Mutter werden würde, um so größer wurde ihr Groll. Sie beklagte sich darüber bei ihrer Mutter, der Witwe Croockewerff, und diese beraumte ein Konklave mit der Witwe Stroombreker an. Daraufhin unterhielten sich Mutter und Sohn erneut miteinander. Doch als Roemer wieder neben Diderica lag und ihr ach so flüchtiges, aber unverkennbares Heilbuttaroma roch, da verhielt sich sein Glied erneut so wie die Schnecken, die er als Kind so oft in die Hand genommen hatte.

Da er aber dennoch ein gesunder holländischer Bursche und folglich neugierig war, wie es wohl wäre, die fleischliche Vermischung zu betreiben, wurde auch sein Groll größer. Morgens erwachte er im ehelichen Bett oft mit einem steifen Glied, das eisern emporragte, bis er seine volle Blase geleert hatte.

Ob er Diderica, von diesem Umstand listig Gebrauch machend, vielleicht am frühen Morgen, noch ehe er sein Wasser abgeschlagen hatte, beschlafen konnte? Dies schien ihm ein wunderbarer Trick, seiner Unfähigkeit einen Streich zu spielen. Als sie aber an einem frühen Sommermorgen wieder zitternd und steif nebeneinander lagen und er sich über ihre massive Gestalt beugte und vorsichtig Anstalten machte, seine Männlichkeit in ihre Scheide einzuführen, da öffneten sich ihre Schamlippen kurz, und aus ihrer Vagina entwich leise blubbernd ein Wind. Im selben Moment hatte er plötzlich wieder diesen entsetzlichen Geruch von verdorbenem Heilbutt in der Nase, so daß sein steifes Glied, nun näher an ihrer Scheide als je zuvor, augenblicklich zu einer schlaffen, runzeligen Tülle zusammenschrumpelte.

»Es geht nicht«, murmelte er, »wirklich nicht, tut mir leid, aber es geht nicht.«

Erneut war das spöttische, nervöse Kichern zu hören, auf das nun jedoch eine Sturzflut von Tränen folgte. Es kam ihm so vor, als würde jede einzelne Träne das schale Heilbuttaroma verströmen.

Er stand auf, ging aus dem Zimmer und murmelte so leise, daß er selbst es nicht hören konnte: »Da gehe ich nie wieder rein, in Zukunft werde ich in meiner Mansarde schlafen.«

Island

An einem sonnigen Sonntagmorgen des Jahres 1756, ein paar Tage bevor seine beiden Huker mit den ersten Heringen des Jahres anlegen sollten, erfuhr er am Fuße der Breede Trappen von einem vorbeikommenden Kirchenältesten, daß der Morgengottesdienst in der Groote Kerk nicht von Pastor Daniël van Spang geleitet werden würde, sondern von dem inzwischen schon recht bejahrten Pastor Hoffman. Obwohl er wußte, daß es den Presbytern auffallen würde, wenn er in der hohen, ausschließlich für die Reeder bestimmten Bank fehlte, konnte er sich, als er auf dem Weg zur Kirche die Breede Trappen hinaufgegangen war, schlichtweg nicht überwinden, Richtung Schans zu gehen. Es war, als hörte er die Blutstegpredigt wieder, die Hoffman bei seiner Eheschließung gehalten hatte. Natürlich, er hatte seitdem oft Predigten von Hoffman beigewohnt und sie immer mit dem größtmöglichen Widerwillen angehört, doch diesmal hatte er sich innerlich auf eine Predigt von van Spang eingestellt. Da dieser Pastor erst seit 1754 sein Amt in Maassluis versah, waren seine Predigten vorerst noch weniger vorhersagbar als die von Hoffman. Außerdem kamen Blutstege und Blutbrücken darin nicht vor.

Einmal oben an der Treppe angekommen, bog er nach links in die Hoogstraat ab. Er ging den Zuiddijk entlang. Das Wasser im Zuidgeer war sehr wellig, obwohl es windstill zu sein schien. Vielleicht wehte gleich über der Wasseroberfläche eine anderswo nicht spürbare Brise. Bei der Kornmühle angekommen, schritt er kräftiger aus. Es tat ihm gut, so schnell zu gehen. Es war, als fühlte er alle angehäufte Unzufriedenheit unter seinem energischen Schritt zerfließen. Er war nun sechsundzwanzig Jahre alt, aber dennoch schien es ihm, als gehörte er zu den Alten. Es war ihm nie in den Sinn gekommen, daß eine aufgezwungene Ehe eine derartige Belastung darstellen könnte, und das, obwohl sich Diderica Croockewerff, ihrem unheilverkündenden Namen zum Trotz, als eine gutgelaunte, wortgewandte und fröhliche Frau erwiesen hatte. Oder stellte, abgesehen von seiner Unfähigkeit, weniger die Ehe eine Belastung dar als vielmehr das, was sich daraus ergeben hatte: vier Schiffe auf Fahrt? Um die Huker und Büsen machte er sich fortwährend Sorgen. Wenn sie nicht sicher im Kulk lagen, hatte er ständig Angst, sie könnten vor Island, vor den Shetlandinseln oder gar näher am heimatlichen Hafen, bei der Doggerbank, untergehen. Es konnte auch passieren, daß seine Schiffe von den Dänen aufgebracht oder von Seeräubern gekapert wurden. Vor gar nicht so langer Zeit erst war die *Duizent Vreesen* einer Kaperung nur entkommen, indem sie bei hohem Seegang geradewegs auf den Freibeuter zugesegelt war, als wollte der Huker ihn in Grund und Boden rammen, woraufhin die Piraten tatsächlich abgedreht waren.

Gewiß, seine vier Schiffe waren hoch versichert, doch was brachte einem ein großer Geldbetrag, wenn einer der Huker oder eine der Büsen untergegangen war? Mit Geld konnte man die Mannschaft nicht wieder lebendig machen. Und darum konnte man sich auch nicht erkaufen, daß die Hinterbliebenen einen nicht bei einer zufälligen Begegnung auf der Straße ansahen, als hätte man das Schiff eigenhändig gegen die isländischen Kliffe geworfen. Nicht, daß er derartige Erfahrungen bereits gemacht hätte, aber von anderen Reedern, die mit ihm im Fischereirat saßen, hatte er oft genug gehört, daß die Hinterbliebenen es den Schiffseignern ein Leben lang nachtrugen, wenn eine Büse oder ein Huker nicht zurückgekommen war. Weil all seine Schiffe auf See waren, hatte er darum auch in dieser Nacht entsetzlich schlecht geschlafen.

Jetzt aber war das Wetter herrlich. Keine Wolke am Himmel, und auch draußen herrschte zweifellos, vielleicht bis nach Island hinauf, eine ruhige Sommersee. Und bald war der große Moment, wenn der Sint-Jans-Hering ankam.

Von seinen vier Schiffen war nur die *Duizent Vreesen* auf großer Fahrt. Sie war am 15. April nach Island ausgelaufen und würde zehn bis zwanzig Wochen unterwegs sein. Spätestens Mitte Oktober würde sie wiederkommen, wahrscheinlich aber früher, vielleicht sogar schon Anfang August. Schon oft hatte er beim Schipper der *Duizent Vreesen*, der seinerzeit, damals noch Einpacker, beim Hereintragen des Riesenheilbutts geholfen hatte, darauf gedrungen, auf Frischfahrt zu gehen. Dann war das Schiff nur acht bis zehn Tage auf See, und die kostbaren Kabeljaue wurden in der Bünn lebend an Land gebracht. Aber die gesamte Besatzung der *Duizent Vreesen* wollte, so der Schipper jedesmal, nichts lieber, als auf Pökelfahrt nach Island gehen. Schließlich gebe es dort vor der Küste Kabeljaue, die so groß waren, daß sie beinahe Jona in ihrem Magen beherbergen könnten. Ach, er wußte verdammt gut, daß es seinen Schiffsleuten nicht in erster Linie um die Kabeljaue ging, sondern vielmehr um ihren Tauschhandel mit den Isländern. Jedes Besatzungsmitglied nahm heimlich Tabak, Tee, Wein, Branntwein und Genever mit auf die Fahrt. Die Rauchwaren und »destillierten Wasser« wurden gegen die wollenen Socken, Handschuhe und Pullover getauscht, welche die eifrigen Isländer während der dunklen Wintermonate bei Trankerzenlicht aus dunkelbrauner Schafswolle gestrickt hatten. Und diese wollenen Socken, Handschuhe und Pullover verkauften die Seeleute dann unter der Hand in Maassluis. Im Fischereirat beklagten sich die Reeder immer wieder darüber: Welche Maßregeln könne man ergreifen, um diesen Schleichhandel zu unterbinden?

»Laßt sie«, hatte er neulich auf einer Versammlung gesagt, »mißgönnt ihnen doch diesen zusätzlichen Verdienst nicht.«

»Das Ganze geht auf Kosten des Fangs, und wir haben dann den finanziellen Verlust«, hatte Lambregt Schelvisvanger gesagt.

»Es spornt unsere Leute an, nach Island zu fahren. Sonst würden sie nicht gern dorthin fahren, und uns gingen die riesigen Laberdane durch die Lappen, die sich ausschließlich dort, zu unserem Behufe, vor dieser Küste aufhalten.«

»Jedes Paar Socken kostet uns mindestens ein halbes Dutzend Laberdane.«

»Das glaube ich nicht.«

»Fast jeder in der Stadt geht auf isländischen Socken. Man kann sogar vorher bestellen, wie sie aussehen sollen. Einfarbig, mit einer Verzierung oder aber mit dreieckigen Fußknöchelstücken darin.«

»Ja«, hatte Reeder Klinge gesagt, »und fast alle wollen welche mit Verzierung haben. Oder aber mit weißen oder hellgelben Fußknöchelstücken. Je bunter, desto schöner. Unsere Seeleute betreiben einen einträglichen Handel damit, und wir können nur zusehen! Ich bin auch dafür, dem Ganzen Schranken zu setzen.«

»Und wie willst du das machen?« hatte Roemer ihn gefragt.

»Kurz vor dem Ablegen alle Kojen durchsuchen.«

»Das erzeugt nur Unmut. Und beim nächsten Mal verstecken sie ihren Tabak und Branntwein woanders.«

»So jung noch und bereits so lasch. Wie soll das noch werden?« hatte ein älterer Reeder gerufen.

»Wir sollten die isländischen Socken auf die nächste Versammlung vertagen«, hatte der Vorsitzende vorgeschlagen. »Dringender scheint mir im Moment die Wartung der Feuerbaken am Hafenausgang. Nach dem Johannistag werden die Tage wieder kürzer, und früher, als uns lieb ist, müssen die Feuerbaken wieder angezündet werden.«

An diesem sonnigen Sonntag morgen ging er auch auf Islandsocken. Wunderbar warmen, dunkelgrauen Socken. Marije hatte sie unter der Hand für ihn gekauft, und zwar ausgerechnet bei dem Seemann auf der *Duizent Vreesen*, der nun schon einige Jahre mit Anna Kortsweyl verheiratet war. Leider hatte er vom Schipper der *Duizent Vreesen* über Annas Mann, Grubbelt Heldenwier, nie ein böses Wort gehört.

Oft war es ihm passiert, daß er an jemanden dachte, den er dann auch zufällig an der nächsten Straßenecke traf. Dennoch war er nicht darauf vorbereitet, daß Anna nun vom Sluyspolder her auf dem Pfad entlang des Boonervliet auf den Zuiddijk zugelaufen kam. Er sah zwar, daß dort unten eine Frau am glitzernden Wasser entlangging, doch erst als sie beherzt auf den Deich kletterte, wurde ihm klar, wer da so unverzagt hinaufstieg. Er blieb stehen. Er wartete, bis ihre Haube über den langen Grashalmen erschien. Dann sagte er: »Anna.«

Sie erschrak und blieb stehen.

»Du fürchtest dich doch nicht vor mir?«

Er ging auf sie zu. Leicht vornübergebeugt hielt sie sich auf der entsetzlich steilen Böschung zwischen den Grashalmen im Gleichgewicht. »Komm«, sagte er, »gib mir deine Hand, dann ziehe ich dich hoch.«

Sie zögerte einen Moment, streckte ihm dann aber ihre Hand entgegen. Er zog sie aus dem hohen Gras auf den Deich hinauf. Und da roch er sie wieder, es war genau derselbe Duft, den er damals in dem engen Gang gerochen hatte, der Duft, der ihm schon damals den Kopf verdreht hatte.

»Oh, Anna«, stotterte er.

Fast entrüstet sah sie ihn fest an. Zuerst noch, als ärgerte sie sich über seinen sehnsüchtigen Blick, doch bald schon voller sanfter Verwunderung und schließlich sogar fast triumphierend.

»Wohin willst du?« fragte er.

»Nach Hause.«

»Wartet dort jemand auf dich?«

»Nein.«

»Hast du vielleicht Lust, ein wenig auf dem Deich spazierenzugehen? Das Wetter ist so herrlich.«

»Ja«, sagte sie.

Seite an Seite gingen sie über den schmalen Deichpfad. Hinter der Boonersluys wurde der Weg noch schmaler. Und uneben. Aber das störte ihn nicht und sie offenbar ebensowenig. Sie ging auf dem schmalen Weg neben ihm her, als hätte sie vor, einfach so mit ihm nach Vlaardingen zu gehen oder nach Schiedam oder sogar nach Rotterdam oder weiter noch, über die ganze Welt.

Auf dem sonnenüberfluteten Deich war kein Mensch zu sehen. Auf dem Maassluise Diep fuhren keine Schiffe. Rundherum herrschte tiefste Sonntagsruhe. Nur die Lerchen waren zu hören, stiegen unaufhörlich jubelnd gen Himmel, um dann, nur noch gelegentlich leise zwitschernd, ins hohe Gras zu sinken.

»Ich wünschte«, sagte sie plötzlich, »mein Mann ginge auf Frischfahrt. Dann wäre er nicht so lange weg. Das lange Alleinsein fällt mir schwer.«

»Verstehe ich das richtig, daß du mich bittest, ihn auf eines der anderen Schiffe zu versetzen?«

»Das wäre schön, aber er selbst will nicht, er fährt gern nach Island.«

»Wegen des Schleichhandels?«

»Ja.«

»Der Fischereirat will dem ein Ende machen.«

»Wäre dumm.«

»Das denke ich auch. Möglicherweise kostet dieser Handel ein wenig Zeit, die dann beim Fischen fehlt, aber die Vorteile überwiegen die Nachteile bei weitem.«

»Ohne diesen Handel würde es für die Fischer auch entsetzlich kärglich werden. Wenn sie nur von ihrem mageren Anteil an den Einkünften aus dem Fang leben müßten …«

»Also lieber nicht versetzen?«

»Ich weiß nicht. So lange allein … das fällt mir schwer. Vielleicht wäre es anders, wenn ich ein Kind hätte, doch offenbar hat Gott meinen Schoß verschlossen.«

»Na, na, du bist doch erst ein paar Jahre verheiratet. Du kannst noch Kinder gebären, bis du umfällst.«

»Wer weiß«, seufzte sie.

»Wir haben auch keine Kinder«, sagte er, »und ich fürchte, daß wir auch nie welche haben werden.«

Darauf erwiderte sie nichts, sie ging nur weiter, meistens nicht einmal auf dem Pfad, sondern gleich daneben, durch das hohe Gras. Darum hielt sie auch die ganze Zeit ihre Röcke geschürzt. Er rief: »Da schau her, du trägst auch isländische Socken.«

»Wer nicht in Maassluis?«

»Pastor Hoffman.«

»Der Widerling!«

»Woher kennst du ihn? In der Kirche sehe ich dich nie.«

»Er hat uns getraut. Salbaderte von einem Blutsteg, den der Blutbräutigam auf Golgatha geschmiedet und kalfatert haben soll.«

»Allmächtiger, er hat bei eurer Eheschließung dieselbe Predigt gehalten wie bei unserer! Doch warum sehe ich dich nie in der Kirche?«

»Was haben wir armen Schlucker dort schon zu suchen?«

»Es gibt genug arme Schlucker, die sehr wohl zur Kirche gehen.«

»Meine Mutter war sehr dagegen, daß wir zur Kirche gehen. Mich selbst interessiert es nicht die Bohne. Aber ...«

»Trotzdem schade. Wenn du gegangen wärest, hätte ich dich jeden Sonntag sehen können. So mußte ich jedesmal an der Tanweide vorbei. Aber das traute ich mich schon bald nicht mehr, weil du dann von den anderen Netzknüpferinnen gehänselt wurdest.«

Sie antwortete nicht, sah ihn nur kurz, scheu von der Seite und zutiefst betrübt an. Er reichte ihr die Hand, sie schaute weg, seufzte tief, drückte dann recht linkisch ihre Haube an seine Schulter. Dadurch verloren sie das Gleichgewicht. Unversehens rutschten sie die Deichböschung hinunter und kamen erst an einem spröden Weidenbäumchen zum Stillstand, das sich mitten auf dem Hang zwischen der tauben Trespe und dem Wiesenfuchsschwanz erhob. Vom hohen Gras verschluckt, lagen sie da, gleich nebeneinander und vom Deich aus schon nicht mehr zu sehen, weil die Halme so schwindelerregend in die Höhe ragten. Er drückte sie an sich, sie richtete sich im hohen Gras halb auf, ihre Haube löste sich, und die roten Locken purzelten links und rechts von ihrem breiten Gesicht herab. Er hörte einen Zaunkönig schrill schimpfen. Es war, als stieße er Warnrufe aus.

Dann erklang wieder das Jubeln der aufsteigenden Lerche, und als wäre es die allernormalste Sache der Welt, nahm er ihr Gesicht, das so prachtvoll von der Sturzflut aus roten Locken umrahmt wurde, in beide Hände und küßte Anna mitten auf den Mund. Es erstaunte ihn, daß er vollkommen über die Fähigkeit verfügte, all diese Handlungen ganz selbstverständlich auszuführen, obwohl er doch im Ehebett mit Diderica noch nie etwas Ähnliches getan hatte. Jetzt geschah es von ganz allein und wurde von seinem Gegenüber entsprechend erwidert. Er streichelte und küßte, sie streichelte und küßte, die Sonne schien unbändig auf sie herab, er hörte das Säuseln des Windes zwischen den Stengeln von Wiesenfuchsschwanz, tauber Trespe und brauner Segge, und es schien, als wäre er betrunken, benebelt, als wäre er sich dessen, was er tat, kaum noch bewußt. Sein Schneckenglied drückte unbarmherzig gegen den festen Stoff seiner Hose. Er merkte, als sie genug gestreichelt und geküßt hatten, daß sie viel mehr Erfahrung hatte, und darum ließ er sie machen. Kurz zuckte er noch zurück, als sie, nachdem sie ihre langen Röcke geschürzt hatte, sein Glied aus seiner Hose zum Vorschein zauberte und es einfach in sich einführte. Sie lag auf ihm und bewegte sich so lange hin und her, bis er ihr all seinen Samen gegeben hatte.

Anschließend lagen sie eine Weile still nebeneinander. Schließlich sagte sie: »Das kommt davon, wenn man so lange allein ist. Vor lauter Elend nimmt man sich einfach einen anderen Mann.«

»Hast du das vorher auch schon mal getan?«

»Nein, aber ich habe oft daran gedacht.«

»Du solltest lieber aufpassen. Verdacht der fleischlichen Vermischung, und du hast dich schon fast strafbar gemacht.«

»Ja, wir schon. Wenn man aber Reeder ist, dann wird ein solcher Fehltritt sehr schnell für komposibel erklärt.«

»Daß du solche Begriffe kennst!«

»Glaub nicht, ich wäre dumm oder ungebildet, bloß weil ich aus der Sandelijnstraat komme und nun im armseligen Lijndraaiersslop wohne.«

»Vielleicht sollten wir mal so langsam zurückgehen.«

»Nein, großer Herr, du bleibst hier noch ein Weilchen liegen. Ich gehe zurück. Bis jetzt hat uns noch niemand zusammen gesehen, aber wir dürfen nicht darauf hoffen, daß dies so bleibt. Es ist also besser, wenn ich allein zurückgehe, und du folgst erst später.«

Er blieb zwischen blauem Pfeifengras, Dreizahn und

Hasenschwänzchen liegen. Seine Büsen und Huker waren auf dem Meer, aber das kümmerte ihn nicht. Er war ungebunden, frei, hatte keine Sorgen, fühlte sich träge und friedlich. Er spürte, wie der Schlaf, nach dem er sich in der Nacht so verzweifelt gesehnt hatte, sich nun mit milder Nachsicht seiner erbarmte, er träumte, er läge zwischen hohen Grashalmen und ergötzte sich mit Anna, er wachte auf und wußte nicht mehr genau, ob es nun tatsächlich zu einer fleischlichen Vermischung gekommen war oder ob er all das nur geträumt hatte. Waren die Halme rund um die Stelle, an der er lag, von Anna umgeknickt worden, oder hatte er das getan? Es war nicht zu erkennen. Als er sich langsam erhob und auf der Böschung schwindelig hin und her wankte, da war er sich fast sicher, daß er die ganze Zeit allein dort gelegen hatte. Es konnte doch unmöglich wahr sein, daß er sich an der Frau eines seiner Untergebenen vergriffen hatte?

Der Fürst der Organisten

Zwei Monate später saß er in der Veerstraat in seinem Comptoir und rechnete eifrig. Das letzte Schiff, das mit einem so großen Fang in den Kulk eingelaufen war, daß die Heringe unsortiert geblieben waren, hatte ihm Einnahmen von nicht ganz sechstausend Gulden gebracht. Die Ausgaben an Netzen betrugen achtzehnhundert Gulden. Vierhundert Gulden hatte er für Taue und Zimmerarbeiten aufwenden müssen. Etwa die gleiche Summe hatten die Fässer gekostet, zuzüglich fünfzig Gulden für das Bereifen. Das sündhaft teure, aber vortreffliche Sankt-Ubes-Salz, das aus Setúbal kam, hatte ihn rund dreihundertfünfzig Gulden gekostet. Für Proviant hatte er siebenhundert Gulden bezahlt und an Löhnen siebzehnhundert. Zusätzlich hatte er jedem Besatzungsmitglied als Prämie eine Vierteltonne unsortierte Heringe gegeben. Die Abschreibung veranschlagte er auf zweihundert Gulden, die übrigen Kosten, inklusive der hohen Versicherungsprämie, beliefen sich auch leicht auf tausend Gulden. Den Gesamtausgaben von sechstausendachthundert Gulden standen also Einnahmen von etwa sechstausend Gulden gegenüber. Mit anderen Worten: Er hatte einen Verlust von achthundert Gulden erlitten. Hätte das Ergebnis anders ausgesehen, wenn der Fang nicht so groß gewesen und bereits auf dem Schiff nach Vollheringen, Matjes und Hohlheringen sortiert und in Tonnen gepackt worden wäre? Aber die Einkünfte von den anderen Büsen, die während des Sommers mit großen Fängen Jacobi-Hering eingelaufen waren, hatten auch alle so um die sechstausend Gulden gelegen. Vielleicht konnten die Verluste ja noch durch den Bartholomäi-Hering ausgeglichen werden, der in der letzten Augustwoche und in den ersten beiden Wochen des Septembers hochgeholt wurde, oder durch den Kreuzhering, den man nach dem 14. September fangen konnte.

Nichtsdestotrotz war ihm klar, daß es deutliche Einsparungen geben mußte. Aber wo sollte er diese vornehmen? Abgesehen vom seit jeher sündhaft teuren Salz stiegen die Preise für alle notwendigen Dinge immer weiter. Auf eigene Faust mit einem Schiff in Portugal Salz einkaufen? Er wußte, daß Vlaardinger Reeder bereits gemeinsam ein Handelsschiff losgeschickt hatten, das grobes und feines Pökelsalz geradewegs von den Salzbänken in Setúbal nach Holland transportierte. Auf der Hinreise hatte der Huker getrockneten Laberdan geladen. Durch den Verkauf des Stockfischs sollten die Kosten einigermaßen überschaubar gehalten werden.

Den größten Posten auf der Ausgabenseite stellten natürlich die Netze dar. Aber konnte man bei den Garnen noch etwas einsparen? Netzflickerinnen verdienten einen Stuiver pro Tag. Im Fischereirat war bereits darüber diskutiert worden, diesen Betrag zu kürzen, doch er hatte sich dagegen ausgesprochen. Dann müßte Anna mit noch weniger Geld auskommen, obwohl sie in seinem sonntagmorgendlichen Traum bereits die Worte »kärglich« und »mager« benutzt hatte.

Der Klopfer pochte gegen die Haustür. Er starrte auf die Ausgabenposten. Sosehr er auch grübelte, er sah keinerlei Möglichkeit, derart substantielle Einsparungen vorzunehmen, daß er keinen Verlust mehr machte.

Jemand klopfte an die Tür seines Comptoirs. »Ja, bitte«, rief er.

Marije öffnete die Tür. »Meister Spanjaard ist unten. Läßt fragen, ob Sie Lust haben, ihn zur Groote Kerk zu begleiten. Dort spielt nachher ein Organist aus Groningen.«

Sofort erhob er sich. Kurz raus, kurz weg von den deprimierenden Berechnungen, das wäre ein großes Vergnügen, so befriedigend das Jonglieren mit Zahlen an sich, ganz losgelöst von den weniger schönen Ergebnissen, auch war. Er stieg die Treppe hinunter und begrüßte Meister Spanjaard, der mit dem Hut in der Hand in der Diele auf ihn wartete.

»Ich komme gern mit«, sagte er.

Als sie die Breede Trappen hinaufstiegen, fragte er: »Und? Noch etwas von Thade gehört?«

»Wir haben einen Brief aus Galle auf Ceylon bekommen. Er schreibt, daß die Kakerlaken dort größer sind als die Zaunkönige hier.«

»Es geht ihm also gut?«

»Nach dem zu urteilen, was ich in seinen Briefen lese, floriert er dort. Er überlegt, dort zu bleiben.«

»Aber er wollte doch nach Java?«

»Ja, aber Ceylon hat ein angenehmeres Klima. Und wie es aussieht, braucht man dort gerade Verwaltungsbeamte.«

»Thade Beamter?«

»Ja, hier nimmt er Reißaus, weil Maassluis so ein verschlafenes Nest ist, um sich dann dort, am anderen Ende der Welt, in einem anderen öden Nest auf einem Bänkchen hinter einem Kontortisch niederzulassen. Vor dem Fenster, zumindest wenn es dort Fenster gibt, kannst du dann Schmetterlinge vorbeiflattern sehen, die so groß wie Klingelbeutel sind. Das ist doch ein Gewinn.«

»Vielleicht kann er dort auch einmal einen Blick auf den Fischfang werfen. Wer weiß, vielleicht kennt man dort Kunstgriffe …«

»Thade und Fisch? Er verabscheute den Gerberlohe- und Fischgeruch hier. Dieser Gestank war für ihn der wichtigste Grund wegzugehen.«

»Aber dann hätte er doch nicht weiter weggehen müssen als bis nach Schipluiden. Wenn hier ein Huker mit verdorbenen Seeteufeln einläuft, dann riecht man beim Likkebaartshof schon nichts mehr davon.«

»Mich stört der Fischgestank nicht. Und wo sonst findet man eine so wunderbare Garrels-Orgel?«

»Die Garrels-Orgel in Maasland ist auch hervorragend.«

»Gewiß, aber sie ist eine Nummer kleiner. Dieser Groninger, Jacob Wilhelm Lustig, wird allseits gelobt. An Stelle von Lootens wird er heute nachmittag ein Stündchen spielen. Lootens kam selbst, um es mir zu berichten.«

»Ich finde diesen Lootens nicht so viel besser als Jaarsma.«

»Ja, schade, daß Jaarsmas Nachfolger, Joachim Hess, nach so kurzer Zeit wieder weggegangen ist. Sitzt jetzt auf der Bank der wunderschönen Moreau-Orgel in Gouda. Wird dort, so hörte ich von meinem Bruder, auf Händen getragen.«

»Lootens wird auch nicht sehr lange bleiben. Er versteht sich mit den Presbytern ebensowenig wie Hess.«

»Das sind mir aber auch ein paar sture Dickköpfe.«

Sie gelangten zur Kirche. Es war kurz vor drei. Wegen des grauen Wolkenhimmels hatte man in der Kirche den Eindruck, der Abend wäre bereits hereingebrochen. Sie gingen zu der Bank für die Reeder.

»Darf ich mich hier zu dir setzen?« fragte Meister Spanjaard.

»Wohl nicht«, erwiderte Roemer, »erst neulich hat es im Fischereirat große Aufregung gegeben, weil die Konfirmanden nach dem Gottesdienst eine Weile in den Reederbänken gesessen haben. Darum hat man jetzt auch goldene Schlösser auf den Türen zu den Bänken anbringen lassen.«

Mit einem neuen Schlüssel öffnete Roemer eines der Türchen zu den Reederbänken.

»Komm rein«, sagte er zu Meister Spanjaard.

Sogleich bemerkte er, wie die Presbyter, die vorne in ihren eigenen Bänken saßen, die Köpf zusammensteckten und, auf die Reederbank deutend, leise diskutierten.

»Mich dünkt«, sagte Roemer, »daß die Reeder heute abend schon wissen werden, daß Meister Spanjaard in ihren Bänken gesessen hat. Bestimmt wird dies bei unserer nächsten Versammlung ein Tagesordnungspunkt werden.«

»Kann ich mich dann nicht besser woanders hinsetzen?« fragte Meister Spanjaard.

»Ich werde ihnen mit Nachdruck sagen, daß ich jemanden, der mir so gut Französisch beigebracht hat und mich abholt, um einem Organisten aus Groningen zuzuhören, gastfreundlich auf einen Platz in der Reederbank einladen können muß. Und wenn ihnen das nicht ausreichend erscheint, werde ich sie darauf hinweisen, daß du wie ein zweiter Vater für mich bist.«

Ein Akkord ertönte.

»Er beginnt«, flüsterte Meister Spanjaard.

Dann erklang, mit hervortretender Stimme im Oberwerk, so daß es schien, als kämen die Töne vom Himmel herab, ein Musikstück, wie es Roemer noch nie zuvor gehört hatte. Die melodieführende Stimme intonierte einen Klagegesang. Oder war es weniger ein Klagegesang als vielmehr ein flehentliches Bitten, ein demütiges Bitten um Gehör? Und diese einsame Stimme wurde von mächtigen, tiefen, geduldig fortschreitenden Baßnoten begleitet, während zwischen dieser Stimme und den Baßtönen eine beweglichere Stimme weitereilte. Nichts, was Roemer jemals auf der Orgel, auf dem Cembalo im Gasthaus De Gouden Zon von Joan Georg Eijckentopf oder auf den Instrumenten vornehmer Meister gehört hatte, konnte sich mit dem messen, was er jetzt vernahm. Nie hätte er sich vorstellen können, daß es solche Musik gab, Musik, die sein ganzes Leben auf den Kopf stellte.

Als das Stück zu Ende war, stieß Meister Spanjaard ihn an: »Na, da kannst du mal sehen«, sagte er, »das ist ...«

Das zweite Stück begann. Es war lebendiger und darum auch frivoler. Gewiß, auch dies war eine Offenbarung, aber es konnte der flehentlichen Bitte nicht das Wasser reichen. Und es zeigte sich, daß keines der Stücke, die im Laufe der Stunde noch folgten, an das erste herankam.

Sobald das einstündige Orgelspiel vorüber war, sagte er zu Meister Spanjaard: »Über das erste Stück will ich mehr wissen.«

»Dann laß uns zum Organisten gehen.«

»Vielleicht ist er bereit, es noch einmal zu spielen, wenn wir ihm ein paar Stuiver zustecken.«

Lustig war schon in die Kirche heruntergekommen und

sprach, unter der Orgelbühne stehend, mit dem Organisten der Kirche.

Roemer trat auf ihn zu, stellte sich vor, drückte die Hand des Organisten und sagte dann: »Von wem stammt das erste Stück?«

»Von einem Deutschen. Ein Choralvorspiel. *Ich ruf zu dir, Herr Jesu Christ.*«

»Könntet Ihr das vielleicht noch einmal spielen?«

»Warum?«

»Weil ich noch nie etwas derart Ergreifendes gehört habe.«

»Es stammt aus der Feder des Fürsten der Organisten, Johann Sebastian Bach. Wie man hört, ist er neulich nach einer Augenoperation in Leipzig gestorben. Dank meiner Kontakte in Ostfriesland ist es mir gelungen, in den Besitz einer Abschrift des Choralvorspiels zu gelangen. In ganz Deutschland zirkulieren Abschriften der Orgelwerke dieses Großfürsten. Ich wünschte, ich könnte mir weitere verschaffen, aber in Deutschland reißen die Organisten sie sich gegenseitig gierig aus den Händen. Zur Not würde ich die Kopie sogar selbst anfertigen, aber selbst wenn man nur eine Abschrift von einer Abschrift macht, muß man dafür bezahlen.«

»Wenn Ihr das Stück noch einmal spieltet, könnte ich Euch vielleicht ein wenig Kopiergeld zustecken.« Dann wandte er sich an Lootens. »Und Euch auch. Denn macht mir die Freude und kopiert, wenn es möglich ist, dieses Stück. Mir wäre viel daran gelegen, wenn Ihr es bei Gelegenheit wieder einmal für mich spielen wolltet.«

Bald darauf erklang *Ich ruf zu dir, Herr Jesu Christ* noch einmal in der Groote Kerk von Maassluis. Nie würde er dies vergessen. Bevor ihn die erschütternde Nachricht, die ihm bald darauf zugeflüstert wurde, erreichte, hatte sich sein Leben definitiv verändert. Hatte der Allmächtige ihn darauf vorbereiten wollen? Selbst als er die Breede Trappen Richtung Veerstraat hinunterging, schossen ihm immer wieder Tränen in die Augen. Auf der anderen Seite der Monsterse Sluis stieg auch Meister Spanjaard die Breede Trappen hinab. Er verschwand im Schoolslop.

Als Roemer bei der vorletzten Stufe angekommen war, bemerkte er eine Frau in der schmalen, bereits in Dämmerlicht getauchten Gasse zwischen den Häusern am Deich und denen in der Veerstraat. Offenbar hatte sie auf ihn gewartet. Sie winkte ihn herbei. Er ging auf sie zu. Sie setzte sich in Bewegung und verschwand tiefer in die Gasse hinein. Er folgte ihr.

»Anna«, sagte er, »was fehlt dir?«

Sie sah ihn fest an und flüsterte dann, während sie sich ängstlich umschaute: »Deinetwegen komm ich ins Kindbett.«

Er stand da, in der engen, finsteren Gasse, und es war, als hätte das demütige Flehen, das er vorhin vernommen hatte, ihn vor allem hierauf vorbereiten wollen. Dank der Musik nahm er diese bestürzende Mitteilung recht gefaßt auf, er konnte sogar ziemlich ruhig fragen. »Bist du dir sicher?«

»Ja, und mein Mann ist immer noch nicht zurück.«

»Stimmt, aber er wird sehr bald hier sein.«

»Ich hoffe es. Vielleicht läßt es sich dann noch verheimlichen …«

»Wenn es soweit ist, werde ich für die Kosten der Geburt aufkommen.«

»Zunächst und vor allem kommt es darauf an, daß keiner merkt, daß er nicht der Vater ist. Aber selbst wenn er morgen wiederkommt, ist das Kind bereits zwei Monate unterwegs. Das einzige, was ich tun kann, ist, nach der Geburt standhaft behaupten, daß es ein Siebenmonatskind ist.«

»Aber dein Schoß ist doch verschlossen, hast du gesagt.«

»Das dachte ich, ja, ich verstehe das auch nicht. Ein Fehltritt im Gras ...«

»Ob sein Samen vielleicht unfruchtbar ist?«

»Der Samen eines Mannes? Unfruchtbar? Wer hat dergleichen je gehört?«

»Wenn das Kind da ist, werde ich dir jede Woche heimlich fünfundzwanzig Stuiver zukommen lassen.«

»Das ist wohl das mindeste.«

»Schon gut, ich werde dir dreißig geben.«

»Können wir nicht zusammen verschwinden?«

»Wohin?«

»Weiß ich nicht. Ach, nein, das geht natürlich nicht. Ich wünschte nur, die *Duizent Vreesen* wäre bereits wieder hier.«

»Sie ist nun schon fünfzehn Wochen unterwegs. Vor Ende des Monats liegt sie im Kulk.«

»Was soll ich in Gottes Namen bloß anfangen, wenn er herausbekommt, daß das Kind nicht von ihm ist? Wenn ich dann niederkomme, wird man mich zwingen, den Namen des Vaters unter Eid zu nennen. Denn wenn ich das nicht mache, habe ich, wie du weißt, kein Recht auf die Hilfe der Hebamme.«

»Sollte es soweit kommen, hast du die Erlaubnis, meinen Namen zu nennen.«

»Dann verlieren wir beide unsere Ehre.«

»Wenn ich vor dem Schöffengericht erscheinen muß, kann ich immer noch einen Eid schwören.«

»Ja, du schon, aber ich … wenn du einen Eid schwörst, wird der Schultheiß dir recht geben.«

»Und ich bin von aller Schande frei und kann dir, was immer auch geschieht, auf jede mögliche Weise helfen und beistehen. Aber ich wette zehn zu eins, daß es nicht soweit kommt. Du bekommst dein Kind, und alle werden denken, daß Grubbelt es gezeugt hat.«

»Dann muß er aber bald wiederkommen, am besten morgen.«

»Noch nie ist die *Duizent Vreesen* erst im September wieder in den Hafen eingelaufen. Vor Ende August liegt sie wieder im Kulk.«

»Vielleicht ist sie ja auch vor diesen elenden Küsten Islands untergegangen.«

»Wenig wahrscheinlich, es war ein schöner Sommer.«

»Oder sie wurde aufgebracht und nach Dänemark geschleppt.«

»Aufgebracht? Bestimmt nicht. Die dänischen Schlappschwänze haben 1740 zum letzten Mal fünf Huker aufgebracht. Darüber hat es damals großes Theater gegeben. Seitdem sind sie sehr viel kulanter.«

»Ich mache mir solche Sorgen. Jede Nacht wälze ich mich nur von einer Seite auf die andere.«

Er legte seine Hand auf ihre Schulter, zog sie vorsichtig an sich heran, drückte sie an sich, spürte ihren Duft und sagte leise: »Anna, Anna.«

Er summte die flehentliche Bitte *Ich ruf zu dir, Herr Jesu Christ.* Ganz offensichtlich darüber erstaunt, daß er unter diesen Umständen in der Lage war, ein Lied zu summen, sah sie ihn an. Es munterte sie auf, sie lächelte sogar und sagte: »Ein Kind von dir und mir, wer hätte sich das je vorstellen können?«

»Nachher, wenn ich nach dem Essen die Bibel zur Hand nehme, werde ich Psalm 96 lesen. Das mußt du auch tun, wenn du zu Hause bist. ›Der Himmel freue sich, und die Erde sei fröhlich; das Meer brause und was darinnen ist; das Feld sei fröhlich und alles, was darauf ist; und lasset rühmen alle Bäume im Walde.‹«

»Wie soll ich jubeln, wenn ich in einigen Monaten auf Stroh niederkommen muß?«

»Du schläfst auf Stroh? Hast du keine Liege oder Bett, dort im Lijndraaiersslop?«

»Nein.«

»Kein Bett, das ist doch …«

»Glaub nicht, wir wären die einzigen«, sagte sie scharf. »Kaum jemand im Lijndraaiersslop oder in der Sandelijnstraat hat ein Bett.«

»Ich werde dafür sorgen, daß du, wenn das Kind geboren wird, über ein Bett verfügst. Oder nein, ich werde zusehen, daß du sobald wie möglich eines bekommst.«

»Du kannst mir nicht einfach so ein Bett bringen lassen. Das wäre sehr auffällig, und …«

»Ach, ich finde schon einen Weg, dir ein Bett zu verschaffen, ohne Aufsehen zu erregen.«

La Ville de Paris

Ende September 1765 machte Roemer sich an einem sonnigen Herbstmorgen mit der ersten Treckschute auf den Weg nach Den Haag. Im Beigeordnetenrat für die Fischerei hatte er, nachdem die üblichen Tagesordnungspunkte abgehandelt waren – es waren immer wieder nur die Feuerbaken, der Unterhalt des Ködertümpels, die Befestigung der Ufer und Hafendämme, die Absperrung des Sluyser Diep mit Ketten, das Ausbaggern des Hafens sowie der Unterhalt und der Betrieb der Netzgerberei, die ihre Aufmerksamkeit verlangten –, einen kühnen Vorschlag gemacht.

»Schon seit vielen Jahren«, sagte er zu den acht Reedern und den zwei Buchhaltern, die zusammen mit ihm den Rat bildeten, »bringt der Heringsfang bedeutende Verluste.« Zum Teil könnten diese Verluste dadurch aufgefangen werden, daß man die Büsen nach der Heringssaison noch auf Frischfahrt zur Doggerbank segeln ließ, um dort Kabeljau und Schellfisch zu fangen. Zum Teil dadurch, auch wenn die Konkurrenz des echten Frachttransports mit Flüten mörderisch sei, daß man die Büsen und Huker nach dem Fang als Frachtschiffe fahren lasse, die nassen und trockenen Fisch nach Frankreich, ins Baltikum oder nach Hamburg brachten. Auf die Dauer jedoch, das sei vorauszusehen, sei die Große Heringsfahrt in Anbetracht der jährlichen Verluste zum Untergang verurteilt.

»1750 hatten wir noch zweiundzwanzig Büsen auf Fahrt«, sagte er düster. »Seitdem ist die große Fischerei so drastisch zurückgegangen, daß unsere Büsenflotte halbiert wurde. Auch in Vlaardingen, so habe ich verlauten hören, ist die Heringsfischerei zurückgegangen. Von den einhundertachtzehn Büsen des Jahres 1752 fährt kaum noch die Hälfte.«

Er machte eine Pause und sah die zehn Männer, die rund um den großen Tisch im Saal des Rathauses in der Hoogstraat saßen, der Reihe nach ernst an. Der noch blutjunge Lambregt Schelvisvanger erwiderte Roemers Blick mit seinen klaren Weihenaugen listig und höhnte dann: »Ihr berichtet uns nichts Neues. Neu wäre es, wenn Ihr ein Remedium wüßtet.«

»Mich dünkt«, sagte er, »daß es, wenn wir uns über ein Remedium beraten wollen, keiner ausführlichen Diskussion bedarf, um zu beschließen, daß wir uns derzeit in einer Situation befinden, die Hilfe aus der Staatskasse nötig macht.«

Es war, als hätte der Blitz eingeschlagen. Sowohl die Reeder als auch die Buchhalter erhoben zugleich ihre tiefen Stimmen. Reeder Griffioen, der älteste in der Gesellschaft, rief verzweifelt, daß eine solche Prämie noch viel mehr Einmischung der Regierung in den Heringsfang mit sich brächte, während dieser jetzt schon durch zahllose Verordnungen und Vorschriften eingeschränkt sei. Doch er war der einzige, der den Vorschlag nicht unterstützte.

»Aber natürlich«, sagten die anderen. »Ja, selbstverständlich, daß wir darauf nicht früher gekommen sind, ja, ja, die Generalstaaten müssen uns beispringen, dank der Großen Heringsfahrt florieren die Seilschlägereien, die Transiedereien, die Segelmachereien, die Schiffszimmerwerften, die Schmieden, die nassen und die trockenen Böttchereien, natürlich, die Staatskasse, ein Beitrag daraus, das ist nichts weniger als selbstverständlich. Schließlich beträgt die Summe, die von den Gilden und Amtsherrlichkeiten, um von uns selbst gar nicht erst zu reden, an den Steuereintreiber abgetragen wird, ein Vielfaches dessen, was uns als Prämie gezahlt werden müßte.«

Anschließend hatte man mit den Vlaardinger Reedern Gespräche geführt. Auch sie waren, obwohl es bei ihnen ebenfalls Widerstand wegen der Gefahr obrigkeitlicher Einmischung gab, der Ansicht, daß eine solche Prämie aus der Staatskasse eine Hilfe sein könnte. Eine Bittschrift wurde aufgestellt und nach Den Haag gesandt. Nach Monaten kam die Nachricht, man wünsche mündliche Auskunft hinsichtlich des Ersuchens. In einer gemeinsamen Versammlung beschlossen der Vlaardinger Magistrat und der Fischereirat aus Maassluis, daß Roemer Stroombreker zu den Generalstaaten entsandt werden sollte.

Darum reiste er, kurz vor Sankt Bavo am 1. Oktober, mit allen Dokumenten und Akten zur Heringsfischerei und ein paar Fäßchen Präsenthering an einem sonnigen Septembertag mit der ersten Treckschute nach Den Haag. Er konnte vor seiner Haustür einsteigen, denn schon seit Menschengedenken fuhr die Treckschute in der Veerstraat ab.

Sobald sie die hohe Treppenbrücke am Markt hinter sich gelassen hatten, wurde er unruhig. Nur noch einen Moment, dann tauchte rechts der Lijndraaiersslop auf. Zögernd blieb er an Deck der Treckschute. Natürlich, die Passagiere hielten sich immer im dumpfen Roof auf, doch er wollte noch einen kurzen Blick in den Lijndraaiersslop werfen. Ihm war, als hätte er jetzt, mehr als an einem gewöhnlichen Tag, ein gewisses Recht darauf, seinen Sohn zu sehen. Sein Kind war inzwischen acht Jahre alt. Als es geboren wurde, hatte Anna, so erzählte man sich, »am Abgrund des Todes gestanden«. Das Neugeborene selbst war so winzig, so mager gewesen, daß die Mutter nicht einmal zur Lüge, es sei viel zu früh gekommen, hatte greifen müssen. »Ach ja, ein Siebenmonatskind, kaum lebensfähig«, hatte die Hebamme spontan ausgerufen.

Er hätte sich nie vorstellen können, daß das Wissen, einen außerehelichen Sohn gezeugt zu haben, sich in allgegenwärtigem, beständig bohrendem Seelenleid äußern würde. Jeden Tag spürte er das erstickende Verlangen, durch den Lijndraaiersslop zu schlendern, um einen Blick auf ihn werfen zu können. Wie ging es ihm? War er bei guter Gesundheit? Oder etwa nicht? Da hatte er einen Sohn, wußte aber so entsetzlich wenig von ihm. Hin und wieder sah er das zierliche Kerlchen, ausgerechnet an der Hand von Grubbelt Heldenwier, am gegenüberliegenden Ufer des Noordvliets gehen. Der Junge war, so wie allgemein üblich, nach seinem gesetzlichen Großvater Gilles Heldenwier benannt.

Roemer schaute in den Lijndraaiersslop hinein. Es war ziemlich dunkel dort. Die Septembersonne war noch nicht hoch genug gestiegen. Am Zügel geführt, trottete ein Grauschimmel mit schallendem Hufgeklapper über das Kopfsteinpflaster der schmalen Gasse. Das Tier nahm ihm die Sicht auf die Gestalten, die in der Morgendämmerung nur undeutlich zu sehen waren.

Schon waren sie an dem Slop vorbei. Wie schnell so eine

Treckschute doch fuhr! Er setzte sich im Roof zu den anderen Passagieren. Er hatte kaum Platz genommen, da lispelte ein Gnom, der ihm schräg gegenübersaß, auch schon: »Na, Herr Reeder, wie denkt Ihr darüber? Man will uns Datheen nehmen.«

»Das wird schon nicht so schlimm werden«, sagte er ruhig. »Nach allem, was ich weiß, dauert es noch mindestens zehn Jahre, bis die gereimten Psalmen eingeführt werden.«

»Zehn Jahre sind ruckzuck vorbei, vergehen wie im Flug, schon jetzt müssen wir uns mit allen Mitteln zur Wehr setzen. Hier und da werden die Psalmen bereits in den aalglatten Glibberreimen von Johannes Eusebius Voet gesungen.«

»Ja ja, aber so schlecht ist dieser Eusebius gar nicht. Neulich habe ich Psalm 3 in seiner Reimfassung gelesen. Einfach, aber doch anmutig. ›Ich schlief ganz ohne Sorgen, in Gottes Treu geborgen, bis ich erfrischt erwachte, denn Gott stand mir zur Seit', er trug mit mir das Leid, das schwer mein Leben machte.‹«

»Ihr könnt das Lied auswendig!« kreischte das Kerlchen zutiefst entrüstet.

»Der Allmächtige hat mir ein gutes Gedächtnis für Zahlen und Reime geschenkt. Oft muß ich einen Reim nur einmal laut lesen, und schon kann ich ihn auswendig. Was ich aber nicht weiß, ist, wie der Psalm von Datheen an dieser Stelle lautet. Wißt Ihr's?«

»Woher sollte ich das wissen?« brummte der Zwerg.

»Wenn Euch aber doch an Datheen so viel liegt, dann müßtet Ihr doch wissen, was er an dieser Stelle gedichtet hat.«

»Der Herr hat recht«, sagte eine Frau, die ein Häubchen auf dem Kopf trug und dem Gespräch aufmerksam zugehört hatte.

»Lächerlich«, kreischte das Kerlchen, »warum sollte ich oder sonstwer, bloß weil der Herr Reeder zufällig ein paar Zeilen in der Reimfassung des Stümpers Eusebius Johannes Voet kennt, Datheens herrliche Strophen ...«

»Aber wenn es doch so herrliche Strophen sind ...«

»Herr Reeder, Ihr werdet noch davon hören, wir werden uns mit allen Mitteln wehren, wir lassen uns Datheen nicht abluchsen, genausowenig wie wir uns unsere Art zu singen nehmen lassen werden. Denn die, werte Menschen hier an Bord, will man auch gründlich ändern. Man will uns dazu verpflichten, schneller zu singen. Oh, oh, wo bleibt da die Ehrfurcht vor Gottes heiligen Gesetzen und Geboten?«

»Aber so, wie jetzt bei uns gesungen wird«, warf Roemer ein, »so unglaublich schleppend und mit Verzierungen nach eigenem Gutdünken bei jeder Note, das hat doch mit Ehrfurcht nichts mehr zu tun. Endloses Zögern und Zaudern auf der letzten Note jeder Zeile, ist es das, was der Allerhöchste von uns verlangt?«

»Singen, als ginge man zum Heumachen? Wollt Ihr das etwa? Aufs Ende zu galoppieren? Wie ein Schlittschuhläufer zum Ziel eilen? Die Ehrfurcht zermalmen mit Voetschen Psalmen?«

»Dem letzten Sprecher stimme ich zu«, sagte die Frau, »es ist viel ehrfürchtiger, langsam zu singen.«

»Ja, ja, das stimmt«, riefen die anderen Passagiere.

»Da seht Ihr's, vornehmer Herr, Ihr steht mit Eurer Ansicht ganz allein. Trabt also nur rasch dem Ende zu, aber wißt, daß der Teufel neben Euch herläuft und sich diebisch freut. Auch der Satan hat es immer eilig. Hast lenkt seinen Schritt. Neulich war ich in Rotterdam in der Kirche. Wie sich zeigte, hatte man dort die Hälfte der Netze einfach abgeschafft. Die Predigt dauerte kaum eine Stunde. Zwitschernd wie tirilierende Singdrosseln flogen sie schnell wie der Blitz durch die Psalmen hindurch. Wo soll das alles enden? Man war kaum drinnen, da stand man auch schon wieder draußen. Wer glaubt, der flieht nicht.«

»Das stimmt, wer glaubt, der flieht nicht«, erklang es einstimmig wie ein Refrain aus den Mündern der anderen Passagiere.

Es schien Roemer besser, nicht weiter auf das Thema einzugehen. Ein Vers von Meister Spanjaard ging ihm durch den Sinn: »Immer Geprahl auf dem Kanal, garantiert Giften über die heiligen Schriften.« Er erinnerte sich an hitzige Treckschutendiskussionen über die Taufe durch Untertauchen in Rijnsburg, an die lautstarken Roofstreitereien zwischen Pelagianern und Sozinianern und schreienden Passagieren, die schwarzgekleidete Herren als Tolerante und Neuremonstranten beschimpften, an die eskalierenden Meinungsverschiedenheiten über die heiligen Bundessiegel. Einmal war ihm, im Winter auf der Fahrt nach Delft, inmitten von ständig gegen die Treckschute stoßenden Eisschollen, herausgerutscht, daß er mit großem Vergnügen das Buch *Die Religion ohne Aberglauben* von Jan van der Veen gelesen hatte. Man hätte damals meinen können, ein Pulverfaß wäre explodiert. Aufgebrachte Passagiere, die nebenbei einräumten, daß sie natürlich noch nie auch nur einen Blick in dieses skandalöse Buch geworfen hatten, wollten ihn über Bord werfen. Er hatte sich genötigt gesehen, in Schipluiden auszusteigen.

Mit der nächsten Treckschute zwei Stunden später war er dann weitergefahren.

In Delft stieg er in die Treckschute nach Den Haag um, wo er gegen Mittag ankam. Welches Gasthaus sollte er wählen? De Zeven Kerken van Rome auf dem Spui? Wie sich herausstellte, war dort kein Zimmer mehr frei. Dann eben etwas teurer (obwohl er für Kost und Logis nicht mehr als drei Gulden pro Tag ausgeben durfte), ins Hotel Le Maréchal de Turenne auf dem Nieuwe Markt? Zusammen mit dem Burschen, den er für einen Stuiver angeheuert hatte, um sein Gepäck und die Fäßchen mit dem Präsenthering zu tragen, ging er in dem unwirklichen Septembersonnenlicht über den Kalvermarkt zur Ecke Nieuwe Markt und Fluwelen Burgwal. Doch wie sich zeigte, waren auch im Le Maréchal alle Zimmer belegt. »Versucht es doch mal bei Monsieur Richard, hier um die Ecke auf dem Fluwelen Burgwal, im La Ville de Paris«, sagte der Inhaber, »dort verkehren meist umherreisende Künstler, doch wenn Ihr nur eine Nacht bleibt, werdet Ihr darunter nicht allzusehr leiden.«

Roemer ging um die Ecke, sah sich das La Ville de Paris an, das ihm nicht sonderlich viel Vertrauen einflößte, und beschloß dennoch, sich dort nach einer Unterkunft zu erkundigen. Monsieur Richard empfing ihn ebenfalls sehr zuvorkommend und sagte: »Leider habe ich nur noch ein einziges Zimmer frei, und um der Ehrlichkeit willen muß ich hinzufügen, daß in den Zimmern daneben Musikanten wohnen, die gestern aus Flandern hier angekommen sind. Ein magerer Dreikäsehoch spielt dort den lieben langen Tag auf einem Klavichord. Ich hoffe, das stört Sie nicht.«

»Ich liebe Musik«, erwiderte Roemer.

»Ein Mitglied der Musikantenfamilie, das Fräulein Tochter, ist jetzt auch noch krank geworden«, sagte der Hotelier. »Sie hustet herzzerreißend. So junges Gemüse ... manchmal stirbt es einfach so weg. Mir wäre natürlich lieber, wenn sie woanders stürbe, aber was soll man machen, man kann die Leute unter solchen Umständen ja schlecht auf die Straße setzen.«

»Dann wird jetzt bestimmt nicht besonders viel musiziert.«

»O doch, dem kleinen Bruder des Mädchens scheint das alles nichts auszumachen. Das ist der Knirps, der den ganzen Tag auf dem Klavichord herumklimpert. Er übt pausenlos für ein Konzert, das am Montag, den 30. September stattfinden soll, hier in De Doelen. Von den Einkünften daraus müssen, so nehme ich an, die Kosten für Wohnen und Essen bezahlt werden. Das Üben muß also weitergehen.«

»War es denn so vorgesehen, daß der kleine Bruder ...«

»O ja, er ist erst acht Jahre oder so alt, aber dennoch spielt er bereits auf dem Cembalo Konzerte, die er – wie man hört – selbst komponiert hat.«

Monsieur Richard führte ihn zu seinem Zimmer. Auf dem Gang kam ihnen eine kleine Frau mittleren Alters entgegen, deren Augen vom Weinen rot waren. Im dem Zimmer neben seinem wurde tatsächlich Klavichord gespielt. Leider konnte er, selbst wenn er das Ohr an die Zwischenwand legte, fast nichts davon hören.

Am späteren Nachmittag, als er zum Abort ging, stand die Tür des Zimmers, in dem musiziert wurde, offen. Jetzt konnte er die flüsterleise Klavichordmusik etwas besser hören. So vorsichtig wie möglich drückte er die Zimmertür noch ein wenig weiter auf. Am Klavichord saß tatsächlich ein schmächtiger Knabe. Der ist also genauso alt wie Gilles, dachte er, und schon dieser Gedanke stimmte ihn zärtlicher. Der Knirps wirkte allerdings noch kleiner, noch magerer, noch zwergenhafter als sein eigener Siebenmonatssohn. Obwohl er beim Öffnen der Tür sehr vorsichtig gewesen war, hatte das Bürschlein ihn offenbar gehört. In aller Seelenruhe weiterspielend, wandte es sich um. Roemer schaute in ein breites Gesicht mit hervorstehenden Augen, in dem eine große Nase dominierte. Er lächelte dem Kind zu. Schelmisch lächelte das Kind zurück, wobei es sein Spiel nicht unterbrach. Mit *Ich ruf zu dir, Herr Jesu Christ* konnte seine flotte Musik sich nicht messen. Aber gab es überhaupt etwas, das sich damit messen konnte? Dennoch lauschte er aufmerksam der fröhlichen, beinahe frivolen Musik. Die zierlichen, gefälligen Klänge erzählten von einer so vollkommen anderen Welt als der, in der er alle Tage seines Lebens verbrachte, daß es ihm plötzlich vorkam, als vegetierte er – angekettet an zwei Huker und zwei Heringsbüsen – in einem Kerker dahin, in den nie ein Sonnenstrahl fiel. Zum Beispiel ein Lichtstrahl wie diese wunderbare, graziöse, liebreizende Musik, in der er dennoch einen Unterton von Melancholie zu hören meinte. Er dachte an Thade, der in die weite Welt gegangen und nun an einem Stehpult in der Stadt Galle auf Ceylon gestrandet war. Ging es Thade dort besser als ihm in dieser Spelunke, diesem finsteren Kerker Maassluis mit seinem allgegenwärtigen Gerberlohegestank? Aber in Galle gab es bestimmt keine kleinen Knirpse in Gilles' Alter, die mit solch flinken Fingern so unglaublich geschickt auf einem Klavichord spielten.

Schritte auf dem Gang. Ein recht barsch aussehender Mann mit einem schiefen Gesicht, den er zehn Jahre älter schätzte, als er selbst war, schaute ihn mißtrauisch an.

»Ihr Sohn?« fragte er, und als er darauf keine Antwort bekam, versuchte er es auf französisch: »Votre fils?«

»Oui«, sagte der Mann.

»So gut habe ich noch nie ein Kind spielen hören. Man könnte meinen, der Junge hätte drei Hände.«

»Oui«, sagte der Mann.

»Ich habe gehört, daß Eure Tochter sehr krank ist«, sagte Roemer in seinem besten Französisch. »Darf ich Euch etwas anbieten, das hier in Holland als die beste Medizin gegen jedwede Krankheit gilt? Heringe, ein Fäßchen Präsentheringe.«

Er hatte nicht den Eindruck, daß der ihn äußerst mißtrauisch betrachtende Musiker das französische Wort »hareng« verstanden hatte. Er sprach es auf deutsch aus, doch der recht kleine Mann sah ihn weiterhin argwöhnisch an.

»C'est un poisson«, sagte Roemer, »ein Fischlein.«

»Diese Medizin wird nicht helfen«, sagte der Mann tonlos. Offenbar wollte er ihn abwimmeln. »Ihre Atemwege sind befallen. Dagegen hilft keine Medizin aus dem Meer.«

Während Roemer noch zögernd dastand und der Knabe gleichzeitig ununterbrochen seine magischen Menuette aus dem Klavichord zauberte und es langsam zu ihm durchdrang, daß sein Präsenthering abgelehnt wurde, hatte der Mann bereits behutsam die Tür zu dem Zimmer geschlossen, in dem der Junge musizierte. Er warf Roemer noch einen einzigen mißtrauischen Blick zu. Dann ging der Mann zu einer anderen Zimmertür und verschwand dahinter.

Nach dem Besuch des Aborts ging Roemer in die Stadt. Er flanierte ein paar Stunden lang durch die Residenzstadt und kehrte erst zurück, als die Uhr der Sankt-Jakobs-Kirche bereits sechs Uhr geschlagen hatte. Als er das La Ville de Paris betrat, sagte Monsieur Richard zu ihm: »Jetzt gerade ist ein Chirurg bei den Musikanten.«

»Ich habe dem Vater Präsentheringe angeboten, aber die wollte er nicht«, sagte Roemer. »Das ist schade, denn Meeresfrüchte sind und bleiben doch die allerbeste Medizin. Wer sich mit Hering speist, den wird kein Leid je plagen, bis er dann vergreist, wird ihn der Tod nicht schlagen.«

Darum verspeiste er auf seinem Zimmer in dem Hotel auch ein paar Brandheringe; dazu gab's grobes Brot und pure Maaslandse Butter. Im Zimmer neben seinem wurde jetzt nicht mehr musiziert.

Nach seinem kargen Mahl ging er wieder in die Stadt; genauer gesagt: Er ging aus der Stadt hinaus. Kaum hatte er die letzten Häuser hinter sich gelassen, da tauchte auch schon aus dem tiefschwarzen Schatten der hohen Bäume im Haager Wald eine Dirne auf, die ihn beiläufig ansprach: »Soso, Hündchen, gefällt es Euch, so ganz allein einen Spaziergang unter den Bäumen zu machen? Kennt Ihr im Wald den Weg? Soll ich Euch hindurchführen? Dann wollt Ihr mir vielleicht ein wenig Geld geben, damit ich davon heute abend eine Kanne Bier kaufen kann?«

»Ach, warum nicht?«

Und schon ging die Dirne neben ihm her und plauderte vergnüglich über die schlechten Zeiten. Ihm schien nun endlich der richtige Moment gekommen, die Rechnung mit seiner Mutter zu begleichen. Sich einmal äußerst erbost darüber zeigend und dann wieder zutiefst verzweifelt darüber, konnte er sich nicht damit abfinden, daß er bei Diderica unfähig war. Beherzt fragte er: »Wieviel verlangst du?«

»Fünfeinhalb Stuiver«, sagte sie, »wenn wir es, uns dahin begebend, unter den Bäumen tun können. Ihr könnt mich dort auf einen umgestürzten Baumstamm legen und mich dann genüßlich benutzen. Aber Ihr könnt auch mit zu mir nach Hause gehen, dann lade ich Euch dort auf eine Kanne Bier ein oder auf ein Viertel Wein, ganz wie Ihr wollt, und dort habe ich auch ein hübsches Zimmer und kann sogar noch ein hübsches Mädchen zusätzlich kommen lassen.«

»Lieber hier«, sagte er, »dort unter den Bäumen, wo es so dunkel ist. Allerdings habe ich große Angst, mir ein venerisches Leiden zu holen. Ich wollte dich fragen, ob du mich vielleicht mit der Hand ...«

»Ihr wollt, daß ich Euch abmelke? Das ist wider alle Natur! Da müßt Ihr Euch eine andere suchen. Was denkt Ihr Euch überhaupt! Neulich hatte ich auch schon so einen herausgeputzten Kerl, der wollte, daß ich ihm den Bugspriet putze. Ihr haltet mich doch nicht etwa für eine Nachtschwärmerin? Reiner als eine Jungfrau bin ich. Wißt, daß ich sehr gefragt bin, denn wer mit mir auf dem Baumstumpf verkehrt, der wird sogar vom Tripper geheilt, das ist hier im Wald überall bekannt, und dann wollt Ihr ... nein, nein, du läufiger Hund, damit fange ich nicht an, ein Halleluja mit der Hand, am Schellenbaum klimpern ... wie könnt Ihr es wagen, mich zu dergleichen überreden zu wollen?«

»Ich will Euch nicht überreden. Wenn Ihr nicht wollt,

einverstanden, dann werde ich Euch einen Stuiver Trinkgeld geben.«

»Ohne daß Ihr mich dort hinten auf dem Baumstamm … wie Rüde und Hündin … seid Ihr verrückt geworden? Oder seid Ihr vielleicht ein Gerichtsdiener? Überredet Ihr mich darum dazu, Euch den Bimbam zu läuten? Wollt Ihr mich bei widernatürlichen Handlungen erwischen?«

Kaum war das letzte Wort verklungen, da verschwand sie auch schon hurtig zwischen den Bäumen. Und zwischen den Bäumen tauchte auch sogleich eine andere Dirne auf: »Na, mein Schatz, so allein unterwegs?«

Er antwortete nicht und drehte sich um; es war genug gewesen. Es kam ihm so vor, als könnte aus dem nachtschwarzen Schatten unter den Bäumen jeden Moment seine Mutter auftauchen, um ihn mit den schärfsten Worten, die man sich vorstellen kann, zur Ordnung zu rufen.

Der Binnenhof

Mit einem Fäßchen Präsentheringe begab sich Roemer am nächsten Tag zu einem Diener im Binnenhof. Der elegant herausgeputzte Mann führte ihn in ein Zimmer auf einer der oberen Etagen. Dort wartete er geduldig, bis eine Große Kommission erschien.

Drei Herren mit großen schwarzen Hüten auf dem Kopf nahmen hinter einem langen Tisch Platz, auf dessen anderer Seite Roemer ein Stuhl angewiesen wurde. Obwohl sie ihn äußerst zuvorkommend über den Heringsfang befragten, kam es ihm so vor, als verhörte man ihn.

»Wir haben die von Euch verfaßte Anfrage studiert«, sagte das in der Mitte sitzende größte Mitglied der Kommission, »und es läßt an Deutlichkeit nichts zu wünschen übrig. Die Heringsfischerei ist von Jahr zu Jahr stärker im Niedergang begriffen, die großen Gewinne von früher sind verdampft. Das übersteigt unser Verständnis. Im vorigen Jahrhundert wüteten nicht weniger als drei Seekriege, und eine Büse nach der anderen wurde von Dünkirchen aus gekapert. Dennoch florierte die Heringsfischerei, während sie nun, seit dem Frieden von Utrecht im Jahre 1713 nicht mehr von Kriegsgewalt oder Seeräuberei geplagt, unaufhörlich zurückgeht.«

»Im vorigen Jahrhundert«, sagte Roemer, »brachte man pro Fahrt durchschnittlich fünfzig Last Heringe an Land, und heute jubeln die Reeder und Teilhaber, wenn eine Büse mit dreißig Last anlegt.«

»Könnte es sein, daß die Zahl der Heringe vielleicht abnimmt?«

»So sieht es aus. Die Meere werden allmählich leergefischt.«

»Tatsächlich? Wäre es nicht auch denkbar, daß der Hering, der, wie ich in der Lateinschule gelernt habe, unter dem Polareis in Massen schlüpft und sich von dort, auf der Flucht vor Schellfisch, Lengfisch und Kabeljau, in riesigen Schulen über die Ozeane und Meere verteilt, die unseren Kontinent umspülen, andere Meerengen, Buchten und Flachwasser aufsucht, um sich dort aufzuhalten?«

Roemer wollte antworten, doch eines der Kommissionsmitglieder ließ den Zeigefinger in seinem gewaltigen Kinnbart verschwinden, und Roemer hatte den Eindruck, daß dieser Finger, nachdem er vom Bart verdeckt nach oben gewandert war, einen Popel aus der Nase bohrte und diesen Popel, wieder durch den Bart hindurch, zum Mund transportierte, woraufhin das Kommissionsmitglied die Lekkerei seelenruhig verspeiste. Diese Beobachtung brachte Roemer derart aus der Fassung, daß er stotternd anhob: »Es ist … es wäre … ja, das … das wäre durchaus denkbar.«

Dann schwieg er wieder, abgelenkt durch das schmatzende Kommissionsmitglied. Er holte tief Atem, dachte: Bartmeier versucht, mich zu verunsichern. Er ermannte sich und kippte dann die Hauptsätze über die Kommission aus, die er sich auf dem Hinweg in der Treckschute bereits zurechtgelegt hatte: »Fest steht, daß sie sich vor einigen Jahren in großen Schulen vor der Westküste Schwedens aufgehalten haben, wodurch der Fischfang von Göteborg aus eine Blüte erlebte. Doch die dort gefangenen minderwertigen Heringe hätte man hier höchstens als Ihle und Hohlheringe verkaufen können. Die Qualität war nicht vergleichbar mit den Rouananschen Brandheringen und Kreuzbrandheringen, die hierzulande zwischen Sankt Johannes und Sankt Jakobi aus dem Meer gefangen werden. Auch vor den schottischen Küsten stößt man, in Anbetracht der außerordentlichen Fänge, welche die Fischer dort machen, mitunter auf große Schulen, die offenbar ihren Weg durchs Meer verlegt haben. Dem steht gegenüber, daß die dritte Fahrt unserer Büsen, die seit alters vor die Nordküste von Yarmouth führt und die in früheren Jahren gute Fänge brachte, heute nur Verlust bringt, während gleichzeitig auch die ersten Fahrten zu den Shetlandinseln, nach Fairhill und Buchan Ness gewöhnlich die dafür notwendigen Unkosten nicht wieder hereinbringen.«

»Eine Möglichkeit, den Rückgang aufzuhalten, könnte also sein: Befleißigt Euch, neue Fischgründe zu suchen.«

»Gewiß, doch auf diese neuen Fischgründe machen auch die Briten Jagd. Sie haben 1756 sogar eine Fischereigesellschaft gegründet. Schotten, Norweger, Schweden und Dänen sind ebenfalls hinter dem Hering her. Sogar von Emden aus versuchen die Deutschen immer wieder, ohne großen Gewinn vorerst, zu buyieren.«

»Buyieren ...?« fragte das immer noch schmatzende Kommissionsmitglied.

»Ja, buyieren ... eine Büse bereedern, eine Büse ausrüsten, um auf Heringsfang zu gehen, das nennen wir in Sluys buyieren.«

»Ah, verstehe.«

»Von Nieuwenpoort aus wollen auch die Flamen buyieren, sie wollen also mit belgischen Büsen in See stechen.«

»In Eurer Bittschrift wird für den Niedergang der Büsenfischerei unter anderem das Aufblühen des Fischfangs in den von Euch genannten Ländern verantwortlich gemacht. Verlieren wir unseren Vorsprung? Ungeachtet der von den Generalstaaten erlassenen Verfügung, nach der es holländischen Fischern verboten ist, auf fremden Schiffen anzuheuern?«

»Trotzdem fahren, soweit ich weiß, holländische Schiffer auf Büsen von den Shetlandinseln und bringen den schäbigen Schotten unsere Fertigkeiten bei. Schwerwiegender allerdings ist, daß vor allem Dänen, durch keinerlei Erlaß daran gehindert, auf unseren Schiffen fahren und sich bei uns die Kunst der Fischverarbeitung abschauen.«

»Ein Verbot, ausländische Fischer anzuheuern, wäre also dienlich?«

»Wenn es nicht so außergewöhnlich schwierig wäre, unsere Büsen mit genug Fischern von eigenem Boden zu bemannen.«

»Wie kommt das?«

»Niedrige Löhne, sehr schwere Arbeit, und alljährlich gibt es viele Wochen, in denen man keine Arbeit hat, weil nicht gefischt werden kann.«

»Die Löhne der Fischer kürzen geht also nicht?«

Auch dies war eine Frage, die er erwartet hatte, auch darauf hatte er sich vorbereitet, und wieder ließ er eine Flutwelle von Sätzen über das Trio hereinbrechen.

»Undenkbar. Mir erscheinen die Löhne der Fischer – der Maat etwa sechs Gulden pro Woche, der Koch fünf Gulden achtzig, die Matrosen fünf Gulden und einen Stuiver,

Ausweider und Einpacker noch weniger, und der Prickenbeißer bekommt nur einen Gulden fünfzig – beängstigend niedrig, wenn man sie mit der Heuer vergleicht, die in der Handelsschiffahrt bezahlt wird, wo nicht in Nacht und Nebel und oft auch bei schlechtem Wetter die Netze ausgeworfen und eingeholt werden müssen. Hinzu kommt noch, daß der Fang anschließend unverweilt gekakt werden muß.«

»Muß das Kaken sofort geschehen?« wollte ein anderes Kommissionsmitglied wissen. »Auch wenn es noch dunkel ist?«

»Auf jeden Fall. Wer will schon einen übernächtigen Hering haben?«

»Ihr spracht«, sagte das dritte Kommissionsmitglied, »vom Prickenbeißer. Aber an Bord der Büsen sind doch keine Prickenbeißer, oder? Nur bei der Langleinenfischerei werden doch Neunaugen als Köder gebraucht.«

»Auch auf den Büsen wird der Jüngste an Bord seit Menschengedenken Prickenbeißer genannt, obwohl mit Büsen nicht auf Kabeljau gefischt wird. Von alters her rekrutieren wir in Maassluis unsere Prickenbeißer aus unserem ständig überfüllten Waisenhaus. Nach der Fahrt kehren sie dorthin zurück, es sei denn, was auch oft geschieht, sie werden anschließend als echte Prickenbeißer in der Langleinenfischerei eingesetzt.«

»Wie alt sind sie dann?«

»Elf Jahre, mein Herr.«

»Und in diesem Alter müssen sie …«

»… die lebenden Neunaugen in Stücke beißen, so daß die Stücke als Köder an den Haken festgemacht werden können, jawohl. Aber vergeßt nicht, daß sie am Ende ihrer Arbeit immer eine Dattel oder manchmal sogar eine frische Feige bekommen, um den recht unangenehmen Geschmack des Neunaugenbluts aus dem Mund zu vertreiben.«

»Wäre es nicht denkbar, die Verluste beim Heringsfang durch den Kabeljaufang auszugleichen?«

»Ach, werter Herr, die Kabeljaufischerei ist schon seit eh und je ein Verlustgeschäft. Sie dient vor allem dazu, den Fischern in der Zeit von Januar bis Sankt Johannes, wenn keine Heringe gefischt werden können, Arbeit zu verschaffen.«

»Könnte Konzentration der Reedereien möglicherweise kostensparende Auswirkungen haben? Gegenwärtig bereedern viele ein oder zwei Schiffe. Häufig haben wir es auch, nach allem, was ich gehört habe, mit Partenreederei zu tun. Dabei bezahlt der Teilhaber Geld für einen Part des Schiffes, oder er liefert in Naturalien Fischereigeräte für einen Part der Netze.«

»Gewiß, das kommt häufig vor, man spricht in diesem Falle auch davon, daß jemand eine Portion des Schiffes nimmt.«

»Und jeder Teilhaber bekommt am Ende der Fahrt je nach Größe seines Parts einen Betrag ausbezahlt, nehme ich an?«

»So ist es.«

»Schon die komplizierte Berechnung der einzelnen Portionen oder Parts – wie wenig effektiv! Diese ganze Rechnerei könnte man sich sparen, wenn ein großer Reeder viele Büsen bereederte.«

»Das dachte man in England auch, doch von den großen Reedereien sind nur noch ein paar desolate Reste übrig.

Gerade die Partenreederei garantiert, daß sich alle der Fischerei zugehörig fühlen und sich mit Leib und Seele dafür einsetzen.«

»Wäre es möglich, beim sogenannten Buyieren Kosten einzusparen?«

»An welche Kosten denkt Ihr, mein Herr?«

»Ich sage einfach einmal etwas: Salz, zum Beispiel.«

»Ausgerechnet was das Salz angeht, muß ich sagen, daß es in den letzten Jahren dreißig Prozent billiger geworden ist.«

»Ja, das schon, aber es wird doch aus Portugal importiert. Könnte man nicht einheimisches Salz ...«

»Einheimisches Salz? Woher?«

»Seeland.«

»Ach, werter Herr, der Großvater meines Großvaters bezog sein Salz noch von Walcheren. Dort konnte man damals noch guten Torf stechen, verbrennen und aus der Asche reines Salz raffinieren. Das Aschensalz wurde seinerzeit noch von guter Torfasche gesiedet, doch davon kann heute keine Rede mehr sein. Sogar die Verwendung des französischen Bourgneufsalzes ist schon längst Vergangenheit; das mit Abstand beste Pökelsalz kann man heute in Sankt Ubes kaufen, das berühmte Sankt-Ubes-Salz.«

»Bereits 1586 haben die Generalstaaten die Zollfreiheit für Kaksalz verfügt, so daß wir, was das Pökeln angeht, keine Möglichkeit haben, der Fischerei durch Zollsenkungen weiter entgegenzukommen.«

»Könnte es nicht sein«, schlug ein anderes Kommissionsmitglied vor, »daß eine Erhöhung der Heringspreise das Problem lösen würde?«

Roemer spürte, daß er warm wurde. Daß diese Frage kommen würde, hatte er gewußt. Er hatte sie bereits früher erwartet und war sogar ein wenig enttäuscht gewesen, als sie die ganze Zeit über nicht gestellt wurde. Jetzt kam sie endlich doch, und er ergriff die Gelegenheit, eine kurze, flammende Rede zu halten. »Jetzt, da wir überall eine Stagnation unserer Absätze feststellen müssen? Früher aßen alle zum Frühstück, zum Mittagessen und zum Abendessen grobes Brot mit Butter und Vollhering. Heute nährt man sich mit Kartoffeln, bei denen es einen nicht mehr nach einem Hering gelüstet, sondern man sich vielmehr an Rindfleisch, Schweinefleisch oder, in sehr vornehmen Häusern, an Lammfleisch labt. Auch der Absatz in die uns umgebenden Länder stagniert. Auch dort beobachten wir den unaufhaltsamen Vormarsch der Kartoffel. Nur in Rußland und Polen ißt man noch immer unsere minderwertigen Brack- und Wrackheringe, wenn diese billig sind. Zum Glück können wir dort auch unsere Schoßheringe und Ihlen noch absetzen, so minderwertig sie auch sein mögen. In diesen rückständigen Ländern gewinnt auch der norwegische Frühlingshering, obwohl er in Pinienholzfässern nur dürftig verpackt ist, an Boden. Und was die Hohlheringe angeht, so gilt, daß auch im eigenen Land Zwischenhändler und Kommissionäre danach trachten, uns in Ländern, wo vor allem der niedrigpreisige Hering nachgefragt wird, den Rang abzulaufen, indem sie dort Heringe verkaufen, die aus der Fischerei in Katwijk oder in Orten an der Zuidersee stammen.«

»Aber weder der Katwijker Hering noch der aus der Zuidersee dürfen – dazu haben die Generalstaaten ja schließlich eine Verordnung erlassen – gepökelt werden.«

»Meistens wird er jedoch als Pökelhering an Land gebracht und anschließend geräuchert.«

»Ah, der Bückling.«

»Stimmt.«

»Der ist doch ganz und gar nicht zu verachten.«

Darauf erwiderte Roemer lieber nichts. Er sagte: »Obwohl es verboten ist, schrecken viele Katwijker Fischer nicht davor zurück, mit ihren leichten Flachbodenschiffen zur Doggerbank oder sogar nach Yarmouth zu segeln, wo sie, Verordnung hin, Verordnung her, den Fisch in aller Seelenruhe kaken. Auch Zuiderseehering, so schlecht seine Qualität auch durch die Bank ist, wird häufig entgegen den Vorschriften gekakt und dann heimlich als vollwertiger Pökelhering verkauft.«

»Hier scheint mir eine schärfere Aufsicht geboten.«

»Damit würden die Generalstaaten die Große Fischerei zu Dank verpflichten.«

»Was den Absatz angeht«, sagte das kleinste Kommissionsmitglied, »so will ich darauf hinweisen, daß die Generalstaaten bereits 1750 beschlossen haben, die Ausfuhrzölle für Hering abzuschaffen.«

»Das ist mir natürlich bekannt«, sagte Roemer, »und dies war eine Maßnahme, die uns erfreut hat, doch sie ist eine unzureichende Hilfe für die leidende Büsenfischerei. Wenn es möglich wäre, die Fischerei alljährlich mit einem Betrag aus der Staatskasse zu soulagieren, könnten wir ein wenig freier atmen.«

»Herr Stroombreker, wir werden Euer Anliegen nach Kräften bei unseren Prinzipalen unterstützen.«

Als er dann nach eineinhalb Stunden wieder über das Kopfsteinpflaster ging und zu einem der Tore schritt, schien es ihm auf Grund der letzten Worte fast undenkbar, daß der Heringsfang in absehbarer Zeit nicht aus der Staatskasse unterstützt werden würde. Hätte er damals gewußt, daß erst ab 1775 eine jährliche Prämie von fünfhundert Gulden für jede Büse gezahlt werden würde, die zum Heringsfang auslief, wäre er nicht so gut gelaunt zum La Ville de Paris zurückspaziert. Wie er dort erfuhr, als er sich vorsichtig beim Hotelbesitzer erkundigte, hustete die Tochter der Musikantenfamilie immer noch so herzzerreißend, daß Monsieur Richard erwog, ihnen eine weitere Unterbringung zu verweigern.

»Die Kleine hustet auch Schleim hoch«, sagte er. »Ich wünschte, sie würden verschwinden, und selbst wollen sie wohl auch weg. Es gefällt ihnen hier nicht; dabei sind sie letztendlich Habenichtse, auch wenn sie noch so sehr versuchen, den Anschein einer höheren Herkunft aufrechtzuerhalten.«

Als Roemer sein Gepäck aus dem Zimmer holte, standen die Türen zu den Nachbarzimmern offen. Erneut konnte er einen Blick auf den unglaublich mageren Knaben werfen, der seine Finger so fürchterlich schnell über die Tasten des Klavichords bewegte. Wieder stand er eine Weile da und lauschte, fast wie in Trance, den munteren, rauschenden, durcheinanderpurzelnden Melodien. Wieder tauchte der Mann mit dem schiefen Gesicht auf, der ihn anschaute, als sähe er ihn zum ersten Mal. In seinem besten Französisch sagte Roemer: »Wie ich gehört habe, leidet Eure Tochter immer noch an Katarrh. Darum will ich nochmals betonen, daß ich Euch gern ein Fäßchen Präsentheringe schenken möchte. Es gibt ganz bestimmt keine bessere Medizin als Rouanansche Brandheringe von der zweiten Fahrt, vor allem wenn Schleim hochgehustet wird.« Als keine Reaktion erfolgte, wiederholte er sein Angebot in gebrochenem Deutsch. Merkwürdigerweise stimmte die Art, wie er die deutsche Sprache auf gut Glück radebrechte, den Mann offenbar einigermaßen milde. Es erschien tatsächlich ein Lächeln auf seinem Gesicht, auch wenn das Mißtrauen nicht aus seinen Musikantenaugen wich. In einem Deutsch, das Roemer seinerseits kaum verstand, erhielt er eine Antwort, der er entnahm, daß das Fäßchen willkommen war.

Nach einer Reise inmitten von Nikolaiten und Labadisten, die auf der Höhe von Hoorn einander in der Treckschute beinahe abgeschlachtet hätten, wieder in der Veerstraat angekommen, spukte weiterhin das Bild des schelmischen Buben durch seinen Kopf. Wieder einmal drängte sich ihm die Notwendigkeit auf, etwas für das andere Bürschchen zu tun. Doch wie, um Himmels willen? Welches Maß an Bekümmerung um dessen Los konnte er sich erlauben, ohne dadurch Argwohn zu erregen? Fast unerträglich war ihm der Gedanke, daß Annas Sohn kaum eine andere Aussicht hatte, als sich vom Prickenbeißer zum Ausweider oder Einpacker hochzuarbeiten. Und wenn alles gutging, dann bestand in ferner Zukunft vielleicht die Möglichkeit, als Steuermann auf einer Büse oder auf einem Huker anheuern zu können.

Besen

Nach seiner Mission in die Residenzstadt schien sein Leben in schnellere Fahrwasser zu geraten. Neuer Schwung erfüllte ihn. Genauer, aufmerksamer als zuvor nahm er, sobald eines seiner Schiffe eingelaufen war, die mitgebrachten Lasten unter die Lupe. Es gelang ihm, die Lasten schneller weiterzuverkaufen und bessere Preise zu erzielen. Jeden Morgen erwachte er auf dem Speicher mit einer tüchtigen Erektion. »Unfähig bin ich nicht«, murmelte er dann, »denn ein Kind ward uns geboren, ein Sohn ward uns geschenkt, und die Herrschaft wird auf seinen Schultern ruhen, und eines Tages wird man ihn rühmen und preisen als Ersten unter seinesgleichen.«

Kurz nach Neujahr sank das Quecksilber. Gut eineinhalb Wochen lang waren die Vliete zugefroren. Roemer lief jeden Tag bei der Wippersmühle Schlittschuh. Irgendwann würde er auf dem Eis, da war er sich beinahe sicher, seinem Sohn begegnen. Lief das Kind nicht Schlittschuh, dann würde es bestimmt mit seinen Altersgenossen schliddern oder über das Eis spazieren.

Es kam ein wenig anders. Sein Sohn fegte zusammen mit seinem gesetzlichen Vater die Bahn für die Schlittschuhläufer sauber, in der Hoffnung, auf diese Weise ein paar Stuiver dazuverdienen zu können. Und tatsächlich, manchmal warf der eine oder andere bemittelte Läufer, schnell vorbeiflitzend, achtlos ein paar Münzen in das tote Schilf. Als er an den beiden vorüberlief, Richtung Maasland, hielt er bei dem Kind an, um ihm ein paar Geldstücke in die Hand zu drücken. Der Junge, dem dieses Verhalten ganz ungewohnt war, sah ihn mißtrauisch an, er wich sogar zurück und rief seinen Vater, der rasch herbeikam und, an seine Mütze tippend, das Geld von ihm übernahm.

»Na, Grubbelt, versuchst du, etwas dazuzuverdienen?«

»Ja, Herr Stroombreker, der Fischfang ruht, wie Ihr wißt.«

»Aber das hier kann doch nicht viel einbringen?«

»Jede Kleinigkeit hilft, Herr Reeder.«

»Dein Sohn arbeitet schon tüchtig mit.«

»O ja, er ist zwar etwas klein für sein Alter, aber er hat geschickte Hände. Noch ein paar Jahre, und er kann als Prickenbeißer mit auf die *Duizent Vreesen*.«

»Willst du das?« fragte Roemer den Jungen scherzend.

In den Augen des Knaben flammte große Wut auf. Mit zusammengepreßten Zähnen zischte er: »Nein.«

»Das sagt er heute«, sagte Grubbelt entschuldigend, »aber in ein paar Jahren denkt er bestimmt anders darüber.«

Der Junge nahm seinen Reisigbesen, flitzte davon und kehrte das Eis wild und zornig an einer Stelle, wo niemand lief.

»Es ist merkwürdig, Herr Reeder«, flüsterte Grubbelt, »in dem Jungen brennt und gärt der Hader. Durch und durch Groll und Verdruß. Manchmal ist mit ihm nichts anzufangen. Aber später, auf der *Duizent Vreesen*, da werden wir ihn schon kleinkriegen. Er wird den Neunaugen den Kopf abbeißen, bis er nicht mehr kann, Sie werden schon sehen!«

Auch Grubbelt machte sich wieder daran, die Bahn zu fegen. Niedergeschlagen lief Roemer weiter, den Trekvliet entlang, Richtung Schipluiden. Er konnte auf seinen Schlittschuhen nun bequem bis Den Haag laufen. Ob der Junge noch dort war, der Klavichordzwerg? Er hatte Meister Spanjaard gebeten, sich bei all seinen musikalischen Bekannten nach der Musikantenfamilie zu erkundigen. Wenn noch irgendwo ein Konzert gegeben werden sollte, dann wollte er hingehen. Zusammen mit Meister Spanjaard nach Den Haag und wieder zurück, zur Not in einem Phaeton. Von Konzerten war allerdings keine Rede mehr. Meister Spanjaard brachte lediglich in Erfahrung, daß die Musikanten vom La Ville de Paris in den Hof van Utrecht auf dem Spui umgezogen waren.

»Sie wohnen jetzt beim Uhrmacher und Hotelbesitzer Eskes«, hatte Meister Spanjaard berichtet, »bestimmt ist es dort billiger als auf dem Fluwelen Burgwal.«

Litt die Familie Not? Er hatte daran gedacht, noch ein Fäßchen Präsentheringe nach Den Haag zu schicken. Doch an wen sollte er das Fäßchen adressieren? Meister Spanjaard hatte zwar einen Namen gemurmelt, Moot Sart, doch wie dieser Name richtig geschrieben wurde, wußte er auch nicht. Und einfach ein Fäßchen mit einem vollkommen falsch geschriebenen Namen zu schicken, das mißfiel ihm.

Er lief auf seinen Schlittschuhen bis nach Schipluiden und machte dort, nun mit einem kräftigen Nordostwind im Rücken, kehrt. Nichts auf der Welt kam dem Vergnügen gleich, von einem unbändigen Wind geschoben in der allmählich grauer, stiller und geheimnisvoller werdenden Nachmittagsdämmerung am raschelnden Reet entlang über das Eis zu eilen. Er hörte es knirschen und knacken. Jeden Moment konnte es passieren, man konnte in eine Wake stürzen oder in einen Spalt fahren und sich ernsthaft verletzen. Und auch das gehörte dazu, diese permanente Gefahr, die so selten tatsächlich eintrat.

Als er in die Nähe der Wippersmühle kam, sah er, daß Grubbelt und Gilles immer noch fegten. Roemer konnte es einfach nicht lassen, zu seinem Sohn zu laufen. Er wollte ihn noch einmal aus der Nähe betrachten. Aber der Junge kehrte mit großen, weiten Schwüngen in westliche Richtung, genau vor der tief am Himmel stehenden Sonne, die gerade zwischen tiefblauen Wolken hindurch ihre letzten Strahlen über die Monsterse Sluis warf. Als er an seinem Sohn vorbeifuhr, der – immer noch allen Schlittschuhläufern ostentativ den Rücken zukehrend – die Bahn fegte, holte das Kind plötzlich weit mit seinem struppigen Besen aus. Roemer konnte den längsten Zweigen nicht mehr ausweichen. Genau vor den Füßen seines Sohnes stürzte er aufs Eis. Als er, nicht einmal sonderlich erschrocken, eher erstaunt, aufsah, entdeckte er den Jungen ein Stück weiter weg auf dem Holzsteg der Wippersmühle. Mit einem hinterhältigen Lächeln auf dem Gesicht starrte er zu ihm herüber. Zweifellos hat er gesehen, daß ich angelaufen kam, dachte Roemer, er hat mich also absichtlich zu Fall gebracht. Warum? Was habe ich ihm getan? Danach schoß ihm noch ein zweiter, recht erschütternder Gedanke durch den Kopf: Wie er dort steht, mit dem Besen in der Hand. Ob er vielleicht Linkshänder ist?

Grubbelt half ihm auf.

»Seid Ihr wohlauf, Herr Reeder? Habt Ihr Euch verletzt?«

»Höchstens ein paar Schrammen.«

»Gott sei Dank.«

Er lief bereits weiter. Er schaute sich nicht mehr um. Er wußte nun, daß er einen Sohn hatte, der ihn haßte. Soviel war sicher, Haß war tausendmal besser als Gleichgültigkeit. Haß konnte in Zuneigung umschlagen, wenn der Verhaßte es verstand, eine genau ausgetüftelte Strategie zu entwickeln, um den Haß zu besänftigen. Wenn der Junge also nicht als Prickenbeißer zur Doggerbank oder nach Island wollte, was lag dann näher, als den Eltern vorsichtig finanzielle Hilfe anzubieten, damit sie das Kind auf eines der französischen Internate schicken konnten, wo man nicht nur Lesen, Schreiben und Rechnen lernte, sondern auch Kenntnisse des Französischen, Englischen und Deutschen erwarb und mit den Grundregeln von Geometrie, Zeichnen und Baukunst vertraut gemacht wurde. Gab es nicht in Bodegraven eine solche Schule? Dort gab es sogar Fechtlehrer, die einem beibrachten, sich mit dem Degen zu verteidigen. Und einen Musiklehrer, der einen das Geigenspiel lehrte. Als er an die Geige dachte, fiel ihm wieder das schelmische Gesicht des Klavichordzwergs ein. So klein noch, aber dennoch bereits ein so überaus guter Instrumentalist! Selbst wenn es ihm einmal gelingen würde, seinem Sohn zum Besuch des französischen Internats in Bodegraven zu verhelfen, so könnte dieser es dem Kleinen doch nie gleichtun. Aber das mußte er auch nicht, es wäre schon wunderbar, wenn er es schaffte, seinen Sohn gleichsam zu adoptieren und ihn von der Aussicht auf ein Prickenbeißerdasein zu erlösen.

Eine Gelegenheit, darüber mit Gilles' Mutter zu sprechen, ergab sich ganz unerwartet am 8. März. Bereits um sieben Uhr morgens gaben zwei Kanonen auf der Grenze zu Maasland, beim Huys ter Lugt, Salutschüsse ab. Zwei Stunden später sangen auf dem Markt Hunderte von Anhängern des Prinzen das Lied *Willem van Nassau*. Anschließend zogen die Prinzgesinnten zur Groote Kerk, wo um elf Uhr – der Zeitpunkt, zu dem in Den Haag Prinz Wilhelm V. feierlich in sein Amt als Statthalter der Niederlande eingeführt wurde – Pastor Swaan eine Festrede hielt. Erneut sollten vornehme Meister auf mancherlei Instrumenten die Festrede musikalisch umrahmen.

Wegen der vornehmen Meister begab sich auch Roemer in die Kirche. In der Reederbank sitzend, lauschte er Pastor Swaan, der Gott anrief: »Oh, Herr der Heerscharen, wir danken dir, daß du der Herrschaft des dicken Herzogs nun ein Ende bereitet hast. In deiner unergründlichen Weisheit hast du 1751 Prinz Wilhelm IV. zu dir gerufen. Die Mutter unseres Prinzen wurde daraufhin Regentin. Seit ihrem Tod haben wir unter der Schreckensherrschaft des dicken Herzogs gestöhnt und geweint. Jetzt aber erlöst du, Herr der Heerscharen, Israel wieder. Erneut werden wir großmütig aus der Knechtschaft geführt. Aufrichten dürfen wir uns wieder, unsere Hörigkeit hat ein Ende gefunden, der Prinz wird unsere verwelkten, verpraßten, verschlammten Provinzen als fruchtbare Ländereien wiedererstehen lassen.«

Nachmittags hatte es den Anschein, als hielte das Fest für kurze Zeit den Atem an, doch als die Dämmerung einsetzte und man überall auf den Fensterbänken die orangefarbenen Leuchtkerzen aufstellte, da begaben sich fast alle Maassluiser erneut auf die Straßen. Hier und da hingen sogar orangefarbene Laternen, die »der Hitze widerstehen konnten«, an Aushängeschildern und Mauerhaken. Im Kulk waren alle Büsen und Huker mit orangefarbenen Wimpeln geschmückt, und sogar oben im Turm waren einige Feuerbaken angebracht, so daß es, als es Nacht wurde, so aussah, als ob im Himmel Lampen brannten.

Obwohl er vor allem für die Fischerei – hatten die Oranier sie je protegiert? – vom neuen Statthalter wenig Gutes erwartete, verließ er das Haus bei Sonnenuntergang mit einer orangefarbenen Schleife am Hut, um nicht aufzufallen. Fast zwanghaft wandte er seine Schritte zum Lijndraaiersslop. Von der Veerstraat aus ging er geradeaus den Wegt entlang Richtung Maasland. Auf der gekräuselten Wasseroberfläche sah er die tanzenden Spiegelbilder der vielen Leuchtkerzen. Am anderen Ufer des Vliet ging eine Frau. Sie war ohne Begleitung, was ihn verwunderte. Welche Frau ging an einem Abend wie diesem mutterseelenallein über die Straße? Er blieb stehen und sah ihr nach. Es war dunkel, die Leuchtkerzen erzeugten verwirrende, huschende Schatten, so daß es ihm noch schwerer fiel, sie genau zu betrachten. Dennoch war er sich sofort sicher gewesen. Dort ging Anna, seine Anna, und er ging den Weg zurück, den er gekommen war. Wohin ging sie? Oder wollte sie nirgendwohin und war nur hinausgegangen, um an dem ausgelassenen Oranjefest teilzuhaben? Er folgte ihr in gehörigem Abstand. Bei den Breede Trappen angekommen, zögerte sie. Es kam ihm so vor, als beobachtete sie vom Fuße der Treppe aus aufmerksam sein Haus. Schließlich stieg sie die Treppe hinauf. Oben angekommen, bog sie zur Hoogstraat ab. Als er keuchend dort ankam, sah er sie nicht mehr. An den Treppengeländern des Delflandhuys, des Rathauses und der anderen vornehmen Häuser hingen Laternen. Eine so festlich beleuchtete Straße, und er wurde so traurig davon, so schrecklich traurig. Er ging an all den Laternen vorbei, hörte die aufgeregten Nachtstimmen der vielen Passanten und schöpfte erleichtert Atem, als er den Zuiddijk erreichte. Es schien, als stünde das Zakkendragershuisje in Flammen. Im Inneren flackerten überall Kerzen, und draußen hatte man an dem großen Haken über der Eingangstür drei große Laternen aufgehängt. Als er den erleuchteten Teil der Straße hinter sich gelassen hatte, war die Finsternis beinahe undurchdringlich. Hier und da stand zwar noch eine Leuchtkerze auf der Fensterbank eines Deichhauses, doch diese schwankenden Lichtlein hinter den Scheiben machten die Dunkelheit nur noch schwärzer.

Ging sie dort noch? Er war sich nicht sicher. Der Himmel war dicht bewölkt, und es gab folglich weder Mond- noch Sternenlicht. Auf der Balustrade der Kornmühle brannten, wie er bemerkte, ebenfalls zwei Leuchtfeuer. Sie spendeten gerade genug Licht, um ihm zu verraten, daß sie dort unten entlangging, ihm ein großes Stück voraus.

Wohin wollte sie nur? Vielleicht wieder zu dem Bauernhof im Sluyspolder, von wo sie auch an jenem denkwürdigen Tag im Juni hergekommen war. Er beschleunigte seinen Schritt. Wenn sie auf dem Weg dorthin war, war es am besten, wenn er sie einholte, ehe sie vom Deich hinabstieg.

Kurz vor der Boonersluis hatte er sie fast erreicht. Sie hörte seine Schritte, erschrak und schaute sich um. Er sagte: »Anna, ich bin's.«

Sie blieb stehen. Er ebenfalls. Dann ging er zu ihr hin. Er spürte ihren Geruch. Alle guten Vorsätze, auf keinen Fall schwach zu werden, die er möglicherweise gefaßt hatte, wurden durch ihren Duft auf der Stelle zunichte gemacht. Er schlang seine Arme um sie, sog den Duft ein, als gäbe es nichts Wichtigeres auf der Welt, und sagte noch einmal: »Anna.«

Es schien, als wollte sie ihn zurückweisen, als wollte sie sich zur Wehr setzen, doch ihre Arme sanken hilflos am Körper herab. Im Herabsinken faßten ihre Hände ihn bei der Taille, und so stoppte sie das Fallen ihrer Arme. Sie flüsterte ihm etwas zu, was er erst verstand, als sie es wiederholte.

»Sei doch vorsichtig«, sagte sie, »es kann jeden Moment jemand vorbeikommen.«

»Hier ist es totenstill«, wandte er ein, »das Fest findet woanders statt. Wohin wolltest du?«

»Nirgendwohin«, erwiderte sie, »ich bin einfach nur drauflos gegangen. Ich habe es zu Hause nicht mehr ausgehalten. Sie können einander auf den Tod nicht leiden, mein Mann und mein Sohn. Ich ertrage das nicht.«

»Dein Sohn müßte ausziehen. Was hieltest du davon, wenn ich ihn in meine Obhut nehme und auf ein Internat schicke?«

»Selbst wenn Grubbelt damit einverstanden wäre, so würde mein Sohn sich doch heftig dagegen wehren. Er widersetzt sich nämlich allem, er ist so launisch, so querköpfig, so widerspenstig. So schnell wie möglich auf See, das scheint mir das Beste. Vor Island, an Bord der *Duizent Vreesen*, da kriegen sie ihn bestimmt klein, meinst du nicht?«

»Ich würde ihm gern das Los eines Prickenbeißers ersparen. Dafür stehen uns genug Waisenjungen zur Verfügung.«

»Aber er kann doch immer noch aufsteigen. Prickenbeißer, Auskiefer, Einpacker, Matrose, Steuermann.«

»Sein Leben lang Fischer. Will er das?«

»Er will nichts.«

»Er sollte …«

»Laß doch. Wenn ich ihn anschaue, sehe ich deine Augen, deinen Mund. Wenn er geht, ist es für mich, als gingest du vorüber. Die Art, wie er redet … und wenn er demnächst in den Stimmbruch kommt, spricht er mit deiner Stimme. Bisher ist noch niemandem aufgefallen, wie sehr er dir ähnelt, aber wenn du ihn …«

»Ich würde so gern …«

»Lieber nicht. Lieber jetzt noch nicht. Später vielleicht.«

»Eine Frage noch. Ist Gilles Linkshänder?«

»Ja.«

»Dann kann er die Seefahrt vergessen. Es gibt keine Büse und keinen Huker, auf der man einen Linkshänder an Bord haben will.«

»Weißt du das genau?«

»Du kannst ja deinen Mann fragen. Ehrlich gesagt, wundert es mich, daß er dir das nicht schon längst gesagt hat. Aber vielleicht schämt er sich, daß er ein linkshändiges Kind hat. Auf See, davon sind die Fischer überzeugt, bringen Linkshänder Unglück.«

»Aber …«

»Auf Schiffszimmerwerften hingegen sind Linkshänder erwünscht. Die können an Stellen arbeiten, an die Rechtshänder schlecht herankommen. Soll ich Leendert Steur einmal fragen, ob er auf seiner Werft einen linkshändigen Lehrjungen gebrauchen kann?«

»Ich werde das mit Grubbelt besprechen.«

Johann Ernst Rembt

Im Herbst des Jahres 1768, es war übrigens das Jahr, in dem Roemers Mutter unerwartet an einem sonnigen Frühjahrstag im Hinterhaus verstarb, sprach Meister Spanjaard ihn auf den Breede Trappen an.

»Von unserem großen Dichter und Rederijker und Kontrolleur der Abgaben und Zölle, kurzum: von unserem ureigenen reimeschmiedenden Reichen Willem van der Jagt habe ich gehört, daß ein junger deutscher Organist durch die Niederlande reist und auf allen Orgeln Musik des Tondichters aus Leipzig spielt, von dem wir seinerzeit ... wie hieß es auch gleich wieder ... das hat doch einen so großen Eindruck auf dich gemacht.«

»Ich ruf zu dir, Herr Jesu Christ.«

»Natürlich, so hieß es. Wer weiß, vielleicht spielt dieser Mann, dieser Rembt ... leicht zu merken ... Rembrandt ohne Rand ... wer weiß, vielleicht kann dieser Rembt dieses Stück auch spielen. Vielleicht können wir ihn hierhinlocken, und er läßt uns auf der Garrels-Orgel auch teilhaben an der Musik dieses Großmeisters, vorausgesetzt, wir kriegen das nötige Geld dafür zusammen.«

»Er kann bei mir wohnen.«

»Nein, nein, einen solchen Mann muß man im Moriaan unterbringen. Und nach dem Konzert müssen wir ihn dort auch auf eine Pfeife einladen. Und wir müssen ihn in einem Phaeton hierhinbringen ...«

»Kann er nicht mit der Treckschute kommen?«

»Eventuell … mir erscheint jedoch eine Kutsche passender … die Hände eingepackt in einem warmen Muff, so daß seine Finger nicht steif werden und er, gleich vom Pferdehintern weg, die Treppe zur Orgelbühne besteigen kann, um uns … wie hieß er auch gleich wieder?«

»Bach.«

»Genau, Bach, Johann Bach, Hänschen Rinnsal … welch ein Orgelunterwerfer, und dann so ein Name, wie ist es bloß möglich, nun ja … was ich noch sagen wollte, ehe wir an diesen Rembt herantreten … ein solches Solokonzert kann nur mit Zustimmung des Schultheißen stattfinden. Wenn du Prijn also nach einer Versammlung des Fischereirats im Rathaus darauf ansprechen könntest … es ist bedauerlich, daß Schultheiß Daniel Vollevens nun auch schon ein paar Jahre tot ist. Der war auch ein Liebhaber der Musik. Und außerdem war er dein Nachbar. Den hätten wir sozusagen auch nach dem Ende des Konzerts noch um Zustimmung bitten können, aber dieser Prijn, dieser Samuel Prijn, den wir jetzt haben … nun gut, dem Vorsitzenden des Fischereirats wird er hoffentlich eine Bitte nicht abschlagen.«

Doch so einfach war es nicht. Nach dem Ende einer Versammlung des Fischereirats hatte Roemer sich in die Kellergewölbe des Rathauses begeben. Nachdem er an die schwere Comptoirtür von Samuel Prijn gepocht hatte, war der neue Schultheiß mit schon im voraus hochgezogenen Augenbrauen mißtrauisch in der Türöffnung erschienen. Nachdem Roemer sein Anliegen geäußert hatte, hoben sich die Augenbrauen bis zum richterlichen Hutrand. Ebenso barsch wie argwöhnisch fragte er: »Was wird denn dort zu

Gehör gebracht? Leichtsinnige Liedchen? Eitle Weisen? Aufrührerische Melodien?«

»Natürlich nicht. Choralbearbeitungen.«

»Jeden Mittwochnachmittag spielt unser eigener Organist Bruyninghuizen für alle, die zuhören wollen, auf der Orgel. Ist das nicht suffizient? Muß unsere Orgel zusätzlich noch zu einer anderen Stunde von einem Deutschen traktiert werden?«

»Bruyninghuizen ist blind, wie Ihr wißt. Er spielt schön und edel, doch er spielt keine Musik von diesem Bach aus Leipzig.«

»Natürlich nicht. Ich bleibe dabei, daß es sich um aufrührerische Melodien handelt. Und auf die können wir am Kulk gut verzichten. Ich werde mich zunächst mit Bruyninghuizen beraten, mal sehen, was er dazu sagt.«

»Er weiß bereits davon.«

»Das ist mir gleich, zuerst will ich ... unlängst hatten wir hier, in der Ankerstraat, bei einer Hochzeit einen Geiger aus 't Woudt. Mit seinem liederlichen Gefiedel hat er alle Gäste gegeneinander aufgehetzt. Wie das schließlich geendet hat, wird Euch auch zu Ohren gekommen sein. Offene Wunden, rote Striemen, schwere Quetschungen. Die Braut, obwohl in aller Eile zur Ader gelassen, wurde ohnmächtig, den Bräutigam hat man, auf einem doppelten Flutbrett liegend, zum Wundarzt gebracht.«

Der Schultheiß schwieg eine Weile. Es schien, als wartete er auf eine passende Antwort. Als diese ausblieb, sagte Prijn: »So wie ein im Hafen liegendes Schiff sich in einem schweren Sturm von seinen Trossen losreißt, so geraten Triebe und Wollen bei sittenlosem Gefiedel außer Rand und Band. Allerlei Eitelkeiten? Mensch, gib uns Gebete.

Gib uns als Labung für unsere Seele die Psalmen Davids, die schenken uns einen gewissen Halt. Auf jede andere Musik können wir bequem verzichten. Die Frivolität treibt hier bereits allzu üppige Blüten.«

»Wir werden Euer Gespräch mit Bruyninghuizen abwarten«, sagte Roemer ruhig.

Einige Tage später traf er auf der Monsterse Sluis den Schöffen Leendert Steur. Verstohlen tippte Steur an den Rand seines Hutes und sagte im Vorübergehen: »Im Namen des Schultheißen darf ich Euch sagen: Was uns angeht, so kann es stattfinden, das Orgelspiel dieses Deutschen.«

»Erfreuliche Nachrichten«, wollte Roemer erwidern, aber der Schöffe war bereits an ihm vorüber, stieg geschwind die Breede Trappen hinab, als täte es ihm schon wieder leid, daß er die widerwillige Zustimmung seines Prinzipals überbracht hatte.

Doch es zeigte sich, daß noch nicht alle Hindernisse aus dem Weg geräumt waren.

»Rembt hat uns wissen lassen«, sagte Meister Spanjaard, »daß er am liebsten am frühen Abend beginnen möchte. Das bedeutet jedoch, daß es nach dem Konzert stockdunkel sein wird, denn schließlich haben wir bereits November.«

»Ende November haben wir Vollmond«, wandte Roemer ein.

»Ja, das weiß ich, aber wer garantiert uns, daß wir dann auch tatsächlich im hellen Mondenschein nach Hause gehen können? Meistens ist es Ende November dicht bewölkt. Dann kann der Mond noch so eifrig scheinen, es nützte uns nichts. Was haben wir davon, wenn nach dem Orgelspiel jemand in den Kulk stürzt und ersäuft? Oder in den Hafen? Oder in einen der Vliete? Nein, es ist besser, wenn Rembt am Ende des Nachmittags die Tasten traktiert. Dann können wir ihn beim letzten Schimmer des Tageslichts zum Moriaan begleiten und ihn dort auf eine Pfeife einladen. Zusammen werden wir nach der Pfeife den Nachhauseweg zur Not auch tastend noch finden.«

Rembt, ein junger Bursche noch, kaum neunzehn, war an jenem Novembertag bereits gegen Mittag zu Fuß aus Vlaardingen gekommen und von Meister Spanjaard im De Moriaan empfangen worden. Dort wurde er gelabt und gespeist, und anschließend spielte er sich eine Stunde lang auf der Orgel ein.

Sein Konzert vor etwa dreißig Sluyzern begann er mit der ersten Triosonate. Roemer erschrak. So leicht, so verspielt, so unverfälscht aufrührerisch. Hatte Prijn vielleicht doch recht? Doch warum sollte er an Prijn denken? Der war schließlich gar nicht da. Er ließ sich, ohne an Prijn noch einen Gedanken zu verschwenden, von den zwei Stimmen fortziehen, die frank und frei umeinandertollten, als flatterten zwei zerbrechliche Schmetterlingsflügel durch die Groote Kerk, wobei sich darunter eine gemütliche Baßstimme vernehmbar machte, welche die beiden ermahnte, doch eine gewisse Zurückhaltung zu üben. In Gedanken sprach Roemer zu Thade: »Da siehst du, daß auch hier etwas Großartiges passieren kann. Wie ungeheuer schade nur, daß du nicht da bist, sondern in Galle auf Ceylon verweilst, denn dies … oh, Thade, hör doch nur, wie die beiden liebreizenden Orgelstimmen miteinander Konversation betreiben.«

Während den ganzen Tag über dichte Wolken den Himmel bedeckt hatten, schien nun unerwartet die untergehende Sonne für einen kurzen Moment durch das zum Sluyse Diep hin gelegene große Bogenfenster. Beim zweiten Stück, der Toccata in F, ballten sich wieder Regenwolken zusammen, und eine dreiste Dunkelheit erfüllte die Kirche. Es kümmerte ihn nicht, für ihn zählte nur, daß ihm entscheidendere, mächtigere Kräfte Gottes zur Seligkeit offenbart wurden, von deren Existenz er nie etwas gewußt hatte. Es war, als machte die Musik ihn mit einer unverrückbaren, mannhaften und kolossalen Unbeugsamkeit bekannt, die sich zu eigen zu machen seine Pflicht war, selbst wenn es ihn die verbleibenden Tage seines Lebens kostete. Nach der Toccata war er erschöpft und fast außerstande aufzunehmen, was danach erklang. Es gab ein Motiv aus der Toccata, das er festhalten wollte. Wenn er das nur immer weiter summen konnte, dann würde sich gewiß erweisen, daß er endgültig in Sicherheit war. Dann könnte er unantastbar, unnahbar, unverletzbar über den Zuiddijk flanieren, ungeachtet aller Sorgen und allen Kummers. Dann berührte ihn weder, daß er im Ehebett unfähig war, noch, daß Anna nicht seine Frau war.

Gleich beim Verlassen der Kirche wurde seine Unverletzlichkeit auf die Probe gestellt. Vom Sluyse Diep und von der Brieler Maas her waren während des Konzerts undurchdringliche Nebel heraufgezogen, die das Schanseiland in einen zwar hellen, fast milchfarbenen, aber dennoch undurchdringlichen Dunst getaucht hatten.

»Reinster Seenebel«, murmelte Meister Spanjaard besorgt, »nun müssen wir unseren Weg ins De Moriaan ertasten.«

»Folgt mir«, sagte Bruyninghuizen, »ich finde den Weg blind.«

»Daß es tatsächlich manchmal ein Vorteil sein kann, auf das Augenlicht verzichten zu müssen«, flüsterte Willem van der Jagt.

Den jungen Virtuosen Rembt an dritter Stelle, schlurften die sechs Männer – auch Vorsänger Bartholomeus Ouboter hatte sich ihnen angeschlossen – durch die Nieuwe Kerkstraat. Roemer war der letzte in der Reihe. Als sie die Ankerstraat erreichten, spürte er, wie eine schneidende Bö geradewegs über das Hafenbecken heraneilte und sie erfaßte. Fröstelnd ging er weiter. Wie nah waren sie dem Wasser im Hafenbecken bereits gekommen? War es denkbar, daß sie einfach so darin verschwanden? Er hörte das Anschwellen und wieder Abebben der Windstöße und wunderte sich, daß die trocken-kalte Brise den grauen Milchnebel nicht vertrieb.

Dann prasselte, zunächst noch beruhigend, aber schon bald sehr bedrohlich, von der Haringkade ein lautes Geräusch durch den Nebel. Aus dem Schemenreich beim Kai tauchte kurz darauf ein Heringsfaß auf, das – mit Schwung über das Kopfsteinpflaster polternd – auf sie zudonnerte.

»Aufgepaßt«, rief Meister Spanjaard, »zusammenbleiben. Wenn wir einander aus den Augen verlieren, dann finden wir uns nie wieder und stiefeln der Reihe nach ins Wasser. Haltet euch bei den Händen, Männer.«

Doch es blieb nicht bei der einen Tonne. Von der Haringkade her tauchten immer neue Fässer auf, die unbekümmert und ungehindert auf sie zurollten. Ein paar Fässer wichen von ihrem Kurs ab und landeten mit einem dumpfen Plumps im Hafenbecken. Die meisten Tonnen aber polterten, als steckte Absicht dahinter, genau auf die sechs Männer zu. Jede Tonne, die sie erreichte, wurde von einem aus der Gruppe mit einem Tritt abgewehrt und verschwand dann, sich auf dem abschüssigen Kai kurz um die eigene Achse drehend, im Hafenbecken. Auch Roemer verpaßte einem der Fässer einen Tritt und bemerkte dann, daß er die gewaltigen Töne aus der Toccata nicht mehr summen konnte. Das Motiv war auf einmal aus seinem Gedächtnis gelöscht. Es war, als hätte er die Melodie weggetreten. Beinahe verzweifelt versuchte er, sich an das Motiv zu erinnern, doch schon tauchte von der Haringkade her ein neues Faß in voller Fahrt auf, das abgewehrt werden mußte. Es war das letzte, wie sich herausstellte.

»Es ist vorbei«, sagte Meister Spanjaard. Gleichsam als Schlußakkord erklang, offenbar von jenseits des Wassers, ein schallendes Jungenlachen aus dem dichten Nebel. Ein zweites Lachen stimmte ein und dann noch ein drittes, und so fröhlich und triumphierend das Lachen auch klang, Roemer spürte dennoch, wie sich seine Haut spannte.

»Fast könnte man eine Gänsehaut davon bekommen«, murmelte Meister Spanjaard. »Lümmel, Flegel, immer diese üblen Streiche, als wenn ich davon in der Schule nicht schon genug hätte.«

»Rotzlümmelige Radauschläger«, sagte Willem van der Jagt.

»Ja«, sagte Meister Spanjaard verschmitzt. »Vater, vergib ihnen, sie wissen nicht, was sie tun!«

»Aber Wiggert«, sagte Bartholomeus Ouboter.

Jetzt nach diesem Schrecken einander ungeniert bei den Händen fassend, setzten sie ihren Weg fort. Zuerst am reparierten Hafenkran vorbei, danach über die Brücke, deren Umrisse plötzlich im milchigen Nebel aufgetaucht waren, anschließend die Dijkhelling hinauf zur Hoogstraat. An der Kleine Kerk vorbeischlurfend, erreichten sie das fürstliche Delflandhuys, dann das Rathaus und schließlich das De Moriaan. Bevor sie hineingingen, überholte sie ein schemenhaftes Gespenst. In einen dicken, langen Regenmantel gehüllt, tauchte es aus dem Nebel auf und verschwand wieder darin.

»Ach, die Hebamme«, sagte Meister Spanjaard, »egal, was für Wetter, die muß immer raus, um dem Klapperstorch zu helfen. Wer stand denn kurz vor der Niederkunft? Die Frau von Rocus Bubbezon?«

In der Schankstube des geräumigen Gasthauses angekommen, sagte Meister Spanjaard schalkhaft: »Sollen wir einmal über die Bande schlagen, Roemer, sollen wir einmal deinem Namen die Ehre erweisen und einen rheinischen Römer bestellen?«

»Hört, hört«, sagte Willem van der Jagt.

»Ach, unser Roemer kann sich das leisten.« In einer bizarren Mischung aus gebrochenem Deutsch und Holländisch sagte Meister Spanjaard zu Johann Ernst Rembt: »Unser Rumer is hier ter stede der größte Reeder. Vier Schifflein in de vaart. Zwei ...« Er zögerte einen Moment und fragte dann: »Wie heißt eine buis auf deutsch? Hoeker, das weiß ich, das ist ein Huker, aber buis, heißt die Bus? Also zwei Busen und zwei Huker. Ja, ja, zwei Busen hat er und ein schönes Weib, die mindestens zweihundertfünfzig rijnlandse ponden wiegt. Meine selige Ehefrau wog nicht halb so schwer, wenn ich also eine van't zelfde gewicht dazugehabt hätte, dann hätte ich immer noch minder vrouw im Haus gehabt als dieser Reeder mit seinen zwei Busen und zwei Hukern.«

In normalem Niederländisch fügte er hinzu: »Und dann hat er aus dem Nachlaß seines Vaters auch noch einen kleinen Hof in Maasland, im Duifpolder, hinter dem Schlagballplatz vom Huys ter Lugt, davon bezieht er Pacht und Teilpacht.«

»In Maasland ist wieder die Rinderpest ausgebrochen«, sagte Roemer düster. »Wenn es wie 1744 geht, dann werde ich Ende des Jahres wohl kaum Pachtzins bekommen.«

»Dann kriegst du noch immer Teilpacht«, sagte Meister Spanjaard, »Fäßchen mit Butter, Käse, Hühner, Eier.«

»Fäßchen mit Butter von toten Kühen?« fragte Roemer.

»Bei so vielen toten Kühen kommt doch bestimmt das eine oder andere Zwischenrippenstück bei dir an. Oder zarte Braten aus der Gegend um den Arsch. Oh, fürstliches Gesottenes, mit Zwiebeln und Rosenkohl!«

Als die sechs rheinischen Römer vor ihnen standen und sie auch mit einer Pfeife versorgt waren und nachdem Meister Spanjaard nach seinem ersten Zug vergnügt bemerkt hatte: »Wißt Ihr eigentlich, daß in der Schweiz das Rauchen vor dem Gesetz dem Ehebruch gleichgestellt ist«, sagte Willem van der Jagt: »Ist es, nachdem wir heute nachmittag wieder einmal haben hören können, was Musik vermag, nicht an der Zeit, daß wir etwas an dem jämmerlichen Psalmengesang in unseren Gottesdiensten hier tun?«

»Ich bin sofort dafür«, sagte Meister Spanjaard, »aber was?«

»Vielleicht ein Sendschreiben an die Gemeinde?«

»Und was soll darin stehen?« wollte Meister Spanjaard wissen.

»Eine Ermunterung zu einträchtigem, energisch fortschreitendem Psalmengesang.«

»Wird das dann wieder so eine Schrift wie deine *Verteidigung des Zaums für den Trieb zum Aufstand an die Eingesessenen von Maassluis?*« fragte Bartholomeus Ouboter.

»Nein«, erwiderte Willem, »diese Ermunterung würde ich gekonnter reimen, wobei mir die neuen Psalmbereimungen zum Vorbild dienen würden.«

»Was war das für ein Zaum?« wollte Bruyninghuizen wissen.

»Daran mußt du dich doch noch erinnern«, sagte Meister Spanjaard, »damals hattest du dein Amt hier bereits angetreten.«

»Das ist seinerzeit an mir vorbeigegangen.«

»Vor etwa sechs Jahren hat Jan van der Drift bei der Drehbrücke unter dem Hafenkran einen neuen Huker vertäut, in dessen Top eine Fahne wehte, auf der eine Frau in goldenem Kleid zu sehen war, die um den Kopf einen Strahlenkranz hatte. Zu ihren Füßen wand sich ein Band mit ihrem Namen: Maria Magdalena. Wer zur Kirche ging, mußte an dieser Marienfahne vorbei. Alle Gläubigen wollten van der Drift an den Kragen. Janneman hat das Schiff dann auf der anderen Seite des Hafens festgemacht. Halb Maassluis hat damals auf dem Kai gestanden und gebrüllt: ›Die Fahne muß verbrannt werden!‹ Schließlich hat der stellvertretende Vogt von Delft, in Begleitung der Richter und eines Gerichtsdieners, die Fahne abgeholt und nach Delft gebracht. Gerade noch rechtzeitig, denn sonst wäre es zum Aufstand gekommen. Ach, ach, dieser Trieb zum Aufstand, wegen einer papistischen Fahne!«

Viel später am Abend, als Roemer und Meister Spanjaard zusammen auf dem Nachhauseweg waren, sagte letzterer in der noch immer in Nebel gehüllten Hoogstraat:

»Unser Dichter sollte lieber aufpassen! Zuerst die Schrift über den Zaum für den Trieb zum Aufstand und jetzt eine Schrift über den Psalmengesang. Er steckt den Kopf mutig in die Schlinge, wenn er sich für eine gereimte Fassung des Psalmengesangs einsetzt. Das wird man ihm noch gehörig krummnehmen.«

»Ach, dieser elende Psalmengesang …«, sagte Roemer. »Ich wünschte, ich könnte mich noch an die Toccata erinnern.«

»Wie dieser junge Deutsche gespielt hat! Aber was für ein langweiliger Kerl. Hat im Moriaan nicht ein einziges Wort gesagt. Ihm mangelt es auch, wie mir scheint, an jedwedem Verstand.«

»Was für ein Unsinn! Wie hätte er seinen Verstand denn zeigen sollen? Der Mann spricht kein Wort Holländisch, und außerdem war er total erschöpft. Hinzu kommt, daß du wieder einmal das große Wort führen mußtest.«

»Ja, da … ach, lassen wir das, jetzt noch etwas anderes … nicht einmal nach einem Glas Rheinwein verlierst du deine Haltung und schaust weiter düster vor dich hin … Das Lachen ist dir leider vollständig vergangen, obwohl du noch so jung bist. Früher, als du noch zusammen mit meinem Thade bei mir in die Schule gingst, konntest du so aufrichtig und herzlich lachen … dieses Lachen, ich würde es unter Tausenden erkennen … dieses Lachen … verstehst du das? … dieses Lachen habe ich tatsächlich heute abend wieder gehört … einer dieser rotzlümmeligen Radauschläger …«

Meister Spanjaard sah ihn erstaunt an, so wie er ihn früher, als Roemer noch bei ihm in die Schule ging, anzusehen pflegte, mit fröhlich funkelnden Augen, aber doch auch so, als wollte er tief in sein Gemüt eindringen, um dort etwas zu ergründen.

»Es war das gleiche herzliche Lachen. Hast du noch Verwandte hier im Ort? Einen Vetter?«

»Nicht, daß ich wüßte.«

»Wie schade, daß du nie mehr lachst. Sieh zu, daß du deine Pricken am Leben hältst.«

Auf den gegenüberliegenden Seiten stiegen sie die Breede Trappen hinunter. Als er in den Schoolslop einbog, hob Meister Spanjaard noch einmal jovial die Hand. Es war, als wollte er Roemer Mut machen, als wollte er ihn noch einmal aufheitern, bevor er nach Hause kam. Lebte meine Mutter nur noch, dachte Roemer, sie verstand es, mit Diderica umzugehen. Jetzt, da Mutter tot ist, will diese Frau ständig, daß ich ihr Aufmerksamkeit schenke. Dabei war es all die Jahre so angenehm, daß sich die drei Frauen im Hinterhaus pausenlos miteinander beschäftigten, so daß ich mich um sie überhaupt nicht kümmern mußte. Manchmal, wenn sie tagelang nicht aus ihrem Bett kam, konnte ich sogar vergessen, daß ich mit Diderica verheiratet bin. Dann mußte ich nicht einmal bei Tisch an ihr vorbeischauen.

Ehe er die Eichenholztür seines Hauses öffnete, zögerte er noch einen Moment in der Veerstraat. Er schaute über das gekräuselte Wasser, dachte: Für sie ist es mindestens so schlimm wie für mich, darum müßte mich ihr Schicksal dauern, denn ihr Los ist auch das meine.

Singweise

Sieben magere Jahre später war er im Taanschuurpolder mit Meister Spanjaard auf dem Weg zu dessen Schwager, dem Lachsfischer, um bei ihm einen köstlichen Lachs und Flußkrebse zu prokurieren. Hoch oben in den Korbweiden, Erlen und Eschen höhnten die zurückgekehrten Gelbspötter. Fröhlich pfeifend wehte eine frische Brise über das Sluyse Diep. Auf den leuchtenden Sandriffen der Insel Rozenburg lag tatsächlich ein schläfriger Seehund und sonnte sich.

»Es ist kaum zu glauben«, sagte Meister Spanjaard, »aber wie es aussieht, wird es nun doch passieren. Zuerst hat man uns mit der neuen Psalmbereimung traktiert, und jetzt, in deren Kielwasser, will man uns auch noch die kurze Singweise auferlegen.«

»Doch nicht sogleich?« fragte Roemer.

»Das Presbyterium hat beschlossen, Übungsstunden anzusetzen. An vier Abenden pro Woche von sieben bis acht Uhr in der Groote Kerk. So daß es noch hell ist, wenn man das Bethaus verläßt.«

»Das erscheint mir klug. Dann können die Gegner jedenfalls nicht die Befürworter in der einsetzenden Dämmerung intimidieren.«

»Gewiß, einen guten Verstand kann man den Ältesten nicht absprechen. Vor allem weil auf der Hand liegt, daß sie mit der Bekanntgabe ihrer Singstunden gewartet haben, bis fast alle Fischer zum Johannisfang nach Buchan Ness und Yarmouth losgesegelt sind. Seeleute sind die größten Quertreiber, die schlimmsten Widersacher. Jetzt können die Frauen und Kinder schon mal üben und sich dran gewöhnen. Außerdem sind Frauen und Kinder nachgiebiger und bereitwilliger als Männer. Wenn die Fischer dann nach Kreuzerhöhung wieder einlaufen, müssen sie sich dareinfügen.«

»Glaubst du, daß sie das tun werden?«

»Ach was, natürlich nicht, sie werden diese Vorgehensweise als Hochverrat empfinden. Und deswegen wird es hier nach Kreuzerhöhung oder möglicherweise auch bereits nach dem Sankt-Bartholomäus-Tag hoch hergehen.«

»Meinst du? So schlimm?«

»Ja, denn die neuen Psalmbereimungen, die kurze Singweise … das ist der Brennstoff, an dem sich das Feuer entzünden wird, das Feuer, das schon seit Jahren schwelt … der dicke Herzog in Den Haag, der hinter den Kulissen alles deichselt, der erschreckende Niedergang der Heringsfischerei, die Überschwemmungen wieder und wieder, die hohen Herren von der Hoogstraat, die Verordnung, nach der innerhalb von fünfzehn Jahren alle Reetdächer in Sluys durch Ziegeldächer ersetzt werden müssen, die umherziehenden Steuerpächter und die ständig steigenden Preise für Milch, Butter und Käse.«

»Wegen der Rinderpest. Aber zum Glück scheint die Seuche ihren Scheitelpunkt überschritten zu haben.«

»Kann sein, aber die Preise sind nicht gesunken. Für ein Fäßchen Butter zahlt man mit Gold. Käse ziert nur noch den Tisch der Reichen.«

»Hast du das Büchlein gesehen, das Veerman hier in Maassluis hat drucken lassen? Seine *Abhandlung über die allhier unter dem Rindvieh wütende Seuche*?«

»Nein, warum sollte ich? Das ist eher was für stolze Besitzer eines Hofes in Maasland.«

»Besitzer eines Sterbehauses, meinst du wohl. Tausende von Rindviechern sind umgekommen. Veerman schreibt über die Maaslander Weiden: ›Denn dort, wo noch unlängst die sorglose Rinderherde zur Freude ihres Besitzers lustvoll graste und sich erquickte, findet man heute die Weide von ihrem üblichen Besatz mit Vieh entblößt.‹«

»In der Delfter Zeitung habe ich gelesen, daß man in Flandern die ganze Herde tötet, wenn nur ein einziges Tier erkrankt ist.«

»Ja, dann garrottiert ... dann erdrosselt man alle Kühe, um zu verhindern, daß verseuchtes Blut umherspritzt.«

»Ein gewisser ... mein Gott, ich werde alt, ich kann mir keine Namen mehr merken.«

»Lancisi, meinst du den? Den Arzt, der im Auftrag des Papstes Tierkrankheiten untersucht hat?«

»Plädiert er auch für das Erwürgen?«

»Es ist ihm gelungen, den Papst davon zu überzeugen, daß man die Krankheit so am besten bekämpft. In Flandern, Österreich, Frankreich und sogar in Dänemark werden auf Anweisung der Regierung ganze Rinderherden erwürgt.«

»Widersetzen sich die ausländischen Bauern denn nicht?«

»Oft muß die Armee eingreifen, um die Tötungen durchzusetzen.«

»Würg, was schwarzbunt und gesund! Rasch den Rindern das Leben genommen, eh' sie erkranken und wieder auf die Beine kommen.«

Sie gingen durch die Werder beim Prickenteich, wo Drosselrohrsänger, Teichrohrsänger und Sumpfrohrsänger schrill durcheinandertschilpten. In den Erlen sangen die Fitisse ihre mißmutigen Liedchen. Etwas weiter weg surrte ein Rohrschwirl, Schilfrohrsänger schnalzten, und Rohrammern piepten. Meister Spanjaard blieb einen Moment lang stehen, warf einen Blick auf die Werder und sagte: »Nur los, Jungs! Übt ihr auch schon die neue Singweise? Ruft laut zum Streit mit frohem Hallen.«

Er ging weiter und sagte: »Ich wünschte, ich wäre noch jung. Dann ginge ich nach Leiden, um mich dort bei Dionysius van de Wijnpersse in die empirische Philosophie zu vertiefen. Wijnpersse ... allein schon der Name, das ist Musik in den Ohren eines Menschen, der wie ich mit der Nase im Glas geboren wurde. Wer weiß, vielleicht würde es mir nach einem Römerchen Rheinwein ja gelingen, a posteriori Beweise für die Existenz eines notwendigerweise sich selbst genügenden Gottes zu finden.«

»Was nützt dem Menschen die Philosophie?«

»Ach, mein bester Stiefsohn ... vor kurzem habe ich *An Enquiry Concerning Human Understanding* von David Hume Abschnitt für Abschnitt studiert. Im Licht einer Kerze jeden Abend eine Seite ... ein so meisterhaftes Buch, das verändert dein ganzes Leben. Allein schon das zehnte Kapitel über die Wunder. Weißt du, daß er behauptet ... nein, er behauptet es nicht, er zeigt es ... er zeigt, daß es keine Wunder gibt. Du hast bei mir gut Französisch gelernt. Soll ich dir auch Englisch beibringen? Dann kannst du auch Hume studieren ... nach Hume habe ich, um mein Englisch noch ein wenig auf Vordermann zu bringen, in der King-James-Übersetzung zum wiederholten Male die Bibel sehr aufmerksam von vorne bis hinten gelesen. Alle Wunder, alle lispelnden Schlangen, sprechenden Esel und treibenden Äxte habe ich gestrichen. Danach blieb fast nichts mehr übrig.«

»Mich stören all die Wunder weniger als die Passagen, in denen etwas berichtet wird, was ganz offensichtlich unmöglich ist. Im zweiten Buch der Chronik, Kapitel 28, Vers 6, zum Beispiel heißt es, daß Pekah an einem Tag 120 000 streitbare Männer erschlug. Angenommen, er hat vierundzwanzig Stunden gekämpft, dann hat er pro Stunde fünftausend Männer erschlagen, das sind vierundachtzig in der Minute. Es ist sonnenklar, daß es, auch wenn man noch so ein Kraftmensch ist, vollkommen ausgeschlossen ist, vierundzwanzig Stunden lang jede Minute gut achtzig Mann zu erschlagen. Schon einer pro Minute wäre ein Wunder, und darum ist das, was dort steht, Unsinn. Dennoch aber meinte Pastor van Wanen unlängst erst in einer Predigt: ›Wie könnten die historischen Passagen von Gottes Wort etwas beinhalten, das nicht die reine Wahrheit atmet?‹«

»Schon als Junge tatest du nichts lieber als rechnen«, sagte Meister Spanjaard gerührt.

»Was spielt das für eine Rolle?« sagte Roemer verärgert. »Es geht darum, daß dies schlicht und einfach keine reine Wahrheit atmen kann, ganz gleich, was dieser van Wanen auch behaupten mag. Und wenn dies reine Wahrheit atmet, was ist dann von dem Rest zu halten? Von Josua etwa, der nach Kapitel fünf des Bibelbuchs, das nach ihm benannt ist, eigenhändig alle Männer beschneidet, weil sämtliche Jungen, die während des vierzigjährigen Umherziehens in der Wüste geboren wurden, dort nicht beschnitten worden sind. Man kann nur schätzen, wie viele Männer Josua beschneiden mußte, aber angenommen, ich sage einfach einmal eine Zahl, es waren achtundvierzigtausend. Vor einem Jahr ist hier zum ersten Mal ein Junge vom Mohel aus Den Haag beschnitten worden, Levi Cohen, der Sohn von Samuel Cohen aus der Mareldwaarsstraat. Der Mohel war damit mehr oder weniger den ganzen Tag beschäftigt.«

»Ja, mit allem Drumherum, aber das Beschneiden selbst … ich denke, das läßt sich in einer guten Stunde erledigen.«

»Gut, rechnen wir also eine Beschneidung pro Stunde, dann braucht man achtundvierzigtausend Stunden. Das sind, wenn man zwölf Stunden am Tag beschneidet, denn auch ein Beschneider muß ja schließlich mal schlafen, viertausend Tage oder elf Jahre. Elf Jahre lang hat Josua mit einem steinernen Messer pausenlos Männer beschnitten. Glaubst du das?«

Meister Spanjaard brach in Lachen aus.

»Lach ruhig«, sagte Roemer, »mir ist das Lachen längst vergangen, die Bibel … die hat weder Hand noch Fuß, nichts als Geschwätz, wenn man einmal von den schönen Psalmen absieht …«

»Ach ja, die hübschen Psalmen … hast du die neuen gereimten Psalmen schon gesehen? Ich schon. Nicht schlecht, muß ich sagen.«

»Ja, ich habe sie gelesen und dabei wunderschöne Verse gefunden: Ich schlief ganz ohne Sorgen, in Gottes Treu geborgen, bis ich erfrischt erwachte, denn Gott stand mir zur Seit', er trug mit mir das Leid, das es mir schwerer machte.«

»Spricht dich das an? Schläfst du schlecht?«

»Ziemlich.«

»Wie kommt's?«

»Vier alte, mäßig unterhaltene Schiffe auf See. Ein ordentlicher Sturm, und sie gehen unter.«

»Dann warte sie besser.«

»Wovon? Die Verluste werden jedes Jahr größer. Wir haben die Kosten immer weiter senken müssen. Dank des kärglichen Solds, den ich als Schöffe bekomme, sowie der geringen Pacht und ordentlichen Teilpacht, die ich aus Maasland erhalte, kann ich den Kopf über Wasser halten. Nun hat man uns tatsächlich versprochen, daß die Generalstaaten uns ab diesem Jahr pro Büse eine Prämie von fünfhundert Gulden zahlen. Zehn Jahre haben wir darauf warten müssen!«

»Wenn die Büsen und Huker auf der aufgewühlten See tanzen, wühlt der arme Reeder an Land in seinem Bett. Da hat man es als Schulmeister besser.«

»Ja, und man wird auch nicht in das Schöffenamt berufen.«

»Früher habe ich allerdings oft genug, im übrigen vergeblich, inständig gebetet: Ebne mir doch den Weg zu einem Amt. Schöffe … das kann doch so schlimm nicht sein? Der Schultheiß regelt doch alles.«

»Das schon, aber dennoch muß man alle vierzehn Tage samstags um Punkt zehn Uhr zur Versammlung. Und es kostet Buße, wenn man fehlt oder zu spät kommt. Hinzu kommen alle vierzehn Tage freitags die Sitzungen des Strafgerichts.«

»So erfährst du zumindest, was in diesem Loch so alles passiert. Oder besser gesagt, was nicht passiert. Hier passiert nie etwas. Bestimmt ist in der Zeit, seit du Schöffe bist, nicht einmal eine deftige Scheidung vor dem Gericht verhandelt worden, geschweige denn ein Fall von öffentlicher Verspottung der Justiz.«

Als sie kurze Zeit darauf im Lachsschuppen saßen, fragte der Lachsfischer: »Und? Hörst du ab und zu noch einmal etwas von Thade?«

»Neulich kam tatsächlich ein Brief aus Galle. Er berichtete seinem Vater von einer mißlungenen Hinrichtung. Ein Soldat hatte seinem Vorgesetzten eine Ohrfeige verpaßt und war deshalb zum Tod verurteilt worden. Dort geht es anders zu als in Delft, wenn dort einer ins Jenseits befördert werden soll. Keine Garrotte, kein Galgen, sondern ein Elefant. Der trampelt auf dir rum, während du festgebunden auf dem Boden liegst. Und dann schwinden meist sofort die Lebensgeister. An einem Querbalken auf zwei Pfosten baumelnd aus der Welt scheiden oder doch lieber alle Glieder einzeln fein zertreten lassen? Wenn der Elefant gut gelaunt ist, trampelt er nicht auf dir rum, sondern rammt dir seine langen weißen Stoßzähne in den Leib. Dann hast du es gleich hinter dir. Thade berichtet, daß sie den Soldaten dort in ihrem schönen Fort in Galle ordentlich festgebunden auf den Boden gelegt hatten. Aber dann wollte der Elefant nicht über ihn drübergehen, und auch seine Zähne wollte er ihm nicht in den Bauch rammen. Was sie auch taten, der sanftmütige Koloß ließ sich nicht erzürnen. Und was stellte sich schließlich heraus? Zwanzig Jahre zuvor hatte es in der Nähe des Forts einen Brand gegeben. Der Elefant, damals wohl noch ein Fantchen, war mitten im Feuer angekettet gewesen. Der Soldat hatte eine Decke um sich geschlagen und war mitten durch die Flammen zu dem Elefanten gerannt und hatte ihn losgemacht. Darum weigerte sich das Tier zwanzig Jahre später, ihn umzubringen.«

»Hat man den Soldaten danach ins Meer geworfen?«

»Nein, Hinrichtungen werden dort drüben immer mit einem Elefanten vollstreckt. Vom Protokoll kann nicht abgewichen werden. Vorschrift ist Vorschrift, und folglich sitzt man dort jetzt in der Klemme. Thade konnte noch nicht sagen, wie es nun weitergeht. Vielleicht im nächsten Brief, in einem Jahr oder so … ach, welch hartes Los ist das, da hat man einen Sohn, und möglicherweise sieht man ihn niemals wieder.«

Roemer hatte auch einen Sohn, den er nun fast täglich sah. Oder besser gesagt, er hörte ihn. Wenn er morgens in seinem Comptoir saß, erklang allmorgendlich der kräftige Schritt von Gilles Heldenwier. Auf dem Weg vom Lijndraaiersslop zur Werft von Leendert Steur am Hellinggat ging sein Sohn immer durch die Veerstraat. Und abends hörte Roemer ihn oft auch wieder zum Lijndraaiersslop zurückgehen. Immer derselbe kräftig federnde, manchmal sogar dröhnende Schritt. Als zöge sein Sohn in den Krieg.

In diesen augenscheinlich so friedlichen Sommermonaten des Jahres 1775 hörte er den federnden Schritt abends oft noch einmal. Wurden auf der Werft Überstunden gemacht? Oder war sein Sohn auf dem Weg zur Groote Kerk, um dort mit den Frauen und Kindern zu üben? Das konnte Roemer sich kaum vorstellen.

An einem dieser Abende verließ er, als die Schritte seines Sohnes abermals von den Fassaden widerhallten, das Haus. Er sah Gilles die Breede Trappen hochgehen. Flink folgte er ihm die schmalen Stufen hinauf. Oben angekommen, sah er seinen Sohn plötzlich in Gesellschaft eines anderen, ebenso hochaufgeschossenen Kerls, Gideon van der Kraan, über die Brücke zum Kerkeiland marschieren. Waren die beiden Burschen etwa doch auf dem Weg zur Groote Kerk? Sie bogen jedoch nicht in die Nieuwe Kerkstraat ein, sondern begaben sich, beinahe stampfend, in die Ankerstraat.

Über die Haringkade näherte sich Willem van der Jagt, Dorfdichter und Kontrolleur der Abgaben und Zölle. Roemer wartete, bis van der Jagt die Ankerstraat erreicht hatte, dann deutete er auf die beiden Jungs, die im blendenden Licht der Sommerabendsonne beinahe verbissen in Richtung Hellinggat stiefelten, und fragte scheinbar beiläufig: »Was mögen die zwei bloß vorhaben?«

»Die zwei Hammerhelden? Oh, die schleichen hier jeden Abend eine Stunde lang um die Kirche herum. Oft auch mit anderen Liederjanen und Bummlern. Man hört sie draußen brüllen, wenn wir drinnen singen. Und wenn wir aus der Kirche kommen, stehen sie am Ausgang und johlen: ›Papistenkost in Geusenschüsseln.‹ Wenn es dabei bleibt, müssen wir uns keine Sorgen machen.«

Am Sonntag, dem 25. Juni, predigte Pastor Daniël van Spang über den Brief an die Kolosser, Kapitel 2, Vers 16: »So lasset nun niemand euch Gewissen machen über Speise oder über Trank oder über bestimmte Feiertage oder Neumonde oder Sabbate«, und Roemer vernahm, wie van Spang aus diesem merkwürdigen Text mit dem rätselhaften Verweis auf Neumond – doch dazu sagte van Spang nichts – einen Aufruf hervorzauberte, »um die Gemeinde zu einträchtigem und erbaulichem Singen zu ermuntern«. Beim selben Gottesdienst wurden, nachdem die Gemeinde sechs Wochen lang an vierundzwanzig Sommerabenden, begleitet von der Garrels-Orgel, die neue Singweise hatte einüben können, zum ersten Mal in einem echten Gottesdienst leicht und schnell und ohne Mißtöne Passagen aus einigen der neugereimten Psalmen gesungen.

Nach dem Gottesdienst spazierte Roemer im gleißenden Sonnenlicht am Hafen entlang zum Sluyse Diep. Totenstille rundherum. Kein Hafenknecht, der den Hafenschlick aufwühlte. Keine Büsen oder Huker, die ausliefen oder einliefen. Er ging bis an das großflächige Gewässer, schaute über das Diep, warf einen Blick auf die hohen Feuerbaken an der Einfahrt zum Hafen. Darüber mußte er sich jetzt keine Sorgen machen. Und doch schien es, als könnte er wegen der vielen Sorgen, die ihn niederdrückten, kaum Atem holen. »Alle Sorge werfet auf ihn«, hatte Petrus geschrieben. Wenn ihm das doch bloß einmal gelänge! Er starrte zu den vielen Sandriffen, Groden und Heldern. Auf ihnen liefen, ungeachtet der Sabbatruhe, Zehntausende von Knutten, bunten Strandläufern, von Sandregenpfeifern und Seeregenpfeifern, von Sanderlingen, Waldwasserläufern und Flußuferläufern in unablässiger Geschäftigkeit herum. Er hörte den Ruf des Rotschenkels, sah, wie der Vogel inmitten der faulenzenden Seehunde hölzern mit dem Kopf nickte. Dann schritt er auf seinen roten Beinen zwischen den Seehunden hindurch, erhob sich kurz in die Luft, um anschließend auf dem nächsten Groden wieder zu landen. Seine Anwesenheit dort störte einen größeren Vogel. Was war das? Sah Roemer dort grüne Beine? Handelte es sich vielleicht um einen Grünschenkel? Es schien, als höbe ihn der Anblick dieses Vogels, obwohl er ihn nicht einmal mit Sicherheit erkannt hatte, über seine alles andere als schemenhaften Probleme hinaus. Er schloß die Augen, spürte, wie die warme Sonne auf seine Augenlider schien.

Wenn ich jetzt Verwaltungsbeamter im Fort von Galle wäre, ginge es mir dann besser?, fragte er sich.

Er spähte zu den Seehunden auf den Sandriffen. Wußten sie, daß heute Sonntag war? In der Woche sah man selten einen Seehund in der Sonne liegen. Viel zu gefährlich. Jeden Augenblick konnte ein Lachsfischer auftauchen, um den Seehund – ebenso auf Lachs versessen wie ein Fischer – totzuschlagen. Doch am Tag des Herrn hatten die Seehunde nichts zu befürchten. Kein Lachsfischer würde es wagen, mit einem Knüppel den Sabbat zu schänden. Es sah sehr danach aus, als ahnten die Seehunde dies zumindest. An jedem sonnigen Sonntag lagen sie dort sorglos schlummernd auf den leuchtenden Sandriffen, als wüßten sie, daß ihr friedlicher Anblick ihn jedesmal aufmunterte.

Schultheiß und Schöffen

Bei einer der samstäglichen Versammlungen von Schultheiß und Schöffen im September kam man auf seinen Sohn zu sprechen.

»Es sieht so aus«, sagte der gewiefte Lambregt Schelvisvanger zu Leendert Steur, der auch in das Amt des Schöffen berufen worden war, »als hätte das ganze Elend auf deiner Werft angefangen. Dort arbeiten zwei Burschen, die allem Anschein nach die Fischer aufhetzen, die hin und wieder zu einem Nachbarschaftsbesuch zu dir kommen.«

»Gideon van der Kraan und Gilles Heldenwier«, brummte der Schöffe Bastiaan den Exter.

»Aber sie sind doch nicht die einzigen, die die neue Singweise als papistischen Götzendienst verurteilen«, sagte Leendert Steur.

»Papistischer Götzendienst? Lutherischer Götzendienst, oder? Das habe ich jedenfalls gehört«, sagte Jacob van der Lely.

»Papistisch oder lutherisch, was spielt das für eine Rolle?« meinte Leendert Steur.

»Meine Herren«, sagte der Schöffe Pieter Schim, der ein Jahr zuvor die Nachfolge von Samuel Prijn angetreten hatte, »wir sollten genau im Auge behalten, was dort vor sich geht. Von Pastor van Spang habe ich gehört, daß bei ihm und bei van der Jagt eine Schmähschrift unter der Tür durchgeschoben wurde, worin ihnen als Erfindern des

›Tanz- und Komödiengesangs‹, wie dort die neue Singweise bezeichnet wird, Prügel angedroht werden.«

»Schmähschrift? Das ist stark übertrieben. Es handelte sich um kurze Episteln. Wir haben sie diesen Frühsommer auch in den Klingelbeuteln gefunden«, sagte der Schöffe Jacob van Broekhuyzen, der zugleich auch Diakon war. »Wir haben sie im Konsistorialzimmer lachend zerrissen.«

»Inzwischen hat es aber einige mehr oder weniger ernste Vorfälle gegeben«, sagte der Schultheiß. »Wer von den Herren war am Sonntag, den 27. August, beim Morgengottesdienst in der Groote Kerk?«

»Ich«, sagte Roemer, »beim Singen des vierten Verses von Psalm 3, ›Du schlugst sie auf die Kiefer, hast Leid ihnen gebracht, zerschlugest ihre Zähne mit deiner großen Macht‹, begannen einige Kirchenbesucher zu toben …«

»Und wie ich gehört habe, brüllten sie noch weiter, nachdem der Psalm zu Ende gesungen worden war«, ergänzte der Schultheiß.

»So war es«, sagte Roemer, »aber dennoch wurden sie recht schnell zum Schweigen gebracht.«

»Wer waren die Ruhestörer?« wollte der Schultheiß wissen.

»Von der Reederbank aus habe ich das nicht erkennen können.«

»Es waren ein paar Böttcher und Fischer, wie ich von meiner Frau gehört habe«, sagte Bastiaan den Exter.

»Es wäre gut, wenn wir die Namen der Unruhestifter ermitteln könnten«, sagte der Schultheiß, »denn vielleicht waren es dieselben, die am Mittwoch, den 30. August, den Gottesdienst in der Kleine Kerk gestört haben. Hat einer den Gottesdienst besucht?«

»Meine Frau war dort«, sagte Roemer. »Sie hat mir berichtet, daß auf der Galerie Fischer, Frauen und Bierhändler erneut versucht haben, den Vorsänger Ouboter aus dem Takt zu bringen.«

»Durch Brüllen und Lärmen, wie ich gehört habe«, sagte der Schultheiß. »Welche Fischer waren dabei?«

»Keine Auskiefer und Einpacker, die auf unseren Büsen und Hukern fahren«, sagte Roemer.

»Das Ganze war harmlos«, sagte Leendert Steur. »Sie haben es nicht geschafft, Ouboter aus dem Takt zu bringen.«

»Ach, nein?« sagte Jacob Verwoert. »Meine Frau hat mir aber erzählt, daß Pastor van Wanen so mitgenommen war, daß unser Hirte anschließend außerstande war zu predigen. Er hat es gerade noch geschafft, den Segenswunsch zu sprechen und die Gemeinde zu entlassen, die Breede Trappen hinunter und nach Hause.«

»Eine Woche später haben sie es beim Mittwochsgottesdienst in der Kleine Kerk erneut versucht«, mischte sich Cornelis de Jong ins Gespräch. »Ich habe es selbst erlebt. Etwa ein Dutzend Männer und Frauen wollten von der Empore aus Ouboter wieder aus dem Takt bringen. Es ist ihnen aber nicht gelungen.«

»Nein, denn Ouboter standen sieben kurze Sänger mit sieben kräftigen Stimmen zur Seite«, sagte Lambregt Schelvisvanger.

»Die waren rasend, da oben auf der Empore«, sagte Cornelis de Jong. »Mit dröhnenden Schritten sind sie auf und ab gegangen, so daß es sich unten wie Donnergrollen anhörte.«

»Am Sonntag davor haben Böttcher und Fischer sowohl

im Morgen- als auch im Nachmittagsgottesdienst im Chor der Groote Kerk gestanden und geschrien und gebrüllt und gekreischt«, sagte Jacob Verwoert.

»Das ist nichts im Vergleich zu dem, was während des Freitagsgottesdienstes am 8. September passiert ist«, sagte Bastiaan den Exter. »Van Spang hatte gerade mit seiner Predigt angefangen, als Kees Denick …«

»Der?« unterbrach ihn Lambregt Schelvisvanger. »Der hat doch bei mir als Steuermann gedient.«

»Ja, und jetzt fährt er für Poortman und Klinge.«

»Aber der Mann ist doch längst ein Greis? Konnte er …«

»Hooghwerff, der Milchmann, und dieser Bursche, der bei Leendert auf der Werft arbeitet, dieser Gideon van der Kraan, die haben ihm geholfen … Mensch, was hat der Bengel eine gewaltige Stimme … zu dritt haben sie Psalm 68, Vers 1, in der gereimten Fassung von Dathenus gesungen: ›Steh auf, o Herr, zeige dich ganz unverzagt, so werden zerstreuet und auch verjagt alsbald all deine Feinde.‹«

»Hat van Spang daraufhin seine Predigt abgebrochen?« wollte der Schöffe Schim wissen.

»Nein«, sagte Bastiaan den Exter, »er wartete geduldig, bis sie zu Ende gesungen hatten, und fuhr dann mit seiner Verkündigung fort. Bis zum Schlußsegen verlief die Feier ohne jeden weiteren Zwischenfall. Danach aber rief Hooghwerff laut los, das sei Papistenkost, die da aufgetischt worden sei, und van der Kraans Gefährte, dieser magere Bursche aus dem Lijndraaiersslop, wütete wie wild herum, und mehr oder weniger alle Fischer, die im Sonntagsgottesdienst waren, ließen ihrem Unmut freien Lauf … das war vielleicht ein Lärmen und Toben auf einmal … und von draußen drangen Herumtreiber, Betrüger, Tagediebe und Radaubrüder in die Kirche … mit fürchterlichem, streitlustigem Geschrei, unglaublich. Wir können dem Allmächtigen dankbar sein, daß die meisten Fischer noch auf See waren. Wenn die ganze Flotte wieder im Kulk vor Anker liegt, können wir uns noch auf etwas gefaßt machen.«

»So schlimm wird es schon nicht werden«, sagte Steur, »und an jenem Freitag hat Bruyninghuizen mit den mächtigsten Orgeltönen …«

»Ja, das war unglaublich schön, Ehrwürden«, sagte Bastiaan den Exter zu Schim. »Plötzlich ertönte die Orgel … und es schien fast, als liefen polternde Riesen durch die Kirche. So hatte ich die Orgel noch nie gehört, und ich hatte das Gefühl, als könnte jeden Moment mein Trommelfell platzen. Es war, als bebte die Erde wie damals in Lissabon.«

»Die dröhnende Orgel … die hat sämtliche Unruhestifter mächtig beeindruckt«, sagte Verwoert. »Sie strömten zur Kirche hinaus, die Nieuwe Kerkstraat entlang auf die Haringkade, und dort haben sie dann gerufen, daß sie das Haus von van der Jagt ausräumen würden …«

»Van der Jagt? Warum das Haus von van der Jagt?«

»Weil er schon seit Jahren für die kurze Singweise eintritt. Er sagt auch schon seit Jahren, er arbeite an einem Plädoyer …«

»Das kommt bald aus der Druckerpresse«, sagte Lambregt Schelvisvanger. *»Eine Ermunterung an die Gemeinde von Maassluis zu einträchtigem Psalmengesang.«*

»Man hat nicht nur van der Jagt bedroht. Die Unruhestifter sagten, daß sie auch die Häuser unserer Hirten plündern, van Spang von der Kanzel werfen und den Vorsänger hinter seinem Pult erwürgen würden.«

»Liebe Leute …«, sagte Leendert Steur, »meist sind es große Worte, auf die kleine Taten folgen … Wir sollten kühlen Kopf bewahren …«

»Das sagst du, Leendert«, unterbrach ihn Bastiaan den Exter, »aber ich habe die Burschen, die so fachkundig auf deiner Werft arbeiten, flüstern hören, daß sie ihre scharfen Beile mitbringen wollen.«

»Wenn ich Euch so zuhöre, meine Herren«, sagte Pieter Schim, »dann habe ich selbst am 1. September, als ich zusammen mit dem Statthalter des Vogts und seinen Dienern den Freitagsgottesdienst besuchte, nur eine bescheidene Probe der Ausschreitungen erleben dürfen. Ein einziger alter Seemann sang gegen die Melodie an … ach, wie anrührend …«

»Was denn sonst?« flüsterte Schelvisvanger Roemer leise zu. »Wer traut sich schon, wenn der Schultheiß persönlich mit den Dienern des steinalten Vogts von Delfland und dessen Vertreter Verstaak in der Kirche ist … kein Wunder, kein Wunder …«

Roemer nickte nur und schaute durch die niedrigen Rückfenster des Rathauses auf die Havenkade. Er sah blaue Himmelsfetzen und weiße Wolken, die Richtung Groote Kerk hintereinander herjagten. Er sah zwei Bussarde, die hoch über dem Hafenbecken in der Thermik ihre Kreise zogen. Tief darunter tauchten kreischende Mantelmöwen im Hafenbecken nach Sprotten und Stinten. Auch Lachmöwen machten sich bemerkbar, kreischten und tauchten tapfer mit, und dazwischen segelten Flußseeschwalben mit ihren keck schwenkenden schwarzgepunkteten roten

Schnäbelchen über das glitzernde Hafenwasser in Richtung Sluyse Diep. Nachher gehe ich kurz zur Hafenmole, dachte er, und allein schon dieses Vornehmen munterte ihn auf. Kurz schauen, ob die Seehunde es so kurz vor Sabbat bereits wagten, sich auf den Sandriffen zu sonnen. Kurz beobachten, wie die Knutte sich plötzlich wie ein Mann mit ihren Schwingen in die Luft erhoben, um dann gemeinsam in atemberaubender Geschwindigkeit über die Groden zu gleiten. Wind, Wasser, Wolken, Spätsommersonne, Rot- und Grünschenkel und, sozusagen als besondere Gnade, ein Schwarm Weißflügelseeschwalben auf dem Weg zum offenen Meer, um das alberne Gezanke über die lange und die kurze Singweise vollständig aus seinem Geist zu verbannen.

»Euch allen einen guten Nachhauseweg wünschend, will ich Euch noch dringend ersuchen: Laßt es Euch allen äußerst angelegen sein, diese Konfusion einzudämmen«, sagte Schultheiß Schim.

»Schim sollte es sich selbst mehr angelegen sein lassen, die Gottesdienste getreulicher zu besuchen und am Abendmahl teilzunehmen«, sagte Lambregt Schelvisvanger, als sie auf der Hoogstraat standen.

»Stimmt es, daß er eigentlich Remonstrant ist?« fragte Bastiaan den Exter.

»Man erzählt, er habe, um sich den Weg in dieses Amt zu ebnen, an van Spang Schmiergeld gezahlt, um in die reformierte Kirche aufgenommen zu werden«, sagte Verwoert.

»Wirklich? Segelt er unter falscher Flagge?« fragte Leendert Steur.

»Schim kommt wie ich aus Maasland«, sagte Jacob van

der Lely, »aber ich habe ihn dort nie zum remonstrantischen Gottesdienst gehen sehen.«

»Was erzählt du da? Gott selbst hat seinerzeit, vor gut zwanzig Jahren, einen donnernden Wirbelsturm geschickt, der die Fassade der remonstrantischen Kirche wie einen Strohhalm weggeblasen hat. Seitdem …«

»Trotzdem haben die Remonstranten danach noch Gottesdienste abgehalten«, sagte van der Lely störrisch.

»Wo denn?«

»Auf der Tenne und im Kuhstall vom Likkebaartshof.«

Singübungen

Wohin er an diesen noch so angenehm warmen Septembertagen auch kam, zur Fischauktion, in die Böttchereien, auf die Werften, zu den Seilmachern, überall bemerkte Roemer erhitzte Köpfe, hörte er laute Stimmen, bewahrheitete sich bis in Het peerd z'n bek das Wort Jesu »Ich bin nicht gekommen, Frieden zu senden, sondern das Schwert«. Sogar beim heimlichen Heringpacken im Zure Vischsteeg stritten die Gesellen lauthals über die Singweise.

»Paßt doch auf«, sagte er, nachdem er in den Steeg hineingegangen war, »vorhin habe ich beim Hafen noch einen auffallend gekleideten Mann gesehen, der herausgeputzt aussah. Bestimmt wieder so ein Spion aus Rotterdam, der losgeschickt wurde, um nachzusehen, ob wir hier heimlich Heringe packen.«

»Es ist wahrlich ein Jammer, daß wir hier nicht packen dürfen«, sagte ein ziemlich heruntergekommener alter Vorarbeiter, der früher einmal als Steuereintreiber beschäftigt gewesen war.

»Heringe packen ist nun mal nur in Städten erlaubt, nicht in Dörfern«, sagte Roemer. »Neulich erst ist hierzu eine neue Verordnung in Kraft getreten.«

»Aufstapeln ist erlaubt, packen nicht«, höhnte ein Bürschlein in einem blaßblauen Wams und mit zwei kunterbunten Mützen auf dem Kopf.

»Ja, all die Verordnungen, da weiß man gar nicht mehr, wo einem der Kopf steht«, erwiderte er.

»Was haltet Ihr von der neuen Singweise?« fragte der Vorarbeiter.

»Was ich davon halte? Ich denke, wir sollten um Himmels willen damit aufhören, darüber zu streiten. Gottesdienste genug, während der Woche mittwochs und freitags und drei am Sonntag. Was hindert uns daran, zwei Arten von Gottesdienst abzuhalten, solche, in denen man kurz singt, und solche, in denen man lang singt?«

»Gottesdienste mit Tanz- und Komödiengesang«, johlte das Kerlchen im blauen Wams.

Auch andere Packer unterbrachen ihre verbotene Arbeit, schimpften, zuerst sei ihnen Dathenus genommen worden, und nun müßten sie auch noch wie Katholiken singen.

»Macht doch nicht so einen Lärm«, sagte Roemer ruhig. »Denkt doch an die Rotterdamer Spione.«

»Hört, was der Herr Reeder sagt«, befahl der Vorarbeiter. »Bald wird die Tafel des Herrn bereitet. Bis dahin wollen wir all unseren Zwist und Streit, so gut es geht, ruhen lassen. Vor allem weil Robbert van Nyn und Leendert Verschoor eine Bittschrift verfaßt haben, die von einundvierzig führenden Mitgliedern der Gemeinde unterschrieben wurde und in der sie für die Beibehaltung der alten Singweise eintreten.«

»Bittschrift? An wen ist sie gerichtet?« fragte einer der jungen Heringspacker.

»In erster Linie natürlich an die Douairière von Pieter van Wassenaar, die Drostin von Maasland und Maaslandsluis, Anna Arnoldina van Boetzelaar. Natürlich erhalten der Schultheiß und die Schöffen ebenso ein Exemplar wie die Versammlung der Kirchenältesten«, sagte der ehemalige Steuereintreiber umständlich und feierlich. Vor allem das Wort »Douairière« klang, als rumpelte eine Kutsche durch die Hoogstraat.

»Gut, gut, inzwischen hat aber der Vorsänger der Kleine Kerk, dieser heuchlerische Glaser Ouboter, allerlei Volk zusammengetrommelt, um in einem Haus in der Nieuwstraat abends die kurze Singweise zu üben«, sagte einer der Pakker gereizt.

»Wir werden diesem sich dickmachenden Bartholomeus schon noch beibringen, einen Ton tiefer zu singen«, sagte das bewamste Kerlchen.

Ob dieses Bürschchen am Mittwochabend, dem 20. September, als der neugegründete Chor zum ersten Mal in der Nieuwstraat zusammenkan, einer der Rädelsführer bei dem mannhaften Versuch des Pöbels war, die Zusammenkunft zu stören, konnte er nicht ermitteln. Diderica, die fast immer bettlägerig war, hatte tatsächlich zu Beginn dieses Abends gesagt: »Ich gehe in die Nieuwstraat.«

»Gehst du bei Ouboter proben?« hatte Roemer erstaunt gefragt.

»Ja«, sagte sie.

»Hast du vom alten Ton die Nase voll?«

»Darf ich mir vielleicht auch mal die Beine vertreten?« erwiderte sie mürrisch.

Mit Marijes Hilfe hatte sie ihren riesigen Körper von der Veerstraat in die Nieuwstraat bewegt, durch einen feinen Nieselregen, mit kleinen Schritten den großen Marktplatz überquerend wie jemand, der über eine vereiste Straße schlurft. Roemer stand am Fenster seines Comptoirs und hatte ihr so lange wie möglich nachgesehen und sich gefragt, ob der schreckliche Gang in die Nieuwstraat ihr schwerer fiel als das Besteigen der Breede Trappen. Wenn sie die Breede Trappen hinaufgegangen war, hielt eine derartige Beklemmung sie gefaßt, daß sie lange Zeit ausruhen mußte, ehe sie von der Monsterse Sluis aus die letzten Schritte zur Kleine Kerk gehen konnte. Diese Frau! Es war kaum zu glauben, daß er, Roemer Stroombreker, von allen Frauen auf der Welt – und waren das nicht eine ganze Menge? – ausgerechnet diese Riesin geehelicht hatte. Zwei Büsen hatte sie mit in die Ehe gebracht, die *Het Jongste Gericht* und die *Laatste Vermaning 2*, und die waren inzwischen längst durch die *Het Jongste Gericht 2* und die *Laatste Vermaning 3* ersetzt worden, aber sie war immer noch nicht verschieden, obwohl sie regelmäßig an heißem Zehrfieber litt. Dann kam der Chirurg herbeigeeilt, um sie zur Ader zu lassen, und es ging, obwohl sie sehr geschwächt war und rheumatische Schmerzen in allen Gelenken hatte, eine Weile lang wieder. Egal, was der Chirurg auch ausprobierte – Sauerteig am Fußende ihres Bettes, das Setzen von Spanischen Fliegen, Blutegel auf die Brust –, nichts half. Chininkuren blieben ohne Resultat, und selbst die Roßkur Seebad – und was brachte die nicht mit sich: an einem glühendheißen Sommertag in einer geschlossenen Kutsche nach 's-Gravenzande, dann, in alte Kleider gehüllt und gestützt von Marije und dem Chirurgen, mit kleinen Schritten durch die Brandung, bis das Meerwasser ihre gewaltigen Brüste umspülte – zeigte keinerlei Wirkung. Und dazu noch die ständigen Zahnschmerzen. Nun gut, wer litt nicht an Zahnschmerzen? Aber bei ihr waren, soweit sie noch vorhanden waren, alle Schneide- und Mahlzähne fortwährend entzündet, abwechselnd oder manchmal auch alle auf einmal.

Was ihn bei all ihrem körperlichen Unheil am meisten irritierte, war, daß sie diese Prüfungen so unerträglich heiter auf sich nahm. Nie war sie auch nur ein bißchen gereizt. Wie konnte man Mitleid mit jemandem haben, der jeden Aderlaß freudig lachend über sich ergehen ließ und einen Ausflug nach 's-Gravenzande als Vergnügungsfahrt empfand?

Während das Tageslicht in der Veerstraat langsam erlosch, hockte er von Ärger erfüllt in seinem Comptoir und rechnete, obwohl er das Ergebnis schon kannte, wütend herum. Die Reederei Stroombreker und Croockewerff mußte noch weitere Einsparungen vornehmen, auch wenn in diesem Jahr zum ersten Mal jede Büse, die zum Heringsfang ausfuhr, mit einer Prämie von fünfhundert Gulden aus der Staatskasse soulagiert wurde. Eigentlich war es nicht zu verantworten, im nächsten Jahr Huker zu bereedern, wenn sie nicht auch mit einer solchen Prämie subventioniert werden würden. Doch wenn er seine Huker nicht bereederte, dann waren mit einem Schlag zwei vollzählige Mannschaften arbeitslos. Er sah schon vor sich, wie sich die Männer, ihre Frauen und ihre zahlreichen Kinder zu der Heerschar der Bedürftigen gesellten, die sich, ungeachtet der zur Abwehr von Landstreichern, Bettlern und vor allem hausierenden Juden überall von den Generalstaaten aufgehängten Anschläge, um Hilfe bittend durch die Straßen schleppten. Er dachte an das, was Pastor Hoffman anläßlich des Jahrhundertfests stolz gesagt hatte: »Maassluis, du bist auch ein aufstrebender Ort, wo niemand um sein täglich Brot fürchten muß, wenn er nur bereit ist zu arbeiten.« Nur gut, daß

Hoffman, der 1759 gestorben war, der Anblick all der bettelnden Armen erspart geblieben war.

Als es dunkel geworden war und er seine unerbittlichen Berechnungen kaum noch entziffern konnte, hörte er Diderica, unterstützt von Marije, über das glitschige Kopfsteinpflaster heimkehren. Er stand auf, stürzte zur Haustür, öffnete sie und eilte seiner Gattin entgegen. Etwa zehn Meter hinter den Frauen schlenderten sieben junge Burschen.

»Wir wurden von schimpfenden Taugenichtsen verfolgt«, sagte Diderica aufgeregt. »Sie standen bereits am Geländer der Vlietbrücke, als wir bei Bartholomeus ankamen. Sie riefen, sie würden Ouboter in den Zuidvliet werfen.«

»Und dann«, ergänzte Marije, »sagte die gnädige Frau: ›Ihr brüllenden Bastarde, werft mich doch ins Wasser, na los, macht schon.‹ Darüber waren sie einen Moment lang erschrocken, und sie wichen zurück.«

»Ja, sie haben sich nicht getraut, mich zu packen. Wie schade. Ich hätte es gerne erlebt. Einer hat immerhin eine Hand nach mir ausgestreckt, er ist uns auch nachgegangen und ist jetzt immer noch hinter uns, es ist dieses Bürschchen mit der isländischen Mütze auf dem Kopf.«

»Aber, gnädige Frau ... wenn sie Euch gepackt hätten, was hätte ich dann machen sollen?«

»Ach, so einfach hätten die mich nicht in den Zuidvliet geworfen. Ich schätze, es muß mindestens ein halbes Dutzend kräftiger Burschen antreten, um mich hochzuheben ... Schade, daß sie es nicht versucht haben, ich hätte mich gewehrt, oh, wie ich mich gewehrt hätte.«

Roemer hatte das Bürschchen mit der isländischen Mütze bereits erkannt, er wußte schon, wer dort in der

Dämmerung von der Nieuwstraat aus und über den Markt seiner Diderica nachgegangen war. Und natürlich war er in Begleitung von Gideon van der Kraan sowie einigen anderen jungen Schiffszimmerleuten.

»Als wir in der Nieuwstraat ankamen, wurden wir dort sogar von allerlei Frauen erwartet, zusammen mit Prikkenbeißern, Auskiefern und Einpackern, die gerade erst wiedergekommen waren. Und welch ein Schreien und Schimpfen, du hättest dabeisein sollen. Sie riefen, sie würden uns am Üben hindern und uns den Mund verbieten, weil es der Satan selbst sei, der uns einflüstere, kurz zu singen. Ja, wir haben wirklich Todesängste ausgestanden«, sagte Diderica mit glänzenden Augen.

»Doch dann kam zum Glück der Maler Kornelis Langerak aus der Bogertstraat ...«, sagte Marije.

»Ja, der Anstreicher«, sagte Diderica, »der sagte zu dem Pöbel, daß es sich nicht schicke, so kurz vor der Feier des Heiligen Abendmahls einen Vorsänger in den Zuidvliet zu werfen ... als ob sich das zu einem anderen Zeitpunkt schickte, aber gut, das sagte er, und es gelang ihm tatsächlich, die Menge ein wenig zu beruhigen, und so konnten wir dann doch proben.«

»Komm«, sagte er, »reich mir den anderen Arm, das Kopfsteinpflaster ist feucht und glatt vom Regen. Vorhin erst ist jemand ausgerutscht.«

»Ich danke dir«, sagte Diderica, während sie sich bei ihm einhakte, »aber mach dir keine Sorgen, ich fühle mich gut, seit Jahren habe ich mich nicht so gut gefühlt. Ach, ach, dieses Bürschchen mit seiner lustigen isländischen Mütze, der hat tatsächlich seine Pranken nach mir ausgestreckt, der wollte mich nur zu gern in den Zuidvliet schubsen. Stell dir nur vor, ich hätte einfach so ertrinken können.«

»Der Zuidvliet ist nicht sehr tief«, sagte Roemer, »darin kann man stehen.«

»Oh, aber man kann doch auch in einer Pfütze ertrinken, nicht wahr, Marije?«

»Ja, sehr leicht«, erwiderte Marije.

»Der Bursche hat mich auch beschimpft, wie ist es doch bloß möglich, mich ...«

Sie kicherte, versuchte, sich umzudrehen, was ihr aber nicht gelang. Roemer führte sie rasch über das glatte Kopfsteinpflaster zur immer noch offenstehenden Haustür, die er kurz darauf mit einem lauten Knall zuwarf. Dennoch erblickte er für einen kurzen Moment, ehe die Tür ins Schloß fiel, Gilles Heldenwier. Es war, als sähe er sich selbst am Tag seiner Hochzeit.

Ein Glas Wasser

Zwei Tage nach ihrem Ausflug in die Nieuwstraat sagte Diderica: »Ich will heute abend in die Groote Kerk.«

»Wieso?« fragte Roemer erstaunt.

»Ich möchte so gern einmal hören, wie sie sich anhört, die neue Singweise. In einem richtigen Gottesdienst. Mit der großen Orgel dazu.«

»Aber die Groote Kerk … zuerst die Breede Trappen hinauf, das wird noch gerade so gehen, doch dann mußt du den Deich wieder hinunter, zur Brücke rüber, die Ankerstraat entlang bis zur Nieuwe Kerkstraat – du bist bereits erschöpft, wenn du die Breede Trappen hochgegangen bist.«

»Ich fühle mich gut, und wenn Marije und du mir helft, dann glaube ich, daß ich es schaffen kann.«

»Aber dann muß ich mit«, sagte er voller Grausen.

»Ist das so schlimm? Zur Kirche?«

»Vorbereitung des heiligen Abendmahls. Was habe ich damit zu tun? Mir fehlt der Freimut, um am Tisch des Herrn Platz zu nehmen.«

»Warum, Herr Stroombreker?«

Ihm lag auf der Zunge: »Weil ich unbußfertiger Sünder einen außerehelichen Sohn gezeugt habe und ich weder Gott noch dich jemals dafür um Vergebung gebeten habe.«

Schon seit Jahren lag ihm dieses Geständnis auf der Zunge. Was hielt ihn davon ab, sich zu offenbaren? Der Gedanke, daß es nicht bei einem einfachen Geständnis bleiben konnte? Denn höchstwahrscheinlich würde sie ihn dann ganz erstaunt fragen: »Aber du bist doch unfähig?« Und dann würde er ihr antworten müssen: »Bei dir, weil du wie der verwesende Heilbutt gerochen hast.« Und dann würde sie, die sowieso schon unter so vielen Qualen, rheumatischen Schmerzen und Beklemmungen zu leiden hatte, denen manch einer schon längst erlegen wäre, auch noch diese Last zu tragen haben: daß sie keine Kinder hatte, weil sie unter ihren Röcken den Geruch eines Plattfischs mit sich herumtrug. Das wollte er ihr ersparen, und zugleich wollte er sich selbst ersparen, daß sie möglicherweise sogar darauf mit ihrem dämlichen Kichern reagierte.

»Warum, Brecherchen?« fragte sie noch einmal.

»Weil mein Glaube zu klein ist.«

»Aber der muß nicht größer sein als ein Senfkorn«, sagte sie, und dann erklang bereits das spöttische Kichern, und sie fügte noch hinzu: »Er darf sogar noch kleiner sein.«

»So klein, daß man keinesfalls glauben kann, daß es jemals eine Arche gegeben hat, in der Platz für alle Tiere war? So klein, daß man keinesfalls glauben kann, daß sich jemals im Roten Meer eine Wasserwand erhoben hat, um das Volk Israel trockenen Fußes hindurchzulassen? So klein, daß man keinesfalls glauben kann, daß es jemals einen Fischmagen gegeben haben kann, der groß genug war, um Jona drei Tage lang Unterkunft zu gewähren?«

»So kenne ich dich nicht! Ein solch gewaltiges Meeresuntier … das geht natürlich gegen deine Ehre als Fischer, aber hast du mir nicht selbst einmal erzählt, daß man deiner Mutter einen riesigen Heilbutt gebracht hat? Wenn schon ein Heilbutt so ungeheuer groß sein kann, dann kann doch durchaus auch ein riesiger Pottwal in den Ozeanen herumschwimmen?«

Daß ausgerechnet jetzt der Heilbutt zur Sprache kam. Als hätte er sein Geständnis bereits abgelegt. Darum sagte er beschwichtigend: »Wer weiß.«

»Nun, dann kannst du ja auch beruhigt am Tisch des Herrn Platz nehmen.«

Und wieder sprudelte das boshafte Kichern aus ihr hervor, das Lachen, mit dem sie zum Ausdruck zu bringen schien, daß das ganze Leben eine einzige Narretei war, ein billiger, derbkomischer Schwank, des Ansehens nicht wert.

»Lach du nur«, wollte er sagen, »natürlich stimmt es, das Leben ist eine Posse, doch sieh dich vor, die Posse kann jeden Moment in eine Katastrophe umschlagen.«

Sie kam ihm jedoch zuvor. »Weißt du, was ich nie verstanden habe? Das waren doch Fischer, die Jünger Jesu. Warum dann blödes Brot und Wein zum Abendmahl, warum nicht Lachs oder Hering? Wer Äpfel geladen hat, ißt Äpfel. Wer Fische fängt ... Es würde uns sogar heute noch helfen, wenn wir teuren Fisch für die Tafel des Herrn liefern dürften, und was schmeckt denn köstlicher als ein Hering oder eine Sprotte?«

»In Galiläa gibt es keine Heringe. In einem See, dessen Wasser ins Meer abfließt, da fängt man grätenreiche Süßwasserfische, ach, die armen Menschen, dort im Gelobten Land. Möglicherweise flossen dort Milch und Honig in großen Strömen, aber einen leckeren Fisch ...«

»Brachsen? Karpfen? Karauschen?«

»Welche Fische sie fingen, weiß ich nicht. Darüber steht nichts in der Bibel. Und wie sie gefischt haben, erfährt man auch nicht. Ich nehme an, mit einem Schleppnetz. Über Langleinen verfügten sie noch nicht und auch nicht über Treibnetze.«

»Gab es Netzknüpferinnen?«

»Auch davon steht nichts in der Bibel. Irgendwo bei Matthäus steht, daß Jesus seine Jünger ruft, während sie ihre Netze flickten, und das findet man auch im ersten Kapitel bei Markus, doch mehr erfährt man nicht. Und es wird auch nicht berichtet, wie sie ihre Netze trockneten. Und wie sie ihre Boote unterhielten und mit was für Booten sie auf den See hinausfuhren, bleibt auch im dunkeln. Vier Evangelien über Fischer, aber es hätten ebensogut Krämer sein können oder Böttcher ... nun ja, Böttcher. Gab es damals überhaupt Tonnen? Konservierten sie ihre Fische? Pökelte man ihn? Oder gingen sie nur auf Frischfang? Und wer bereederte ihre Schiffe?«

»Die Zöllner«, rief sie neckend, und abermals erschallte ihr spöttisches Lachen durch das große Hinterzimmer.

Dasselbe Lachen war auch wieder zu hören, nachdem Marije und er sie am Abend Stufe für Stufe die Breede Trappen hochgeschleppt hatten und sie sich auf der Monsterse Sluis lange ausruhen mußte. Roemer betrachtete das sich kräuselnde Noordvlietwasser. In der Ferne, dort, wo keine Häuser mehr standen, glitzerte es so stark, daß er geblendet wurde. Es sah aus, als stünde es bis weit jenseits des Schlagballfelds hinter dem Huys ter Lugt in Maasland in Flammen.

»Ich glaube, ich kann nicht weiter«, sagte Diderica und grinste dabei böse.

»Dann steigen wir die Treppe wieder hinunter«, sagte er ruhig.

»Jetzt wieder runter … das schaffe ich auch nicht«, meinte Diderica.

Am Rathaus bog ein leerer Handkarren in die Hoogstraat ein. Von zwei hoch aufgeschossenen Burschen mit isländischen Mützen und bunten, mit graugelben Einsätzen versehenen isländischen Strümpfen unter ihren verschlissenen Kniebundhosen geschoben, näherte er sich auf quietschenden Rädern.

»Ach, gnädige Frau«, sagte Marije, »wenn wir Euch nun vorsichtig auf diesen Karren legten …«

Und so fuhr Diderica für zwei Stuiver auf einem Handkarren zur Kirche. Auf schwankenden, knarrenden Rädern brachte der Einachser sie bis zum großen Platz am Haupteingang der Kirche in der Olivierstraat. Mit den beiden Jungen verabredete Roemer, daß sie mit ihrem Handkarren nach dem Gottesdienst dort wieder warteten, um seine Frau für zwei Stuiver zu den Breede Trappen zu transportieren.

Eigentlich kamen sie zu spät. Bruyninghuizen hatte bereits mit dem Vorspiel des Vorgesangs angefangen. Pastor van Spang wischte sich auf der hohen Kanzel mit einem bunten Taschentuch den Schweiß von der glänzenden Stirn, der unter seiner Perücke hervorfloß und sich durch die vertikalen Furchen in seinem blassen Mondgesicht einen Weg nach unten suchte.

Unter den Blicken aller Kirchenbesucher gingen sie, einen Fuß vor den anderen setzend, zur Reederbank. Viel lieber hätte er hinten in der Kirche in der erstbesten Bank Platz genommen, doch das war leider undenkbar. Vorne war nun einmal sein Ehrenplatz, in der hohen, vornehmen Bank, die schräg seitlich des Mittelschiffs stand und die wie eine Loge in einem Opernhaus, wo er niemals gewesen war und wo er wahrscheinlich auch nie hinkommen würde, mit einer kleinen Tür verschlossen werden konnte.

Während sie durch den breiten Gang schritten, hörte er hinter sich laute Stimmen. Folgten ihnen noch Leute, die auch zu spät kamen?

Bruyninghuizen beendete sein schütteres Vorspiel, ließ einen Moment Stille walten und stimmte dann kraftvoll den Vorgesang an. Sofort schwoll das Gemurmel hinter seinem Rücken zu einem rauhen, schrillen, gellenden Schrei an. Und auf den durchdringenden Urschrei folgte ein tierisches Brüllen, Blöken, Kreischen. Ein markerschütternder Schrei erklang, als würde eine Frau gefoltert, gevierteilt, gewürgt. Während die Orgel weiterspielte und der zögerliche Gemeindegesang wieder hörbar wurde, verhallte das Gebrüll und wurde zu einem einzigen Ruf: »Gebt uns endlich den alten Ton zurück!« Zuerst waren es nur die kräftigen, hohen Stimmen der Gassenjungen und Rotzbuben, die den Ruf skandierten, wobei sie jedoch von einer einzigen johlenden, gellenden Frauenstimme übertönt wurden. Bald aber bekam die hohe Frauenstimme Unterstützung von anderen schrillen Frauenstimmen. Hinter den Prickenbeißern her strömten Netzknüpferinnen und Torfträgerinnen in die Kirche.

Als sie die Reederbank schließlich erreicht hatten und er seine atemlose Diderica, ihr das dreistufige Treppchen hinaufhelfend, sorgsam hineingelotst hatte, brauste der Ruf, in den inzwischen viele Kirchgänger eingestimmt hatten, auch aus den Bänken und von den Stehplätzen im Mittelschiff her durch die ganze Kirche.

Sobald er sich niedergelassen hatte, warf er einen Blick auf Pastor van Spang. Verkrampft, leichenblaß, die Ellenbogen steif an den Körper gepreßt, hing er, sich mit der Brust auf der Kanzelbibel abstützend, auf dem Predigtstuhl. Der Schweiß floß ihm nun über die Stirn und strömte sogar durch die Augenbrauen hindurch in seine Augenhöhlen, so daß er heftig blinzeln mußte, um zu verhindern, daß das Schädelwasser ihm den Blick trübte.

Was ist das doch für ein schreckliches Unding, so eine Perücke, dachte Roemer. Man schwitzt darunter wie ein Otter. Und er erinnerte sich wieder an das, was seine Mutter immer gesagt hatte: »Als ich klein war, predigten die Pastoren gegen die Perücken. Wenn man eine trug, dann sündigte man gegen so ziemlich alle Gebote Gottes, und jetzt tragen sie selber welche.«

Selbst der Pöbel, der hinter ihnen in die Kirche eingedrungen war, zeigte sich empfänglich für den Anblick von so viel Erschütterung auf der Kanzel. Hier und da war noch ein schwaches »Gebt uns endlich …« zu hören, aber die Fortsetzung blieb aus. Auf der Kanzel erhob van Spang sich wieder, er beugte sich zur Presbyterbank tief unter ihm hinab und stotterte ein paar unverständliche Worte. Einer der Ältesten stand auf, schritt würdevoll zum Küster, flüsterte ihm etwas zu, woraufhin der Küster ebenfalls aufstand, um sich gemächlichen Schrittes ins Konsistorialzimmer zu begeben. Die Art, wie der Küster ging, so behutsam, so sehr darauf bedacht, kein Geräusch zu machen, erinnerte Roemer an den Gang des Grünschenkels auf einem der Sandriffe. Auch deshalb, weil der Küster unter seiner Kniebundhose lange isländische Strümpfe mit wunderschönen gelb gesprenkelten Einsätzen trug. So langsam, wie er ging, so langsam kehrte er umgehend aus dem Konsistorialzimmer wieder, nun im Besitz eines Glases voll Wasser, das er bis zum Fuß der Kanzel brachte. Ein Ältester nahm ihm das Glas vorsichtig aus der Hand, ging die Kanzelstiege hinauf, reichte es Pastor van Spang, und der trank so gierig, daß in den Bänken des Mittelschiffs einen kurzen Moment lang heimliches Lachen zu hören war.

Dank des Wassers faßte van Spang offenbar wieder Mut. Seine kräftige Stimme schallte durch die Kirche: »Darf ich die Gemeinde nun, da wir uns anschicken, uns auf die bevorstehende Feier des Abendmahls am kommenden Sonntag vorzubereiten, bitten, angemessene Aufmerksamkeit walten zu lassen.«

Die Waisenjungen und Netzknüpferinnen, die noch standen, nickten demütig. Selbst als die Gemeinde, begleitet von Bruyninghuizen, beim nächsten Psalm furchtlos wieder die kurze Singweise praktizierte, blieben Proteste aus dem Mittelschiff aus. Van Spang betonte in seiner Predigt, daß nur dort, wo Liebe wohne, der Herr der Heerscharen seinen Segen schenke und daß zur Gottseligkeit brüderliche Liebe entgegengebracht werden müsse und daß zur brüderlichen Liebe die Liebe zu allen gehöre, denn nur dann, »voller Liebe zu allen, Befürwortern wie Gegnern der neuen Singweise, kann man, ohne sich in die Verdammnis zu essen oder zu trinken, in Ehrfurcht die Zeit deiner Anwesenheit durchwandelnd, das Knie am Tisch des Herrn beugen«.

Sobald allerdings die Predigt, in welcher der Pastor so betont zur Versöhnung aufgerufen hatte, mit einem deutlichen »Amen« beendet worden war, spürte Roemer, wie die Spannung, die wie von Zauberhand verschwunden war, als alle über van Spangs gieriges Trinken geschmunzelt hatten, plötzlich wieder da war. Wodurch wurde diese Spannung, diese Unruhe, dieses kaum spürbare Schaudern hervorgerufen? Durch einen Wirbelwindstoß, der die bleiverglasten Fenster kurz klirren ließ? Oder durch das heisere Kreischen der Mantelmöwen über dem Hafenbecken, die sich offenbar gegenseitig die Beute aus dem Schnabel rissen?

Bruyninghuizen stimmte den Schlußgesang an. Die Waisenjungen erhoben sich drohend, eine Frauenstimme schallte durch die Kirche: »Gebt uns unseren alten Ton zurück.« »Nächsten Sonntag«, brüllten andere Stimmen. Bruyninghuizen brach sein Spiel ab und ließ dann dieselben tiefen Baßtöne auf die brüllenden Kirchenbesucher los, mit denen er schon früher das Geschrei hatte überstimmen können.

Daraufhin richtete sich die Wut der Tonfanatiker gegen das gewaltige Instrument. »Wir werden die Orgel zerstören!« brüllte einer der Fischer, und ein zweiter stimmte ihm zu und auch ein dritter, und kurze Zeit später schrien Dutzende von Kirchenbesuchern, sie würden die Orgel zerstören und die Pfeifen hinunterwerfen. »Wir schlagen die Orgel in Stücke!« brüllten die Schiffszimmerleute. »Unsere Beile werden wir wie Bnehargem auf den Pfeifen tanzen lassen.«

Das Lärmen schwoll an, ungeachtet der tiefen Baßtöne. Gleich unter der Kanzel saßen die Presbyter und Kirchenvögte ebenso totenstill wie bleich und augenscheinlich immer mehr in sich zusammensinkend, einander mit gekrümmten Rücken ängstlich belauernd, als dächten sie: Einer von uns muß das erlösende Wort sagen, muß mit einer kühnen Rede diesem niederdrückenden Protest ein Ende bereiten.

Einer der Kirchenvögte stand auf, wollte etwas rufen, doch sogleich wurde das Lärmen lauter, und der Kirchenvogt schlich, die Hände vor Verzweiflung zu Fäusten geballt, ins Konsistorialzimmer, wohin ihm umgehend die anderen Kirchenvögte folgten.

Das ganze Gebrüll formierte sich schließlich zu einem einzigen mächtigen, gewaltig durch den weitläufigen Kirchenraum dröhnenden Ruf: »Gebt uns unseren alten Ton zurück, gebt uns unseren alten Ton zurück!« Immer wieder wurde dieser Ruf von der leichenblassen Hexe mit schräg hochstehenden Zöpfen angestimmt. Und jedesmal, wenn sie, zunächst allein, markerschütternd hoch und schrill »Gebt uns unseren alten Ton zurück« durch die Kirche hatte schallen lassen, stimmten auch die Prickenbeißer und Netzknüpferinnen ein, als hätte man vereinbart, im Kanon zu kreischen.

Mit leuchtenden Augen, die Wangen tiefrot gefärbt, fragte Diderica voller Bewunderung und Abscheu: »Wer ist das bloß? Die mit den schönen Flechten. Ich habe diese Frau schon mal gesehen … Wie heißt sie doch auch gleich wieder?«

»Das ist Kaat Persoon«, sagte Marije. »Sie schlenderte durch die Nieuwstraat, als wir bei Ouboter geprobt haben.«

»Wohnt diese Kaat … diese Kaat die Französin, wie sie

meistens genannt wird, nicht in der Sandelijnstraat?« fragte Roemer.

»Ja«, sagte Marije.

»Und ist sie nicht …?«

»Ja«, sagte Marije.

Donnerskinder

Nach dem Vorbereitungsgottesdienst wurde Diderica, bis zur Geerbrug vom johlenden Pöbel begleitet, zu den Breede Trappen gebracht. Da sie, den Rücken in Fahrtrichtung gewandt, von ihrer erhöhten Sitzposition aus ihren Verfolgern in die Augen sehen konnte, wurden ihr bizarre Drohungen ins Gesicht geschleudert. Unbekümmert erwiderte Diderica jedesmal fröhlich und laut: »Der alte Ton hat abgetan, jetzt fängt das neue Singen an!«

Sogar als sie bereits wieder zu Hause waren, hörten sie noch lange das Gejohle der wütenden Stimmen auf der Veerstraat.

»Es schien fast, als gäben sie mir die Schuld«, sagte Diderica vergnügt, »mir ... als hätte ich die neue Singweise eingeführt ...«

»Sie haben dich in der Nieuwstraat gesehen. Bei Ouboter. Du fallst nun mal auf, du bist nicht zu übersehen. Und dann jetzt noch diese Fahrt auf dem Handkarren ...«

Natürlich verschwieg er die Teilnahme seines Sohnes. In der Olivierstraat hatte Gilles Heldenwier seinen Kameraden von der Werft zugerufen: »Los, hinter dem Karren her!« Außer Heldenwier und seinen Kumpanen waren ihnen auch noch einige Netzknüpferinnen gefolgt, denen sich auch Kaat Persoon angeschlossen hatte. Später, als er im Bett lag und nach langem Hinundherwälzen spürte, daß der Schlaf sich nun seiner erbarmte, da wachte er wieder auf, weil er plötzlich ihren Kopf mit all den possierlichen Flechten so deutlich vor sich sah, daß er zuerst glaubte, sie wäre in sein Mansardenzimmer eingedrungen. Nun wieder hellwach, lag er mit pochendem Herzen im Dunkeln und lauschte konzentriert den undeutlichen Geräuschen, die von draußen an sein Ohr drangen.

Trotzdem verließ er am nächsten Morgen recht unbesorgt das Haus. Allerdings hatte er sich mit seinem Spazierstock bewaffnet, den er gewöhnlich zu Hause zu lassen pflegte, weil sein riesiger Elfenbeinknauf ihn bei jedem Schritt behinderte. Auf dem Weg zum Hafen, wo an diesem Tag möglicherweise die *Duizent Vreesen 2* einlief, bemerkte er auf der Hoogstraat in Höhe des Delflandhuys den sich nähernden Schultheiß Schim. Der Schultheiß winkte ihm zu. Er ging zu ihm hin, und der Schultheiß sagte: »Was dünkt Euch? Die Kirchenvögte versammeln sich nachher, um zu beraten. Mich haben sie dazugeladen. Welcher Rat scheint Euch klug? Ich denke: erst einmal Rückkehr zum alten Ton.«

»Man könnte, da etliche Gottesdienste stattfinden, solche abhalten, in denen die alte Singweise praktiziert wird, und solche, in denen auf die neue Weise gesungen wird.«

»Das werde ich vorschlagen. Für den Anfang könnte das eine Lösung sein. Doch schon morgen … am Tisch des Herrn?«

»Ausgerechnet heute laufen wahrscheinlich diverse Langleinenschiffe ein. Morgen gehen die Besatzungen zum Abendmahl, lauter dickköpfige Fischer, einer wie der andere Liebhaber des alten Tons. Die könnten durchaus …«

»… für einige Unruhe sorgen. Ich verstehe.«

Der Schultheiß hob seinen Hut, der eine nach oben gebogene Krempe hatte, lenkte seine Schritte in Richtung Rathaus und brummte: »Morgen also doch zunächst einmal zum alten Ton zurück.«

Während er sich entfernte, fiel ihm noch etwas ein, er winkte Roemer erneut, ging ein paar Schritte in seine Richtung zurück und sagte: »Ich habe Euch gestern in der Kirche gesehen. Was riefen die Schiffszimmerjungen? Mit ihren Beilen würden sie wie … wie …«

»Wie Bnehargem die Orgel bearbeiten.«

»Bnehargem …?«

Es schien, als bliebe das Wort in der kühlen Spätsommerluft hängen.

»Ja, wie Bnehargem, wie Donnerskinder«, sagte Roemer.

Der Schultheiß zog die Augenbrauen zusammen, sah ihn fragend an.

»Neulich hat Pastor van Wanen über Markus 3, Vers 17, gepredigt. Ehe er sie aussendet, Teufel auszutreiben, gibt unser Erlöser den Söhnen des Zebedäus Beinamen. Er nennt sie Bnehargem, Donnerskinder.«

»Aha, daher also … Donnerskinder … Teufel austreiben … ja, stimmt … dann hat man uns gestern noch grimmiger gewarnt, als ich vermutete.«

Wieder lupfte er den mit einer hochgebogenen Krempe versehenen Hut, wieder entfernte er sich in Richtung Rathaus. Roemer ging in die andere Richtung und atmete voller Wohlbehagen die für diese Jahreszeit erfrischend kühle Luft ein. Es schien, als dürfte er nach seinem Halbschlaf voller Traumgesichte seine begrenzte Welt mit geschärften Sinnen wahrnehmen. Es war, als sähe er alles zum ersten

Mal: das Hafenbecken, die schon eingelaufenen Huker und Büsen, die unruhig herumfliegenden großen Mantelmöwen, den leuchtenden Hahn auf dem Turm, die wartenden Fischerfrauen auf dem Kai. Alles, was er wahrnahm, wirkte auf einmal solide, fest, beständig und bedeutungsvoll, auch wenn er weniger denn je in der Lage war, diese Bedeutung zu ergründen. Früher war er oft mit Thade hier entlanggegangen. Wie es ihm wohl erging dort unten, so nah am Äquator? Immer wenn er an seinen Jugendfreund dachte, sah er ihn auf einem Waldweg unter üppig blühenden Bäumen spazierengehen, die so stark dufteten, daß er manchmal die Illusion hatte, die Tausende von Blumen zu riechen, ja sogar von ihren kräftigen Aromen betäubt zu werden, woraufhin sich ihm dann sofort der schale, allgegenwärtige Geruch von Fisch und Gerberlohe so stark aufdrängte, daß er sich fast übergeben mußte.

Während er in Richtung Kai ging, sah er sie in einigem Abstand von den anderen Frauen stehen. Auch sie hielt nach der *Duizent Vreesen 2* Ausschau. Er zwang sich zu einem vornehmen, langsamen Gang und schritt auf sie zu. Förmlich, beinahe kühl sagte er: »Guten Tag.« Sie nickte ihm nur zu. »Dein Mann, auf den kann man sich verlassen. Schon seit so vielen Jahren ist er am vorletzten Samstag im September nach Hause gekommen, daß es mich wunderte, wenn er heute nicht einlaufen würde.«

Sie nickte wieder, wandte den Blick von ihm ab und schaute über das weite Hafenbecken, wo die Mantelmöwen kreischend herrschten. Obwohl er sich, schon als er aus dem Haus ging, mannhaft vorgenommen hatte, diesmal keinerlei Gemütsregung zu zeigen, ballte sich, nachdem sie ihren Blick von ihm abgewandt hatte, alles, was in ihm wallte und brodelte, zu einem Schluchzer zusammen, der sich hoch und schrill, als wäre auch er eine Mantelmöwe, aus seiner Kehle quälte: »Anna.«

Sein raspelnder Hilferuf, über den er selbst ordentlich erschrocken war, sie jedoch kaum, wurde vom Gekreisch der Möwen übertönt. Er ermannte sich, murmelte so etwas wie eine Entschuldigung und sagte dann: »So kirchlich seid ihr doch gar nicht. Die alte Singweise ... ich kann mir nicht vorstellen, daß im Lijndraaiersslop darüber jemals gesprochen wird. Warum taucht unser Junge dann immer wieder zwischen diesen haßerfüllten Straßenjungen und Taugenichtsen auf, die die alte Singweise wiederhaben wollen?«

»Freunde«, erwiderte sie kurz, »Arbeitskumpane. Gideon van der Kraan, Ary Wouterse ... Gilles hat sich von diesen Nichtsnutzen anstiften lassen.«

»Es sieht so aus, als hätte er es vor allem auf mich abgesehen. Weiß er Bescheid?«

»Nein, natürlich nicht«, sagte sie spitz, »aber wenn bei uns daheim einmal dein Name fällt, was selten passiert, dann spuckt er Feuer. Warum? Wir arm wie die Kirchenmäuse, du wohlhabend, wir bescheiden, du ein vornehmer Herr. Sei auf der Hut. Er könnte dir etwas antun. Mit seinem Beil kann er Rinder erschlagen.«

Sie erschrak selbst, erschauerte kurz, sah ihn dann einen einzigen Moment lang so an, wie sie ihn damals im hohen Gras angesehen hatte. Wieder wallten in ihm die beiden Silben hoch, so daß er sich fast auf die Zunge beißen mußte, um zu verhindern, daß er erneut wie eine Mantelmöwe kreischte.

Bei den Feuerbaken tauchte aus dem hellen, aber dichten Spätsommernebel, der über dem Sluyse Diep hing, ein Huker auf, der mit beinahe schlaff herabhängenden Segeln langsamer als die Zeiger einer Uhr in den Hafen glitt. War das die *Duizent Vreesen 2*? Zwischen den hohen Kaimauern hatte sich ein dichter Nebel festgesetzt, der das Hafenwasser dem Blick entzog. Von dem Huker, der so entsetzlich langsam näherkam, daß er stillzustehen schien, konnte er nur die Umrisse des Besanmastes und einiger Segel erkennen. Der Nebel hielt den Namen des Schiffes verborgen. Als das Schiff schließlich so nahe gekommen war, daß auch der im Kulk herrschende Nebel den Namen nicht länger verheimlichen konnte, stellte sich heraus, daß es sich um einen Huker von Lambregt Schelvisvanger handelte.

Auch am Samstag darauf, als Presbyter, Schultheiß und Schöffen eine gemeinsame Versammlung abhielten, war die *Duizent Vreesen 2* noch nicht wiedergekehrt. Weil die Versammlung im hinteren Saal des Rathauses stattfand, konnte er von dem langen Tisch aus den Hafen übersehen, in den die *Duizent Vreesen 2* allmählich doch einlaufen sollte. Er hörte den Schultheiß sagen: »Wir sind hier zusammengekommen, weil der Maurer Ary Luyendijk, der Uhrmacher Pieter van der Stolk und der Kupferschläger Maarten van Bommel am vorigen Mittwoch bei einer Versammlung der Ältesten dringend darum gebeten haben, die alte Singweise endgültig abzuschaffen. Doch Robbert van Nyn und Leendert Verschoor haben ihren Antrag, zur alten Singweise zurückzukehren, den Ältesten noch einmal nachdrücklich ans Herz gelegt. Etwa vierzig andere Gemeindemitglieder unterstützen ihre Forderung. Was tun?«

Während die lauten Stimmen der Schöffen und Presbyter pausenlos erklangen und einander immer giftiger ins Wort fielen, schaute er auf das kabbelnde Hafenwasser. Angenommen, die *Duizent Vreesen 2* kam nicht wieder, weil sie auf den Klippen Islands Schiffbruch erlitten hatte. Dann stand nur noch Diderica zwischen Anna und ihm. Ach, und Diderica befielen täglich beängstigende Beklemmungen, bestimmt würde sie nicht mehr lange leben. Dann würde … dann könnte … ach, nein, zu spät, unweigerlich zu spät, die besten Jahre des Lebens, ihres Lebens, waren bereits unwiderruflich verstrichen. Dennoch drängte sich ihm das Bild des auf den isländischen Klippen zerschellten Schiffes so stark auf, daß es ihm fast den Atem nahm. Aber warum Schiffbruch? Weniger reichte auch, der Steuermann gestorben und, eingenäht in seinen grünen Leinensack, nach einem kurzen Schiffergebet vor Island oder vor den Hebriden oder auf der Doggerbank über Bord geworfen.

»… einen Vorschlag Stroombrekers. Gottesdienste, bei denen die alte Singweise, und Gottesdienste, bei denen die neue Singweise praktiziert wird …«

»Zwei Gruppen, Entfremdung, Zwietracht, Spaltung, nein, schlechter Vorschlag, fürchterlich schlechter Vorschlag … möchtet Ihr selbst Euch noch dazu äußern?«

Roemer erschrak. »Nein, das muß nicht sein, mir scheint, es gibt eine große Mehrheit, die für die Wiedereinführung der alten Singweise ist, Herrn Luyendijk und seinen Mitstreitern zum Trotz. Andererseits haben wir tatsächlich nur etwas von den Beilen einiger Schiffszimmerleute zu befürchten, von Ary Wouterse und Gideon van der Kraan …«

»Vergeßt vor allem Gilles Heldenwier nicht«, unterbrach ihn Schelvisvanger.

»Der ist gar nicht so schlimm, den haben seine Kumpane nur angestiftet«, sagte Roemer.

»Tatsächlich? Ich habe ihn aber … gerade über dich …«, sagte Bastiaan den Exter.

»Ach, die Knaben«, meinte Verwoert, »vor denen habe ich keine Angst, die suchen nur Streit, aber Kaat Persoon …«

»Ja, ja, Kaat de Frans … bis jetzt waren die Frauen … den ganzen Sommer haben sie artig des Abends die neue Singweise geprobt, doch jetzt ist es ihr gelungen, die Knüpferinnen und Torfträgerinnen auf ihre Seite zu ziehen … vorläufig also zurück zum alten Ton, das scheint mir das Beste zu sein«, sagte Lambregt Schelvisvanger.

»Dem schließe ich mich an«, sagte der Presbyter und Bürgermeister Bubbezon. Die vier anderen Bürgermeister nickten zustimmend.

»Laßt uns also«, sagte der Schultheiß, »einstimmig beschließen, die alte Singweise diesen Winter erst einmal beizubehalten. Und am 5. Februar berufen wir wieder eine gemeinsame Versammlung ein.«

Flut

Tief über seinen Schreibtisch gebeugt, saß er in seinem Comptoir und rechnete eifrig. Von der Veerstraat her war das Geräusch von Schritten zu hören. Er hob den Kopf, drehte sich um und schaute zum beschlagenen Fenster. Aus dem Dunkeln tauchte eine weiße Hand auf, die sich langsam der Glasscheibe näherte. Einen Moment lang war er davon überzeugt, daß die langen Finger »Mene, mene, tekel, U-pharsin« auf das beschlagene Fenster kalligraphieren würden, doch dann fiel ihm ein, daß das Fenster auf der Innenseite beschlagen war und deshalb auf der Straßenseite keine lesbaren Buchstaben geschrieben werden konnten. Dennoch lockerten sich für einen Moment die Bänder in seinen Lenden, und seine Knie stießen gegeneinander.

Ein einzelner Finger tickte zwingend gegen die Scheibe. Er hörte Meister Spanjaards Stimme: »Vertreibst du dir sogar abends noch die Zeit mit Berechnungen? Leg sie beiseite, komm mit, das Wasser fängt wieder an zu steigen.«

Er sprang auf, eilte zur Haustür, trat ins Freie und fragte: »Bist du dir sicher? Gezeitenwechsel war heute nachmittag. Danach hätte das Wasser doch fallen müssen.«

»Kein Gezeitenwechsel, sondern dauernde Springflut, den ganzen Tag schon. Heute morgen bei Flut stand das Wasser bereits sieben Zoll höher als beim Hochwasser von 1746, und seitdem ist es nicht mehr gefallen. Wenn es nun bei der nächsten Flut noch weiter steigt ...«

Er schwieg, sah Roemer kurz finster an und sagte dann neckend: »Aber du hast heute morgen ja sogar den tobenden Orkan verschlafen. All deine Schiffe sicher im Hafen, wozu sich also Sorgen machen?«

»Ich habe Dachziegel herunterfallen hören.«

»So ein Pech aber auch, kaum haben viele Sluyzer gerade auf Anordnung des Magistrats ihre Reetdächer durch Ziegeldächer ersetzt, da fliegen ihnen etliche der neuen Dachziegel wieder herunter ... hier und da war es jedenfalls so ... was sind wir doch Glückspilze, daß wir im Windschatten des hohen Deichs wohnen ... und trotzdem, welch ein Sturm, ich kann mich nicht erinnern, je einen solchen Sturm erlebt zu haben.«

Sie gingen zu den Breede Trappen und stiegen die Stufen hinauf. Auf der Monsterse Sluis trafen sie Grüppchen von grummelnden Fischern, die besorgt das Hafenbecken betrachteten.

»Komm, wir gehen rasch durch die Hoogstraat auf die andere Seite des Hafens«, sagte Meister Spanjaard, »von dort haben wir einen besseren Blick auf die Flut.«

Beinahe im Laufschritt eilten sie durch die Hoogstraat. Sie waren nicht die einzigen. Viele Fischer folgten ihnen. Beim Rathaus angekommen, wollten sie um die Ecke biegen, um den Deichhang hinab zum Kai zu gehen. Das Wasser hatte jedoch den Kai bereits überflutet. Sie hätten hindurchwaten können, doch dazu fühlte sich niemand gerufen. Dort, wo das mit kräftigen Wellen auflaufende, stark gekräuselte Wasser den Deich berührte, standen sie brüderlich beieinander und schauten über die inzwischen große Wasserfläche, die sich von der Taanstraat bis zur Haringkade erstreckte.

»Es kann ruhig noch einen halben Meter steigen, bis es wirklich gefährlich wird«, sagte einer der Fischer.

»Schon heute morgen hätte es fallen müssen«, sagte ein anderer feierlich.

»Ja, aber es ist nicht gefallen«, mischte sich Meister Spanjaard in das Gespräch. »Als ich nach der Schule hier vorbeigekommen bin, stand das Wasser kaum niedriger als jetzt, obwohl zu der Zeit Ebbe herrschte.«

»Wenn es jetzt noch steigt, dann steigt es immerhin nicht mehr schnell«, meinte jemand, der schräg hinter Roemer stand. War das nicht die Stimme von Gilles Heldenwier? Roemer wandte sich um, sah ihn aber nicht, sah im Dämmerlicht des Novemberabends lediglich die weißen Flecken der vielen Fischergesichter. Er schaute wieder auf das wild wogende Wasser, das, sobald die Mondsichel hinter den dahinjagenden Wolkenmassen kurz zum Vorschein kam, im fahlen Licht bezaubernd glitzerte. Aus dem Wasser ragten überall Duckdalben heraus, und an all diesen Duckdalben hatten Büsen und Huker festgemacht. Sie zogen an ihren Trossen, als warteten sie nur auf den Moment, in dem das Wasser, wenn es noch weiter stieg, die Trossen und Taue langsam, kaum wahrnehmbar, über die Spitzen der Duckdalben hinwegschieben würde. Dann würden die Büsen und Huker unvertäut im Wasser liegen und ins Treiben geraten können. Doch warum sich deswegen Sorgen machen? So weit würde es bestimmt nicht kommen. Dazu mußte das Wasser noch mehr als einen halben Meter steigen.

Und das Wasser stieg beinahe unmerklich immer weiter. Hatten sie vor kaum zehn Minuten mit den Schuhspitzen am Rande des Wasser gestanden, so wurden diese nun bereits verspielt von den Wellen umspült. Sie mußten zurücktreten und taten das auch. Nun standen sie wieder jenseits der Flutlinie, doch auch diese Position mußten sie eine Viertelstunde später wieder aufgeben, weil das Wasser die Spitzen ihrer Schuhe benetzte.

»Wie sonderbar«, sagte Meister Spanjaard, »außergewöhnlich hohe Wasserstände, die haben wir schon öfter erlebt. Einen halben Meter hoch in der Taanstraat, ein tobendes Flüßchen im Zure Vischsteeg, wer erinnert sich nicht? Allerdings nur bei Sturm. Springflut, ein heulender Nordwestwind, und das Wasser gewinnt oben am Deich die Oberhand, so ist es immer gewesen. Doch verglichen mit dem Orkan heute morgen, ist der jetzt herrschende Nordwestwind nur eine sanfte Brise.«

Roemer wollte widersprechen, wollte ihn auf die wehenden Mantelschöße der Fischer hinweisen, da sagte bereits jemand hinter ihm höhnisch: »Eine sanfte Brise? Das kann doch nicht Euer Ernst sein, Meisterchen.«

Grauenhaft langsam stieg das Wasser weiter. Zäh wie Sirup, behutsam wie ein unsichtbarer Meuchelmörder, aber dennoch wurden die Schuhspitzen wieder naß, und sie mußten einen Schritt nach hinten gehen.

Zunächst noch leise lispelnd, fast flüsternd, doch schon bald immer kräftiger rauschend, floß das Wasser dann über die Tore der Zuidersluys. Auch das hatten jene, die dort schweigend wachten, früher schon gehört, und dennoch erschauerten sie alle. Wenn es weiter anstieg, kam unweigerlich der Moment, in dem das Wasser die vertäuten Büsen und Huker losmachte. Und dann könnte, wenn das Wasser noch weiter anschwoll, das schier Undenkbare passieren: Das Wasser könnte über den Deich hinweg ins Hinterland strömen. Schäumend würde es die Breede Trappen hinabfließen, und die ins Treiben geratenen Schiffe könnten von der Strömung mitgerissen werden und dann kurzerhand, krachend, zerbrechend, zersplitternd, hinunterstürzen und dabei vielleicht die unten am Deich gelegenen Häuser irreparabel beschädigen.

Warum, so fragte er sich um etwa acht Uhr verzweifelt, mußte es an diesem stürmischen Abend des 14. November ausgerechnet die *Duizent Vreesen 2* sein, die im Hafenbecken als erster Huker ins Treiben geriet? Das Schiff drehte sich langsam um die eigene Achse, wandte den Vordersteven in Richtung Zuidersluys, trieb dann gemächlich in die Mitte des Hafenbeckens und drehte sich dort unendlich langsam im Kreis. Erst als die ins Treiben geratene Büse *Jacoba 2* sie anstieß, änderte die *Duizent Vreesen 2* ihren Kurs und fuhr langsam in Richtung Delflandhuys, bald gefolgt von der ebenfalls zur Reederei Stroombreker und Croockewerff gehörenden Büse *Het Jongste Gericht 2*.

»Gleich laufen deine Schiffe auf dem Kai hinter dem Dorpshuys noch auf Grund«, sagte Meister Spanjaard.

»Das hängt von ihrem Tiefgang ab«, sagte Roemer. »Vielleicht steht das Wasser auf dem Kai bereits hoch genug.«

»Kann sein, aber dann fahren sie schnurstracks zum Delflandhuys und zertrümmern dort mit ihrem Vordersteven vielleicht Fenster und Türen.«

»Oder sie fahren die Dachrinnen ab«, sagte ein Fischer schmunzelnd.

»Dafür sind sie nicht hoch genug«, meinte ein anderer Fischer.

»Ach, nein? Mit ihren Masten ...«

»Dann müßten die erst einmal schräg ...«

»Das passiert leicht. Ein falscher Windstoß, und sie brechen ab.«

»Auch bei gerefften Segeln?«

»Wart's ab.«

Vorerst trieben Büse und Huker im fahlen, friedlichen Mondlicht über die durch die Flut dem Blick entzogene Grenze zwischen Hafenbecken und Kai. Sie trieben an dem Eckhaus vorbei, in dem vor gut hundert Jahren der Überlieferung zufolge der Fährmann Jan Koppelstock gewohnt hatte, der bei der Vertreibung der Spanier aus Den Briel eine Rolle spielte. Sie erreichten schließlich, stets wieder kurz zurückgetrieben von den verräterischen Wirbelwinden, die zwischen den Hinterhäusern heulten, das vornehme Delflandhuys. Dort hielten Strömung und Sturm sich offenbar im Gleichgewicht, denn beide Schiffe dümpelten dort in Fensterhöhe auf der Stelle.

Inzwischen hatten sich auch andere Büsen und Huker losgerissen und trieben im Hafenbecken. Weil sie ständig gegeneinanderstießen, kreisten sie mitten im Hafen umeinander herum. Ein Huker scherte aus, entfernte sich und trieb dann recht schnell zum Hafen hinaus, gefolgt von einer Büse, die ansonsten aber einen sehr viel bizarreren Kurs einschlug und schließlich gegen die Drehbrücke des Hellinggat fuhr, an die sie sich, so schien es beinahe, voller Verzweiflung festklammerte. Dort blieb sie jedenfalls liegen, allen heulenden Windböen zum Trotz.

Ein weiterer Huker löste sich aus dem langsamen Wirbeltanz der einander umkreisenden Schiffe und wandte seinen Vordersteven in Richtung Monsterse Sluis. Er fuhr mitten über die Schleusentore hinweg, so daß er im Geländer gleich dahinter steckenblieb.

»Ach, liebe Leute«, sagte ein Fischer, »was tun, wenn das Wasser wieder fällt? Ein auf der Noordsluis gestrandeter Huker! Wie kriegen wir den bloß wieder flott? Den werden wir wohl zerlegen müssen.«

»Dieser Sturm und diese Flut«, sagte ein anderer Fischer mit so kräftig erhobener Stimme, daß er den mitunter doch dröhnenden Wind mühelos übertönte, »dieser Sturm und diese Flut ... Gottes Strafe für die papistische Singweise.«

»Du sagst es, Jeremias, genau, Gottes Strafe für den neuen Ton.«

»Aber sind wir nicht beizeiten zur Einkehr gekommen? Sind wir nicht zur alten Singweise zurückgekehrt?«

»Für wie lange? Irgendwann werden die Ältesten ... der Herr selbst greift ein, der Herr selbst läßt uns wissen, daß er den neuen Ton nicht wünscht«, donnerte Jeremias van Crombrugge.

»Wessen Schiff steckt auf der Monsterse Sluis fest? Die *Ongecroonde Makreel* des Chirurgs Lambregt Schelvisvanger. Feuriger Verfechter der neuen Singweise. Der Allmächtige selbst ...«

»Ja, der Herr der Heerscharen selbst ...«, riefen die Fischer.

»Und wartet nur, nicht lange mehr, dann werden auch die Schiffe Stroombrekers ... der ist auch ... jedenfalls seine Frau, die hat bei Bartholomeus Ouboter geprobt. Ja, wartet nur, der Gott des Bundes selbst ...«

»Ja, der Allmächtige selbst ...«, riefen die Fischer erneut.

»Männer«, sagte Meister Spanjaard beschwörend, »hört ...«

Ehe er jedoch die wachsamen Schiffer um ihn herum, von denen ehemals so viele bei ihm in die Schule gegangen waren, mit einer neuen Kostprobe seiner jedesmal sarkastischen Rügen einschüchtern konnte, erklang eine Jungenstimme: »Das Wasser ... das Wasser ...!«

Roemer starrte auf die unbändigen Wogen, über die der immer noch abnehmende Nordwestwind jagte. Fiel, sank das Wasser? Kurz bevor es, wenn es auch nur ein wenig weiter gestiegen wäre, über den Deich ins tiefer gelegene Hinterland geflossen wäre? Doch noch Rettung? Wieso Rettung? Nur wenige Zentimeter über dem unsichtbaren Kopfsteinpflaster der Raadhuyskade trieben eine seiner Büsen und einer seiner Huker. Das Wasser mußte also nur ein klein wenig fallen, und seine Schiffe liefen auf Grund, strandeten. Und sie würden nicht nur auf Grund laufen, zweifellos würden sie auch umfallen und mit ihren herabsausenden Masten Dächer, Regenrinnen und Schornsteine zerstören. Ehe er die Umstehenden auf die Gefahr hinweisen konnte, erklang die Stimme von Schiffer Grubbelt Heldenwier: »Kappt die Masten!« Gleich darauf wateten Gideon van der Kraan und Gilles Heldenwier durch das Wasser, das ihnen bis zur Taille reichte, über die Raadhuyskade zur *Duizent Vreesen 2*. Während sie sich mühsam vorwärtsbewegten, sank das Wasser so erstaunlich schnell, daß sie, als sie das Schiff erreichten, schon nicht mehr so tief im Wasser standen. Gideon packte Gilles' Beine und hob ihn am Achtersteven des Hukers in die Höhe. Gilles hielt sich an der Reling fest, zog sich mit Gideons Hilfe nach oben. Als er an Bord war, reichte er Gideon seinen starken

Arm und zog ihn hoch. Bald darauf erklangen wuchtige Axtschläge, und Roemer konnte beobachten, wie sich vor allem Gilles am zersplitternden Holz des Besanmastes austobte.

»Wo haben die so schnell ihre Beile her?« fragte Meister Spanjaard.

»Die schleppen sie fast immer mit sich herum«, antwortete er.

Nachdem Gideon und Gilles sich des Hauptmastes und des Besanmastes der *Duizent Vreesen 2* erbarmt hatten, sprangen sie auf die längsseits treibende Büse hinüber. Auch deren Masten fielen erstaunlich schnell unter den prasselnden Axthieben. Es schien fast, als verfolgten die beiden mit ihrer vernichtenden Arbeit ein höheres Ziel. Vor allem Gilles schwang sein Werkzeug, als vollstreckte er ein Urteil, als rückte er, in der Nachfolge des alten Samuel, der den König der Amalekiter im Angesicht des Herrn zu Gilgal in Stücke gehauen hatte, einem zweiten König Agag zu Leibe. Und dann, während die beiden Werftarbeiter auf der *Het Jongste Gericht 2* noch letzte Hand beim Kappen der Masten anlegten, tauchte die Raadhuyskade wieder aus dem Wasser auf. Die Büse und der Huker, die so brüderlich nebeneinander hergetrieben waren, kippten plötzlich gegeneinander. Durch die dabei freiwerdenden Kräfte wurden die Spanten und anderes Holzwerk sehr stark zerstört, und Roemer war sofort klar, daß er die beiden Schiffe vermutlich nie wieder würde bereedern können. Gideon und Gilles verloren das Gleichgewicht, purzelten über das Deck der Büse, krachten gegen die Reling, wo sie kurz benommen liegen blieben, richten sich dann aber erstaunlich schnell wieder auf. Gilles schwenkte bereits wieder seine

Axt und bahnte sich, ein Loch in die kaputte Reling hakkend, einen Weg auf das glänzende Kopfsteinpflaster der Raadhuyskade.

Wasser der Züchtigung

Ehe sie die Breede Trappen hinabstiegen, wechselten sie noch ein paar Worte.

»Was nun?« fragte Meister Spanjaard. »Kann man die Schiffe noch reparieren?«

»Die *Duizent Vreesen 2* und die *Het Jongste Gericht 2*? Dort auf dem Kai? Selbst wenn das ginge, wie kriegt man sie anschließend wieder ins Wasser? Nein, es ist besser, sie dort zu zerlegen.«

»Das tut mir leid für dich.«

»Beide waren bereits in recht schlechtem Zustand. Wenn ich im Bett lag und der Wind um den Schornstein heulte, machte ich kein Auge zu. Ich sah dann vor mir, wie sie untergingen, die *Gericht 2* auf der Doggerbank und die *Vreesen 2* vor Island. All die Jahre ... wie lange nun schon ... zwanzig, nein länger, habe ich mich bei Sturm im Bett gewälzt. All die Jahre ... all die schrecklichen, schlaflosen Nächte ... und was passiert? Die *Vreesen 2* läuft nicht bei Island auf die Klippen, sondern strandet vor meiner Haustür, auf der Raadhuyskade!«

»Ja, so ist das, der Fink fürchtet die Rute des Vogelfängers und wird vom Falken gefangen. Wem vorherbestimmt ist, in der Garrotte zu enden, kann gefahrlos Schlittschuh laufen.«

»Spotte du nur ... All die Jahre, all die würgenden Sorgen, und schau nun, wie der Allerhöchste es fügt ... auf der Raadhuyskade stürzen eine von Didericas Büsen und einer meiner Huker gegeneinander … nun gut, nun gut, wenn der Allmächtige jetzt mal bloß nicht glaubt, daß ich jemals noch wegen ihrer anderen Büse oder meines anderen Hukers wachliegen werde … es wäre noch besser, auch diese beiden Schiffe nicht mehr zu bereedern, die äußerst mageren Fänge … alljährlich ziehen sie mir mehr Geld aus der Börse, als hineinkommt, auch wenn dieses Jahr aus der Staatskasse eine Prämie von fünfhundert Gulden für jede Büse bezahlt wird …«

»Für die Huker nicht?«

»Darüber wird verhandelt, und irgendwann wird man sich dazu entschließen, weil sonst die Langleinenfischerei ausstirbt.«

»Wenn ich dich recht verstehe, dann ist also das zersplitterte Holz eher ein Segen denn ein Fluch …«

»Mir tut es für die Besatzung leid. Wo sollen sie Arbeit finden, wenn der Winter vorbei ist? Möglicherweise sind sie dann auf die Hilfe der Diakonie angewiesen.«

»Jemand wie Schiffer Heldenwier findet doch bestimmt woanders eine Stelle. Hast du übrigens gesehen, wie sein Sohn mit dem Beil gewütet hat, auf der *Duizent Vreesen 2*, dem Schiff wohlgemerkt, auf dem sein Vater als Schipper fährt … der hat vielleicht drauflosgeschlagen, so ein hageres Bürschchen, aber welch eine Leidenschaft … das wird noch was werden, wenn die Ältesten im Frühjahr wieder die kurze Singweise einführen wollen, der Unfriede schlummert, die Unzufriedenheit gärt, es ist, als ob alle den Atem anhielten und auf den richtigen Augenblick warteten, um die Lunte ans Pulverfaß zu halten. Wachsamkeit ist geboten, denn auch wir werden uns nicht heraushalten können. Man wird uns den Befürwortern des neuen Tons zuschlagen und uns entsprechend behandeln.«

»Mir macht das nichts aus, alter Ton, neuer Ton, das ist mir gleich.«

»Sieh dich vor, Unparteilichkeit, Neutralität wird dir als noch größere Sünde angerechnet werden. Dann gehen dir beide Parteien an den Hals. Dann wirst du zerquetscht vom greulichen Bund zwischen Katze und Hund.«

Dieser unbeabsichtigte Reim munterte Roemer ein wenig auf, und erstaunlich rasch ging er die letzten Stufen der Breede Trappen hinab. Eine Last war von ihm abgefallen. Zwei Schiffe weniger, derentwegen man sich Sorgen machen mußte. Fortan keine Schuldgefühle mehr, weil er einen Schipper nach Island fahren ließ und dabei fast zwanghaft daran denken mußte, daß Annas Mann dort leicht umkommen konnte.

Auf der anderen Seite der Schleuse stieg Meister Spanjaard gemächlich zum Schoolslop hinab. Am Fuß der Deichtreppe blieb Roemer noch einen Moment lang stehen und rief, als auch sein Schulmeister unten angekommen war, über den Vliet hinweg: »Wir wollen einander, so gut es geht, beistehen, wenn es zu einem Treffen mit den Alttonlümmeln kommt!«

»Sieh zu, daß deine Pricken am Leben bleiben«, rief Meister Spanjaard. »Halt auch die Ohren offen, und sei, gemäß dem Wort des Gesalbten, vorsichtig wie die Schlange, denn all diese Gemeindemitglieder brennen nur darauf, nicht nur einander, sondern auch uns in uneigennütziger Nächstenliebe den Schädel einzuschlagen.«

»Und alles, was wir über die alte Singweise in Erfahrung bringen …«

»Sofort dem anderen mitteilen. Das vor allem. Bei Versammlung von Schultheiß und Schöffen erfährst du gewiß Dinge, die mir entgehen, während ich in meiner Schule wiederum viel höre, was dir nicht zu Ohren kommt.«

Daß man ihn tatsächlich zu den Verfechtern der neuen Singweise zählte, zeigte sich bereits wenige Tage später. In aller Herrgottsfrühe wurde eine Schmähschrift unter seiner Tür durchgeschoben. Marije fand sie auf den Fliesen im Gang und legte das gewellte Blatt neben die große Schüssel mit Graupen und Rosinen, die sie ihm allmorgendlich bereitete. Während er sich gemächlich an seinen Graupen mit Wurst labte, las er:

Wasser der Züchtigung

So wie der HErr in Seinem Zorn Satans Hoheitsgebiet, das Theater von Amsterdam, unlängst mit Feuer verwüstet hat, so hat Er nun mit den Wassern der Züchtigung den Schmutz von Zions Söhnen und Töchtern abgewaschen. Denn so haben wir erfahren, daß der Zorn des HErrn zu Recht gegen unser liebes Vaterland entflammt ist und daß Er Seine gerechte Hand zu unserer Züchtigung erhoben hat, weil unter uns auffallende, schreiende und heulende Sünden im Schwange sind. Für die nicht geringste hält Er dabei, daß wir den alten Ton verleugnet und verschleudert haben.

Ungemein schwül und drückend warm wie an einem Sommerabend – so war das Wetter am Sonntag, dem 12. November, nachdem in zahlreichen Kirchen des Landes der neue Ton erklungen war. Bald entluden sich Unwetter in Seeland und Brabant, und in Tholen dröhnten Donnerschläge und wütete das Wetterleuchten. Dann erhob sich ein Sturm, der in der Nacht von Montag auf Dienstag zu einem Orkan anschwoll, und das Wasser stieg. Docktore zerbrachen in Vlissingen, und in Amersfoort wurden die Welsluys und Laaksluys fortgespült; in Gouda ergoß sich das Wasser mit großer Gewalt über die dortige Kammerschleuse, und in Schiedam strömte das Wasser, den Kornweinbrennereien großen Schaden bringend, über die Fluttore des Siels. So blies der HErr in das Widderhorn und warnte Sein Volk, aber es hörte nicht (Hesekiel 33, Vers 3). Dann schlug Er bei Westkapelle und Domburg und Scheveningen und Ter Heide die Dünen hinfort und bei Petten die Uferbefestigung. Da sprach der HErr: »Ich will eine große Flut über dich kommen lassen, daß dich große Wasser bedecken« (Hesekiel 26, Vers 19), und das Land von Altena und Heusden und die Inseln Wieringen, Urk, Marken und Schokland wurden überflutet. Dann strömte das Wasser in vielen Städten und Dörfern durch die Straßen, und es stieg so hoch, daß man in Dordrecht mit Booten in der Voorstraat fuhr. Dann wurde zu Doornspijk, wo die Gemeinde bereits vor Jahren die kurze Singweise umarmt hat, die Mauer des Konsistorialzimmers von der anschwellenden Flut fortgerissen, und das Wasser strömte in die Kirche, so daß die Gräber einstürzten. Auf Kampereiland wurde eine noch unbeerdigte Leiche aus ihrem Sarg gespült, und zwei Millionen Torfballen trieben fort. Obwohl die Schleusentore erhöht worden waren, wurde in Rotterdam durch das Wasser Zucker im Wert von einhundertzwanzigtausend Gulden vernichtet.

Warum hat der HErr der Heerscharen uns all diese Prüfungen auferlegt? So spricht der HErr: »Wollt ihr mich nicht fürchten und vor mir nicht erschrecken, der ich dem Meer den Sand zum Ufer setzte, darin es allezeit bleiben muß, darüber es nicht gehen darf? Und ob's schon wallet und ob seine Wellen schon toben, so daß Hornvieh und Pferde, Schweine und Schafe, Ziegen und Hühner jämmerlich ertrinken würden?«

Doch sie sprechen: »Wir wollen's nicht tun!« (Jeremia 6, Vers 17). Da ertranken zu Nijkerk drei Menschen, zu Elburg zwei Kinder, in der Nähe von Harderwijk sechsundzwanzig Menschen, zu Kampen eine kranke Frau, auf Kampereiland eine Frau mit ihren drei Kindern, dabei ein Sohn in den Armen der Frau, zu Nieuwerkerk ein Jüngling, im Land von Heusden ein Mann, im Land von Altena vier Menschen.

So hielt GOtt Sein schreckliches Gericht, hier und dort, von Westkapelle bis Wieringen, im ganzen Land und auch darüber hinaus. Auf Rozenburg wurden die Polder überflutet, so daß siebzig Stück Hornvieh und Schweine ertranken. In Vlaardingen gab die Schinkelkade nach, und das große Wasser floß in den Pettenoordse Polder, und auf der Westseite des Hafens wurden zweihundert Häuser und vier Lagerhäuser überflutet.

Auch bei uns bedeckte das große Wasser jenseits der Deiche schon ganz Maeslandtsluys. Und auch lange nach dem Gezeitenwechsel stieg es weiter bis fast zur Deichkrone. Dann, abends zwischen acht und neun Uhr, sank es plötzlich.

Dieweil GOtt sie bedrückte, hat Er uns erhalten.

Welchem Umstand verdankt die Gemeinde Maeslandtsluys ihre wundersame Errettung? Warum wurde allhier der Schmutz auf Zions Söhnen und Töchtern nicht durch die Wasser der Züchtigung abgewaschen? Wir beweinen den Verlust von Büsen und Hukern. Ging GOtt mit uns ins Gericht, als Er uns diese Fahrzeuge nahm? Oder nur mit denjenigen Reedern, die der kurzen Singweise zugetan sind? Hat Er uns alle, jene Reeder ausgenommen, erhalten und bewahrt, weil wir rechtzeitig zur langen Singweise zurückgekehrt sind?

Oh, Maeslandtsluys, sieh deinen Lohn für den alten Ton.

Schon beim Lesen war er aufgestanden. Was von seinen Graupen noch übrig war, schob er beiseite. Mit dem Pamphlet stieg er kurz darauf die Breede Trappen hinauf und ging auf der anderen Seite der Monsterse Sluis wieder hinunter. Durch den Schoolslop eilte er zu den bescheidenen Klassenräumen von Meister Spanjaard. Schulkinder waren zu dieser frühen Stunde noch nicht anwesend. Er trommelte an eines der Fenster. Im Dämmerlicht eines Klassenraums tauchte Meister Spanjaard auf. Er legte seine Pfeife auf eines der Pulte und öffnete die Tür.

»Hast du das auch bekommen?« fragte Roemer, mit der Schmähschrift wedelnd.

Meister Spanjaard nahm ihm das wellige Blatt aus der Hand, hielt es ganz nah an seine Augen und sagte: »Mir hat man das nicht zukommen lassen. Leider kann ich es kaum entziffern, es ist hier noch zu dunkel. Hinter der Schule im Innenhof haben wir mehr Licht, komm.« Zusammen gingen sie durch das Schulgebäude zu dem wundersam hellen Schacht zwischen den recht hohen Häusern.

Ununterbrochen zwischen den Zähnen murmelnd, las Meister Spanjaard das Pamphlet durch.

»Da siehst du«, sagte er, als er bei den Zeilen über die Reeder angelangt war, »daß sie dich als einen der Verfechter der neuen Singweise betrachten. Trotzdem ist diese Predigt erstaunlich gemäßigt im Ton. Aber es stimmt nicht. Bei Westkapelle soll Gott die Dünen ... ausgerechnet in Westkapelle hat man, wie ich vor kurzem von einem seeländischen Cousin gehört habe, den Pastor auf der Kanzel mit Fußbänkchen und Stoven beworfen, als der Vorsänger sich der neuen Singweise bediente. Und in Vlaardingen ... zweihundert Häuser und zwei Lagerhäuser überflutet ... aber dort ist doch noch gar nichts entschieden! Dort bekriegen sich ununterbrochen zwei Vorsänger, der eine hängt unverbrüchlich am alten Ton, und der andere ... wo um alles in der Welt ist nur meine Pfeife?«

»Die hast du drinnen auf ein Pult gelegt.«

»Ach, ach, all das ertrunkene Hornvieh, die Schafe und Pferde. Die muhen, blöken, meckern und wiehern doch ganz sicher noch im alten Ton. Ja, ja, eine Strafe des Allmächtigen auch für den Leichnam, der aus dem Sarg gespült wurde? Zwei Millionen Torfballen, einfach so weggeschwemmt ... welch ein Jammer, während ich hier möglichst sparsam heize ... ob die Torfballen zurück ins Moor getrieben sind?«

Mit vergnüglichem Funkeln in den Augen sah er seinen früheren Schüler an.

»Darf ich dieses Prachtexemplar behalten? Dann lege ich es zu meinen anderen Pamphleten. Zu denen über das

Erdbeben in Lissabon an Allerheiligen 1755. Die Papisten waren gerade zur Kirche gegangen, als die Erde bebte. Aus den Basiliken strömten dreißigtausend Gläubige geradewegs ins Höllenfeuer. Gottes gerechte Strafe, weil dort, so die Schmähschriften, immer noch die Inquisition wütete. Und zu den Pamphleten über den Theaterbrand ... ja, ja, der Köcher Gottes ... ›verlangen sie nicht danach, selbst bei Strafe Gottes, sich in sündigen Zusammenkünften und in Komödien zu amüsieren ... allerlei Eitelkeiten statt frommen Gebets?‹ Ach, ach, all die Gläubigen, ein so unermeßliches Weltall, und in diesem Weltall ein Stäubchen, ein Krümelchen, diese Erde, und trotzdem sind diese Gläubigen fest davon überzeugt, daß der Allmächtige, der doch das ganze Weltall mit seinen Millionen von Sonnen und Sternen einigermaßen lenken muß, sich über Theaterstücke und die kurze Singweise aufregt.«

Kompromiß

Am 29. September des vorigen Jahres«, sagte der Schultheiß Pieter Schim, »waren wir vollzählig hier versammelt und haben vereinbart, daß wir erneut zusammenkommen wollen. Deshalb haben Schultheiß und Schöffen Euch alle heute, am 5. Februar im Jahre des Herrn 1776, ins Rathaus geladen. Kirchenälteste, ich begrüße Euch, Bürgermeister, ich begrüße Euch, und natürlich begrüße ich auch die beiden Herren van Nyn und Verschoor, die als Vertreter jener hier sind, die gern bei der alten Singweise bleiben wollen. Außerdem begrüße ich die Herren van der Stolk und Luyendijk, die hier im Namen derjenigen anwesend sind, die gern die neue Singweise einführen wollen.«

Es kostete Roemer, dessen Blick auf dem sich kräuselnden, glitzernden Hafenwasser ruhte, die allergrößte Mühe, sich nur diese einfache Eröffnungsrede anzuhören, ohne sogleich mit seinen Gedanken meilenweit abzuschweifen. Es war, als sähe er die Wasserflächen, über die das leuchtende, verzaubernde, verjüngende Licht der Februarsonne strich, wieder vor sich, an denen sie gestern in der offenen Kutsche Willem van der Jagts vorübergefahren waren. Über den Weg nach Vlaardingen, am Sluyse Diep entlang, und dann Vlaardingen selbst mit seinem großen Hafen, wo eine verspielte Brise über die kurzen Wellen wehte. Im Gasthaus De Zalm waren sie ausgestiegen, um sich zu erfrischen. Dort hatten sie sich die Markierungen der Allerheiligenflut des Jahres 1570 und späterer Katastrophen angesehen, die auf der Mauer des Gasthauses angebracht waren. »Voriges Jahr im November stand das Wasser anderthalb Zoll niedriger«, hatte der Wirt berichtet, »aber höher als bei der Sint-Nicolaas-Flut von 1665, die mein Urgroßvater hier markiert hat, und höher als bei der Weihnachtsflut von 1717, die mein Großvater kurz vor seinem Tod hier angezeichnet hat.«

»Merkwürdig, daß der Allmächtige, der auch Lissabon an Allerheiligen ausgelöscht hat, seine Katastrophen immer an Feiertagen geschehen läßt«, hatte Meister Spanjaard so leise gemurmelt, daß nur Roemer es hören konnte, woraufhin Roemer seinem alten Lehrer zugeflüstert hatte: »Paß um Himmels willen auf, was du sagst.«

»Wir sind hier unter Gleichgesinnten.«

»Gut möglich, aber sie sind alle auch Gemeindemitglieder.«

»Ich wünschte, ich könnte ihnen ins Herz sehen.«

Konnte man überhaupt je einem Menschen ins Herz sehen? Das fragte sich Roemer, als sie weiterfuhren, durch Schiedam hindurch, zu ihrer Rechten die weitläufige Maas, auf der große Wogen souverän westwärts rollten, im glasklaren, funkelnden Licht der Februarsonne, deren Anblick ihn schon erwärmte, während er nach der soundsovielten schlaflosen Nacht durchfroren in einer offenen Kutsche saß. So fürchterlich es auch ist, eine ganze Nacht nicht zu schlafen, dachte er, trotzdem bereitet mir das am nächsten Tag kaum Probleme. Ich fröstele nur ein wenig.

Die Frage nach der Möglichkeit, jemandem ins Herz zu sehen, kam ihm wieder in den Sinn, als sie in Rotterdam ihr Ziel erreicht hatten. In einem an De Boompjes gelegenen vornehmen Herrenhaus hatte er am Fenster gesessen, über den Fluß geschaut, der dort in einem großen Bogen das Noordereiland umfloß, und aufmerksam dem klimpernden Cembalo gelauscht. Gewährte ein Komponist, wenn er sein Herz und seine Seele in Noten offenlegte, Einblick in sein Herz? Oder ging es ihm nur darum, seinen Hörern mit bezaubernden, tänzelnden Melodien zu behagen? Auf diese Frage hatte er, wie es schien, eine befriedigende Antwort erhalten, als der spindeldürre, leichenblasse Cembalist ein Stück eines gewissen François Couperin gespielt hatte, *Les Barricades Mystérieuses*, das ihn so geradewegs ins Herz getroffen hatte, daß es nur eine Möglichkeit gab: Es mußte selbst direkt aus dem Herzen eines anderen stammen. Oh, diese Musik, es war, als nähmen die flinken Noten seine Qualen, seine Sorgen, seine Schmerzen aufs Korn, um ihm ein für allemal zu zeigen, daß es keinen Ausweg gab, keine Fluchtmöglichkeit als den Todesschlaf, der schließlich seinen durchwachten Nächten unerbittlich ein Ende bereiten würde. Die Prüfung lag weniger in dem Umstand, daß der Schlaf sich nicht seiner erbarmen wollte, als vielmehr in der Tatsache, daß er in tiefster Nacht, so etwa gegen drei Uhr, in Katakomben des Elends versank. Doch woher erkannte er sein Elend, um mit dem Heidelberger Katechismus zu sprechen? Er war doch ein erfolgreicher Reeder und Mitglied des Rates von Schultheiß und Schöffen, ein respektierter, angesehener Bürger des Dorfes Maassluis, wohlhabend dank diverser Vermächtnisse und einer riesigen Frau, die sein Vermögen verdoppelt hatte. Gewiß, er hatte bei der Sturmflut zwei Schiffe verloren, doch deren Verlust hatte sich als Gewinn erwiesen, weil der Huker und die Büse schon seit Jahren kaum noch profitabel gewesen waren. Worüber hatte er sich zu beklagen? Über nichts, absolut nichts, verglichen mit den nun arbeitslosen Besatzungen seines Hukers und seiner Büse. Dennoch heulte vor allem nachts um drei ständig so ein giftiger Polarwind in ihm, dennoch gärte dort grenzenloser Unfriede, offenbar genauso wie bei diesem Couperin, der es verstanden hatte, dieses Gefühl zu äußern, so grazil verpackt in liebliche hintereinander herpurzelnde Noten, daß dieser Polarwind sich plötzlich in eine kühle Abendbrise verwandelte, die man nach einem glühendheißen Sommertag freudig begrüßte.

Wieder hatte sich ihm, wie früher so oft schon, die drängende Frage gestellt, wie er sich diese aufmunternde Wundermelodie merken könnte. Als man nach dem Cembalospiel das Glas erhob, kam er mit dem leichenblassen Cembalisten ins Gespräch. »Wie seid Ihr doch privilegiert«, hatte Roemer zu ihm gesagt, »wenn Ihr die Melodie des Tondichters Couperin vergeßt, könnt Ihr sie Euch am Cembalo wieder ins Gedächtnis rufen. Doch selbst wenn es mir gelingt, sie mir bis heute abend zu merken, dann hat der Schlaf sie morgen doch unwiederbringlich gelöscht.«

Der Cembalist summte leise die wunderbare Melodie.

»Soso, die wollt Ihr behalten«, hatte er streng gesagt, »warum denn?«

»Weil sie einen aufmuntert, wenn man sie leise summt.«

»Wenn Ihr etwas hört, das Euch berührt, dann müßt Ihr Euch blitzschnell Wörter dazu ausdenken. Die Wörter könnt Ihr leicht behalten, und mit den Wörtern ruft Ihr dann diese wundervolle Melodie wieder wach. Hier könntet Ihr … kommt, wir gehen kurz zum Cembalo, ich werde es Euch zeigen.«

Und wieder war die wunderschöne Melodie erklungen, und leise, aber deutlich hatte der Cembalist dazu gesungen:

Du schnelle Gazelle,
nun sag auf der Stelle:
Was drückt bloß so kräftig
auf deine Seele, dein Herz und Gemüt?
Du schnelle Gazelle,
nun sag auf der Stelle:
Woher bloß das Sehnen?
Warum warst du unlängst so tief betrübt?

Und nun saß er dort, inmitten der anderen Schöffen, und da er sehr früh gekommen war, hatte er dafür gesorgt, daß er den Platz mit dem besten Blick über den Hafen hatte. Riesige Mantelmöwen drehten schweigend ihre Kreise über dem sich friedlich kräuselnden Wasser. Er dachte an das Wort »Gazelle«. Von dort war es nur ein kleiner Schritt zu dem Klagelied, das er bei Meister Spanjaard gelernt hatte. »Egidius, waer bestu bleven? Mi lanct na di, gheselle mijn.« Ach, Thade, wo bist du nur? «Dat was gheselscap goet ende fijn!« Würden Meister Spanjaard und er Thade je wiedersehen? Hin und wieder kam ein Brief aus Galle, und dann kam Meister Spanjaard sofort vorbei, um ihn vorzulesen. Doch manchmal hörte man auch monatelang nichts. Er selbst kam, das mußte er zugeben, leider nie dazu, einen Brief zu schreiben. Denn was sollte er Thade auch berichten? Daß man einander hier wegen unterschiedlicher Auffassungen über den Psalmengesang nach dem Leben trachtete?

Du schnelle Gazelle,
nun sag auf der Stelle:

Unglaublich, die wunderbare Melodie ließ sich tatsächlich mit Hilfe der Wörter überlisten, kehrte liebreizend wieder in seinen Geist zurück. Wenn er das früher gewußt hätte, dann hätte er sich vielleicht auch das Motiv aus der Toccata des Fürsten der Organisten merken können.

Du schnelle Gazelle,
nun sag auf der Stelle …

Obwohl soeben noch alle Gesichter ernst gewesen waren, erklang plötzlich Lachen.

»Herr Stroombreker, Ihr habt Euch in Euren Träumereien wohl auf eine sehr weite Reise begeben«, sagte der Schultheiß streng. »Ich will es noch einmal versuchen. Ihr habt seinerzeit folgenden Kompromißvorschlag gemacht: Die lange und die kurze Singweise sollten einander abwechseln. Glaubt Ihr immer noch, dies könnte eine Lösung sein, die aufrührerische Stimmung zu besänftigen?«

Ehe er selbst auch nur zu einer Antwort ansetzen konnte, erhoben sich tiefe Stimmen im Ratszimmer.

»Ausgeschlossen! Auf gar keinen Fall! Dann spaltet sich die Gemeinde! Wie kann es der Herr Reeder wagen, dergleichen vorzuschlagen?«

»Es wäre doch denkbar«, wandte Roemer ein, »denjenigen, die gerne kurz singen – vorerst noch eine Minderheit in der Gemeinde, wie mir scheint –, in den Gottesdiensten, die während der Woche in der Kleine Kerk abgehalten werden, die Möglichkeit zu bieten, unter der bewährten

Leitung von Bartholomeus Ouboter den neuen Ton zu praktizieren.«

»Eine Minderheit, Ihr sagt es, eine Minderheit«, riefen van Nyn und Verschoor im Duett.

»Minderheit? Kaum vierzig Gemeindemitglieder haben die Bittschrift für die Beibehaltung des alten Tons unterschrieben!« rief Luyendijk. »Es müßte also vielmehr andersherum sein: alter Ton für die älteren Gemeindemitglieder in der Kleine Kerk, neue Singweise in der Groote Kerk.«

Erneut erhoben sich im Ratszimmer die tiefen Stimmen fugatisch. Gleichsam als Ostinato-continuo-Partie dröhnte der Baß Verschoors: »Keine neue Singweise in der Groote Kerk, keine neue Singweise in der Groote Kerk.«

»Meine Herren«, sagte Schultheiß Schim, »dies alles vernehmend, möchte ich Euch von einem vollkommen anderen Vorschlag in Kenntnis setzen, der erst einmal schon den großen Vorteil hat, daß die Einheit der Gemeinde gewahrt bleibt, und der zudem beiden Parteien behagen könnte, weil er den Wünschen beider sehr weit entgegenkommt.«

Eine Mantelmöwe landete auf einer der Fensterbänke und linste neugierig mit einem Auge nach drinnen.

»Nun seht Euch das nur an«, rief Bürgermeister Bubbezon, »sogar der Vogel brennt darauf, den Vorschlag zu hören.«

Das schallende Gelächter verjagte die Möwe vom Fensterbrett, brach aber auch die Spannung ein wenig. Erwartungsvoll schauten alle auf Schim. Dieser war jedoch keineswegs bereit, auf der Stelle seinen völlig anders gearteten Vorschlag preiszugeben. Er sagte: »Nach allem, was ich höre, erhebt sich bereits in vielen Bethäusern, überall in unseren Provinzen, Gauen und Herrlichkeiten, einträchtiger

Psalmengesang gen Himmel als Resultat dieser gütlichen Einigung.«

Er stand auf, er verbeugte sich in Richtung der Herren Verschoor und van Nyn, er verbeugte sich auch in Richtung der Herren Luyendijk und van der Stolk, dann wandte er sich den Kirchenältesten und Bürgermeistern zu und sagte: »Mit der von Euch bereits zuvor gegebenen Zustimmung darf ich nun allen hier Versammelten verkünden, daß wir ab dem nächsten Sonntag, dem 11. Februar, vier Wochen lang versuchen wollen, ob wir die derzeitige Zwietracht durch eine mittlere Singweise besänftigen können. Weder kurz noch lang, sondern dazwischen. Dem Vorsänger Ouboter wurde bereits zur Kenntnis gegeben, daß wir entsprechende Proben mit einem mittleren Ton ins Auge gefaßt haben, und er hat den Kirchenältesten mitgeteilt, daß er es als seine höchste Pflicht sieht, diesen Anordnungen Folge zu leisten.«

Er warf einen grimmigen Blick auf van Nyn und Verschoor, schaute dann böse zu van der Stolk und Luyendijk hinüber und brummte: »Nach dieser vierwöchigen Probezeit können beide Seiten eventuelle Bemerkungen oder Einwände bei mir einreichen. Danach werden wir entscheiden, ob wir diese mittlere Singweise beibehalten.«

Robbert van Nyn, das Gesicht rot vor Wut, sprang auf und eilte aus dem Versammlungsraum. Seine Baßstimme schallte durch den Gang: »Leute, man hat uns den alten Ton genommen!« Das wiederholte er beschwörend, bis er auf der Freitreppe des Rathauses stand. Offenbar wartete auf der Hoogstraat bereits eine ganze Menschenmenge auf das Ende der Versammlung. Im Ratssaal hörte man ein nach und nach anschwellendes Stimmengewirr und dann ein noch stärker anschwellendes, bedrohliches Geräusch von aufstampfenden Sohlen, das durch den Gang näher kam. Schließlich drang der Stuhlmacher Cornelis van der Hoeve brüllend in das Ratszimmer ein: »Gebt uns unseren alten Ton zurück, sonst werden Köpfe rollen!«

»Ja, wir werden Steine nehmen und die Hunde totschmeißen«, kreischte eine Stimme auf dem Gang, »wir werden Euch mit einer Rute auf die Wangen schlagen, gebt uns unsere alte Singweise wieder.«

»Aber Leute«, sagte der Schultheiß beschwichtigend, »Ihr habt die alte Singweise doch keineswegs verloren, wir beabsichtigen doch nur eine leichte Mäßigung des alten Tons, damit die Befürworter der neuen Singweise sich darein fügen können.«

»Gebt uns den alten Ton wieder, sonst setzt es Prügel.«

»Leute, geht nach Hause, wartet ab, was der mittlere Ton uns bringen wird. Es ist nur ein Versuch. Vier Wochen bloß.«

Selbstbewußt und aufrecht stand Schim da und schaute dem Stuhlmacher fest in die Augen. Van der Hoeve murmelte etwas vor sich hin, wich zurück und blieb stocksteif in der Türöffnung des Ratssaals stehen, wobei er sich an den Türpfosten festklammerte. Hinter ihm erklangen immer noch viele wütende, durcheinanderschreiende Stimmen. Schim ließ sie seelenruhig wüten und schaute van der Hoeve unvermindert fest an. Wäre der Stuhldreher auch nur einen Schritt zur Seite gegangen, dann wären seine auf dem Gang wütenden Spießgesellen wahrscheinlich auch in den Ratssaal eingedrungen. Doch nun, da er durch Schims Blick zwischen den Türpfosten festgenagelt war, konnten die anderen nicht vordringen. Roemer sollte sich immer haargenau daran erinnern, wie sich Schim und van der Hoeve, zwei Statuen gleich, gegenübergestanden hatten und wie das Schreien und Brüllen der vielen Stimmen auf dem Gang allmählich an Stärke eingebüßt hatte, bis es schließlich verstummte. Das Gebrüll einer der kräftigsten Stimmen verwandelte sich plötzlich in ein herzzerreißendes, schreckliches Husten.

»Ihm wird unwohl«, wurde gerufen, »bringt ihn nach draußen.«

Offenbar wurde nun auch den anderen Fanatikern bewußt, daß es besser wäre, sich zurück auf die Hoogstraat zu begeben. Allmählich wurde es leiser, und es war nur noch das Schlurfen vieler Füße zu hören, bis schließlich auch das erstarb.

Als Roemer zwanzig Minuten später die Freitreppe des Rathauses hinunterging, flanierten lediglich noch ein paar hochaufgeschossene Burschen durch die Hoogstraat, die mutig ihre Hüte schwenkten. Obwohl die Burschen ihm unter mancherlei Drohungen bis zu den Breede Trappen nachliefen, ging er davon unbeeindruckt am Delflandhuys und an der Kleine Kerk entlang. Allein schon die Tatsache, daß sein Sohn sich zum Glück nicht diesem Pöbel angeschlossen hatte, tröstete ihn. Und außerdem hatte er immer noch die Melodie in seinem Kopf: »Du schnelle Gazelle, nun sag auf der Stelle.«

Er ging an der Kleine Kerk vorbei hinab in den Schoolslop und klopfte kräftig an eines der Schulfenster. Meister Spanjaard erschien umgehend.

»Willst du mir von der Versammlung berichten? Wie war's?«

»Schultheiß und Presbyterium steuern einen merkwürdigen Kompromiß an. Eine Verschmelzung der alten mit der neuen Singweise zu einem Zwischending, dem mittleren Ton. Angeblich wird dieser bereits hier und da praktiziert. Weißt du etwas davon?«

»Mittlerer Ton …? Wird bereits hier und da … was für eine Lüge! Wer hat sich das ausgedacht, diesen Halb-und halb-Gesang?«

»Ich nehme an, den hat der Schultheiß zusammen mit dem Presbyterium ausgebrütet. Vielleicht auch allein, denn er war recht stolz auf diesen Einfall.«

»Aber wenn es eine Lektion gibt … wenn uns die Geschichte etwas lehrt, dann ist es, daß – wenn man es mit zwei Parteien zu tun hat, die sich diametral gegenüberstehen, und man versucht, eine gütliche Einigung herbeizuführen, indem man beiden Lagern Zugeständnisse macht – nicht nur der Unmut zwischen den beiden Parteien zunimmt, sondern daß dieser sich vor allem gegen denjenigen richtet, der den unseligen Kompromißvorschlag gemacht hat. Aber komm doch kurz herein, dann kann ich dir eine substantielle Erweiterung meiner Schmähschriftensammlung präsentieren.«

Roemer folgte Meister Spanjaard durch die Schule zur Wohnung des Witwers, die dahinter lag.

»Halb-und-halb-Gesang«, murmelte der Schulmeister, »meine Pfeife ist davon ausgegangen.«

»Dann ist dieser Halb-und-halb-Gesang doch noch zu etwas gut«, sagte Roemer.

In dem kleinen Wohnzimmer angekommen, drückte Meister Spanjaard seinem ehemaligen Schüler sogleich einige Pamphlete in die Hand. »Schau doch nur, nicht weniger als drei, und alle gereimt. Hier, von unserem Willem: *Die Friedensposaune, oder Ermunterung zu einträchtigem Psalmengesang, an die Gemeinde von Maassluis.* Ach, unser Willem, wäre er doch nur ein wenig länger bei mir in die Schule gegangen. Vielleicht hätte er dann schließlich doch auf mich gehört, vielleicht hätte er die Posaune abgeblasen. Solch ein Friedensaufruf … das heißt erst recht Öl ins Feuer gießen. Denn hör dir mal an, was er dichtet:

Ziemt's sich, daß jedes kleine Licht,
Mitglied der Kirche oder nicht,
den Kirchgesang bestimmt?
Das kommt vor! Es geschah in diesen Tagen!
Worüber Gottesfürcht'ge klagen,
mit jedem Ammenkind.

Darüber werden sich die Befürworter des alten Tons freuen! Als Unkundige und nicht Gottesfürchtige beschimpft! Willem, Willem, am besten, du machst dich aus dem Staub, weit weg, nach Galle.«

»Von wem stammen die beiden anderen Schmähschriften?«

»Die hier, *Maassluis in hellem Aufruhr über die erneuerte Singweise,* vermeldet ebensowenig den Namen des Dichters wie *Die Wahl der neuen Singweise verteidigt in einem Zwiegespräch zwischen einem Land- und einem Seemann zu Maassluis.* Ist auch besser so, denn all diese ebenso kundigen wie possierlichen Reimereien werden bei den Fanatikern des alten Tons bestimmt nicht freudig begrüßt werden. Und jetzt dann auch noch, aus dem Schoß von Schultheiß Schim, der Halb-und-halb-Gesang. Was steht uns sonst noch alles bevor?«

Friedensposaune

Am Nachmittag des 29. März, einem Freitag, tranken Meister Spanjaard, der Dichter Willem van der Jagt und der Reeder Stroombreker in der Schenke des Gasthauses De Moriaan schaudernd einen Römer Rheinwein.

»Auf den hoffentlich guten Ausgang«, sagte Meister Spanjaard, »und auf eine rasche Genesung.«

Er stieß mit dem Dichter und dem Reeder an und reimte dann schelmisch:

»Am Erfolg der Friedensposaune sind Zweifel erlaubt,
eine Fanfare zum Krieg, eine Wunde am Haupt.
Fischer und Böttcher stehn bereit zum Revoltieren.
Bald klirren die Scheiben von Fenstern und Türen.«

Willem van der Jagt faßte sich an den Hinterkopf. »Die Wunde ... halb so schlimm, ein paar ordentliche Schrammen, mehr nicht«, sagte er.

»Wir wollen hoffen, daß es dabei bleibt«, sagte Meister Spanjaard, »ich glaube es jedoch nicht, denn mit der Friedensposaune ...«

»Schim klopfte an meine Tür, um mich zu bitten, meine Posaune zurückzuziehen.«

»Daraufhin hast du, nach allem, was ich gehört habe, den Verkauf deiner Posaune um acht Tage verschoben.

Junge, Junge, über eine Woche! Das hat vielleicht was genützt!«

»Was hätte ich sonst tun sollen?«

»Keine Posaune, sondern eine leise flüsternde Rohrflöte.«

»Das wäre feige gewesen.«

»Vielleicht, doch Takt scheint mir hier weniger fehl am Platz als Provokation. Es sieht so aus, als wären die Gemüter wegen des alten Tons erhitzt, doch darunter gären andere Dinge … Mangel, Armut, Hunger, Verelendung, der alte Ton ist der Stoff, aus dem die Flamme sich nährt, die uns alle möglicherweise bald verzehren wird.«

»So schlimm wird es schon nicht werden.«

»Vielleicht nicht, aber …«

»Bestimmt, gestern, was hatte das schon zu bedeuten? Ein paar Herumtreiber …«

»Jetzt noch Herumtreiber und Tagediebe, bald auch Frauen und Fischer, fest steht, daß sich gestern im Hause des Langleinenmachers Sloot etliche Fischer konspirativ getroffen haben.«

»Woher weißt du das nun schon wieder?«

»Aus dem Munde eines der vielen Kinder, welche die Bürger allhier mir jeden Tag anvertrauen … der Wicht wußte außerdem zu berichten, daß den Leuten reichlich Anis und Zuckerplätzchen angeboten wurden. Die Straßenjungen, die dir gestern auf dem Nachhauseweg vom Abendgottesdienst aufgelauert haben, waren vorher bei Sloot. Vom warmen Anis ordentlich erhitzt und mit grummelnden Eingeweiden wegen der Zuckerplätzchen, sind sie nach dem Ende ihrer konspirativen Zusammenkunft zur Schans gezogen, wo sie, die Hüte schwenkend, pausenlos um die Kirche herumgeschlichen sind, so wie seinerzeit die Israeliten um Jericho. Sie haben keine Friedensposaunen geblasen wie die Israeliten damals, aber ich denke dennoch, daß du sie in der Kirche gehört haben wirst.«

»Und ob, sie sangen, sie wüteten, sie brüllten, sie heulten, es ist ein Wunder, daß es in der Kirche ruhig geblieben ist, denn im Mittelschiff saßen etliche Gesinnungsgenossen. Doch die haben sich nicht getraut, den Mund aufzumachen.«

»Und im Gottesdienst wurde ohne einen Mißton mittelmäßig gesungen?«

»Na ja, ohne Mißton ... seit der mittlere Ton eingeführt wurde, versuchen bei jedem Gottesdienst ein paar Lumpen den Gesang durcheinanderzubringen. Du selbst wirst das, so nehme ich an, auch schon einmal erlebt haben.«

»Seit halb-und-halb gesungen wird, bin ich nicht mehr zur Kirche gegangen. Ein so erbärmlicher Kompromiß ... nein, damit will ich nichts zu tun haben.«

»Und wie bist du zu der Verletzung an deinem Kopf gekommen?« fragte Roemer.

»Draußen haben die Hutschwenker Willem aufgel...«

»Darf ich vielleicht selbst erzählen, was mir widerfahren ist? Zusammen mit meinem jüngsten Sohn verließ ich nach dem Gottesdienst die Kirche und ging durch die Nieuwstraat. Dort lauerten mir Gideon van der Kraan, Ary Wouterse und Gilles Heldenwier auf. ›Der Hund muß jetzt dran glauben‹, rief Gideon, ›verdreschen, verderben werden wir ihn!‹ ›Schmier ihm Dreck ins Gesicht‹, kreischte Gilles, und Wouterse brüllte: ›Schleif ihn durch den Schlamm.‹ ›Meine Herren‹, sagte ich so ruhig wie möglich, ›darf ich, ehe Ihr mich malträtiert, zuerst meinen Sohn nach Hause bringen? Danach stehe ich Euch für Schläge und Schlamm zur Verfügung.‹ Doch nein, sie schimpften und wüteten weiter, während ich die ganze Zeit versuchte, sie zu beruhigen. Immer mehr Gemeindemitglieder, die aus der Kirche gekommen waren, schlenderten durch die Nieuwstraat. Es waren auch Fischer dabei, und aus dieser Gruppe drängelte sich ein Bursche nach vorn, der mich bei den Hüften packte und mich dann wie einen Mehlsack gegen einen Baum warf. Dabei bin ich dann mit dem Kopf gegen die harte Rinde geschlagen.«

»Man kann aber auch wirklich Pech haben«, sagte Meister Spanjaard. »In Maassluis wachsen kaum mehr als zehn Bäume, und wahrhaftig, Willems Scheitel wird ausgerechnet gegen einen der seltenen Waldriesen geschleudert.«

»Spotte du nur«, sagte van der Jagt. »Ich kann dir versichern, daß es wenig angenehm und auch wenig erhebend ist, gegen einen Baum geworfen zu werden. Um von den bitteren Tränen meines Sohns gar nicht erst zu reden.«

»Letztendlich bist du noch gut davongekommen.«

»Gewiß, aber nur weil Gideon und Gilles sich an die Arme von Hendrik Gerritszon van der Hoeven, diesem Enakskind, gehängt haben, um weitere Gewalttaten zu verhindern.«

»Deine Angreifer haben dich also schließlich gerettet«, sagte Roemer. »Allzuviel Böses hatten sie offenbar nicht im Sinn. Es hätte mich auch gewundert, dieser Gideon ist zwar ein Unruhestifter, aber ob der alte Ton ihm nun wirklich so am Herzen liegt ... das ist eher Geltungsdrang, Übermut, und Gilles ... ach, ich kenne seinen Vater, er war Schipper auf meiner *Duizent Vreesen*, fährt jetzt vorläufig, bis ich auf meinem mir verbliebenen Huker wieder Platz für ihn habe, als Steuermann bei Poortman und Klinge, in dem steckt nun wirklich nicht die Spur von Boshaftigkeit ... und Gilles selbst läßt sich auch nur von Ary Wouterse und van der Kraan mitreißen ...«

Er bemerkte den Blick von Meister Spanjaard, ein flüchtiges Funkeln in dessen Augen, das dafür sorgte, daß alles, was er sonst noch hatte sagen wollen, ihm in der Kehle steckenblieb.

»Sind die Burschen bei dir zur Schule gegangen?« wollte van der Jagt von Meister Spanjaard wissen.

»Dieser van der Hoeven kommt aus dem Waisenhaus. Mit dem habe ich nie etwas zu tun gehabt. Mit Gideon van der Kraan auch nicht, der ist erst später nach Maassluis gezogen, der kommt aus Maasland, aber Gilles ... ja, Gilles, dieses Bürschchen ... ein pfiffiges Kerlchen, hätte es weit bringen können, wenn er ... ach, all die verschwendeten Talente, als Lehrer macht einen das so mutlos.«

Wieder sah Roemer das eigenartige Flackern in den Augen seines ehemaligen Lehrers.

Ob er etwas ahnt, dachte er ebenso erschrocken wie erstaunt, und er nahm sich vor, ihn möglichst beiläufig danach zu fragen, wenn er nachher zusammen mit Meister Spanjaard nach Hause ging. Roemer war überzeugt, daß er sich auf die Diskretion des Schulmeisters verlassen konnte. Niemals würde er, so viel stand fest, Dritten sein Geheimnis verraten, doch wenn er etwas ahnte, dann war er auf irgendeine Weise dahintergekommen, daß Gilles ... aber wie bloß? Durch das dröhnende Lachen nach dem Konzert von Rembt? Und waren auf Grund ähnlicher flüchtiger Hinweise – welche das auch immer sein mochten – andere ebenfalls ...?

Während er sich an dem immer wieder fesselnden Schauspiel erfreute, welches der Hafenknecht bot, der das Hafenbecken vertiefte, sah er einen gelockten Mann näher kommen. Er war elegant gekleidet und trug einen großen Dreispitz. Darunter wallten die weißen Locken einer Allongeperücke hervor. Auf seinem kornblumenblauen Mantel glänzten große kupferne Knöpfe, die im Licht der tiefstehenden Märzsonne funkelten. Er schob sich einfach ins Bild, am Hafen entlang, in dem das Wasser so niedrig stand, daß gespült wurde und darum auch der Hafenknecht seine Arbeit machen konnte. Den kreischenden Mantelmöwen und Polarmöwen schenkte er keinerlei Beachtung, so daß es so aussah, als verkämen Hafen und Vögel zu unbedeutenden Requisiten. Dennoch wühlte der Hafenknecht weiterhin den Boden um. Aus der Tiefe stiegen kleine Plattfische auf, deren weißer Bauch sich deutlich vom dunklen Wasser abhob. Sobald ein solches schneeweißes Dreieck auftauchte, stürzten sich die Mantelmöwen darauf. Die Eismöwen jedoch machten Jagd auf die Stinte, die zusammen mit dem aufgewühlten Schlamm vom schnell fließenden Spülwasser ins Sluyse Diep getrieben wurden. Hin und wieder sah man, wenn die Noorder- und die Zuidersluis bei Ebbe geöffnet waren und somit das überflüssige Stauwasser abgelassen werden konnte, einen Schwarm Trauerseeschwalben über dem sich abplagenden Hafenknecht auftauchen. Die hingen dann, wie ein lauernder Falke, mit sich rasend schnell bewegenden Flügeln über dem abfließenden Spülwasser, als wollten sie in Augenschein nehmen, was der Hafenknecht so alles aufgewühlt hatte, um dann, offenbar enttäuscht von dem, was da so hochkam, wie ein Vogel davonzufliegen, hin zu ihren herrlichen Ruheplätzen, den lieblichen Treibinseln aus Krabbenschere in den Vlaardinger Vlietlanden. Doch das gab es nur in den Monaten ohne »r«.

Der gelockte Mann, ein Greis bereits, schien auf dem Weg ins De Moriaan zu sein. Hinter ihm stieg plötzlich, als handelte es sich um einen Schwarm Trauerseeschwalben, der kurz nach dem Rechten sehen wollte, eine Gruppe von jungen Fischern, Waisenjungen und Böttchern den Deich hinunter. Rasch kamen die jungen Männer näher, und sie umringten den gelockten Mann, ehe er das De Moriaan betreten konnte.

»Da schau her«, sagte Willem van der Jagt, »dahinten kommt tatsächlich der uralte Vogt von Delft. Ob er von dem hiesigen Streit über die Singweise gehört hat und nun selbst … Allmächtiger, sie umzingeln ihn! Was haben sie vor?«

»Auch deine gestrigen Angreifer sind mit von der Partie«, stellte Meister Spanjaard ruhig fest, »schon wieder dieser Wouterse, schon wieder dieser van der Kraan, schon wieder dieser Heldenwier.«

Aus dem Kreis, den die Männer um den Vogt bildeten, drängelten sich Wouterse und van der Kraan nach vorn, und sie brüllten dem Vogt so laut ins Gesicht, daß es sogar in der Gaststube des De Moriaan noch deutlich zu hören war: »Na los, komm, verhafte uns, führ uns ab nach Delft, wenn du Lust hast, na los, arretiere uns, wenn du dich traust!«

»Na los«, stichelten Wouterse und van der Kraan und führten dabei einen kleinen Rundtanz auf. »Na los, Herr Vogt.«

Auch Gilles Heldenwier drängte sich nach vorn, hob

sein Beil, das er offenbar immer bei sich trug, und spaltete damit die Luft. Der Stahl des Blattes funkelte und glänzte derart im Licht der tiefstehenden Sonne, daß es den Anschein hatte, als sendete er ein Signal ins Hinterland, denn von dort kamen sie, die schwarzen Vögel. Aber es waren keine Trauerseeschwalben, es waren Kormorane, und innerhalb kürzester Zeit hatte jeder von ihnen sich auf der Spitze eines Mastes der Büsen und Huker niedergelassen. Von dort schauten sie zu den fressenden Möwen, die den eingekreisten Vogt nicht weiter beachteten.

»Der Herr sei gepriesen, daß hier keine Bäume stehen«, sagte Meister Spanjaard, »aber das Ganze sieht doch recht bedrohlich aus. Mit scheint, wir täten gut daran hinauszugehen, um einen Fanfarenstoß auf der Friedensposaune abzugeben.«

Er stand auf, und auch Willem van der Jagt erhob sich.

»Bleib du bitte sitzen. Wenn sie dich sehen, geraten sie nur noch mehr aus dem Häuschen. Versteck dich lieber möglichst tief unter dem Tisch, ›van der Jagt‹ reimt sich nur allzugut auf ›Schlacht‹, und gerade die können wir jetzt gar nicht gebrauchen.«

Erstaunlich schnell und fix für einen Mann, der bereits über sechzig Jahre war, stiefelte er zu der breiten Eingangstür des De Moriaan, die er, nachdem er hindurchgegangen war, weit offenstehen ließ. Sobald er draußen auf der Freitreppe erschien, verstummten das Gejohle und Gebrüll der hoch aufgeschossenen Burschen, die den Vogt umringt hatten.

»Vorsicht, der Lehrer!« rief Gilles Heldenwier.

»Jungs, immer mit der Ruhe«, sagte der Schulmeister zwar mit erhobener Stimme, aber dennoch so gelassen und mit so viel natürlicher Autorität, daß alle, die dort standen, verstummten und zu ihm hinaufschauten.

»Jungs«, sagte er noch einmal, »was habt ihr davon, wenn ihr hier um Punkt fünf, während eifrig gespült und gewühlt wird, den Vogt von Delft belästigt? Bekommt ihr so den alten Ton wieder? Wer weiß, vielleicht ist der Herr Vogt selbst ja ein Befürworter der langen Singweise. Kommt, laßt ihn durch, zweifellos war er auf dem Weg ins De Moriaan.«

Leises Murren war zu hören. Ary Wouterse streckte den Rücken und baute sich vor dem Vogt auf.

»Komm, Ary«, sagte der Lehrer, »so kenne ich dich nicht. Als du bei mir in die Schule gegangen bist, warst du kein braves Bürschchen, wohl aber warst du ein Junge, auf den man bauen konnte, und darum verstehe ich auch nicht, daß du jetzt …«

»Ja aber, Herr Lehrer, man hat uns den alten Ton genommen«, rief Ary beleidigt.

»Gewiß, als ob ich das nicht wüßte. Aber du weißt auch, genau wie ich, daß der Herr Vogt dafür überhaupt nicht verantwortlich ist. Darum frage ich noch einmal: Was habt ihr davon, ihn zu belästigen? Laßt ihn durch.«

Die letzten drei Wörter sprach Meister Spanjaard so entschieden aus, daß Ary Wouterse einen Schritt zur Seite ging und den Vogt durchließ. Rasch bestieg der Delfter die Freitreppe des De Moriaan und eilte durch die offenstehende Tür nach drinnen. Gemächlich folgte ihm Meister Spanjaard und zog behutsam die Tür hinter sich zu.

Handspaken

Kaum einen Tag später, am Samstag, den 30. März, klopfte gegen Mittag ein Junge aufgeregt an Roemers Haustür. Es war Lambregt Schelvisvanger junior.

»Eine Nachricht von meinem Vater. Die Taugenichtse gehen bei den Pastoren, Presbytern, Bürgermeister und Schöffen vorbei. Sie sind mit Beilen, Handspaken und Schubkarren bewaffnet. Sie fordern die Wiedereinführung der langen Singweise. Man muß versprechen, daß man morgen wieder den alten Ton singt. Mein Vater rät … mein Vater rät …«

Der Junge stockte und sagte dann: »Mein Vater hat es mir aufgeschrieben, aber ich habe den Zettel verloren … wo habe ich ihn doch bloß gelassen …«

Der Junge durchsuchte die Taschen seiner Hose und die Falten seines Wamses. »Mein Zettel ist weg«, stotterte er, »vorhin, beim Schöffen Steur auf der Hoogstraat, da habe ich die Nachricht meines Vaters noch vorgelesen. Wo habe ich das Blatt danach nur hingetan?«

»Vielleicht unter deine Mütze?«

Der Junge nahm die Mütze ab, faßte hinein und rief freudig überrascht: »Ja!«

Dann las er vor.

»Da wir gegenwärtig nicht über die Machtmittel verfügen, diese Unruhen einstweilen ausreichend zu unterdrücken, rate ich dem Schultheiß, den Schöffen, den

Bürgermeistern und Presbytern: Beugt Euch einstweilen den Forderungen der Aufrührer.«

»Aber warum? Warum sollten wir uns beugen?«

»Wenn Ihr nicht nachgebt … der Presbyter Willem van Mechelen wollte das Versprechen nicht geben … daraufhin hat man ihm mit Handspaken die Fenster eingeschlagen. Und bei Onkel Willem wurde mit einer Schubkarre der Zaun vor der Haustür gerammt und dann mit Beilen in tausend Stücke zerhackt.«

»Ich werde die Fensterläden schließen. Und einen Zaun habe ich zum Glück nicht.«

»Ich muß rasch weiter, um auch noch die anderen Schöffen zu warnen.«

»Sei ja vorsichtig. Mir scheint, die Aufrührer …«

Aber der Junge rannte bereits los, und Roemer stand da, auf der Türschwelle, die tags zuvor noch blitzsauber geschrubbt worden war, und er sah eine träg, unverantwortlich früh aus dem Süden zurückkehrende Flußseeschwalbe näher kommen, die genau in der Mitte über dem Noordvliet flog, bei der Monsterse Sluis grazil wendete und sich auf den langen Rückweg machte, erneut haargenau in der Mitte über dem grauen, braunkohlefarbigen Wasser. Auch die männerhandgroßen Wölkchen, die ebenso schwerfällig am klaren Märzhimmel segelten, trieben, vom Südwestwind geschoben, ungerührt nordwärts. Nichts deutete darauf hin, daß ihm zu diesem Zeitpunkt, in der linden Frühlingsluft und bei so viel hellem Sonnenschein, eine von den renitenten Sängerinnen und Sängern ausgehende Gefahr drohte.

Dann bemerkte er den Schultheiß. Schim stieg die Breede Trappen so unverantwortlich schnell hinunter, daß er ins Stolpern geriet. Sich am Geländer festhaltend, schaffte er es dennoch, die Veerstraat ohne allzu großen Würdeverlust zu erreichen. Sein Hut flog ihm jedoch vom Kopf, segelte elegant vor ihm her und fiel dann bei den Schleusentoren zu Boden. Dann sorgte ein segensreicher Windstoß dafür, daß der Hut vor seinen Füßen auf dem Kopfsteinpflaster liegenblieb. Wütend packte er ihn, setzte ihn wieder auf den Kopf und sagte: »Sie belagern gerade das Haus von Bürgermeister Bubbezon. Mit Schubkarren donnern sie jetzt gegen die Haustür, weil sie sie mit Handspaken und Beilen nicht aufbekommen haben.«

»Wer beteiligt sich daran? Und wie viele sind es?«

»Inzwischen bereits etwa zweihundert Aufständische. Fischer, Böttcher, Langleinenmacher, Stuhlmacher, Knüpferinnen, Waisenkinder.«

»Soeben habe ich vom jungen Lambregt Schelvisvanger erfahren, daß sie der Reihe nach alle Mitglieder des Magistrats aufsuchen.«

»So ist es, und bestimmt kommen sie auch zu Euch.«

»Ich werde alle Fensterläden schließen.«

»Ich bezweifle, daß dies ausreichenden Schutz bieten wird. Vor allem mit den Handspaken ... ich würde Euch raten, ihnen von einem offenen Fenster im ersten Stock Eures Hauses aus ruhig und entschlossen Rede und Antwort zu stehen. Das habe ich, als sich der Pöbel vorhin vor meinem Haus versammelt hat, auch getan.«

»Habt Ihr versprochen, ab morgen wieder den alten Ton anzustimmen?«

»Ich habe ihnen zu verstehen gegeben, die mittlere Singweise sei ja nur probehalber eingeführt worden, und inzwischen habe sich herausgestellt, daß die Mehrzahl der

Gemeindemitglieder damit überhaupt nicht einverstanden ist und daß ich deshalb in einer einzuberufenden Versammlung von Schöffen, Presbytern und Bürgermeistern dafür plädieren werde, rasch zum alten Ton zurückzukehren. Eine Weile lang haben sie noch gebrüllt: ›Nicht rasch, sondern morgen!‹ Und dann sind sie, mit ihren Mützen und Hüten schwenkend, zum Haus von Lambregt Schelvisvanger weitergezogen. Ich war der erste, der belagert wurde. Da waren es noch nicht so viele, und die Gemüter hatten sich noch nicht so erhitzt. Bei jeder nächsten Adresse jedoch ... darum mache ich mir auch Sorgen um Euch, und darum meinte ich, gut daran zu tun, Euch beizeiten zu warnen.«

»Wo sind sie jetzt?«

»Beim Schöffen Bastiaan den Exter in der Taanstraat.«

Die kleine Glocke des Gildenhuysje begann zu läuten, zuerst noch verhalten, dann aber immer verbissener und schneller. Erstaunt hob der Schultheiß den Kopf und sog die Luft durch die Nase, als wollte er riechen, was dort los war.

»Wieso läutet die Glocke?«

»Möglicherweise toben sich ein paar Aufständische daran aus«, meinte Roemer.

Aus dem Schoolslop sah er Meister Spanjaard auftauchen. Bedächtig stieg der bejahrte Lehrer die Breede Trappen halb hinauf und stieg auf der anderen Seite der Schleuse ebenso bedächtig wieder hinunter. Als der alte Schulmeister jedoch das Haus seines früheren Schülers erreichte, zeigte es sich, daß er ziemlich mitgenommen war. Seine sonst fröhlich funkelnden Augen glänzten nur matt.

»Guten Tag«, sagte er, »wie es aussieht, sind die Unruhen erst jetzt in aller Heftigkeit ausgebrochen. Von einem meiner Schüler habe ich heute morgen erfahren, daß man gestern bei Einbruch der Dämmerung in der Ankerstraat Bruyninghuizen getreten und verprügelt hat. Daran gebe ich mir die Schuld. Nachdem die Burschen beim De Moriaan das Feld geräumt hatten, sind sie offenbar wütend zur Schans gezogen und haben dort ihr Mütchen gekühlt … meinetwegen, aber doch nicht an einem Blinden … was habe ich gestern Falsches gesagt? Ich hatte den Eindruck, daß mein Eingreifen … daß ich sie einigermaßen beruhigt hätte … ein paar von denen sind ja tatsächlich bei mir in der Schule gewesen … was habe ich Falsches gesagt? … Einen Blinden verprügeln, das widerspricht allem, was ich sie gelehrt habe … und nachdem Bruyninghuizen sich nach Hause geschleppt hatte, sind sie tatsächlich zu ihm ins Haus gekommen und haben ihn erneut getreten und geschlagen.«

Er ermannte sich, ballte die Fäuste und sagte: »Und nun ziehen sie von einem Ratsmitglied zum nächsten, um allen das Versprechen abzupressen, bereits morgen zum alten Ton zurückzukehren. Ich werde sie hier erwarten und zu ihnen sprechen.«

»Dann könnt Ihr sicher sein, daß sie Euch ebenso zusetzen werden, wie sie es gestern mit Bruyninghuizen getan haben«, sagte der Schultheiß.

»Das würde mich wundern, es sind so viele dabei, die sechs oder sogar sieben Jahre bei mir in der Schule …«

»Hofft nicht darauf, daß Euch das schützt.«

»Wenn es mich nicht schützt, dann habe ich als Lehrer derart versagt, daß ich es mehr als verdiene, dasselbe Schicksal wie Bruyninghuizen zu erleiden.«

»Hütet Euch vor dieser Furie.«

»Ich bin auf der Hut. Doch wenn sogar Blinde vor Gewalt nicht sicher sind … aber ebendarum.«

»Psalmengesang«, murmelte der Schultheiß, »wie ist es bloß möglich, der Anlaß könnte kaum nichtiger sein.«

»Gerade weil der Anlaß so nichtig ist, müssen wir große Umsicht walten lassen. Gerade darum steckt bestimmt mehr dahinter, als man auf den ersten Blick meint. Gerade dann weiß der Pöbel selbst kaum, warum er tobt, und die Furie wird von tieferliegenden, wahrscheinlich bereits seit Jahren schlummernden Kränkungen genährt, von deren Existenz selbst jene, die sie in sich tragen, kaum etwas wissen, bis zu dem Moment, in dem – so wie damals bei den Brüdern de Witt – gnadenlose aufgehetzte Tagediebe offenbar gewissenlos und schaudererregend frech ihr Mütchen kühlen.«

»Erwartet Ihr hier ähnliche Szenen?«

»Wenn eine große Menge von Menschen – und damit haben wir es hier offenbar auch schon zu tun – gemeinsame Sache macht, dann muß man immer auf das Allerschlimmste vorbereitet sein.«

»Ein Grund mehr, noch einmal darüber nachzudenken, ob Ihr gut daran tut, hier zu den Aufrührern zu sprechen.«

»Wer sonst sollte es tun? Zu wem haben sie, als sie noch zur Schule gingen, voller Respekt aufgeschaut?«

»In diesem Punkt seid Ihr Euch selbst schrecklich sicher.«

»Vielleicht unterliege ich einem fürchterlichen Irrtum, vielleicht habe ich mir damals sehr viel weniger Respekt erworben, als ich dachte. Das wird sich nun zeigen. Gestern meinte ich, sie ausreichend beruhigt zu haben, und dennoch haben sie danach Bruyninghuizen … einen Blinden … wie können sie es wagen … meine Schüler … wie ist es in Gottes Namen bloß möglich! Was treibt sie?«

»Bruyninghuizen wird in van der Jagts Schrift gerühmt. Vielleicht wurde er deshalb …«, meinte der Schultheiß.

»Was sagt van der Jagt in seiner *Friedensposaune* auch gleich wieder? ›Bruyninghuizen, seit Kindesbeinen blind, zaubert auf dem Klavier, so wunderbar geschwind.‹ Aber haben sie das wirklich gelesen? Sollten sie deshalb …?«

In der milden Frühlingsluft läutete immer noch wütend die Glocke des Gildenhuys, und auch ein anschwellendes Rumoren war zu hören, ein wirres Geschrei von vielen schrillen, zornigen Stimmen.

»Da kommen sie«, sagte der Schultheiß.

»Nein, noch nicht«, erwiderte Meister Spanjaard. »Sie sind jetzt auf der Hoogstraat angekommen, beim Haus von Leendert Steur. Ich denke, der wird bestimmt sehr rasch versprechen, morgen zum alten Ton zurückzukehren, und dann werden sie wahrscheinlich hierherkommen.«

»Ich schließe mal lieber die Fensterläden«, sagte Roemer.

Mit wachsendem Groll schloß er die schwer beweglichen alten Läden. Er hatte sie schon seit Jahren nicht mehr zugemacht. Obwohl man sie von drinnen kunstvoll verschließen konnte, würde man sie mit Handspaken leicht wieder öffnen können. Dennoch schob er die Fenster nach oben und verankerte seine Läden. Er dachte: Eigentlich müßte ich ängstlich sein, aber warum bin ich es nicht? Warum bin ich nur wütend, rasend?

Er ging wieder hinaus. Der Schultheiß war gegangen. Meister Spanjaard stand mitten auf der Veerstraat und schaute zu den Breede Trappen hinüber.

»Bleib im Haus«, sagte er, »warne Diderica und deine Dienstbotin. Und laß dich nicht blicken. Ich werde ihnen Rede und Antwort stehen. Oder hattest du vor, gleich bei ihrem Erscheinen zu versprechen, daß du morgen zur alten Singweise zurückkehren wirst?«

»Nein.«

»Das hatte ich auch nicht anders erwartet. Geh jetzt ins Haus.«

Drinnen im Gang erwartete ihn bereits Marije.

»Die gnädige Frau will wissen, was los ist.«

»Ich gehe kurz zu ihr.«

Er begab sich zu ihrem Bett. Bissig sagte er: »Es ist soweit. Psalmenstreit! Sie gehen bei den Mitgliedern des Magistrats vorbei, um ihnen das Versprechen abzupressen, zur alten Singweise zurückzukehren.«

»Ich werde so schnell wie möglich aufstehen. Ruf Marije.«

»Warum willst du aufstehen?«

»Wenn sie hier eindringen und mich noch im Bett finden ...«

»Sie werden hier nicht eindringen. Warum sollten sie?«

»Weißt du das genau? Beim Pächteraufstand sind sie doch auch überall in die Häuser eingedrungen.«

»Ja, in Amsterdam, aber hier ...«

»Nein, hier hat es überhaupt keinen Aufstand gegeben, aber jetzt ... Ich stehe auf. Ruf Marije, sie muß mir helfen. Ich werde mit ihnen reden.«

»Du? Wieso?«

»Ich werde ihnen mit Nachdruck klarmachen, daß der alte Ton endgültig ausgedient hat.«

»Aber sie sind mit Beilen und Handspaken bewaffnet.«

»Ach ... ach ... und während sie die bedrohlich schwingen, muß man versprechen, daß man den alten Ton wieder ... oh, aber das mache ich nicht ... ob sie mich dann etwa mit einer Handspake ... oh, das will ich erleben, Marije, Marije, hilf mir, ich will mich so schnell wie möglich ankleiden. Was soll ich anziehen? Am besten Schwarz, ganz in Schwarz, das ist doch am vornehmsten ... ob sie mich ... mit Handspaken ... mit Beilen, mich ...?«

»Ehe du angezogen bist, sind sie schon längst wieder weg«, sagte er mürrisch. Er verließ ihr Schlafgemach und begab sich in das zur Straße hin gelegene Zimmer im ersten Stock. Wenn er sich dort im Erker postierte und sich ein wenig hinter dem Vorhang versteckte, konnte er nicht nur die ganze Veerstraat überblicken, sondern auch beobachten, wie sie die Breede Trappen hinunterkamen.

Doch als er dort stand, an diesem windigen Frühjahrsnachmittag, und über das Wasser zur Monsterse Sluis schaute, da schien es ihm, als hätte er es mit einer Sinnestäuschung zu tun. Die Glocke im Gildenhuisje bimmelte nicht mehr. Natürlich, das Wasser im Noordvliet kräuselte sich und funkelte, aber in der Veerstraat war es totenstill. Mitten auf der Straße, auf der Höhe seiner Haustür, stand bewegungslos Meister Spanjaard, die Arme vor der Brust gekreuzt, und schaute zu den Breede Trappen.

Hin und wieder hörte er unter den Dachziegeln die Spatzen unbändig tschilpen. In der großen Stille zwischen dem Getschilpe konnte er sogar die Küken piepen hören. Im Garten hinter dem Haus wiederholte eine Singdrossel krampfhaft ihre kurzen Phrasen, und darüber erklang das eintönige Gesäge der Kohlmeise. Ein ganzes Stück weiter weg, irgendwo auf der Höhe des Goudsteen, ertönte der freche, schallende Ruf des Grünspechts, und etwas weniger weit entfernt gellte der Fanfarenstoß des Zaunkönigs. Es war Frühling, die ganze Schöpfung gehörte den Vögeln, und die Vögel sangen nun »um die Wette mit frohem Hallen«. Er hörte einen Fink unbändig zwitschern und ein Rotkehlchen hoch pfeifen und die Heckenbraunelle gleichsam darauf antworten, fröhlich mit etwas tieferen, lieblicheren, sanfteren Tönen.

Während er dort stand und aufmerksam dem kecken Frühlingsgesang all der Vögel auf Dächern und in Gärten lauschte, drängte sich ihm allmählich die Überzeugung auf, daß die Aufständischen ihn auslassen würden. Was hatte er um Himmels willen mit der kurzen oder der langen Singweise zu schaffen? Selbst der neue Ton, die kurze Singweise, war immer noch schrecklich träge und zäh, verglichen mit den purzelnden Noten von dem schelmischen Bürschchen aus dem La Ville de Paris und mit der schnellen Gazelle bei De Boompjes in Rotterdam. Ja, sogar die Vögel, alle Vögel, sangen tausendmal beherzter und schneller. Deswegen war er ein ebenso erklärter Feind der neuen Singweise wie die Alttonanbeter. Natürlich, sie würden ihn verschonen, um so mehr, als er sich schon seit Jahren gegenüber den Besatzungen seiner Schiffe sehr viel kulanter gezeigt hatte als manch anderer Reeder hier am Ort. Er wandte seinen Blick nach links, zum frischen, hellen Grün der Bäume entlang des Noordvliet, und auf einmal war da diese Melodie wieder, »Du schnelle Gazelle, nun sag auf der Stelle«. Doch ehe er sie in ihrer ganzen Pracht zu Ende hatte summen können, bemerkte er einen Schatten gleich unter dem Wappen, das den großen Eingangsbogen zu den Breede Trappen schmückte. Und auch wenn dieser Schatten weit weg war, hoch oben auf der Schleuse, so wußte er doch sofort, wer dort stand und sich gleich wieder entfernte. Gilles rannte zurück in die Hoogstraat, tauchte bald danach erneut auf, und dann, plötzlich, stiegen Dutzende eilig die Breede Trappen hinunter. Ja, es waren so viele, daß die Breede Trappen sie nicht auf einmal verkraften konnten, was aber die hastig Hinabsteigenden nicht weiter störte. Sie stürzten zu beiden Seiten der Treppe die Deichböschung hinunter. Manche rutschten aus, purzelten den Hang hinab, ergriffen die ihnen eilig entgegengestreckten Hände und standen praktisch sogleich wieder auf. Die leichten Prellungen nicht weiter beachtend, einander vorwärtsschiebend und ermutigend, eilten sie über das Kopfsteinpflaster in die Veerstraat. Diejenigen, die auf der rechten Seite der Breede Trappen die Deichböschung hinabstiegen, landeten auf der gegenüberliegenden Seite des Wassers. Manche kletterten eilig zurück über die Schleuse, gerieten dabei aber in das Gedrängel derjenigen, die die Treppen hinunterstiegen, und wurden dadurch ebenfalls aufgehalten. Viele eilten auch zur Vlietbrücke, die nicht weit entfernt war, doch manche postierten sich auch schon genau gegenüber seinem Haus auf der Ufermauer, riefen ab und zu »hurra!« und schwenkten dabei triumphierend ihre Mützen, Hüte und Handspaken.

Ungeachtet der Anwesenheit von Meister Spanjaard wurde bereits an seine Tür gehämmert, und einer der Taugenichtse probierte, ob er mit seiner Handspake einen Fensterladen öffnen konnte. Dann schallte jedoch die Stimme Meister Spanjaards über die Veerstraat, und Roemer konnte die Spatzen auf seinem Dach tatsächlich wieder tschilpen hören. Offenbar war eine kurze Stille eingetreten.

Doch nicht für lange. Was Meister Spanjaard den zusammengeströmten langen Sängern entgegenhielt, konnte er nicht hören, aber das Geräusch von durcheinanderschreienden, brüllenden Stimmen schwoll bereits wieder an, und erneut wurde gegen seine Haustür gehämmert, und man versuchte erneut, ob sich die Fensterläden mit Handspaken öffnen ließen. Trotz der rostigen Verschlüsse boten sie einen solchen Widerstand, daß sie vorerst geschlossen blieben. Daraufhin öffnete einer der Aufrührer mit einer Handspake das Gitter vor einem der Kellerfenster, was von den Anwesenden mit lauten Hurrarufen quittiert wurde. Die anderen Kellerfenster erlitten das gleiche Schicksal, doch da sich keiner durch die so entstandene Öffnung hindurchzwängen konnte, glaubte er nicht, daß diese Zerstörung eine große Gefahr bedeuten könnte. Wichtig war, daß seine Fensterläden und seine aus massiver Eiche gefertigte wuchtige Haustür den Handspaken, Schubkarren und Beilen standhielten. Letztendlich würden sie natürlich unterliegen, aber vielleicht war die Geduld dieser Irren erschöpft, ehe es soweit war.

Wie erging es Meister Spanjaard in der Zwischenzeit? Roemer wagte es nicht, näher ans Fenster zu treten, und er konnte deshalb nicht gut sehen, was auf der Straße passierte. Wieder vernahm er einen kräftigen, beinahe prasselnden Handspakenwirbel auf seiner Haustür, als plötzlich die schon recht tiefe Stimme Gideons van der Kraan erschallte: »Zu van der Jagt!«

Er hörte das Dröhnen von sich hastig entfernenden Schritten. Äußerst vorsichtig trat er näher ans Fenster, versteckte sich, so gut es ging, hinter dem Vorhang und beobachtete, wie die Irrsinnigen hintereinanderher zu ihrem nächsten Opfer liefen. Trotzdem donnerte immer noch ein Beil wie wild gegen seine eichene Haustür. Er ging die Treppe hinunter, schlich durch den kühlen Flur zur Tür, wartete, bis erneut ein paar wütende Beilhiebe die Widerstandskraft des Holzes auf die Probe stellten, und zählte leise, wieviel Zeit jedesmal zwischen zwei Beilschlägen verging. Eins, zwei, drei, rumms, eins, zwei, drei, rumms. Nachdem wieder ein Schlag das Holz hatte erzittern lassen, wartete er zwei Sekunden und zog nach der dritten rasch die Haustür weit auf. Gilles, der all seine Kraft in den Schlag gelegt hatte, traf nicht auf den Widerstand des Eichenholzes und stolperte deshalb in den Flur hinein. Roemer riß seinem Sohn das Beil aus der Hand, schubste den Jungen mit der rechten Hand zurück auf die Veerstraat und schloß zugleich mit der linken die übel zugerichtete Haustür wieder, wobei er einen kurzen Blick auf Meister Spanjaard erhaschte. Der stand, leichenblaß zwar und in sich zusammengesunken, ansonsten jedoch unverletzt, mitten auf der Veerstraat.

Er hörte ein Geräusch. Hinter ihm im Gang erschien Diderica.

»Sind sie weg?« fragte sie beleidigt.

»Es sieht ganz danach aus.«

»Jetzt, wo ich gerade fertig bin. Jetzt, wo ich gerade rausgehen wollte, um ihnen klarzumachen, daß der alte Ton ... ich habe mich so beeilt ... hättest du sie nicht bitten können zu warten, bis ich komme?«

»Frau, danke Gott, daß sie weg sind.«

Vorsichtig öffnete er die Tür. Die fast menschenleere Veerstraat glänzte friedlich im hellen Licht der Frühlingssonne.

»Du solltest hier nicht stehenbleiben«, sagte er zu Meister Spanjaard. Er ging zu ihm hin, nahm den alten Mann beim Arm und führte ihn ins Haus.

»Komm, wir wollen unser erschrecktes Gemüt mit einem Gläschen Genever beruhigen.«

Die Kuppel

Schon nach zwei Gläschen Genever kehrte eine gesunde Farbe zurück auf die Wangen von Meister Spanjaard. Dennoch schaute er weiterhin düster drein und murmelte wiederholt: »Ich habe mein Blatt überreizt.«

»So wie diese Gideonsbande die Breede Trappen hinuntertaumelte ... selbst wenn du mit einer geladenen Flinte dort gestanden hättest ... du mußt dir keine Vorwürfe machen. Wer hätte das vorhersehen können ...?«

»Ich war darauf vorbereitet, ich habe damit gerechnet, daß dies passieren könnte, ich habe es vorhergesagt.«

»Ja, aber schelmisch gereimt. Diesem Umstand hast du es vielleicht zu verdanken, daß du, anders als die Propheten bei Jeremia, nicht durch das Schwert verzehrt wurdest.«

»Schwerter? Handspaken! In den Fäustchen von Waisenjungen und Prickenbeißern, die sie kaum heben können. Das sind doch noch Kinder ... Manche hatten übrigens das Haar nach neuester Mode zu einer Tolle frisiert. Mit solch frivolen Frisuren zurück zum alten Ton? Das ist doch eher etwas für wettergegerbte, krumme Fischer.«

»Ja, aber so ein Aufstand ... mit Handspaken und Schubkarren den ganzen Magistrat besuchen, das muß doch ein phantastisches Erlebnis sein. Wirkliche Ereignisse, wer sehnt sich nicht danach?«

»Wie mag es van der Jagt jetzt gehen?«

»Vielleicht können wir es ja wagen, einen Spaziergang zu ihm zu machen. Aber erst noch ein drittes Gläschen.«

»Und eine Pfeife Tabak. Um mich zu erholen.«

»Rauchen? In meinem Haus? Mann …«

»Wirklich, um mich zu erholen, muß ich …«

»Du, dich erholen? Wer hätte das je gedacht?«

»Daran kannst du sehen, daß ich langsam alt werde.«

»Also gut, zünde dir eine Pfeife ein, aber nur dieses eine Mal.«

Nach einigen Zügen an seiner Pfeife kam Meister Spanjaard wieder ganz zu sich, und man sah, wie das schelmische Funkeln in seine dunkelbraunen Augen zurückkehrte. Er sagte: »Du sprachst vorhin von der Gideonsbande. Wohl wahr. Dieser van der Kraan ist der Anführer, aber laß doch nicht immer diesen Heldenwier beiseite, diesen Gilles …«

Der Name blieb gleichsam im Comptoir hängen. Meister Spanjaard und Roemer Stroombreker sahen einander an. Dann sagte der alte Lehrer: »Du kannst dich darauf verlassen, daß ich es niemals verraten werde …«

»Woher weißt du …?«

»Tja, mein Sohn Thade … wie mag es ihm gehen, dort in Galle, inmitten der Elefanten … Thade hat mir damals schon erzählt, daß du immer ganz rot wurdest, wenn ihr bei den Netzflickerinnen vorbeikamt, weil eines der Mädchen … es wäre mir bestimmt entgangen, wenn ihr Sohn nicht zu mir in die Schule gekommen wäre, so ein nettes, gescheites Bürschchen, er konnte gut rechnen, auch wenn er manchmal ziemlich rebellisch war … ach, der Kleine, ich habe ihn nur zwei Jahre lang in der Klasse gehabt. Dann gab es wieder irgendwelche Schwierigkeiten … aber trotzdem, wenn ich ihn in diesen zwei Jahren so ansah, dachte ich heimlich: Wie kommt es nur, daß dieser Dreikäsehoch mich immer an meinen kleinen Roemer erinnert? Doch ich war blind. Als dann aber später dieses Lachen in dem milchigen Nebel erklang und du so erschrocken warst, als ich davon sprach ... ach, mein Junge, so wie das Leben gebaut ist, nichts davon stimmt, und gleichzeitig ...«

»Wenn du es geahnt hast, wie groß ist die Wahrscheinlichkeit, daß ein anderer ...?«

»Er ähnelt dir inzwischen weniger als früher, jetzt ist er deinem seligen Vater wie aus dem Gesicht geschnitten.«

»Alle sagen, daß ich meinem seligen Vater wie aus dem Gesicht geschnitten bin, und darum ...«

»Ich finde nicht. Gilles ähnelt deinem Vater aufs Haar. Aber der ist schon so lange tot, daß ich mir nicht vorstellen kann, irgendein Sluyser könnte je auf die Idee kommen, du seiest ... doch still, ich glaube, ich höre deine Frau kommen ...«

»Das ist der Schritt von Marije, die will bestimmt nach draußen, um nach diesem Durcheinander unser Trottoir zu schrubben. Das muß ja schließlich immer weitergehen, auch wenn die ganze Welt in Scherben fällt.«

»Ja, schrubben, fegen, wischen, polieren,
putzen, wienern, kehren, Seife schmieren,
bürsten, bohnern, bleichen, räumen,
das ist, wovon Dienstmädchen träumen.«

»Jetzt bist du ja wieder ganz der Alte«, sagte Roemer. »Komm, wir schauen mal nach, ob van der Jagts Kuppel noch steht.«

Obwohl es zwischen den grauen Wolken hellblaue Flecken gab, prasselte ein Hagelschauer auf das Kopfsteinpflaster der Veerstraat nieder.

»Vorhin schien noch die Sonne«, sagte Meister Spanjaard entrüstet.

»Auch die Wettergötter wollen zu diesem Durcheinander beitragen«, sagte Roemer. »Nichts benimmt sich so, wie es sich gehört. Heute morgen habe ich eine Flußseeschwalbe über dem Wasser vorbeifliegen sehen.«

»Das kann unmöglich sein, die Flußseeschwalben sind noch nicht wieder da.«

»Wie ich schon sagte: Nichts verhält sich so, wie es sich gehört.«

Über das nun glatte Kopfsteinpflaster rutschten sie, vom Genever ein wenig übermütig geworden, zum Goudsteen und von dort weiter in die Wagenstraat. Die Sonne schien bereits wieder durch die Wolken, und die großen weißen Hagelkörner funkelten blendend in ihrem hellen Licht. Deswegen bemerkten sie auch die Glasscherben nicht gleich, die bei van der Jagts Haus zwischen den Hagelkörnern glitzerten.

Die Seitentür des Hauses stand halb offen und bewegte sich in der frischen Märzbrise leise quietschend hin und her.

Vorsichtig öffnete Meister Spanjaard die Tür ein wenig mehr. Auf dem Innenhof funkelten große Glasscherben. Van der Jagts ältester Sohn war bereits dabei, sie mit einem langen Besen aus Weidenzweigen zusammenzufegen.

»Was ist hier passiert?« fragte Meister Spanjaard.

Der Junge deutete auf die Kuppel.

»Sie haben alle Scheiben eingeworfen«, erwiderte er ruhig.

»Ist dein Vater da?«

»Ja.«

»Ansprechbar?«

»Er unterhält sich mit Kommer Copijn, dem Knecht des Wundarztes. Als die Meute durch die Seitentür ins Haus eingedrungen ist, da ist meine Mutter in Ohnmacht gefallen. Erst haben sie mit ihren Handspaken und Beilen im Hinterhof die Kaninchenställe zerstört und die trächtigen Zibben verjagt. Anschließend haben sie die Küchentür aufgebrochen und angefangen, Teller und Schüsseln zu zerschmeißen. Die Glastür drinnen haben sie zerschlagen und meine Mutter die ganze Zeit angebrüllt: ›Wo hat dein Mann sich versteckt? Los, sag, sonst nehmen wir dich mit, her mit van der Jagt, er muß bluten.‹«

Der Junge, der bis zu diesem Augenblick ruhig berichtet hatte, was alles vorgefallen war, brach bei dem Wort »bluten« plötzlich in Schluchzen aus und fegte, ohne auch nur noch ein Wort zu sagen, weinend weiter. Vorsichtig über die Glasscherben gehend, begaben Meister Spanjaard und Roemer sich zur aufgebrochenen Küchentür. Als sie diese, weil sie nur noch halb in den Angeln hing, vorsichtig öffneten, bemerkten sie auf einem Rohrstuhl van der Jagts zweiten Sohn. Behutsam betupfte ein Dienstbote eine feurige Strieme auf dessen Stirn.

»Dir haben sie offensichtlich auch ordentlich zugesetzt«, sagte Meister Spanjaard.

»Ich war nicht zu Hause«, sagte der Junge ebenso ruhig wie sein älterer Bruder. »Mein Vater und ich waren mit unserer Kutsche auf dem Rückweg aus Vlaardingen. Bei der Boonersluys kam uns ein Knecht von Maarten van Bommel entgegengelaufen und berichtete, daß eine etwa zweihundert Mann starke Meute in unser Haus eingedrungen sei und brüllend und wütend meinen Vater suche. Mein

Vater ist ausgestiegen, und ich bin so schnell wie möglich zu unserem Stall gefahren. Dort haben sie mich überwältigt, wobei sie ständig riefen: ›Wo ist dein Vater?‹ Einer der Schweinehunde riß mir die Peitsche aus der Hand und brüllte: ›Du Hund, was hindert mich daran, diese Peitsche auf deinem Kopf in Stücke zu schlagen?‹«

»Daher also die Strieme auf deiner Stirn«, sagte Meister Spanjaard.

»Ich kann noch von Glück sagen, daß Kornelis Ladryven dazwischengegangen ist, denn sonst wäre es bestimmt nicht bei dieser einen Strieme geblieben, aber meine Mutter ... die war mit den drei jüngsten Geschwistern im Haus ... sie ist ... sie ist immer noch ohnmächtig, und der Knecht des Wundarztes überlegt, sie zur Ader zu lassen ... es hätte noch schlimmer enden können, wenn Kaat de Frans die Mistkerle nicht zurückgehalten hätte ... Als sie bemerkte, daß meine Mutter zusammenzubrechen drohte, da bekam diese Schlampe doch tatsächlich Mitleid mit ihr.«

»Wer hat dich mit deiner Peitsche geschlagen?« wollte Roemer wissen.

»Keine Ahnung. Ich kenne den Kerl nicht. Ein ziemlich hagerer Bursche, aber schlagen, das konnte er. Ständig brüllte er zornig, wir könnten froh sein, daß er sein Beil verloren habe.«

»So, so, Ladryven und Kaatje haben es geschafft, die Fanatiker einigermaßen zu besänftigen«, sagte Meister Spanjaard.

»Das schon, aber Kor Ladryven hat wohl die ganze Zeit gebrüllt: ›Heute sind wir der Prinz, die Generalstaaten, der Magistrat, die Pastoren, wir wollen unseren Willen haben, ansonsten spalte ich euch den Schädel mit meinem Schwert!«

»Hatte er denn ein Schwert dabei?« fragte Meister Spanjaard erstaunt.

»Nein, nein, ein Schwert habe ich nirgends entdecken können.«

»Adriaan«, sagte der Dienstbote, »halt den Kopf still, sonst kann ich das Blut nicht richtig wegwischen.«

Im Hausflur erschien Willem van der Jagt. Vorsichtig stieg er über die Scherben der zerschlagenen Tür hinweg.

»Hier muß noch irgendwo ein scharfes Schnitzmesser liegen. Copijn hat seine Instrumententasche zwar dabei, aber kein Messer zum Aderlassen ... ach, Ihr hier ... sind sie bei Euch auch gewesen?«

»Natürlich«, sagte Roemer, »aber bei mir haben sie kaum Schaden angerichtet. Mit ihren Handspaken haben sie sich brüllend und schimpfend an meinen Fensterläden ausgetobt, und meine Haustür haben sie mit einem Beil übel zugerichtet.«

»Was sie mir vor allem vorwerfen, ist meine Friedensposaune. Angeblich habe ich darin alle Fischer beschimpft. Gelesen haben sie meine Schrift folglich nicht. Meiner Frau ist es, ehe sie in Ohnmacht fiel, noch gelungen, diese Kaat de Frans davon zu überzeugen, daß ich in meiner Posaune die Fischer nicht beleidige. Doch als ich vorhin nach Hause kam, da haben sie mich gepackt und mich angeschrien, ich zöge die Fischer in den Schmutz, und ganz gleich, was ich sagte ... schließlich habe ich feierlich versprechen müssen, ab morgen wieder den alten Ton zu singen. Sie haben mir versichert, daß sie sich morgen beim Gottesdienst zu mir in die Bank setzen werden, um zu kontrollieren ...«

Er deutete auf die Glasscherben seiner Küchentür, und aus der Tiefe seines bedrückten Gemüts stieg ein heftiges Seufzen auf: »Mir wird wohl nichts anderes übrigbleiben.«

»Sie haben allen das Versprechen abgenommen, morgen wieder im alten Ton zu singen, Schelvisvanger, Bubbezon, Willem van Mechelen, ja sogar dem Schultheiß«, sagte Meister Spanjaard.

»Ein schwacher Trost«, murmelte Willem van der Jagt. »Und hat dann jeder einen Aufseher in seiner Bank?«

»Sie schwenkten die Hüte und riefen hurra, als sie hier weggingen«, sagte Adriaan verbittert.

»Nun halt doch mal den Kopf ruhig«, sagte der Dienstbote.

»Weißt du vielleicht, wo sie hingegangen sind, nachdem sie euer Haus verlassen haben?« fragte Meister Spanjaard.

»Sie riefen, daß sie beim Schiffszimmermann van Leeuwen alles kurz und klein schlagen wollten.«

»Dann werden wir uns dort einmal umschauen«, sagte Meister Spanjaard. »Später, wenn einmal, was mir unvermeidlich erscheint, Recht gesprochen werden wird, dann hat zumindest einer unserer Schöffen persönlich gesehen, was die Tonmeuterer angerichtet haben.«

»Ich würde gern mitgehen«, sagte van der Jagt, »aber leider kann ich hier nicht weg.«

»Das verstehen wir«, erwiderte Meister Spanjaard. »Wir werden uns morgen zu dir in die Bank setzen, um dir beizustehen.«

»Das käme mir bestimmt nicht ungelegen, allerdings müßtest ihr dann den alten Ton anstimmen.«

»Oh, den beherrsche ich aus dem Effeff. Jede Note so lange wie möglich singen und wiederkäuen, wie ein Stück

Schwarte, und mit Pralltrillern oder monumentalen Mordente ausschmücken. Ein einzelner Psalmvers, der beinahe eine Viertelstunde dauert, wer würde da nicht schwach werden?«

Auf dem Weg zum Haus des Schiffszimmermanns van Leeuwen brummte Roemer: »Warum hast du van der Jagt versprochen, daß wir ihm morgen beistehen werden? Wenn du morgen zur Kirche gehen willst, meinetwegen, aber ich … warum sollte ich hingehen?«

»Weil du Schöffe bist«, erwiderte Meister Spanjaard unerwartet ernst, »weil dieses Durcheinander, wenn es nicht bald beendet wird, unvermeidlich auf Mord und Totschlag hinauslaufen wird. Und dann werden die Rädelsführer möglicherweise in Delft zum Strang verurteilt werden. Es sei denn, einem der Schöffen gelingt es, das Urteil für einige weniger schwer ausfallen zu lassen. Ein Schöffe kann möglicherweise, weil er alles selbst mitangesehen und untersucht hat, Gründe dafür anführen, um – auch wenn es alles andere als einfach werden wird – das schlimmste Unheil von diesem oder jenem abzuwenden.«

Darauf konnte Roemer, dessen Herz bis zum Hals schlug und dessen Kehle knochentrocken wurde, nichts erwidern. Er wankte vorwärts, und noch immer glitzerten und funkelten schmelzende Hagelkörner im hellen Sonnenlicht. Das Goudsteenwasser kräuselte sich, und er dachte an den Otter, der daraus, vor nun schon so langer Zeit, aufgetaucht war und der nie wieder daraus auftauchen würde, weil das Wasser inzwischen ziemlich verschmutzt war.

Beim Schiffszimmermann van Leeuwen fanden sie die »maßlosen Zerstörungen«, von denen Roemer später in den Prozeßakten lesen sollte. Der Sohn des Schiffbauers war vom Pöbel so schwer mißhandelt worden, daß er sein Bewußtsein verloren hatte. Der Wundarzt hatte ihn bereits zur Ader gelassen, doch dies hatte seinen Zustand vorerst nicht verbessert. Leichenblaß und totenstill lag er auf losen Brettern zwischen den Spanten. Van Leeuwen hatte bereits seinen Nachbarn, den Schöffen Schelvisvanger, herbeirufen lassen, um ihm sowohl den angerichteten Schaden als auch seinen verletzten Sohn zu zeigen.

»Was für ein Abschaum«, sagte van Leeuwen zu Schelvisvanger. »Sie haben es nicht gewagt, meine Frau zu schlagen. Die wollte keinerlei Versprechen abgeben. Die sagte immer nur, wenn sie vom alten Ton anfingen: ›Auf gar keinen Fall, nein, auf gar keinen Fall.‹ Daraufhin haben sie, vor den Augen seiner Mutter, meinem Sohn mit Deckplanken eine derartige Tracht Prügel verabreicht, daß er … nun ja, ihr seht es, welch eine Teufelsbande. Allmählich wird es höchste Zeit, daß der Magistrat diesem Treiben ein Ende bereitet. Bringt diese Aufrührer vor ein Strafgericht, sorgt dafür, daß diese Satansbrut, nach dem Urteil der Schöffen, mit Ruten gegeißelt wird.«

Schelvisvanger nickte bedächtig und schlenderte auf der kleinen Werft umher, auf der überall das Scharbockskraut unbändig blühte und der gemeine Pestwurz bereits in die Höhe schoß. Als er an Roemer vorüberging, flüsterte er ihm zu: »Einberufung des geheimen Rats. Am Sonntag, nach dem Morgengottesdienst. Im Schöffenzimmer.«

Geheimer Rat

Mit noch größerem Widerwillen als sonst ging er am Sonntag, dem 31. März, zur Kirche. Schmeichelndes, langsames Orgelspiel von Bruyninghuizen mahnte bereits im voraus alle zur Ruhe. Zunächst schien alles wie sonst zu sein. Sobald Willem van der Jagt jedoch mit seinem Sohn Adriaan die Treppe zu seiner hohen Bank bestieg, tauchten aus dem Chor sofort Abraham Lamboy und Ary Wouterse auf. Lamboy ging, als dürfte auch er sich Kontrolleur der Abgaben und Zölle heißen, die kleine Treppe zu der vornehmen Bank hinauf und nahm frech neben Vater und Sohn Platz. Wouterse schloß die Pforte der Bank und postierte sich auf der Treppe. Es sah so aus, als hielte er Wache. Auch anderswo besetzten einige der Tonmeuterer unter den hohen Tonnengewölben strategisch günstig gelegene Stellen: die Stufen zu den vornehmen Bänken, die Eckplätze im Mittelschiff.

Von seiner hohen Reederbank aus hatte Roemer eine gute Sicht auf die belagerten Bänke auf der gegenüberliegenden Seite des Mittelschiffs. Offenbar dachten die Tonmeuterer nicht daran, seine Reederbank zu besetzen oder zu bewachen. Ob die Reeder vielleicht, weil sie die unverzichtbaren Arbeitgeber der Fischer waren, unbehelligt blieben? Während er sich bereits damit abgefunden hatte, für weniger wichtig als Willem van der Jagt gehalten zu werden, tauchte aus dem dunklen Gewölbe unter der Garrels-Orgel sein Sohn auf. Es war ihm sofort bewußt, wohin die Schritte seines Sohnes führen würden. Natürlich, es lag nur allzu deutlich auf der Hand, sein Sohn hatte ihn immer gehaßt, für ihn war dieser Aufstand nichts anderes als ein Vorwand, eine alte Rechnung zu begleichen. Der Junge stieg die drei Stufen zu seiner Bank hoch, stellte sich an die kleine Pforte und legte die Hand darauf, als wollte er sagen: Ohne meine Zustimmung könnt Ihr die Bank nicht verlassen. Er schaute den Jungen an, lächelte, deutete auf den freien Platz an seiner Seite und flüsterte so freundlich wie möglich: »Warum bleibst du dort stehen? Komm, setz dich zu mir, das ist viel bequemer.« Völlig verdutzt sah Gilles ihn an. Schließlich war es undenkbar, daß ein Lümmel aus dem Lijndraaiersslop sich in der Reederbank neben einem vornehmen Meister niederließ. Das verstieß gegen alle ungeschriebenen Gesetze im Dorf, in der Kirchengemeinde, ja in ganz Holland. Roemer deutete nochmals auf den freien Platz. »Komm, setz dich«, sagte er. Vorsichtig rutschte er in Richtung Tür und drückte sie samt der immer noch daraufliegenden Hand langsam auf. »Warum solltest du stehen, wenn hier noch so viel Platz ist? Komm schon, setz dich. Wenn ich gewußt hätte, daß du kommst, hätte ich dir dein Beil mitgebracht. Nun werde ich heute nachmittag Marije schicken, damit sie es dir in den Lijndraaiersslop bringt.« Er bemerkte im Blick seines Sohnes eine gewisse Bestürzung und wußte nun: Diesmal ist er unterlegen. Offenbar ist er doch genau wie ich, einer freundlichen Geste, einer herzlichen Einladung kann er sich nicht widersetzen. Und dann geschah tatsächlich das, wovon er den Rest seines Lebens zehren sollte: Der Junge setzte sich zu ihm in die Bank. Roemer schlug sein Gesangbuch auf und legte es vor Gilles hin.

»Dann kannst du gleich mitsingen«, sagte er, »und mir zeigen, wie es sich anhören muß.« Doch als Bruyninghuizen Psalm 119 anstimmte, starrte der Junge nur mit zusammengepreßten Lippen vor sich hin.

»Warum singst du nicht?« fragte Roemer leise. »Du willst mir doch nicht etwa erzählen, daß du hier im Dorf mit deinem Beil herumrennst und auf Türen einschlägst, um alle dazu zu ermahnen, so langsam wie möglich zu singen, während du überhaupt nicht singen kannst oder willst?«

Mit einem wilden Blick in den Augen sah der Junge ihn an. Roemer verzog den Mund zu einem Grinsen. Es lag ihm auf der Zunge zu sagen: »Soso, du kämpfst also für eine Sache, die dir eigentlich überhaupt nicht am Herzen liegt«, doch ihm war klar, daß sein Grinsen bereits deutlich genug war. Außerdem gehörte es sich nicht, seinem Nachbarn während des Psalmengesangs allerlei Mitteilungen zuzuflüstern. Triumphiert hatte er schließlich schon, der Junge war nun ihm gegenüber ins Hintertreffen geraten und würde irgendwann vor Verlangen brennen, seinerseits einen vernichtenden Zug in diesem Schachspiel zu machen, und dieser Zug würde dann wieder die Möglichkeit zur Fortsetzung bieten, wobei er den Vorteil hatte, daß der Junge nicht wußte, daß er, weil er sein Vater war, einen gewissen Einblick in den Charakter seines Sohnes hatte.

Schon während des Vorgesangs kam es zu Unregelmäßigkeiten. Obwohl Bruyninghuizen beim Psalm 119 den mittleren Ton beibehielt und die meisten Gemeindemitglieder ihm sklavisch folgten, schnauzten und brüllten die Tonmeuterer diejenigen an, denen sie tags zuvor das Versprechen abgepreßt hatten, wieder den alten Ton zu singen, sie sollten sich, Bruyninghuizen zum Trotz, an ihr Wort halten. Die Folge war, daß Bürgermeister, Presbyter, der Schultheiß, einige Schöffen und andere Magistratsmitglieder noch lauthals und stur weitersangen, als die übrige Gemeinde und die Orgel schon längst fertig waren. Trotzdem hörten die Tonmeuterer nicht auf zu murren. Der tobende Lamboy drohte van der Jagt nach dem Schlußakkord: »Hund, ich werde deinen Schädel schon noch spalten.«

Weil nach den letzten Schlußakkorden der Gelegenheitsalttonsänger unter dem Tonnengewölbe für einen kurzen Moment eine beängstigende Stille herrschte, konnten alle hören, was der vor Wut schäumende Lamboy zu van der Jagt sagte. Es war, als wehte ein eisiger Polarwind durch die Kirche. Der Prediger, Pastor Gerardus Johannes Zwaan, erklärte später, daß er eine »große Beklemmung in Kehle und Brust gespürt hatte, als nahte mein Lebensende«.

Derart von einer Handvoll hoch aufgeschossener Lümmel eingeschüchtert, sang bereits beim nächsten Psalm die gesamte Gemeinde, gegen die geschmeidige Begleitung von Bruyninghuizen, den alten Ton. Bei der zweiten Strophe dieses Psalms paßte Bruyninghuizen sich an und fiel in das träge, nörgelige, diffuse Genuschel zurück, mit dem Roemer aufgewachsen war.

Beim Schlußgesang war der Triumph der Tonmeuterer so überdeutlich, daß sie ihren Sieg durch blumige Komplimente an die Kirchgänger geschickt konsolidierten. Lamboy wurde offenbar bewußt, daß er etwas gutzumachen hatte. Als nach dem Schlußgesang wieder ein solch beängstigender Moment der Stille herrschte, rief er van der Jagt zu: »Hurra, werter Herr, wir preisen Euch überaus und bitten Euch, nein, wir flehen Euch um Vergebung für das an, was wir Euch, Eurer Frau und Euren Kindern gestern angetan haben. Wir werden Euch fürderhin verschonen und bieten Euch untertänigst Schutz für den Fall an, daß es erneut zu Unruhen kommt.«

Gilles enthielt sich jeden Kommentars zum Gesang seines Vaters und schlüpfte nach dem Ende des Gottesdienstes rasch aus der Reederbank. Mit zusammengezogenen Schultern schlurfte er so schnell wie möglich zum Gewölbe unter der Orgel und verschwand im dort herrschenden Dunkel, als wäre er verschluckt worden.

Im funkelnden Licht der Frühlingssonne spazierte Roemer nach dem Gottesdienst zum Rathaus. Es kam ihm so vor, als wäre alles, was er wahrnahm – die vornehmen Häuser in der Hoogstraat, das bezaubernde Sonnenlicht, das in ebendieser Hoogstraat für ebenso viele dunkle Schatten sorgte, das schallende Geschrei von unsichtbaren Lachmöwen, die frischen, süßen Frühlingsdüfte und das leise Plaudern der heimwärts gehenden fassungslosen Kirchenbesucher –, zerbrechlicher als ein Traumbild. Nicht lange, dann würde sich all das verflüchtigen, und er würde auf eine solide Erde zurückkehren, auf der sich ein so bizarrer Streit über den Psalmengesang und ein so seltsames Kirchenbankscharmützel mit dem eigenen Kind natürlich niemals ereignen konnten.

Sogar als er zwischen seinen Kollegen im Schöffenzimmer saß und über den Hafen schaute, war ihm noch so, als würde er aus einem ebenso flüchtigen wie bösen Traum erwachen. Seine gesamte Existenz würde verfliegen, plötzlich würde er einer rauhen, aber spürbaren Wirklichkeit gegenübertreten, zum Beispiel in einem schweren Sturm vor Island als Auskiefer auf einem Huker von Lambregt Schelvisvanger.

Nicht einmal die lauten Stimmen der entrüsteten Schöffen riefen ihn in seine sonntägliche Wirklichkeit zurück.

»Es muß auf der Stelle etwas geschehen, so kann es nicht weitergehen!« rief Bastiaan den Exter.

Es lag Roemer auf der Zunge, darauf zu erwidern: »Wieso? Das ist nicht wirklich. Das ist ein Traum.«

Der Schultheiß kam ihm jedoch zuvor: »Mich dünkt, wir haben heute gelernt, daß uns nichts anderes übrigbleibt, als vorläufig, das hoffe ich jedenfalls, zum alten Ton zurückzukehren. Uns fehlen einfach die Machtmittel, um uns gegen rund zweihundert lärmende Aufrührer und mindestens ebenso viele schweigende Anhänger zur Wehr zu setzen.«

»Wir könnten doch den Vogt in Delft …«, hob Jacob Verwoert an.

»Er ist über unsere Schwierigkeiten informiert, und er ist bestimmt geneigt einzugreifen, sollte dieser Aufstand sich ausbreiten, aber Ihr begreift doch sicher, daß wir uns blamieren, wenn wir verzagen. Es wird von uns zunächst erwartet, daß wir selbst für Ordnung sorgen, und mir scheint, eine Lösung des Problems ist in Reichweite. Eine zeitweilige Rückkehr zum alten Ton in beiden Kirchen. Vor zwei Jahren, als die Generalstaaten das Singen der neu gereimten Psalmen zur Pflicht gemacht haben, da hat man auch hier von der Sandelijnstraat bis zum Alemansdam gewehklagt. Inzwischen aber singen alle die neu gereimten

Psalmen ohne jeden Protest, und der alte Ton … ach, es ist nur eine Frage der Zeit, warum sollten wir diese Geschichte jetzt auf die Spitze treiben?«

»Ihr wollt Euch also den Aufrührern beugen?«

»Gerne würde ich hier die Ordnung wiederherstellen, auch ohne den alten Vogt um Hilfe bitten zu müssen, der durch Unregelmäßigkeiten anderenorts schwer geprüft wird. Nachdem der Magistrat beim Gottesdienst heute morgen den alten Ton wieder angestimmt hat, gehe ich davon aus, daß jetzt wieder Ruhe eingekehrt ist. Inzwischen wissen wir genau, welche Nichtsnutze und Herumtreiber den Pöbel aufgestachelt haben … Es sind übrigens immer dieselben Raufbolde, die sich an die Spitze stellen, wenn wir die nun einmal … es gibt doch Möglichkeiten genug, sie … versteht mich richtig … es geht nur darum, daß wir sie im Laufe der Zeit der Reihe nach unschädlich machen. Das sind alles noch Milchbärte, denen wir hintenrum derart eins auswischen könnten, daß sie es sich aus dem Kopf schlagen werden, sich jemals noch als Rädelsführer …«

»Und bis dahin werden jene, die gestern noch große Zerstörungen angerichtet, Scheiben eingeworfen und die Söhne von van der Jagt und von van Leeuwen mißhandelt haben, nicht zur Rechenschaft gezogen?«

»Ja, aber nur, damit wir sie uns anschließend um so geschickter vorknöpfen können, so daß sie uns nie wieder zur Last fallen werden. Hinzu kommt noch, daß wir dem Vogt van der Lely und dem Untervogt Verstaak zeigen, daß wir in der Lage sind, unsere Angelegenheiten selbst …«

»Werter Herr Schim, Eure Absicht ist deutlich, Ihr wollt in Delft, nicht nur bei unserem Vogt, sondern auch weiter oben, am Hof des Prinzen, einen guten Eindruck machen. Und wozu? Die Antwort auf diese Frage lautet vermutlich: Ihr würdet es sehr gern sehen, daß Wilhelm V. Euch irgendwann zum Nachfolger unseres bereits hochbetagten und folglich bald zu ersetzenden Vogts ernennt.«

»So kommen wir keinen Schritt weiter!« rief Lambregt Schelvisvanger.

»Laßt uns erst einmal abwarten, ob der Schultheiß recht hat, wenn er behauptet, nun sei wieder Ruhe eingekehrt. Ich glaube nämlich nichts davon. Ich bin der Ansicht, daß der Geist nun erst recht aus der Flasche ist, daß uns das Schlimmste erst noch bevorsteht, weil wir sie nämlich nicht daran hindern konnten, sich Zugang zu unseren vornehmen Bänken zu verschaffen. Jetzt denken sie bestimmt: Wenn wir die Mitglieder des Magistrats so leicht zu Boden zwingen können, was hält uns dann noch davon ab, eine Schippe draufzulegen? Der alte Ton … ach, das ist nur ein Vorwand … es geht um etwas völlig anderes … einer der Aufrührer, dieser Kornelis Ladryven, hat im Haus von van der Jagt gerufen: ›Wir sind heute der Prinz, die Generalstaaten, die Regierung!‹ Das ist also ihre Absicht: Sie wollen unseren Platz einnehmen.«

»Welchen Kurs sollen wir denn in den kommenden Tagen einschlagen, Herr Schelvisvanger?«

»Allen Störern der öffentlichen Ordnung muß auf der Stelle und unnachsichtig der Prozeß gemacht werden«, sagte Schelvisvanger mürrisch.

»Wie?« fragte der Schultheiß ruhig.

»Könnten wir nicht die Rädelsführer einsperren?« schlug der Schöffe van der Lely vor.

»Wo?« fragte der Schultheiß.

»Hier im Ort oder anderswo«, meinte der Schöffe van der Lely.

»Wenn wir sie woanders einsperren, dann brauchen wir auf jeden Fall die Zustimmung des Vogts. Sperren wir sie vorerst hier vor Ort ein, während wir auf die Zustimmung warten, dann steht uns dafür nur der Keller des Rathauses zur Verfügung. In Anbetracht des miserablen Zustands der Kellertür brauchen wir dann einen bewaffneten Wärter. Wo bekommen wir den her? Und wie verhindern wir, daß der Pöbel, sobald er von der Arretierung erfährt, seine Anführer befreit?«

»Laßt uns zunächst eine Liste der schlimmsten Aufrührer erstellen«, sagte Jacob van Broekhuyzen.

»Gideon van der Kraan, Ary Wouterse, Kornelis Arendszoon Ladryven, Kaat Persoon, Jan van der Thuyn, Hendrik van der Hoeve«, zählte Schim sofort auf, und nachdem er sich geräuspert hatte, wollte er fortfahren: »Gil...«, doch Roemer sagte hastig: »Auch Doktor Adriaan van der Hout hat sich ihnen angeschlossen.«

»Der auch? Woher wißt Ihr das?«

»Von Meister Spanjaard. Einer seiner Schüler hat es ihm erzählt.«

»Den Doktor können wir auf gar keinen Fall verhaften«, sagte Bastiaan den Exter.

»Vorerst können wir niemanden verhaften«, sagte Schim. »Wahrscheinlich ist das jetzt auch nicht mehr nötig. Das Feuer scheint gelöscht. In der Hoffnung auf bessere Zeiten ist es wohl vorerst am besten, zum alten Ton zurückzukehren. Gleichzeitig werden wir alles unternehmen, die Rädelsführer mürbe zu machen. Dort, wo sie arbeiten, intervenieren wir bei ihrem Prinzipal, damit sie entlassen und brotlos werden. Wenn sie sich dann um Hilfe an die Diakonie wenden, können die Presbyter diese unter dem Vorbehalt gewähren, daß sie sich fürderhin an die neue Singweise halten.«

Zusätzliche Mühen

Als Roemer sich am Montag, dem 1. April, gerade anschickte, zu Bett zu gehen, klopfte jemand kräftig an seine in Mitleidenschaft gezogene Haustür. Einen Moment lang durchzuckte ihn eine vage Angst, doch als er vorsichtig durch den Gang zur Tür ging, hörte er auf der Veerstraat keinerlei Geräusch. Während er langsam die Tür öffnete, erblickte er in der abendlichen Dunkelheit unter einer flakkernden Fackel die gekrümmte Gestalt des Rathausboten.

»Ob Ihr, Herr Stroombreker, Euch so spät noch der zusätzlichen Mühe unterziehen möget, zum Haus des Schultheißen zu kommen. Ich werde Euch begleiten. Heute abend sind solch katastrophale Nachrichten von weiteren Unruhen beim Schultheiß eingelaufen, daß augenblicklich alles getan werden muß, um diese ständig wachsende Konfusion zu bremsen.«

Von der Fackel komfortabel beleuchtet, stieg er die Breede Trappen hinauf und ging durch die Hoogstraat. Beim Rathaus bogen der Bote und er zur Havenkade ab und gingen auf das Haus des Schultheißen hinter dem Wijde Slop zu. Nachdem sie am De Moriaan vorbeigegangen waren, sagte der Bote: »Ich biege jetzt links ab, in die Taanstraat, um den Schöffen van der Lely abzuholen, und hoffe und vertraue darauf, daß Ihr Euren Weg zum Haus des Schultheißen, ungeachtet der tiefen Dunkelheit, wohl finden werdet.«

»Ohne jede Schwierigkeit«, erwiderte Roemer und ging mehr oder weniger nach Gefühl weiter, so stockfinster war es. Rechts von ihm war das beruhigende ewige Plätschern des Hafenwassers zu hören. Davon mußte er sich fernhalten, so verführerisch es in einer solch dunklen Nacht auch war, sich zum etwas heller scheinenden Wasser zu begeben.

Er blieb so nahe wie möglich an den Häusern und ging in Richtung Hafenmole. Da war bereits der Wijde Slop. Jetzt noch drei Häuser, dann war er beim Schultheiß angekommen. Was war um Himmels willen bloß geschehen, daß der Schultheiß es für nötig erachtete, so spät noch eine außerordentliche Versammlung zusammenzurufen? Und wer würde anwesend sein? Der gesamte Magistrat oder nur die fünf Bürgermeister und die sieben Schöffen?

Noch hatte er nicht an die Tür des Schultheißen geklopft, als aus der Dunkelheit die Bürgermeister Bubbezon und Swanenburg auftauchten. Ein Dienstbote öffnete die Tür, führte sie in das große Vorzimmer und sagte: »Der Schultheiß kommt sofort.«

Im gleichmäßigen Kerzenlicht entdeckte er die anderen drei Bürgermeister und natürlich auch, wie konnte es anders sein, Lambregt Schelvisvanger.

»Schon etwas darüber gehört, was heute passiert ist?« wollte Schelvisvanger wissen, noch ehe Roemer einen Sitzplatz hatte finden können.

»Nein«, antwortete er.

»Heute ist, wie ich gestern bereits vorhergesagt habe, der Aufstand erst mit voller Wucht ausgebrochen.«

»Nachdem heute morgen hier und da ein gewisses Pasquill verbreitet worden war, in dem van Nyn, Verschoor, van der Hoeve und Schuhmacher Volkert Langerak angegriffen wurden«, sagte Bürgermeister Swanenburg.

»Vor allem Langerak hat sich so darüber echauffiert, daß er von seinem Bruder beruhigt werden mußte«, sagte Bürgermeister du Feu.

»Aber nach allem, was ich gehört habe«, sagte Swanenburg, »hat vor allem das Gerücht, alle Fischer würden in dieser Schmähschrift verflucht, den Aufstand wieder unaufhaltsam auflodern lassen.«

»Er wäre so oder so wieder aufgelodert«, sagte Schelvisvanger, »und wieder waren es van der Kraan und sein Gefährte, außerdem Wouterse und van der Thuyn, die sich rasch an die Spitze einer Menge ... ungefähr ... was meinst du, Swanenburg, wie viele Leute waren es ...«

»Ich schätze ... fünfhundert«, erwiderte Swanenburg, »also etwa die Hälfte der Dorfbevölkerung.«

»Das könnte ungefähr stimmen«, sagte Schelvisvanger, »aber sie haben sich in Gruppen aufgeteilt.«

»Aber erst später«, sagte Bubbezon, »zuerst standen sie an der Ecke von Havenkade und Hoogstraat und brüllten, nun wollten sie Blut sehen, nun sei die Zeit gekommen, sämtliche Pasquillanten und neuen Sänger zu ermorden.«

»Stimmt, und bei der Gelegenheit haben sie dann Deunis van der Zalm beinahe totgeschlagen«, sagte Bürgermeister van Dorp.

»Deunis? Aber der ist doch schon uralt«, sagte Roemer. »Was hat ein Greis mit dem alten Ton zu schaffen?«

»Ich weiß auch nicht, warum man Deunis ... vielleicht stand er gerade im Weg, vielleicht hat er gegen das Gebrüll etwas gerufen, was den Herren Ruhestörern nicht gefiel«, sagte Bartholomeus van Dorp.

»Nachdem sie sich Deunis zur Brust genommen hatten, sind sie zum Haus von Hendrik Valk gezogen«, berichtete Schelvisvanger. »Dort sind sie durch die Kellerfenster eingestiegen …«

»… und haben die köstlichen Weine ausgetrunken«, ergänzte Cornelis Swanenburg.

»Valk wurde mit Wurfleinen gefesselt und von Haus zu Haus mitgeschleppt. Dabei brüllten die Aufrührer immer lauter: ›Wir müssen mit den Pastoren so verfahren, wie man mit den Gebrüdern de Wit verfahren ist!‹ Als Segelmacher Wakker den Herren nicht schnell genug mit Tauen rausrückte, haben sie ihn mit einer seiner Spannleinen derart verprügelt, daß er halbtot im Schuppen seiner Segelmacherei liegenblieb. Ich glaube, man ist jetzt immer noch dabei, ihn wieder einigermaßen zusammenzuflicken.«

»Wollten sie die Taue an Stöcken befestigen, um Leute damit zu züchtigen?« wollte Roemer, von Grausen erfüllt, wissen.

»Keine Ahnung«, sagte Schelvisvanger.

»Die Frau von Fool …«, hob Bartholomeus van Dorp an.

»Der Schuhmacher Fool?« fragte Roemer.

»Richtig. Die haben sie an ihren langen Haaren über die Straße geschleift, erst durch die Bogertstraat, dann über alle Pflastersteine der Kale Straat und dann über den Markt. Da hat man sie getreten, gefoltert, malträtiert, und wie Wakker blieb sie halbtot liegen. Dann ist die Meute zur Kale Straat zurückgegangen und in das Haus von Ouboter eingedrungen. Was dort genau passiert ist, wissen wir noch nicht.«

»Von seiner Glaserei sind nur noch Scherben übrig«, sagte Swanenburg düster.

»Es sieht so aus, als hätten sie gleich anschließend beim ehemaligen Bürgermeister van der Gaag angeklopft. Sie waren auf der Suche nach dessen Sohn Aldert. Es ging das Gerücht um, er wisse mehr über die neue Schmähschrift. Vater Jacob war bereits zu Bett. Barfuß mußte Jacob mitgehen, hinaus auf die Straße, in seinem weißen Nachthemd. Als der Bande nach kurzer Zeit klar wurde, daß er auch nicht wußte, wo sein Sohn steckt, und man ihn laufenließ, da ist er durch den Boeksteeg und den Koeksteeg zur Oude Kerkstraat gerannt und hat in seiner Not an meine Tür geklopft«, sagte Bürgermeister Bubbezon. »Meine Frau und ich hatten alle Hände voll zu tun, ihn ein wenig zu beruhigen. Auf dem Weg hierher habe ich ihn, zusammen mit dem Boten, wieder nach Hause gebracht. Und dabei habe ich gesehen, daß sie das Haus seines Nachbarn Ary Luyendijk praktisch halb niedergerissen haben. Luyendijk selbst ist geflohen, aber seine arme Frau ... die lag krank im Bett ... kaum zu glauben, das alles ... Sie haben die Tür mit Handspaken aufgebrochen und die Scheiben eingeschlagen. Einen großen Stein haben sie ins Haus geworfen, der einen Bettpfosten traf. Das Kind, das in dem Bett schlief, begann zu schreien. Luyendijk hat sich mit einer Maurerkelle auf die Unholde gestürzt und einigen von ihnen tüchtige Backpfeifen verpaßt, tja, aber auch mit einer Maurerkelle richtet man gegen eine solche Übermacht nichts aus. Schließlich ist Ary geflohen. Keiner weiß, wo er steckt. Als ich mit Jacob dort ankam, saß die arme Frau im Wohnzimmer am Tisch und weinte herzzerreißend. Alle Türen waren aufgebrochen und standen weit offen. Von der Straße aus konnte man sie dort sitzen sehen, es versetzte einem regelrecht einen Stich in die Seele.«

Der Schöffe van der Lely trat ein. Er sah bestürzt aus. Van Dorp fragte ihn: »Wißt Ihr etwas vom Uhrmacher, der bei Euch in der Taanstraat wohnt? Dort sind sie doch auch gewesen?«

»Van der Stolk hat beizeiten das Weite gesucht«, sagte van der Lely, »aber sie haben seine Uhren geraubt, die Pendel und Zahnräder haben sie auf die Straße geworfen und kaputtgetreten.«

Schultheiß Schim trat ins Vorzimmer und sagte: »Meine Herren, auf Drängen des Schöffen Schelvisvanger habe ich Euch zu dieser ungewohnt späten Stunde durch den Boten herbitten lassen. Im Augenblick fehlen noch drei der Schöffen. Möglicherweise gelingt es dem Boten noch, sie beizeiten herzubringen, aber ich schlage vor, daß wir, in Anbetracht des Ernstes der diversen Kabbeleien ...«

»Kabbeleien? Schultheiß, Ihr neigt dazu, all diese schweren Vergehen als Kabbeleien abzustempeln? Obwohl heute abend sowohl Männer als auch Frauen ernsthaft verletzt worden sind ...«, rief der Schöffe van der Lely empört.

»Ich stimme ihm zu«, sagte Lambregt Schelvisvanger, »Kabbeleien ...«

»Meine Herren, wir wollen unsere kostbare Zeit nicht mit Zwist und Zwietracht über die Wortwahl verschwenden«, sagte Bürgermeister Bubbezon. »Wir sollten lieber jetzt, da das Wohlergehen unseres Dorfes auf dem Spiel steht, rasch weitermachen, um neuerlichen Unruhen zuvorzukommen.«

»Uns bleibt nichts anderes übrig, als den Vogt von Delft um Hilfe zu bitten, damit er die streitenden Parteien trennt«, sagte Schelvisvanger.

»Einverstanden«, riefen die fünf Bürgermeister einstimmig.

»Wir dürfen jetzt doch annehmen, daß das Ende des Durcheinanders …«, hob der Schultheiß an.

»Herr Schim, heute abend, nachdem sie van der Stolks Uhren zerschlagen hatten, hat van der Hoeve der aufgehetzten Menge zugerufen, daß es nun genug sei, daß alle nun nach Hause gehen sollten, damit sie morgen mit frischer Kraft weitermachen könnten. Während ich mich in dem schmalen Durchgang zum Zure Vischsteeg versteckt hielt, habe ich selbst ihn das rufen hören. Sie werden morgen also weitermachen, es sei denn, der Vogt greift ein. Dieser van der Hoeve ist übrigens ein Mann mit Autorität, denn auf sein Geheiß hin gingen tatsächlich alle nach Hause«, sagte Swanenburg.

»Wenn die meisten der Anwesenden dazu tendieren, den Vogt um Intervention zu bitten, dann bleibt uns kaum noch etwas übrig, als einige von uns nach Delft zu schicken.«

»Ihr selbst müßt gehen, Schultheiß«, sagte Schelvisvanger.

»Aber nicht allein«, sagte der Schultheiß. »Ich schlage vor, ein Bürgermeister und ein Schöffe begleiten mich. Wer von Ihnen ist bereit?«

In der plötzlich einsetzenden Stille vernahm Roemer deutlich das Geflacker des Kerzenlichts. Auf den mit zahlreichen bizarren, springenden Schatten überzogenen Gesichtern entdeckte er Schrecken, Bestürzung, Widerwillen. Wer sich dem Schultheiß anschloß und mit ihm zum Vogt reiste, der war augenblicklich gezeichnet. Wenn es nicht gelang, die Aufgehetzten niederzuwerfen, dann würde sein

Hab und Gut bei der nächsten Runde von fünfhundert Wahnsinnigen malträtiert werden, die nicht einmal davor zurückschreckten, Frauen an den Haaren durch die Sluyser Straßen zu schleifen. Schelvisvanger, eigentlich immer ein Antreiber, lehnte sich auf seinem Stuhl so weit zurück, daß er aus dem Lichtkreis verschwand.

»Swanenburg«, sagte der Schultheiß, »Ihr …«

»Warum ich?« fragte der Bürgermeister.

»Ihr seid Witwer. Und zudem kinderlos. Sie können weder Eurer Frau noch Euren Nachkommen zu Leibe rücken.«

»Ich werde Euch begleiten«, sagte Swanenburg matt.

»Ich komme auch mit«, sagte Roemer ruhig.

Da saß er, im flackernden Kerzenlicht, und dachte: Wenn ich mitgehe, dann habe ich vielleicht die Gelegenheit, beim Vogt vorsichtig zugunsten von Gilles zu intervenieren. Vielleicht gelingt es mir, da strenge Strafen für van der Kraan, Wouterse, van der Thuyn und ein paar andere unvermeidlich scheinen, meinem Sohn das Schlimmste zu ersparen, indem ich darauf hinweise, daß er nur ein Mitläufer war.

»Dann schlage ich vor«, sagte der Schultheiß, »daß wir, da der Weg nach Delft in einem zu schlechten Zustand ist, als daß wir mit einer Kutsche schnell hinfahren können – erst neulich habe ich stundenlang in einer Reihe von Kutschen im Oostgaag gestanden, weil der vorderste Vierspänner mit den Rädern im Schlamm eingesackt war –, morgen früh die erste Treckschute dorthin nehmen.«

Als er in tiefster Dunkelheit am nun links von ihm friedlich plätschernden Hafenwasser entlang nach Hause ging, ärgerte es ihn, daß er in Gedanken das Wort »Mitläufer«

benutzt hatte. Sein Sohn ein Mitläufer? Natürlich nicht, sein Sohn war einer der Rädelsführer, einer der schlimmsten Aufrührer, und es fiel ihm schwer, darauf nicht stolz zu sein. Dennoch erschauderte er, wenn er daran dachte, was ihm drohte: zumindest Geißelung, jahrelange Haft in Arbeits- oder auch Zuchthäusern oder – schlimmer noch – jahrelange oder gar lebenslange Verbannung. Und wenn einer der Verletzten starb, dann drohte ihm als Mittäter sogar der Tod durch den Strang.

Der Prinzenhof

Da Roemer erst weit nach Mitternacht ins Bett kam, erbarmte der Schlaf sich seiner nicht mehr, obwohl die Büse und der Huker, die noch für ihn fuhren, sicher im Kulk lagen. Erst in tiefer Nacht schlummerte er kurz ein, um bald darauf mit wild pochendem Herzen wieder hochzuschrecken. Klopfte da jemand an die Haustür, oder hatte er das nur geträumt? Vor Angst schweißgebadet, lag er da und lauschte. Kein Geräusch war zu hören. Nichts als eine unheimliche, bedrohliche Stille. Er murmelte seinen Lieblingspsalm, »Ich schlief ganz ohne Sorgen, in Gottes Treu geborgen, bis ich erfrischt erwachte, denn Gott stand mir zur Seit', er trug mit mir das Leid, das schwer mein Leben machte«, doch die sonst so beruhigenden Worte machten ihn nur noch niedergeschlagener. Er summte die Melodie von »Du schnelle Gazelle, nun sag auf der Stelle«, aber selbst das schenkte ihm keine neue Kraft. Ich wünschte, ich wäre tot, dachte er, ich wünschte, ich hätte nie gelebt, warum nur wurde ich gezeugt? Stand nicht in der Bibel: »Es wäre demselben Menschen besser, daß er nie geboren wäre«?

Um fünf stand er auf. Er zog seine beste Kniebundhose an, seine langen schwarzen Strümpfe und seine Schuhe mit den silbernen Schnallen. Er hüllte sich in seinen langen Mantel, der auf der Brust mit kupfernen Knöpfen versehen war, und setzte seinen schwarzen Dreispitz auf. Derart albern vornehm angezogen, wie er es in Gedanken bezeichnete, nahm er in seinem Comptoir Platz und wartete.

Die Treckschute wurde bereits beladen. Riesige Körbe wurden an Bord gehievt. Er hörte das Treidelpferd hoch wiehern, wartete aber in Ruhe ab. Je später er an Bord ging, desto besser. Der Schultheiß erschien, ging an Deck und setzte sich ins Roof. Bürgermeister Swanenburg gesellte sich zwar zu ihm, doch Roemer wartete noch. Schultheiß und Bürgermeister waren nun beide vom Ufer aus sichtbar. Wer zufällig vorbeikam, konnte überall erzählen: »He, ich habe den Schultheiß und Bürgermeister Swanenburg im Roof der Treckschute gesehen. Was die wohl in Delft wollen?« Zweifellos würden einige der Aufrührer sofort durchschauen, was den Schultheiß und den Bürgermeister nach Delft trieb. Ob ihre Häuser wohl geplündert würden, während sie nicht da waren? Drohte ihm möglicherweise dasselbe? Er sah es schon vor sich, wie Diderica ebenfalls an den Haaren durch die Straßen geschleift wurde. Warum war gerade das, obwohl er den Tag, an dem er sie ehelichte, gerne aus seinem Leben gestrichen hätte, eine so beängstigende Vorstellung?

Erst als die Leinen der Schute losgemacht wurden, stürzte er aus dem Haus und überquerte die Veerstraat. Niemand sah ihn an Bord gehen, das war ein großer Vorteil. Im Roof waberte bereits atemberaubender Qualm. Sowohl der Schultheiß als auch Swanenburg hatten sich eine lange Pfeife angesteckt, und diverse andere Passagiere zogen ebenfalls an ihren schmierigen Rotzkochern. Doch zurück an Deck zu gehen war vorerst noch ausgeschlossen. Solange sie noch nicht durch das Vlietland fuhren, hätte man ihn dort an Deck stehen oder sitzen sehen können.

Die Treckschute, noch vom stakenden Schiffer vorwärtsbewegt, glitt langsam unter der hohen Fußgängerbrücke hindurch, die den Markt mit dem Goudsteen verband. Erst ein Stück weiter, hinter der ebenfalls hohen Lijndraaiersbrug, wurde auf der Schute der Kloben in das dafür vorgesehene Loch gezwängt und das daran befestigte Treckseil vom Deckknecht ans Ufer geworfen. Der Pferdeknecht befestigte das Seil am Zuggeschirr und ließ die Peitsche über dem Rücken des großen Shetlandponys knallen, ohne das Tier jedoch zu berühren.

Er hörte das beruhigende Plätschern des Wassers, er hörte auch das ebenso beruhigende Knarren der Wendepfähle, das von dem vorbeischeuernden Treckseil verursacht wurde. Keiner der im Roof Sitzenden sagte ein Wort. Mürrisch starrte der Schultheiß vor sich hin und zog ständig wütend an seiner langen Tonpfeife. Unser Schultheiß ist ziemlich schlecht gelaunt, wie wird das werden, nachher beim Vogt?

Sobald die Schute das Vlietland erreichte, flüchtete er an Deck. Inzwischen stand die Sonne tief über dem strohgelben Reet, und er betrachtete die schwankenden gelben Puschel. Dazwischen hielten sich Rohrdommeln, Nachtreiher und Zwergdommeln auf. Wahrscheinlich hatten sie schon mit dem Nestbau angefangen, und mit viel Glück würde, wenn der Vogel bereits wieder aus seinem Winterquartier zurückgekehrt war, sein Lieblingsvogel, die Trauerseeschwalbe, kurz aus dem Commandeurspolder auftauchen.

Überall drehten sich eifrig die Mühlen, die drei im Zouteveense Polder und die drei im Holierhoekse Polder, und dort, wo das Schilf weniger dicht war, sah er Löffler würdig zwischen den langen Halmen schreiten, den breiten

Schnabel voller Nistmaterial. Bei diesem Anblick konnte er kaum begreifen, wie er sich in der Nacht hatte wünschen können, nie geboren worden zu sein. Allein schon das glänzende Licht der tiefstehenden Sonne auf den schneeweißen Löfflerrücken erfüllte ihn mit einem prickelnden Glücksgefühl.

Bei der Stinkslootmühle mußte das Pferd mit einer Schute übergesetzt werden, weil der Treidelpfad am anderen Ufer weiterging. Folgsam begab sich das Shetlandpony auf die schwankende Fähre. Das Tier war daran gewöhnt, denn es überquerte den Vliet mehrmals am Tag. Trotzdem bestand immer die Gefahr, daß sich so ein Wallach mitten auf dem Wasser zum Beispiel vor einem kreischenden Reiher erschreckte und wild ausschlug. Kein Tier war empfindlicher als ein Pferd. Unbegreiflich, daß ausgerechnet diese hypernervösen, scheuen Angsthasen vor Kutschen trabten, Treckschuten zogen, Kanonen schleppten und nicht die weitaus weniger zu panischer Angst neigenden Esel, Maultiere oder Ochsen.

Während Roemer, über die extreme Furchtsamkeit von Pferden meditierend, aufmerksam beobachtete, wie das Shetlandpony ans andere Ufer gebracht wurde, gesellte sich Cornelis Swanenburg zu ihm.

»Nachher, beim Vogt, da müssen wir an einem Strang ziehen. Schim ist ganz und gar nicht davon überzeugt, daß von Delft aus eingegriffen werden muß. Er glaubt noch immer, das Feuer werde von selbst ausgehen. Wir müssen beim Vogt …«

Swanenburg beendete den Satz nicht. Neben ihm tauchte Schim aus dem Roof auf. Der Schultheiß blies Swanenburg gewaltige Rauchwolken mitten ins Gesicht.

Ein heftiges Bürgermeisterhusten schallte über das Wasser. Das Pony erschrak, stampfte wie wild mit den Hufen und konnte von dem Jungen, der es am Halfter hatte, nicht gebändigt werden.

»Hör damit auf«, sagte Schim barsch.

Schon schob sich die Schute die schräge Anlegestelle hinauf. Das Pony beruhigte sich und stieg ans Ufer. Der Schiffer lud Fracht ein, und kurze Zeit später glitten sie weiter, vorbei am Richthaus der Herrlichkeit Zouteveen. Schipluiden kam in Sicht. Mitten im Dorf legte die Treckschute an. Während viele neue Passagiere an Bord kamen, wurde ein neues Zugpferd geholt, das erst an die Treckleine gespannt wurde, als sie aus Schipluiden hinausgestakt waren. Vorbei an der eifrig mahlenden Kerkpoldermühle fuhren sie weiter und kamen an der seltsamen, als Bauernschuppen getarnten katholischen Geheimkirche in Hodenpijl vorbei. Die Luft war erfüllt vom Gekreisch der Uferschnepfen, die sich aus den Wiesen erhoben, sobald sie das Treidelpferd näher kommen sahen. Kiebitze wirbelten durch die Luft, verjagten Krähen, landeten in der Nähe ihrer unauffindbaren Nester und liefen dann zu ihrem Gelege, wobei die keck nickenden Schöpfe gerade eben über das Gras hinausragten.

Und wohin er auch schaute, überall sah er sich drehende, wasserpumpende Windmühlen, bis nach Delft, wohin sie durch den Buitenwatersloot Richtung Waterslootse Poort fuhren. Wenn sie darunter durchgefahren waren, dann war die Reise beinahe zu Ende, dann konnten sie am Treckschutenkai des Binnenwatersloot anlegen.

Nachdem die Treckleine losgemacht worden war, fuhren sie unter der Waterslootse Poort hindurch, und er erschauderte. Er wußte nur allzu gut, daß dieses Stadttor auch als Gefängnis diente. Wenn sich der Vogt dazu entschloß einzugreifen, dann würden dort die schlimmsten Unruhestifter eingesperrt werden. Er sah es schon vor sich, wie sein Sohn dort am vergitterten Fenster stand und seufzte. Was konnte er tun, um dies zu verhindern?

Stramm marschierten sie zu dritt zum fürstlichen Amtszimmer des Vogts an der Oude Delft. Der Schultheiß klingelte. Ein gelber Gerichtsdiener mit knöchrigen Fingern öffnete die Tür.

»Wir wünschen den Vogt zu sprechen«, sagte Schim.

»Weswegen?«

»Unregelmäßigkeiten in Maassluis.«

»Ihr auch! Vorhin sind bereits ein paar Herren aus Maassluis, vier an der Zahl, hier vorstellig geworden. Sie sahen sehr mitgenommen aus. Auch sie wollten den Vogt sprechen.«

»Namen?« fragte der Schultheiß barsch.

»Wurden genannt, leider habe ich sie wieder vergessen.«

»Wo sind sie jetzt?«

»Zum Prinzenhof. Auch der Vogt ist dorthin. Er wurde zu Wilhelm V. bestellt.«

»Dann bleibt uns kaum etwas anderes übrig, als auch dorthin zu gehen.«

Sie gingen über den schmalen Weg entlang der Gracht in Richtung Oude Kerk, die mit ihrem bedenklich schiefstehenden Turm im Licht der frühen Morgensonne glänzte.

»Wer ist bloß so früh schon von Maassluis ...«, grübelte Schim.

»Ich schätze, das sind ein paar von denen, die es am schwersten getroffen hat. Bereits gestern abend oder vielleicht heute nacht haben sie vor der unbändigen Gewalt Reißaus genommen und sind zusammen nach Delft gegangen«, meinte Bürgermeister Swanenburg.

»Ach, von unbändiger Gewalt kann kaum die Rede sein … ich glaube eher, es ist dieser rechthaberische van der Jagt mit einigen seiner Söhne«, sagte der Schultheiß.

Für Roemer hatte es etwas Unwirkliches, in dieser Flut von leuchtendem, anrührendem Frühlingssonnenlicht unter den mit einem hellgrünen Schimmer überzogenen Bäumen am sich kräuselnden Wasser der Oude Delft entlangzugehen. Daß es vor so kurzer Zeit, drei Fußstunden nur entfernt, einen erschütternden Aufstand gegeben hatte, kam ihm wie ein böser Traum vor, aus dem er inzwischen längst hätte erwachen müssen. Es war für ihn vollkommen unvorstellbar, daß Diderica jetzt gerade, während er seelenruhig zum Prinzenhof schlenderte, an den Haaren über den Markt geschleift werden könnte. Nur das war die Wirklichkeit, dieses entzückende frühe Sonnenlicht, das zarte Grün, diese liebliche Brise über dem dunklen Wasser.

In Höhe der Oude Kerk bogen sie bei einer halbrunden Pforte nach links ab und gingen durch eine Gasse zum Eingang des Prinzenhofs. Der Schultheiß ging auf eine der Schildwachen zu, die am Fuße des kleinen Turms postiert waren, und fragte nach dem Vogt.

»Ist drinnen. Ich werde Euer Kommen melden.«

Er öffnete die Tür zum Turm und verschwand dahinter. Bald darauf kehrte der Posten zurück.

»Ihr könnt eintreten.«

Im Vorhof trafen sie die Vierergruppe, die ihnen zuvorgekommen war: Ary Luyendijk, Bartholomeus Ouboter, Hendrik Valk, Floor Fool.

»Ihr hier«, sagte der Schultheiß barsch.

»Heute nacht geflohen«, sagte Luyendijk.

»Wie ich gesagt habe«, bemerkte Swanenburg.

»Den Vogt schon gesprochen?« wollte Schim wissen.

»Nein«, erwiderte Luyendijk, »wohl aber Seine Durchlaucht, Wilhelm V. Ich sah, wie er in aller Frühe nebenan im Hofgarten spazierenging. Nach längerer Diskussion mit den Wächtern ist es mir gelungen, die Erlaubnis zu erhalten, im Namen von uns vieren kurz mit ihm zu sprechen. Ich habe ihm meine ziemlich ramponierte Weste gezeigt und mit wenigen Worten geschildert, was passiert ist. Daraufhin hat er zu mir gesagt, wir sollten alle um zehn Uhr wiederkommen, jeder mit einem kurzen schriftlichen Bericht über das, was ihm widerfahren ist. In der Zwischenzeit wollte er mit dem Vogt sprechen.«

»Schriftlicher Bericht … was für ein seltsames Ansinnen! Wo soll man denn auf die Schnelle Papier und Feder herkriegen?«

»Die hat seine Durchlaucht uns geben lassen. Wir bekamen auch die Erlaubnis, gleich hier in einem Comptoir am Pult zu schreiben. Anschließend haben wir uns dann über unseren vorläufigen Bericht den Kopf zerbrochen.«

»Bei mir, Herr Schim«, sagte Hendrik Valk mit vor Gekränktheit zitternder Stimme, »bei mir hat die Bande zuerst alle Weingläser in tausend Stücke geworfen, all meine Römer und Pokale. Anschließend haben sie alle Weinflaschen aus dem Keller geholt. Sie nahmen sich nicht einmal die Zeit, sie zu entkorken, nein, sie schlugen einfach am Türpfosten den Flaschenhals ab und … und …«

Ein trockenes Schluchzen entwich seiner Kehle, doch er ermannte sich und sagte grimmig: »Dann kam ihrem elenden Hirn der Gedanke, daß sie keine Gläser mehr hatten, aus denen sie meinen delikaten Wein hätten trinken können. Daraufhin zogen sie sich die groben Schuhe aus, gossen meinen köstlichen Wein hinein und schlürften ihn daraus wie ein Rudel Straßenköter. Aus den kotigen Schuhen, Herr Schultheiß, das stimmt, aus ihren schmutzigen Schuhen … all meine herrlichen Weine und edlen Tränke … sie haben alles einfach in ihre schmutzigen Schnabelschuhe gegossen und ausgesoffen.«

»So daß sie sturzbetrunken waren, als sie in meine Schuhmacherwerkstatt eindrangen«, sagte Floor Fool. »Sie haben meiner Frau die Haube vom Kopf gerissen und sie … an ihren … Haaren …«

»Wir haben es gestern schon erfahren«, sagte Swanenburg. »Wißt Ihr denn, wie es Eurer Frau danach ergangen ist?«

»Nein«, sagte Fool, »denn mir blieb nichts übrig als eine rasche Flucht.«

»Sie ist jetzt wieder zu Hause«, sagte Swanenburg. »Gestern abend noch wurde sie, nachdem sie schwer mißhandelt und malträtiert worden war, vom Chirurgen mitten auf dem Markt zur Ader gelassen. Mit wenig Erfolg, denn leider ist sie noch nicht wieder bei Sinnen. Das könnt Ihr vielleicht in Eurem Bericht noch erwähnen. Ehe wir um zehn zu seiner Durchlaucht vorgelassen werden, könnten wir vielleicht in der Schreibstube die vier Berichte durchgehen, besprechen und eventuell noch um weitere schwere Vergehen ergänzen, die uns zu Ohren gekommen sind.«

So konnte die Delegation aus Maassluis um kurz nach zehn mit vier tüchtig bearbeiteten und ausgefeilten Berichten vor Seine Durchlaucht treten, den Erbprinzen von Oranien. Einzeln wurden sie dem Prinzen vorgestellt, und nachdem sie wieder zurückgetreten waren und Hendrik Valk, der als erster vorlesen sollte, sich nervös räusperte, da warf der Erbprinz einen erstaunten Blick auf Roemer, und Roemer schaute ebenso erstaunt zurück. War dieser bereits recht aufgedunsen aussehende junge Mann, der so sanftmütig wirkte und dessen rötliches rundes Gesicht einen noch so unbeschriebenen Eindruck machte, tatsächlich der mächtige Statthalter? Im März 1766 haben wir ausgelassen gefeiert, daß er achtzehn wurde, erinnerte sich Roemer, also ist er vorigen Monat achtundzwanzig geworden. Er sah damals jünger aus und wirkte schrecklich wehrlos. Ein Junge ohne Rückgrat, dachte Roemer.

Hendrik Valk las: »Gestern abend widerfuhr all meinem Eigentum grausame öffentliche Gewalt. Mit erschrekkender Gewalt und Brutalität fiel der fürchterliche Pöbel in mein Haus ein. Das Gesindel zerschlug Schloß und Riegel, zerstörte und plünderte, drang und drängte fluchend in Haus und Keller und bemächtigte sich aller Dinge, die es dort vorfand, und das wiederholt. Fast alle begannen, meine köstlichen Weine zu trinken, die sie, weil alle Gläser bereits zerschmissen waren, aus ihren verschmutzten Schnabelschuhen schlürften, wobei sie nicht geringe Mengen vom kostbaren Naß verkleckerten.«

Valk hörte abrupt auf zu lesen. Er wischte sich den kalten Schweiß von der Stirn. Wilhelm V. starrte ihn verdutzt an, als wollte er sagen: So wenig nur, obwohl Ihr so lange daran geschrieben habt?

Valk starrte auf sein Blatt, hielt es ganz nah an seine Augen und sagte dann mit entwaffnender Offenherzigkeit:

»Hier steht noch etwas, das der Schultheiß mir eingeflüstert hat: ›Doch selbst bei den Schäbigsten dieser Verführten bin ich mir sicher, daß sie, wenn sie sich nach einiger Zeit wieder beruhigt haben, die Tage dieser Unruhen verfluchen werden.‹«

Der Erbprinz nickte, als wollte er sagen: Das denke ich auch. Dann gab er Schuhmacher Fool ein Zeichen.

»Schon von Kindesbeinen an«, las Fool mit warmer Stimme, »das erbliche Nassau hochschätzend und mich selbst heute für einen noch sehr viel feurigeren Liebhaber des wohleingerichteten statthalterlichen Regiments im fürstlichen Haus von Oranien haltend, bitte ich Euch, durchlauchtigster Herrscher, meiner untertänigsten Jammerklage ein gnädiges Ohr zu leihen. Auch in meine Schuhmacherwerkstatt ist der Pöbel, mit allerlei Handspaken bewaffnet, gestern abend brüllend eingedrungen, wobei die aufgespannten Häute von meiner Werkbank gerissen, die gerade fertig gewordenen Pferdegeschirre, sechs Stück an der Zahl, mit grober Gewalt zerstört und diverse lange Zügel in Stücke zerhackt wurden. Dadurch keineswegs befriedigt, begab sich die Bagage in mein hinter der Werkstatt gelegenes Wohnhaus. Dabei wurde ein großer Sack Erbsen, der im Flur stand, auf den Boden geschüttet. Meine liebe Frau, die dies sah, bat flehentlich, derlei zu unterlassen, woraufhin einige Aufrührer sie, nach ihrem Tadel, bei den Haaren packten und sie nach draußen schleiften. Noch ehe ich ihr, wozu ich sofort deutliche Anstalten machte, zu Hilfe eilen konnte, stürzten sich die Meuterer auf mich und hinderten mich so daran, sie vor dieser grausamen Behandlung zu beschützen. Mich kräftig zur Wehr setzend, gelang es mir, mich wieder loszureißen, woraufhin mir nichts anderes übrigblieb, als die Flucht zu ergreifen. Wie ich inzwischen erfahren habe, hat man meine Frau zwei Straßen weit bis auf den Markt geschleift, und obwohl man sie bereits zweimal zur Ader gelassen hat, ist sie noch nicht wieder zu Bewußtsein gekommen. Der Schaden, der mir entstanden ist, der macht mir am wenigsten aus. Doch der Schrecken und die Aufregung, die meine Frau und meine Kinder, die bereits im Bett lagen, ertragen mußten, die werden uns wohl noch monatelang verfolgen.«

Der Erbprinz nickte verständnisvoll und mitleidig, wandte sich dann an Ary Luyendijk und gab ihm mit einer Handbewegung zu verstehen, daß es nun an ihm sei vorzulesen. Luyendijk wies jedoch, ehe er zu lesen begann, noch einmal nachdrücklich auf seine kaputte Weste, seine Schuhe, deren Schnallen verschwunden waren, und seine isländischen Strümpfe hin, deren hellgelbe Einsätze durch Schmutz dem Blick entzogen wurden.

Dann las er: »Auch mein Haus und meine Familie haben unter den fürchterlichen Folgen leiden müssen, die sich aus den so groß gewordenen Differenzen zwischen den Verfechtern und den Gegnern der neuen Singweise ergeben haben. Angeführt von ein paar Torfstaplerinnen, ist der aufgebrachte Pöbel, nachdem zuerst die Fensterläden mit Handspaken aufgebrochen und die Scheiben zerschlagen worden waren, auch in meine Wohnung eingedrungen, wo sie mich und die Meinen unaufhörlich beschimpften. Einer der Aufrührer, ein Schiffszimmermann, stieß mir mit einem bis dahin heimtückisch hinter dem Rücken verborgenen Beil unvermittelt gegen die Brust, wobei er meine Weste sinister zurichtete, und brüllte mich an: ›Elender, komm her, ich werde dich zum Teufel schicken, so daß du nie wieder kurz singen kannst.‹ Sein Spießgeselle schrie mir zu: ›Ich stech dir die Augen aus!‹, und ein paar andere riefen: ›Wir werden dich zur Hölle jagen!‹ In maßloser Wut warf dann ein anderer Meuterer einen großen Stein gegen den Pfosten des Bettes, in dem eines meiner Kinder bereits schlafen gelegt worden war. Meine Gattin, die krank daniederlag, wurde von einer Torfstaplerin bei der Kehle gepackt, woraufhin ich, wutentbrannt, eine Kelle ergriff. Obwohl ich mich damit kräftig zur Wehr setzte, gelang es mir in Anbetracht der großen Übermacht nicht, mein Eheweib zu befreien. Selbst als mir, tödlich beunruhigt wegen all dem, was die Aufrührer meiner Frau und meinen Kindern noch antun konnten, nichts anderes übrigblieb, als überhastet die Flucht zu ergreifen, konnte ich mich, hier und dort anklopfend und um Unterschlupf flehend, nirgendwo verstecken, da mich, wo ich auch um Hilfe bat, niemand in sein Haus aufnehmen wollte, da man nämlich die Folgen dieser Hilfeleistung fürchtete. Darum bin ich schließlich aus der Stadt geflohen, wobei mich der wütende, vom Alkohol berauschte Pöbel noch bis zum Laufweg bei der Wippersmühle verfolgt hat.«

»Erwartet Ihr auch«, wollte der Erbprinz wissen, »daß die Irregeleiteten, von Reue erfüllt, mit der Zeit zur Ruhe kommen werden?«

»Ehrwürdige Hoheit«, sagte Luyendijk, »das denke ich nicht.«

»Die Rückkehr zum alten Ton wird die erhitzten Gemüter erst einmal beruhigen«, sagte der Schultheiß.

»Ist das auch Eure Ansicht?« fragte der Prinz Bartholomeus Ouboter.

Der Vorsänger faßte die Frage offenbar als Einladung auf, nun seinen Bericht vorzulesen, denn sogleich schallte seine sonore Baßstimme durch den Prinzenhof.

»Das Presbyterium von Maassluis, das in der Kirche eine andere Singweise einführen wollte, als dort bislang gebräuchlich war, hat mich zu sich gerufen und mich als Vorsänger in der Kleine Kerk angewiesen, der Gemeinde auf solche Weise vorzusingen, wie die Ältesten es gemeinsam beschlossen hatten. Da jedoch einige Personen damit offenbar nicht zufrieden waren, hat der genannte Kirchenrat mir die Order gegeben, auf die dort seit alters übliche Weise vorzusingen. Am 10. Februar dieses Jahres jedoch wiesen die Presbyter mich an, der Gemeinde auf jene Weise vorzusingen, die mir vorgeschrieben worden war, und diese Befehle zu befolgen habe ich für meine oberste Pflicht gehalten, weshalb ich sie dann auch sofort ausgeführt habe. Währenddessen habe ich erleben müssen, daß mir von Zeit zu Zeit diverse Unannehmlichkeiten bereitet wurden, die sowohl meine Person als auch mein Haus betrafen und die derart zugenommen haben, daß gestern abend ein paar Leute sich erdreisteten, mit Gewalt in mein Haus einzudringen und dort fast alle meine Möbel und fast den gesamten Hausrat in Stücke zu schlagen und mich allen Silbers und anderer Güter zu berauben sowie in meiner Glaserei eine große Menge Glas zu zerschlagen, Farbe und Öl im Laden zu verschütten, um dann alle leinenen und wollenen Kleider darin zu walken und so zu verderben, und darüber hinaus wurde meine Frau außerdem in eine derartige Lage gebracht, daß sie eine geraume Zeit außerstande war und noch sein wird, nicht nur etwas zu meiner und meiner Familie Unterstützung beizutragen, sondern ich hatte zudem noch für Ärzte,

Chirurgen und die benötigten Medikamente zusätzliche Kosten, die ich auch fürderhin werde aufbringen müssen. Aufgrund all dessen befinde ich mich, da ich nur über ein gerade zureichendes Einkommen verfüge, um meine zahlreiche Familie zu ernähren, in einer sehr unangenehmen Lage und habe beträchtlichen Schaden erlitten.«

Dank der wohlklingenden Stimme des Vorsängers Ouboter und seiner getragenen Vortragsweise hatte es den Anschein, als wäre er viel schwerer betroffen als Valk, Luyendijk und Fool.

»Farbe und Öl im Laden verschüttet und Leinen und Wolle darin gewalkt«, murmelte der bestürzte Erbprinz.

»So ist es, Durchlauchtigste Hoheit«, sagte Ouboter.

Der Erbprinz streckte sich, wodurch er größer wirkte. Er tat einen Schritt in Richtung des Vogts, ballte seine Fäuste, hob diese seitlich seines Körpers und sagte dann entschlossen: »Um diesen Aufruhr zu unterdrücken, muß die notwendige Sorge getragen werden, daß gegen die Protagonisten derartiger aufrührerischer Aktionen, wie vorhin berichtet, aufs genaueste Anklage erhoben und in aller Schärfe prozessiert wird.«

Daraufhin verließ er, während er mit schlaff am Körper herabfallenden Armen wieder in sich zusammensackte, von einigen Bediensteten begleitet mit strammen Schritten den Saal, ohne sich dazu herabzulassen, auch nur einen der schwer getroffenen Maassluiser anzusehen. Erst als er bei der Tür ankam, die von einem Lakaien geöffnet wurde, schaute er noch einen Moment lang scheu über die Schulter zu der Gesellschaft hinüber. Es schien, als machte er sich wie ein Wolfsspitz mit eingeklemmtem, zerfranstem Schwanz aus dem Staub.

Verhaftungen

Von diesem durchlauchtigsten Fünften wird niemals gesagt werden: ›Wer ist der? Denn Wind und Meer sind ihm gehorsam‹«, sagte Roemer, als er einen Tag danach am späten Nachmittag im De Moriaan bei einem Pokal Rheinwein Meister Spanjaard von seinen Unannehmlichkeiten berichtete.

»Ach, diese kapriziösen Nassauer«, flüsterte Meister Spanjaard, »brünstige Brotträuber. In kaum dreißig Jahren verschliß der Schweiger vier Ehegattinnen, und sein Sohn Maurits hatte acht rechtmäßige Kinder von sechs Frauen und eine Vielzahl von Bastarden mit dubiosen Dirnen. Einer dieser Bastarde war mein Urgroßvater, ich bin also auch so ein brünstiges Oranjetier. Ja. Ach, wie gern würde ich noch einmal einer Jungfer das Mieder …«

»Bist du … du heißt Spanjaard … bist du ein Nachkomme von Maurits?«

»Der Name Spanjaard diente damals der Tarnung. Ich bin ein stolzer, aber auch sorgfältig verborgener Sproß aus dem Hause Oranien, ein Schicksal, das ich mit vielen teile. Doch genug davon. Als du gestern bei meinem rundlichen Cousin zu Gast warst, machte hier das Gerücht die Runde, von Den Haag aus sei Kriegsvolk im Anmarsch. Daraufhin geriet der Pöbel außer Sinnen. Sie wollten den Gerichtsdienern entgegengehen, um sie bei Naaldwijk aufzuhalten. Sie brüllten, sie würden die ganze Stadt in Brand stecken. Genever mit Schießpulver haben sie getrunken und dabei, wie ich gestern im Gasthaus von Duijfhuijzen hörte, ihre Römer in Stücke gebissen. Auch haben sie, wie mein Gewährsmann berichtete, aufs gräßlichste damit gedroht, ihren Widersachern die Herzen aus dem Leib zu reißen und sie, mit Pfeffer und Salz gewürzt, zu verspeisen.«

Meister Spanjaard nahm einen Schluck Rheinwein.

»Ich selbst habe kaum etwas gehört und gesehen«, sagte er. »Ich war den ganzen Tag über in meiner Schule, doch am Ende des Nachmittags hörte ich auf der Hoogstraat jemanden rufen. ›Wir werden alle neuen Sänger in vier Stücke schlagen.‹ Der Witzbold hatte gewiß gerade in der Bibel gelesen, 1 Samuel 15, Vers 33: ›Also hieb Samuel den Agag zu Stücken vor dem Herrn in Gilgal.‹ Damals war Samuel mindestens so alt wie ich jetzt. In dem Alter und in solchen Sachen ungeübt jemanden in Stücke schlagen? Es würde mich schon die größte Mühe kosten, jemandem den kleinen Finger abzuhacken. Ach, ach, die Bibel, was da nicht so alles drinsteht, was hinten und vorne nicht stimmen kann. Na ja, der Geist all dessen, jedenfalls im Neuen Testament, scheint doch zu sein, daß man seinen Nächsten lieben soll. Und darum versucht man hier auch so eifrig, sich wegen der Singweise gegenseitig in Stücke zu hacken. Kannst du das verstehen?«

»Ich verstehe das schon lange nicht mehr«, sagte Roemer.

Ein paar Minuten lang starrten sie einander betrübt und betreten an, nippten dann aber wieder verstohlen an ihrem Rheinwein.

»Du sammelst doch Pamphlete und Schmähschriften«,

sagte Roemer. »Hast du dir schon das Pasquill verschaffen können, das am Montag aufgetaucht ist?«

»Am Montag ist keine Schmähschrift erschienen.«

»Aber der Aufstand ist doch wieder aufgelodert, weil ein Pamphlet veröffentlicht wurde, worin die Fischer beschimpft wurden.«

»Ich glaube, jemand hat ein übles Gerücht in Umlauf gebracht und behauptet, es gebe nun eine Schmähschrift, in der van Nyn, Verschoor und Langerak niedergemacht werden.«

»Aber warum?«

»Vielleicht nur so zum Spaß. Weil 1. April war.«

»Oder um das Feuer wieder zu schüren, hat vielleicht ... hat vielleicht ...«

»Los, sag ruhig.«

»... hat vielleicht Lambregt Schelvisvanger das Gerücht in Umlauf gebracht? Um am Ende mit seiner Ansicht, der Brand werde sowieso wieder auflodern, doch noch recht zu behalten. Und um dabei dann selbst, als ein Mann, der genau spürt, was geschehen wird, gutes Garn zu spinnen.«

»Welches Garn?«

»Er möchte gern Bürgermeister werden.«

»Wer nicht? Ist man Bürgermeister, kann man Ämter vergeben. Dann kann man seinen Cousins und Cousinen in den Sattel helfen. Dann kann man abgearbeitete Bedienstete aus dem Haus schaffen, indem man ihnen zu subalternen Posten verhilft. Dann muß man sie nicht auf eigene Kosten pensionieren.«

»Weißt du genau, daß am Montag keine Schmähschrift erschienen ist?«

»Ich habe mich in allen Schenken erkundigt, denn du weißt ja, daß ich ganz verrückt nach Pamphleten bin, doch ich habe keins zu sehen bekommen. Ich gehe davon aus, daß es sich um ein übles Gerücht handelt.«

»Aber wenn es ein übles Gerücht war, warum hat dann der Vogt überall Anschläge anbringen lassen?«

»Ja, ich habe sie gesehen, man bekommt eine Belohnung von fünfzig Gulden, wenn man die Pamphletisten namhaft macht.«

Er nahm einen Schluck von seinem Wein und zitierte dann begeistert: »Bekanntmachung, daß vom Vogt und den hochwohlgeborenen Männern von Delfland beschlossen wurde, einen Aushang zwecks Ausfindigmachung bestimmter Pamphlete zu machen und eine Belohnung von fünfzig Gulden aus der delfländischen Kasse auszuloben.«

Erneut nahm er einen Schluck Wein und fuhr dann fort: »Und darunter steht in etwa, daß ›alle und ein jeder ernsthaft ermahnt werden, sich als ruhige und friedliche Bürger zu betragen und sich vor allem aufs sorgfältigste vor aufrührerischen Gesprächen, Bewegungen und Zusammenrottungen und allem, was darüber hinaus die allgemeine Ruhe und Eintracht stören könnte, zu hüten und dem Magistrat die Bestrafung der Schuldigen zu überlassen‹.«

»Hast du zufällig auch gehört, daß, gleich nachdem die Aushänge angebracht worden waren, sofort wieder Dutzende von wütenden Fischern ins Rathaus eingedrungen sind? Schim hat ihnen zugesagt, dafür zu sorgen, daß wir zum alten Ton zurückkehren. Das wollte er immer schon.«

»Am Ende bekommen die Meuterer also keine Strafe, sondern ihren Willen.«

»Bestraft werden sie auch. Am späten Nachmittag

kommt der Vogt her, um die schlimmsten Unruhestifter zu verhaften.«

»Am späten Nachmittag? Jetzt gleich? Können wir so lange warten? Wolltest du mich deshalb hierhin auf eine Bouteille Rheinwein einladen? Dann können wir hinter einem Gläschen sitzend zusehen, wie der Vogt beim Rathaus zuschlägt. Hast du eine Ahnung, wen er …«

»Gestern wollte der Schultheiß ihm die Personalien der Rädelsführer zuflüstern, doch allem Anschein nach besaß er selbst bereits eine Namensliste.«

»Handelt es sich etwa um die Burschen, die ihn, als er neulich hier war, herausgefordert und verspottet haben?«

»Genau.«

»Also auch …«

»Ja.«

»Was willst du machen?«

Roemer seufzte. Er sagte: »Erst einmal abwarten, was passiert. Ob es vielleicht ein juristisches Verfahren geben wird, an dem wir Schöffen teilhaben werden. Außer Ary Wouterse, Jan van der Thuyn, Gideon und Gilles will man auch Kaat Persoon verhaften.«

»Ach, die also auch gleich, unter dem Vorwand, sie gehöre zum harten Kern der Aufrührer, will man also ein leichtes Mädchen aus der Rue du Sandelin zum Watersloot bringen.«

»Sie hat, als man dort vorigen Samstag alles zerschlagen hat, ihre Hand über Willems Frau gehalten. In ihrem Fall kann ich also darauf hinweisen, daß es mildernde Umstände gibt.«

»Und du hoffst, daß es dann auch weniger auffällt, wenn du anschließend versuchst, für Gilles Milde zu erwirken. Doch wie willst du das machen? Er hat bei jeder Gelegenheit tüchtig mit seinem Beil gewirbelt und gehackt.«

»Wie du weißt, habe ich ihm das Beil vorige Woche Samstag abgenommen, und am Sonntag habe ich es ihm wiederbringen lassen.«

»Erzähl das ja niemandem! Hättest du das mal besser nicht getan. Wie man hört, hat er mit seinem Beil die Weste von Ary Luyendijk in Stücke geschnitten. Übrigens ohne dabei den Maurer zu verletzen, was an sich eine beachtliche Leistung ist.«

»Er war kein Rädelsführer, sondern ein Mitläufer.«

»Ja, genau, das hast du früher auch schon mal behauptet. Schau, da ist der Vogt mit seinem Bataillon. Laß uns auf den Balkon gehen. Von dort haben wir eine gute Sicht auf das Geschehen.«

Noch ehe sie so recht auf dem schmalen Balkon des De Moriaan angekommen waren, hatte sich bereits unglaublich schnell eine Menschenmenge auf der Hafenmole versammelt. Die Luft war erfüllt vom Gekreisch der Mantelmöwen. Vom Dachgesims der Häuser der vornehmen Meister aus musterten krächzende Krähen die Menschenmasse, aber Fischer, Böttcher und Netzknüpferinnen schwiegen.

»Wo sind all die Leute so schnell hergekommen?« flüsterte Meister Spanjaard, als sie auf den Balkon traten. »Und warum sagt keiner was?«

Schweigend schritten die vier Gerichtsdiener zum Huker *Het laatste Oordeel*, der gleich hinter dem Rathaus vertäut war. Ihre langen Säbel klirrten bei jedem Schritt, weil sie über das Kopfsteinpflaster schleiften. Ihre weißblaue Uniform leuchtete im hellen Licht der Frühlingssonne. Längst hatte die Sonne es sich hoch über dem Sluyse Diep bequem gemacht und verteilte ihr Licht großzügig über den Hafen, so daß das sich sanft kräuselnde Wasser leuchtete, als stünde es in Flammen.

Auf der *Het Laatste Oordeel* hatten die Gerichtsdiener inzwischen Jan van der Thuyn zur Reling geführt. Es herrschte eine tödliche Stille, als er dann, nachdem zwei Gerichtsdiener auf den Kai hinuntergesprungen waren, von den beiden anderen hochgehoben und über die Reling auf den Kai hinuntergeworfen wurde, wo er, bevor er auf dem Kopfsteinpflaster aufschlug, von vier blau-weißen Armen aufgefangen wurde.

»Schau dir doch bloß mal an, wie der Bursche guckt«, sagte Meister Spanjaard. »Er steht da wie ein Kind, dem die Hühner das Brot aufgefressen haben. Wo ist sein Schneid? Mein Gott, ist das enttäuschend. Früher, in der Schule, da führte er immer das große Wort. Schade, daß er so bald schon zur See ging. Auch ihn habe ich nur zwei Jahre in meiner Obhut gehabt ... ach, Jantje, wieso guckst du so belemmert?«

Durch die zusammengelaufene Menschenmenge hindurch wurde er zum Rathaus geführt. Überall wichen die Fischer und Knüpferinnen schweigend zur Seite, wenn die kleine Prozession kam, um dahinter die Reihen augenblicklich wieder zu schließen. In der sonnigen Frühlingsluft war nichts anderes zu hören als das leise Klirren der über die Straße schleifenden Säbel. Sogar die aufmerksam zuschauenden Krähen schwiegen, während die Mantelmöwen im Hafenbecken geräuschlos auf den glitzernden Wellen trieben.

Jan hob plötzlich seine Rechte und winkte damit, und

es gab niemanden, der nicht wußte, was diese Geste bedeuten sollte: »Leute, bitte, ihr seid so viele, kommt mir doch zu Hilfe. Wenn ihr euch auf den Vogt und seine Gehilfen stürzt, haben diese nicht den Hauch einer Chance.« Ein Seufzer ging durch die Menschenmenge, ein Zittern beinahe, doch niemand folgte der flehentlichen Bitte des Jan van der Thuyn. Die Umstehenden verharrten in verstocktem Schweigen. Man sah zu, wie Jan van der Thuyn, einer der unerschrockensten Anführer während des Psalmenstreits, mitten durch die Menge hindurch wie ein bedepperter Schuljunge abgeführt wurde. Man sperrte ihn vorläufig in die Wagt, eine naßkalte Zelle im Keller des Rathauses, wo schon so viele einige Stunden oder manchmal auch Nächte hatten verbringen müssen, um auf den Transport ins Delfter Watersloot-Gefängnis zu warten.

Sobald Jan van der Thuyn um die Rathausecke verschwunden und damit den Blicken entzogen war, geriet die Menge in Bewegung. Die Luft war plötzlich vom Summen Hunderter Stimmen erfüllt, hier und da wurde sogar schallend gelacht. Und dieses Lachen hallte in die Taanstraat, durch die sich, obwohl sie dafür in Kauf nehmen mußten, über die lose Erde des Zandpads am Zuidgeer entlang zurück ins Dorf laufen zu müssen, viele so schnell zurückzogen, daß es so aussah, als hätten sie die Flucht ergriffen.

Flehentliche Bitte

In seinem kleinen Comptoir brütete Roemer über seinen Berechnungen, obwohl er das Ergebnis bereits kannte.

»Alljährlich zahle ich auf den Huker und die Büse, die ich bereedere, drauf«, murmelte er in Gedanken Meister Spanjaard zu. »Ich kann von Glück sagen, daß meine beiden anderen Schiffe auf der Raadhuyskade gestrandet sind.«

Es war noch so früh, daß er die bestürzenden Zahlen unter seiner Gänsefeder kaum erkennen konnte. Schwarze Fleckchen waren sie, es sah so aus, als wäre ein Floh, der unglücklicherweise ins Tintenfaß gefallen war, dort Hals über Kopf wieder hinausgesprungen und dann über sein Blatt davongelaufen. Trotz der frühen Stunde vernahm er Schritte auf der Veerstraat. Er wußte, wer dort kam. Seit der Unterdrückung des Aufstands und Gilles' hastiger Flucht hatte er auf sie gewartet. Was sollte er tun? Sie in seinem Comptoir empfangen oder besser doch hinausgehen und mit ihr zur Tanweide spazieren? Unvermeidlich würde er dann in ihrer Gesellschaft gesehen werden, während es, wenn sie rasch in sein Haus trat, vielleicht unbemerkt blieb, daß sie ihn konsultierte.

Er öffnete die Tür zum Flur, eilte zur Haustür, öffnete diese, und da war sie, sie kam genau auf ihn zu, er winkte ihr zu. Auf der bereits sonnenüberfluteten Straße war sonst niemand zu sehen. Höchstens jemand, der zufällig auf der anderen Seite des Vliet aus dem Fenster schaute, konnte beobachten, wie sie ihre langen Röcke schürzte, den hohen Aufgang vor seinem Haus betrat, über die Schwelle trat und im Haus verschwand. Gleich danach wurde die schwere Eichentür ebenso behutsam wie geschwind wieder geschlossen.

Er ging vor ihr her zu seinem Zimmer. Er bedauerte, daß es in seinem kleinen Kontor nur einen Stuhl gab, den an seinem Schreibtisch. Er deutete auf seinen Stuhl und sagte ruhig: »Nimm dort Platz.«

»Und du?« fragte sie beinahe ängstlich.

»Ich sitze den lieben langen Tag dort, ich bin froh, wenn ich mich mal auf einem meiner hübschen Holzbänkchen niederlassen kann. Die werden sonst nie benutzt.«

Im glasklaren Morgenlicht, das so keck durch die hohen Fenster nach drinnen fiel, schrumpfte sie zu einer recht alt gewordenen Netzflickerin zusammen, wie man viele sehen konnte, wenn man an der Tanweide vorbeiging. Die wenigen roten Locken, die noch unter ihrer Haube hervorsahen, waren matt geworden, und es schien ausgeschlossen, daß sie jemals noch eigenwillig unter der weißen Kopfbedeckung hervorspringen könnten. Das früher einmal so hübsche rötliche Gesichtchen hatte sich in ein recht breites, immer noch imponierendes, aber fleischiges Gesicht verwandelt, in dem er aber immer noch so deutlich die Konturen ihres »lieblichen Antlitzes«, wie er es in Gedanken immer biblisch bezeichnete, entdeckte. Während sie aufreizend langsam zu seinem Stuhl ging, konnte er es nicht lassen, ihr kurz mit der Hand über den Rücken zu streicheln. Es war, als hätte sie darauf gewartet. Sie preßte sich wie wild an ihn, und er umfaßte sie so ungestüm, daß sie beinahe ausrutschte.

»Das ist kein Umarmen mehr«, sagte sie unerwartet schelmisch, »das ist ein Umgarnen.«

»Anna«, sagte er.

»Du sagst immer nur Anna«, erwiderte sie launisch.

»Anna«, sagte er, »Anna, Anna, Anna.«

Aus größter Nähe sah er ihr in die dunkelgrünen Augen. Ihre Wangen überzog wieder dieselbe Röte wie früher, und wie aus der Ferne spürte er ihren Geruch, diesen unveränderten, durchdringenden Duft, der allerdings nicht mehr so überwältigend war wie früher, und er wußte, daß er sie weniger gut riechen konnte, weil er insgesamt nicht mehr so gut riechen konnte wie damals, als er achtzehn war. Sogar der allgegenwärtige Geruch der Gerberlohe störte ihn nicht mehr so. Und auch das Heilbuttaroma, das Diderica verströmte, roch er kaum noch, doch das machte eigentlich keinen Unterschied, denn sie war so schrecklich in die Breite gegangen, daß für ihn schlicht und einfach kein Platz im Alkoven übrig war, wenn sie darin lag. Allein schon deswegen war kein Denken daran, sie jemals noch zu beschlafen.

»Ich komme wegen Gilles«, sagte Anna.

»Nun setz dich erst mal hin«, sagte er, während er sich auf einem der kleinen Eckbänkchen niederließ.

Während sie sich zu ihrem Stuhl begab und Platz nahm, schaute er sie ununterbrochen an. Er sagte: »Ich wußte, daß du wegen Gilles kommen würdest, ich hatte es nicht anders erwartet, aber dennoch: Warum? Du weißt schließlich ebensogut wie ich, daß ich alles für ihn tun werde, was in meinen Kräften steht.«

»Man hat mir berichtet, daß er vorige Woche Samstag mit seinem Beil auf deine Tür eingeschlagen hat.«

»Und du dachtest, das könnte für mich ein Grund sein, ihn fallenzulassen.«

Sie nickte nur.

Er sah ihr geradewegs in die Augen. »Offenbar kennst du mich schlecht, aber wie könnte es auch anders sein, ich kenne dich auch nicht besser. Warum durften wir einander nicht besser kennenlernen … wir … wir gehören zusammen, und sei es auch nur, weil wir zusammen ein Kind gezeugt haben, und dennoch …«

Es schien, als hörte sie ihm nicht zu, als wollte sie sich noch verteidigen gegen den leicht vorwurfsvollen Ton in seiner Stimme, als er vom Fallenlassen gesprochen hatte.

»Gilles hat nicht nur am Samstag mit dem Beil auf deine Tür eingeschlagen, er hat sich am Sonntag auch ausgerechnet zu dir …«

»Warum hätte mich das stören sollen?«

»Aber er saß dort, um zu verhindern, daß du kurz singst.«

»Er selbst hat nicht mal gesungen, kannst du mir das erklären … so ein Bursche, so ein Grünschnabel noch … rennt mit seinem Beil durch die Gegend. Wegen der alten Singweise? Doch die alte Singweise sagt ihm überhaupt nichts, er saß neben mir und brachte keinen Ton heraus, keine Silbe. Sag mal: Hast du ihn jemals einen Psalm singen hören?«

»Gilles singt nie«, sagte sie wieder etwas beleidigt.

»Genau, er singt nie, er hat nie gesungen und wird auch nie singen, alter Ton, kurze Singweise, das ist ihm alles ganz gleichgültig, er kennt vielleicht nicht einmal den Unterschied, er könnte in eine Kirche kommen und wäre wahrscheinlich nicht in der Lage zu sagen, ob dort kurz oder lang gesungen wird, und dennoch ... dennoch schließt er sich den Verteidigern des alten Tons an, mehr noch, er fuchtelt mit seinem rasiermesserscharfen Beil herum wie ein Amalekiter ... warum? Einzig nur, um sich zusammen mit den anderen Burschen seines Alters damit zu amüsieren, den vornehmen Meistern auf dem Deich einen Schrecken einzujagen? Ist es das? Großes Wohlbehagen am Aufstand als solchem? Vollkommen gleich, aus welchem Anlaß?«

»Man hat ihn angestiftet, allen voran dieser Gideon van der Kraan, von alleine hätte er nie ...«

»Meinst du? Du kennst ihn besser als ich ... ach, ich weiß so schrecklich wenig von ihm, ich weiß eigentlich nur, daß er mein Sohn ist, aber vielleicht habe ich ja gerade deswegen die Möglichkeit, ihn zu verstehen, denn wenn du tief in mein Herz schauen könntest, dann würdest du sehen, daß auch ich, genau wie er, liebend gern all den vornehmen, wohlhabenden Lumpen hier mit einem rasiermesserscharfen Beil zu Leibe rücken würde, all diesen Halunken, den Schelvisvangern, den Schims, ja sogar all den hohen Herren in Den Haag und Delft, dem aufgedunsenen Erbprinzen zuerst.«

Er hatte mit erhobener Stimme gesprochen und erschrak nun selbst darüber. Aufmerksam lauschte er den Geräuschen im Haus. Diderica lag noch im Bett und würde aller Voraussicht nach auch im Laufe des Tages nicht aufstehen. Von ihr hatte er also nichts zu befürchten. Doch wo war Marije? Hatte sie ihn vielleicht gehört, dort hinten in der Küche? Das hielt er für wenig wahrscheinlich, zumal sie inzwischen ziemlich schwerhörig war. Trotzdem dämpfte er seine Stimme und fuhr leiser fort: »Ich fürchte, er wird nicht ohne Strafe davonkommen.«

»O Gott, oh … mein Kind, wird man … glaubst du … durch den Strang?«

»Das glaube ich nicht. Es hat bei diesen aufrührerischen Aktionen, wie unser Erbprinz sie nannte, keine Toten gegeben.«

»Aber nach dem Pächteraufstand in Amsterdam sind die schlimmsten Unruhestifter doch auch durch den Strang …?«

»Das stimmt, einfach so im Handumdrehen, und dann auch noch bei Fackellicht, aus einem Fenster der Stadtwaage. Doch hier verhält es sich anders, dies war kein Aufstand, bei dem man darauf aus war, sich am Besitz der anderen zu vergreifen … ja, ja, hier und da hat man köstliche Weine aus schmutzigen Schuhen getrunken … doch Gilles nicht, glaube ich, jedenfalls habe ich von niemandem gehört, Gilles habe Wein aus einem seiner Schnabelschuhe getrunken … nicht, daß dies eine große Rolle spielen würde, nein, denn leider … leider wird sich als unüberwindliches Problem erweisen, daß er den Vogt gereizt und verspottet hat. Das wird für ihn und die drei anderen noch schlimme Folgen haben. Öffentliche Verhöhnung und Mißachtung der Justiz, das ist schließlich beinahe schlimmer noch als Totschlag.«

»Mein Kind … er ist doch noch ein Kind, wirklich, er …«

»… wohnt sogar noch bei Grubbelt und seiner Mutter im Lijndraaiersslop, doch die haben ihn nicht davon abhalten können, mit seinem Beil allen auf bösartige Weise Angst einzujagen.«

»Mein Mann hat den Jungen nicht mehr im Griff, in ihm steckt ein Geist …«

»Ja, das sagst du dem Richtigen, der Geist eines Stroombreker, ach, ich wollte, ich hätte damals, als ich so alt war wie er, rebelliert. Warum, in Gottes Namen, habe ich mich knechten lassen?«

Er schaute zu den beiden glänzenden, prunkvollen Hukermodellen, die auf seiner Fensterbank standen. Er deutete darauf und sagte verbittert: »Bei meiner Taufe bekam ich als Patengeschenk zwei Prunkhuker, gleichsam um mir schon damals zu sagen: ›Alles in deinem Leben steht bereits fest, deine Bestimmung ist es, Reeder zu werden. Wage es nicht, daran zu rütteln oder daran zu zweifeln, daß wir recht daran tun, Diderica Croockewerff, die nicht weniger als zwei Schiffe mit in die Ehe bringt, zu deiner Braut zu erwählen.‹«

Anna betrachtete die Prunkhuker und fragte schüchtern: »Sind die aus Gold?«

»Sie sind aus Holz, das mit Blattgold überzogen ist.«

»Mein Taufgeschenk war eine kleine Glocke. Zu mehr reichte es nicht.«

»Zwei Prunkhuker ... ich hätte doch mit dir, mit dir und niemand anderem ... ›Du willst doch nicht etwa nach eigener Laune heiraten?‹ sagte meine Mutter immer zu mir, und ich habe auf sie gehört und wegen zwei Büsen Diderica geheiratet. Am Ende ist meine Mutter selbst dafür auch noch bestraft worden, denn als ihr klar wurde, daß sie niemals mit der Zimtstange rühren würde, weil kein Enkelkind kam, da ist sie vor Kummer dahingesiecht.«

Es schien, als hätte Anna von seinem Monolog nur das Wort »Kind« gehört.

»Kannst du ... für mein Kind ... glaubst du ...?«

»Alles, was in meiner Macht liegt, werde ich tun, aber

dennoch befürchte ich … ich sagte dir bereits, sie haben den Vogt gereizt, und das wird man ihnen nicht vergessen.«

»Öffentliches Auspeitschen?« fragte sie flüsternd.

»Eher Verbannung, glaube ich.«

Sie sprang auf, rief: »Wirklich? Verbannung?«

»Vorsicht«, flüsterte er, »es sind Menschen im Haus, die dich hören könnten.«

»Verbannung«, wiederholte sie leiser, aber nicht weniger erschrocken.

»Ich fürchte, ja.«

»Aber Verbannung ist schrecklich«, sagte sie. »Dann hat man nirgendwo mehr ein Zuhause, dann streunt man nur durch die Gegend und muß schauen, daß man irgendwo Arbeit findet, ein Dach über dem Kopf … oh, mein Kind, oh, Gilles, Verbannung … nein, nein, bloß das nicht, keine Verbannung, dann lieber öffentliche Auspeitschung. Du als Schöffe könntest dann nach einer kurzen Zeit sagen: ›Es reicht‹, und ich könnte wenigstens seine Wunden … O weh, Verbannung, er ist doch noch ein Kind, ein Junge noch, das werden sie ihm doch nicht antun?«

»Dir wäre es lieber, wenn er nach Dafürhalten der Schöffen ausgepeitscht wird, als daß man ihn verbannt?«

Sie nickte, nahm wieder Platz und streckte den Rücken. Dann sagte sie stolz: »Aber sie haben ihn noch nicht, sie sind zwar bei uns zu Hause gewesen, um ihn abzuholen, aber er war nicht da, und ich sagte, er sei geflohen, woraufhin sie mich dann fragten: ›Wohin?‹ Ich antwortete: ›Das weiß ich nicht‹, und daraufhin sind sie wieder gegangen.«

»Wenn er geflohen ist, kann er vorläufig nicht wiederkommen. Im Prinzip hat er sich dadurch selbst verbannt.«

»Er ist … er versteckt sich …«

»Sag mir nicht, wohin er geflohen ist«, fiel er ihr hastig ins Wort. »Sollte er gefaßt werden, dann würdest du den Gedanken nie wieder los, daß ich es vielleicht war, der ihn verraten hat.«

»Aber ich weiß doch, daß du ihn nie verraten würdest.«

»Bestimmt, wenn er geschnappt würde, dann würde dir unvermeidlich hin und wieder der Gedanke durch den Kopf schießen: Ob sein Vater sich möglicherweise verplappert hat?«

Sie schauten einander eine Weile schweigend an.

Er sah, wie sich ihre Augen verfärbten.

»Wolltest du mich hinsichtlich des Ortes, an den er sich geflüchtet hat, um Rat fragen? Wolltest du mich ...«

»Ja, ich wollte von dir wissen, ob er dort vorläufig sicher ist.«

»Behalte trotzdem lieber für dich, wo er sich versteckt hat. Sei dir im klaren darüber, daß Flucht auch Verbannung ist, aber eine Verbannung, bei der man ständig in der Angst lebt, geschnappt zu werden. Auf jeden Fall kann ich weniger für ihn tun, wenn er auf der Flucht ist, als wenn er in Watersloot ...«

»Watersloot«, brauste sie auf, »mein Kind in Delft, in Watersloot! Aber er ist noch nie von zu Hause fort gewesen.«

»Jetzt ist er doch auch von zu Hause fort?«

»Ja, aber er ist an einem vertrauten Ort. Was sollen wir tun? Wenn nicht einmal du helfen kannst, was sollen wir dann tun?«

»Ich kann diese Frage ebensowenig beantworten wie du. Das einzige, was ich dazu sagen kann, ist, daß er, gefangen oder auf der Flucht, verbannt werden kann. Der

Unterschied ist nur, daß die Verbannung bestimmt länger ausfallen wird, wenn er noch auf der Flucht ist. Also mir … ich denke …«

»Du meinst also, daß er zurückkommen und sich verurteilen lassen soll?«

Er nickte zögernd, denn besonders sicher war er sich seiner Sache auch nicht.

Sie stand auf und sagte dumpf: »Ich weiß, woran ich bin. Ich gehe mal wieder zur Tanweide.«

Er ließ sie aus dem Haus, kehrte in sein Comptoir zurück, trat ans Fenster und schaute ihr nach. Er dachte: Wenn ihr Sohn in die Verbannung geschickt wird, fehlt ihnen im Lijndraaiersslop der Lohn, den er nach Hause bringt. Dann müssen sie wieder Hunger leiden und mit dem kleinen, ungewissen Einkommen von Grubbelt und den sechseinhalb Stuivern, die sie nach Hause bringt, über die Runden kommen.

Die Röcke schürzend, stieg sie die Breede Trappen hinauf. Es war, als hätte die Frühlingssonne ihr Licht noch nie so freigebig über die schmalen Stufen ausgegossen. Es schien, als höbe das Licht ihre Füße an, und er dachte: Es kommen andere Zeiten und andere Menschen, mit anderen Kümmernissen, Plagen und Ärgernissen, und dann schlummern wir schon längst in unseren tiefen Gruben der Verwesung und wissen von nichts mehr. Und leise sang er einen neuen Reimpsalm: »O frohe Aussicht, die mich koset, ich werd', erwacht, dein Lob laut singen.«

Verlautbarung

Als Roemer an ebendiesem Samstag, von dem zauberhaften Frühlingssonnenlicht beschienen, in dem er zuvor bereits Anna gesehen hatte, die Breede Trappen hinaufstieg, da hörte er laute Stimmen auf der Hoogstraat.

»Mindestens hundert Mann sind geflohen.«

»Wohin?«

»Nach Seeland.«

»Als ob man dort sicher wäre.«

»Warum sind sie geflohen?«

»Gestern kamen erneut Gerichtsdiener. Noch im Morgengrauen haben sie Gideon van der Kraan aus seinem Haus geholt und mit nach Delft genommen. Ary Wouterse hat daraufhin gleich das Weite gesucht. Auch Kornelis Ladryven ist abgehauen. Frans Steil allerdings haben sie geschnappt.«

»Das sind drei Mann, aber keine hundert.«

»Später sind noch viele andere weggelaufen. In kleinen Booten, über das Sluyse Diep.«

»Dann sind sie also nicht gelaufen.«

Bereits am darauffolgenden Sonntag präsentierte Pastor van Wanen am Ende seiner Predigt eine genauere Schätzung. Siebzig Gemeindemitglieder seien geflohen, rief er, unter dem Schalldeckel stehend, woraufhin er plötzlich losdonnerte: »Oh, ausgedünnte Schar, die sich allhier versammelt hat, höre mein Wort, siebzig sind geflohen, hört, was unser Erlöser in Matthäus 18, Vers 21 und 22, sagt, als Petrus ihn fragt: ›Herr, wie oft muß ich denn meinem Bruder, der an mir sündigt, vergeben? Ist's genug siebenmal?‹ Daraufhin antwortet unser einziger Retter: ›Nicht siebenmal, sondern siebzigmal siebenmal.‹ Siebzigmal, ach, meine Herde, allhier versammelt, und siebzig sind geflohen, was lehrt uns diese Zahl? Daß wir auch diesen siebzig siebenmal vergeben müssen, damit auch uns siebzigmal siebenmal vergeben wird, so daß sie sich wieder in unseren Schoß und an unseren Busen werfen können, schluchzend, heulend vor Zerknirschung, demütig und voller Reue, damit wir wiederum, die wir ein stilles und ruhiges Leben in dem Land führten, wo wir geboren wurden, die gottesfürchtigen Arbeiten unserer Hände wieder aufnehmen können. Ohne diese siebzig überwiegend wackeren jungen Männer können wir es hier nicht schaffen, hört, siebzigmal siebenmal, das sagt unser einziger Retter, und darauf wollen wir hören, und darum flehen wir den Magistrat an, laßt sie, jetzt, da all die Unruh und Aufruhr endlich hinter uns liegen, wieder in unsere Mitte zurückkehren, jetzt, da wir uns schließlich auch von Herzen dazu entschlossen haben, zu unserem innig geliebten alten Ton zurückzukehren. Amen.«

Van Wanen wischte sich den reichlich fließenden Perückenschweiß von der Stirn, warf einen durchdringenden Blick auf die Bürgermeisterbank, nickte den Herren zu, verbeugte sich sogar ein wenig und ließ dann den zweiten Vers des neu gereimten Psalms 130 singen. Bruyninghuizen stimmte ein ruhig wogendes Vorspiel an, und langsamer als je zuvor, unendlich träge wie der matte Strom der Ebbe kurz vor der Gezeitenwende, erklang in der Kirche:

»Wenn du das Recht willst leiten,
O Herr, und unsere Taten sehn,
all unsre Ungerechtigkeiten,
wer könnte da bestehn?
Doch nein, du wirst vergeben,
dein Reich steht uns noch offen;
drum bitten wir mit Beben
und kinderlichem Hoffen.«

Von seiner hohen Reederbank aus konnte er genau beobachten, wie alle Kirchgänger, beim Wort »vergeben« vorsichtig nickend, der gewagten, flehentlichen Bitte van Wanens zustimmten. Das Wort wurde so lange gehalten und so kunstvoll mit Trillern und Mordenten verziert, daß es den Anschein hatte, als stünde es unter dem Tonnengewölbe still. Siebenmal vergeben wollte man den siebzig Flüchtlingen, und Roemer dachte: Wie schade, daß Anna nie zur Kirche geht. Nun sieht sie nicht, daß es Hoffnung für unseren Jungen gibt. Und ich kann schwerlich zu ihr hingehen und es ihr erzählen. Vielleicht kann ich es ihr im Vorbeigehen berichten, wenn sie morgen in aller Frühe auf dem Weg zur Tanweide vorbeikommt.

Doch als er sie einige Tage später auf der anderen Seite der Veerstraat vorbeigehen sah und rasch nach draußen eilte, um gleichzeitig mit ihr am Fuß der Breede Trappen anzukommen, so daß sie ganz unverfänglich nebeneinanderher die Treppe hinaufgehen konnten, da zeigte sich, daß sie bereits von van Wanens höherer Vergebungsmathematik gehört hatte.

»Siehst du, alles wird gut«, sagte er.

»Aber ich höre auch immer wieder sagen, daß die

schlimmsten Rädelsführer nicht ungestraft bleiben dürfen, und dann schaut man mich scharf an, und dann weiß ich, daß sie … daß Gilles …«

Ihre Stimme versagte, sie hielt sich am Geländer der Breede Trappen fest und zog sich zur nächsten Stufe hinauf, blieb dort stehen und sagte: »Ich wünschte, ich könnte ihn wissen lassen, was der Pastor in seiner Predigt gesagt hat. Es würde ihn bestimmt aufmuntern. Jetzt hockt er den ganzen Tag in seinem Versteck, grämt sich und hört nichts.«

»Was willst du ihn wissen lassen?« wollte Roemer fragen, doch oben auf dem Deich bog sie nach links in die Hoogstraat, und er ging geradeaus zur Brücke, die auf das Schanseiland führte. Ob ihr klar war, daß die Sluyser keine Einmischung von außen duldeten, fragte er sich. Was man hier ganz bestimmt nicht wollte, war, daß die Schuldigen anderswo von Fremden verurteilt wurden. Daher der Ruf um Vergebung. Anschließend wird man sich hier schon was einfallen lassen, um die Aufrührer doch noch aufs härteste zu bestrafen. Dafür brauchte man hier keinen Vogt aus Delft. Doch Gilles und die anderen Burschen haben sich nicht nur der Plünderung von Häusern in Sluys schuldig gemacht, sie haben auch den Vogt bedroht. Und diese Rechnung kann leider unmöglich hier vor Ort beglichen werden. Darum fürchte ich …

Er spazierte in der vollen Frühlingssonne, und ihm wurde klar, daß er nichts tun konnte. Diese Gewißheit wurde in den folgenden Wochen stärker. Von den siebzig Geflohenen kehrte der erste Wagemutige bereits Mitte April wieder aus Seeland zurück. Als bald danach deutlich wurde, daß man ihn nicht arretierte, schlich Anfang Mai ein weiteres Dutzend Flüchtlinge über den Hafenkai, durch die Hoogstraat, an den Vlieten vorbei durch die Sandelijnstraat. Ende Mai waren alle Flüchtigen wieder ins Dorf zurückgekehrt – alle außer Gilles Heldenwier und Ary Wouterse.

Zu diesem Zeitpunkt wußte bereits ein jeder, daß sowohl Gilles als auch Ary augenblicklich nach Watersloot gebracht werden würden, wenn sie sich in Maassluis zeigten. Also schmorten sie weiter in ihren Verstecken. Dort erfuhren sie schließlich, was in der Verlautbarung über den Aufstand zu lesen war, welche die Staaten von Holland und Westfriesland erlassen hatten und die Ende Juli die Mauer des Rathauses zierte:

Die Staaten von Holland und Westfriesland

An all jene, die hören oder lesen werden

Anna Arnoldina van Boetzelaar, Douairière von Pieter van Wassenaar, Drostin von Maasland und Maassluys, hat uns zur Kenntnis gegeben, daß zwischen den Einwohnern der Herrlichkeit Maaslandsluys schon vor geraumer Zeit ein tiefer Zwist entstanden ist ob des Psalmengesangs in den reformierten Kirchen der obengenannten Herrlichkeit. Manche prätendieren, daß man mit obigem Gesang auf die alte Weise fortfahren solle, andere hingegen, daß man eine neue Singweise introduzieren solle. Die Drostin hat die genannten Zwistigkeiten unter den in ihrer Herrlichkeit Heimischen zwar zu schlichten versucht, doch sie hat damit nicht nur keinen Erfolg gehabt, sondern mußte zu ihrem Leidwesen auch die Erfahrung machen, daß die Gemüter der Bevölkerung sich gegeneinander mehr und mehr verbittert hatten, und das in einer Weise, daß es zum Ausbruch von Gewalttätigkeiten kam, die zur Folge hatten, daß der Vogt von Delfland derart mit der Macht des Gesetzes vorgehen mußte, daß bereits fünf Personen in Arrest genommen wurden, während sich eine sechste kurz vor ihrer Verhaftung durch Flucht hat entziehen können.

Eine sehr große Anzahl der Einwohner hat sich an den genannten Gewalttätigkeiten beteiligt. Die Drostin hat vorhergesehen, daß die Justiz zu noch umfassenderer Tätigkeit sich genötigt sehen würde. Daraus hat sie den Schluß gezogen, daß sich, wenn das Recht rigoros in Anwendung gebracht wird, notwendigerweise ergeben wird, daß eine große Anzahl der Einwohnenden der genannten Herrlichkeit unglücklich gemacht und viele Frauen und Kinder in bitterste Armut gestürzt würden und die genannte Herrlichkeit vieler ihrer Einwohner beraubt würde.

Darum bat uns die Drostin demütig, da »periculum in mora« vorliege, in unserer souveränen Macht und Autorität so rasch wie möglich eine Amnestie zu erlassen, in der wir verfügen, daß alles zur Sache Gesagte vergeben und vergessen sein und bleiben soll und daß es der Justiz verboten sein soll, sowohl jetzt als auch später noch jemanden zu verfolgen, wobei der schärfste Befehl an alle ergeht, sich fürderhin keinerlei solcher Taten schuldig zu machen.

Nach Beratungen mit Präsident und Rat unseres Hofes und gemäß dem hohen und weisen Rat Seiner Hoheit, des Prinzen von Oranien und Nassau, sind wir geneigt, der Bitte von Anna Arnoldina van Boetzelaar Gehör zu schenken.

Also verfügen wir, daß alles zur Sache Gesagte bleibend vergeben und vergessen sein soll, wobei allen aufgetragen ist, sich derartiger Taten zu enthalten, insbesondere all dessen, was geeignet sein könnte, den Mitbewohnern hinsichtlich der Art und Weise des Gesangs der Psalmen in ihren Häusern oder anderenorts Schwierigkeiten bereiten könnte. Wer sich zukünftig derlei schuldig macht, wird nach entsprechender Untersuchung rigoros bestraft werden. In diesen Gnadenerlaß nicht einbegriffen sind Kaat Persoon, auch Kaat Frans genannt, Jan van der Thuyn, Gideon van der Kraan, Gilles Heldenwier und Ary Wouterse, welche auf Grund der erlangten Kenntnisse die Rädelsführer und Hauptschuldigen bei den aufrührerischen Unruhen waren, die in Maassluis stattgefunden haben. Und damit sich niemand auf Unwissenheit berufen kann, verfügen wir, daß unsere Bekanntmachung in Maassluis bekanntgemacht und vor Ort angeschlagen werden muß, wie es alldort üblich ist.

Ausgefertigt zu Den Haag, unter dem kleinen Siegel des Landes, am 26. Juli 1776.

Unterzeichnet von

C. Clotterbooke

Schließlich vernahm Roemer in derselben Gaststube, von wo aus er hatte beobachten können, wie sein Sohn und dessen Kumpane an einem unschuldigen Mittwochnachmittag den Vogt provoziert hatten, von Meister Spanjaard, der munter auf einem Brettchen Tabak schnitt, wie das Urteil lautete.

»Sie machen zugleich von der Gelegenheit Gebrauch, um Kaat Persoon loszuwerden. Zwölf Jahre Verbannung.«

»Zwölf Jahre?«

»Ja, wußtest du das nicht? Du bist doch Schöffe! Hat Schim euch Schöffen denn nichts erzählt?«

»Schim schämt sich, weil es sich gezeigt hat, daß er nicht in der Lage war, den Aufruhr ohne Hilfe von außen zu beenden. Darum schweigt er darüber, als wäre nie etwas geschehen.«

»Mich erstaunt, daß der Vogt hier eigenmächtig, ohne daß es auch nur eine Art von Prozeß gegeben hätte, Urteile fällt. Aber gut, mit Kaat hat man also kurzen Prozeß gemacht, und die Burschen, die ihn hier seinerzeit bedroht haben, die hat man auch verbannt. Gideon van der Kraan und Ary Wouterse für sechs Jahre, Jan van der Thuyn und Gilles Heldenwier sogar für zwölf.«

»Vier Burschen«, sagte Roemer bitter, »die weder Frau noch Kinder zu unterhalten haben. Den Aufrührern mit Familie hat man Amnestie gewährt. Weißt du, wieso?«

»Aber sicher«, sagte Meister Spanjaard, »auf die Kerle kann man hier schlecht verzichten. Sobald man sie in die Verbannung schickt, sind Frauen und Kinder ein Fall für die Armenhilfe. Das hat man natürlich verhindern wollen.«

»Wäre Gilles doch nur verheiratet gewesen.«

»Das ist noch die Frage, ob er dann unbehelligt geblieben wäre. Öffentliche Verspottung der Justiz ... tja, dann bist du erst mal weg, für nicht weniger als zwölf Jahre, während sein Kumpel Gideon ...«

»Ja, aber der ist auch nicht geflohen.«

Ein Todesfall

Früher noch als sonst saß er bereits in seinem Comptoir. »Zwölf Jahre kommen einem erstaunlich lang vor, wenn man in die Zukunft schaut«, murmelte er, »doch wenn man zurückschaut, denkt man: Wie schnell sind die Jahre verflogen.«

Auf ein altes Blatt, das mit schon längst überholten Berechnungen gefüllt war, schrieb er »1776«. Und dahinter die Jahreszahl 1788. Das scheint noch so weit weg zu sein, dachte er, doch wenn man von 1776 zwölf Jahre abzieht, gelangt man in das Jahr 1764. Ist das schon so lange her? Überhaupt nicht. Es kommt mir vor, als wäre es gestern gewesen, daß das linkshändige Bürschchen mich im Winter des Jahres 1766 vom Eis gefegt hat. Und 1766 weniger zwölf sind 1754. Damals war ich fünf Jahre mit Diderica verheiratet. Und wenn man dann noch einmal gut zwölf Jahre in der Zeit zurückgeht, dann ist man schon so ungefähr beim Jahrhundertfest.

Es war, als hörte er wieder das atemberaubende Sausen der Geigen und Gamben. Es war, als sähe er wieder den Handkarren mit dem unförmigen Heilbutt durch die Veerstraat näher kommen. Längst vergangen kam ihm das ganz und gar nicht vor, es schien im Gegenteil beinahe näher und vertrauter als alles, was im unergründlichen Heute geschah. Denn wer hätte je vorhersehen können, daß sich – nachdem unerwartet großzügig Gnade und Amnestie gewährt worden waren, von der nur fünf Personen ausgeschlossen worden waren – herausstellen würde, daß das Feuer alles andere als gelöscht war. Und das, obwohl man, wohlgemerkt, sowohl in der Groote als auch in der Kleine Kerk zum alten Ton zurückgekehrt war. Dennoch waren im Mai des Jahres 1778 erneut überall im Dorf Verlautbarungen angeschlagen, auf denen der Vogt von Delfland beinahe beleidigt und grammatikalisch falsch zum Ausdruck brachte, daß »der Zwist nicht nur nicht beendet ist, sondern daß auch seit einiger Zeit der Psalmengesang während des Gottesdienstes in den öffentlichen Kirchen von verschiedenen Personen ernsthaft gestört wurde, und so durch das Ausstoßen wirrer Schreie, ohne auf die Orgel oder den Vorsänger zu achten, als auch durch Fortfahren mit dem Gesang, nachdem die Orgel und der Vorsänger bereits aufgehört haben«.

Ach, was spielte das schon für eine Rolle. Zur Kirche ging er nur noch selten. Wenn er in der Reederbank Platz nahm, dann sah er sofort das Gesicht seines Sohnes an jenem Sonntagmorgen im April vor sich. Damals hatte sich vollkommen unerwartet eine Gelegenheit ergeben, den Jungen so zu treffen, daß dieser ihn voll ungläubigen Erstaunens angesehen hatte. Ein einziger Moment nur, in dem es so etwas wie Einvernehmen gegeben hatte, ein kurzes Aufblitzen von gegenseitigem Verständnis. Darauf mußte er aufbauen können, aber was sollte er tun: Der Junge war nun für zwölf Jahre verbannt. Vielleicht sah er ihn nie wieder. Eine Sorge, die ihn um so stärker drückte, als seine Mutter es ihm, Roemer, persönlich anzurechnen schien, daß Gilles sich so lange weder in Holland noch in Westfriesland zeigen durfte.

»Gideon van der Kraan sechs Jahre und Gilles zwölf Jahre, wie kann das sein? Gideon hat mein Kind da hineingezogen. Er hat zwölf Jahre verdient. Hättest du denn nicht etwas sagen können, etwas unternehmen ...«, hatte Anna ein paarmal voller Verzweiflung wiederholt, wenn sie einander auf der Straße oder den Breede Trappen begegnet waren.

Nein, er hatte nichts tun können. Der Vogt hatte sein Urteil eigenmächtig gefällt, und bei der einzigen Gelegenheit, ihn wegen des doppelten Strafmaßes für Gilles im Rathaus anzusprechen – Jacob van der Lely war zu Beginn des Frühjahrs 1778 nach Maassluis gekommen, um die »Einwohner dieser Herrlichkeit« erneut wegen der »weitgehenden Straftaten in Hinblick auf die Melodie und den Rhythmus des Psalmengesangs« zu ermahnen –, hatte der hochbetagte Vogt gebrummt: »Ihr wart doch dabei, als der Erbprinz mir befohlen hat, die Vergehen aufs schärfste zu ahnden, und Ihr müßt Euch deshalb doch auch im klaren darüber sein, daß ich mich an seine Weisungen zu halten habe. Wißt Ihr denn nicht mehr, daß einer Eurer Mitbürger dem Prinzen gegenüber ausdrücklich darauf hingewiesen hat, daß es ebendieser junge Mann war, der ihm die Weste mit dem Beil sinister zugerichtet hat?«

Sechs zusätzliche Jahre der Verbannung wegen eines Umstandsworts, das dem aufgedunsenen, entschlußlosen Erbprinzen mit seinem inzwischen berühmten »wundersamen Gedächtnis« offenbar genau in Erinnerung geblieben war.

Wegen dieses einen Wortes, dieses fast possierlichen Ausdrucks »sinister«, mußte er nun zwölf Jahre auf den Augenblick warten, in dem er den Faden wiederaufnehmen und auf ein Einvernehmen mit seinem Sohn hinwirken konnte. Vor allem morgens früh, wenn er sich im Comptoir an seinem Schreibtisch niederließ, um mit Fangergebnissen zu gaukeln, kam es ihm so vor, als wäre er selbst verbannt worden. Außer mit Fangergebnissen gaukelte er auch mit der Zahl Zwölf. Drei der zwölf Jahre waren bereits verstrichen, noch drei Jahre, und er hatte die erste Hälfte hinter sich, und wenn man die erste Hälfte hinter sich hatte, ging es schneller vorwärts. Wenn er auf die drei Jahre zurückblickte, dann waren drei Jahre nichts, denn was war in den drei Jahren schon passiert? Abgesehen von den fortwährenden Streitigkeiten über den Psalmengesang doch nur, daß die Generalstaaten im Jahre 1777 tatsächlich beschlossen hatten, daß ein kombinierter Betrieb, bei dem die Heringsbüse im Winter auch auf Kabeljaufang ging oder der Huker im Sommer auf Heringsfang fuhr, auch pro Schiff mit einer Prämie von fünfhundert Gulden aus der Staatskasse soulagiert wurde. So kam es, daß er in den letzten drei Jahren kaum auf seinen Huker und seine Büse hatte zuzahlen müssen; ja, er konnte sogar vorsichtig darüber nachdenken, im Laufe der Zeit wieder ein drittes Schiff zu bereedern.

Er starrte aus dem Fenster. Die erste Treckschute des Tages würde jeden Moment ablegen. Fahles Oktobersonnenlicht glänzte auf dem Roof, in dem sich die Passagiere wahrscheinlich wieder auf langwierige und ermüdende Streitgespräche einließen, in denen es um die Frage ging, ob es besser sei, in der geschenkten Gnade behaglich zu leben oder ein bedrücktes, der Welt und ihren Vergnügungen abgewandtes Dasein zu führen. Neun Jahre noch, dachte er, wie mag es ihm gehen, wo er jetzt wohl ist, warum hört nicht einmal mehr seine Mutter etwas von ihm? Und warum gehen mir die Gedanken an ihn nicht aus dem Kopf?

Er hörte schnelle Schritte draußen auf dem Flur. Wer war das? Marije? Zu so früher Stunde? Und dann so schnell? Da hämmerte bereits jemand kräftig gegen seine Tür. Ehe er sich auch nur hatte erheben können, flog die Tür auf, und er starrte in das vor Entsetzen verzerrte Gesicht des inzwischen hochbetagten Dienstmädchens. Marije wollte etwas sagen, doch das gelang ihr nicht. Voller Verzweiflung rang sie die Hände, deutete hinter sich. Er stand auf und folgte ihr durch den dunklen Gang, dann stiegen sie die Treppe zu Didericas Schlafzimmer hinauf. Seit in diesem Zimmer seine Unfähigkeit deutlich geworden war, hatte er kaum mehr einen Fuß über die Schwelle gesetzt, so daß es ihm jetzt so vorkam, als befände er sich plötzlich in einem völlig anderen Haus. Im Ehebett entdeckte er seine Frau. Ganz ruhig lag sie da; einen Moment lang dachte er, sie wäre tot, und ein unglaubliches Gefühl der Erleichterung durchströmte ihn. Ein Zittern ging durch ihren Körper, sie wand sich wie ein Lachs, der im Kescher gefangen ist. Sie streckte sich, schnappte nach Luft wie ein Fisch auf dem Trockenen, schüttelte den Kopf und kam dann langsam wieder zur Ruhe. Nur ihre Augenlider zitterten noch.

Nach einigen windstillen, friedlichen Minuten schlug sie die Augen auf und flüsterte ruhig: »Hiervon werde ich mich nicht mehr erholen, mein Ende naht.«

»Wie kommst du denn darauf?« sagte er ziemlich mißmutig.

»Ich habe so einen komischen Geschmack auf der Zunge, die ganze Nacht schon, ich glaube, ich schmecke den Tod.«

Sie lächelte ihn an, und da war auch schon wieder dieses elende Kichern, diese seltsame Lautäußerung eines Menschen, der sich im stillen amüsiert.

»Ich habe mich damit abgefunden, daß ich sterben werde«, sagte sie. »Es ist besser so, sowohl für mich als auch für dich. Fast fünfzig bist du, noch nicht sehr alt also, heirate eine junge Frau, es wird dir guttun, vielleicht bist du bei einem so jungen Ding nicht ...«

Ein Zittern durchfuhr sie. Sie bewegte sich wie das Wasser des Goudsteen an jenem denkwürdigen 1. November des Jahres 1755. Er erinnerte sich daran so genau, als wäre es erst unlängst passiert. Er war im Garten hinter dem Haus, als das ruhige Wasser plötzlich in heftige Bewegung geriet. Vertäute Ruderboote zerrten an ihren Leinen, und er hatte Rufe vernommen; später hatte er gehört, daß sich im Kulk ein paar Huker und Büsen von den Tauen gelöst hatten, und noch später, daß in den katholischen Kathedralen Kronleuchter wild hin und her geschaukelt hatten.

Diderica schüttelte sich in ihrem Bett wie ein Huker, der bei schwerem Sturm im Kulk an den Tauen zerrt. Sie packte die Decke, die auf ihr lag, als wollte sie sich daran festklammern. Sie zog die Decke zu sich, richtete sich in ihrem Bett auf, griff immer wieder nach der Decke, hob sie vom Bett, zog sie an sich heran und versuchte, sie über ihren riesigen Körper zu drapieren. Dann fiel sie langsam nach hinten aufs Bett, und dieses äußerst behutsame, beinahe unendlich lang dauernde Fallen sollte ihm bis ans Ende seiner Tage als der beklemmendste Augenblick seines ganzen Lebens in Erinnerung bleiben. Da ging sie, da fiel sie, sie klammerte sich an die Decke, konnte aber dennoch den trägen Fall nicht bremsen. Dann kam sie zur Ruhe, so wie damals das wogende Goudsteenwasser, das Erdbeben war vorüber, und da lag sie, in ihrem Fall aufgehalten vom breiten Brautbett, das sich nun schließlich auch als ihr Totenbett entpuppte, denn daß sie, so erstaunlich bald nachdem sie noch in aller Seelenruhe ihr Verscheiden angekündigt hatte, vollkommen unerwartet dahingegangen war, einfach so an einem fahlen Oktobermorgen, noch ehe die erste Treckschute abgefahren war, daran zweifelte er nicht. Doch die unglaubliche Erleichterung, die er vorhin noch verspürt hatte, stellte sich jetzt nicht wieder ein. Es hatte den Anschein, als würde all der im Laufe der Jahre angestaute Ärger verdunsten, verdampfen, verfliegen, als würde er sich binnen eines Augenblicks in ein drückendes Schuldgefühl verwandeln. Was er nie vermocht hatte, vermochte er jetzt. Vorsichtig streichelte er ihre hochroten, doch bereits unter seinen Händen blitzschnell verblassenden Wangen. Hinter sich hörte er lautes Schluchzen. Er sagte: »Weine nicht, das ist nicht in ihrem Sinne.« Aber das ungehörige Schluchzen ging einfach weiter, so als hätte Marije ihn nicht gehört, und darum wiederholte er mit Nachdruck seinen strengen Befehl: »Weine nicht, sei ruhig, schließlich hat sie kurz vor ihrem Tod noch fröhlich gelacht.«

Er ging zurück in sein Comptoir. Als er wieder Platz genommen hatte, schlug er die Hände vors Gesicht. Dieses Lachen, dieses spöttische Lachen, damit hatte sie ihm jedesmal einen Schauder über den Rücken gejagt. Und was zeigte sich jetzt? Das Lachen war kein höhnisches Kichern. Es war ganz offenbar das Lachen eines Menschen, der sich fürchtete. Mußte er daraus den Schluß ziehen, daß sie sich ihr Leben lang vor ihm gefürchtet hatte? Aber wieso denn? War er so angsteinflößend? Hatte er sich hinsichtlich dieses

Lachens wirklich so schrecklich geirrt? In diesem spöttischen Lachen hatte er Geringschätzung zu hören gemeint, grenzenlose Geringschätzung. Aber wenn sie ihn nicht geringschätzte, sondern fürchtete, was blieb dann noch von seinem Leben? Hatte er etwa täglich versagt, so wie kaum einer jemals versagt hatte? Dann hatte sie ihn vielleicht sogar – denn wenn man jemanden fürchtet, dann kann man seine Furcht nur durch Zuneigung einigermaßen unschädlich machen – geliebt.

Pamphlet

Mein Schwager in Gouda hat mir geschrieben, daß man dort immer noch sehr erfreut ist über den Organisten Joachim Hess, der hier für kurze Zeit in der Schans gespielt hat«, sagte Meister Spanjaard. Er führte den Römer mit Rheinwein zum Mund, schaute sich in der Schankstube des De Moriaan um, dämpfte dann seine Stimme und murmelte: »Er hat auch geschrieben, daß der Magistrat dort ein drohendes Schreiben veröffentlicht hat, um ein gewisses Pamphlet aufzuspüren.«

Willem van der Jagt sagte nichts, und Roemer schwieg auch, obwohl Meister Spanjaard ihn erwartungsvoll ansah.

»Wißt ihr etwas über diese Schmähschrift?« brummelte er, während er einen mißtrauischen Blick auf ein paar in dezentes Schwarz gekleidete Kartenspieler warf, die an einem Nachbartisch saßen.

»Warum willst du darüber etwas wissen?« fragte Willem, der Dichter.

»Du weißt doch, daß ich Pamphlete und Pasquille sammele. Dieses aufsehenerregende Pamphlet, diese Schrift eines gewissenhaften Bürgers mit dem Titel *An das Volk der Niederlande*, darf in meiner Sammlung ganz bestimmt nicht fehlen. Aber wie soll ich bloß in ihren Besitz gelangen?«

»Wie man hört, wurde es vorige Woche in allen großen Städten verbreitet. Hier und da lag es bereits, von Pferdehufen zertreten, einfach auf der Straße herum«, sagte Willem.

»In den großen Städten«, seufzte Meister Spanjaard, »da ja, aber unser kleines Dorf hat man natürlich ausgelassen. In Maassluis, hat man sich wohl gedacht, dort ein Pamphlet verteilen, warum sollten wir? Die Leute dort sind nicht ganz richtig im Kopf, die haben sich vor kurzem erst wegen der Singweise gegenseitig fast die Köpfe eingeschlagen und tun das gerade wieder, weil die Offiziere des dort einquartierten Regiments, das Maassluis vor einem direkten Angriff der Engländer über die Maasmündung hinweg beschützen soll, beim Sonntagsgottesdienst in den Regierungsbänken Platz nehmen dürfen, was die Bürgermeister ihnen murrend zugestehen mußten. Und als reichte das nicht, schlagen sie einander außerdem noch die Köpfe ein, weil sie darüber streiten, ob der Prickenteich zugeschüttet werden soll oder …«

»Nein«, unterbrach Roemer ihn, »dieses Thema ist vom Tisch. Der Teich wird nicht zugeschüttet. Dort werden keine Kanonen postiert.«

»Wo denn dann?« wollte Willem wissen.

»Ein Stück weiter weg vielleicht«, antwortete Roemer, »auf der anderen Seite des Hafens. Dort soll eine Redoute mit zehn Kanonen hinkommen.«

»Ehe man dort eine Redoute errichtet hat«, sagte Meister Spanjaard, »ist der Krieg mit England längst vorbei. Aber schön, nicht, dann stehen die Geschütze schon mal da für den nächsten Krieg. Wie man hört, scheint in dem Pamphlet …«

»Es steht nichts über Kirchenbänke oder die Verteidigung der Maasmündung darin«, sagte Roemer.

»Woher weißt du das?« fragte Meister Spanjaard.

»Vorige Woche saß ich morgens früh gerade an meinem Schreibtisch, als ich hörte, daß jemand versuchte, etwas unter meiner Tür hindurchzuschieben. Offenbar war es zu dick, es blieb stecken. Sofort eilte ich hin, riß die Tür weit auf, aber es war niemand mehr zu sehen. Allerdings lag da ...«

Auch Roemer warf nun einen mißtrauischen Blich auf die schwarzgekleideten Kartenspieler. Wer waren die Männer? Ganz bestimmt keine Dorfbewohner, denn denen wurde mindestens einmal im Monat von der Kanzel gepredigt, daß die Spielkarten nicht nur vom Teufel höchstpersönlich erfunden worden waren, sondern daß sie auch von ihm gedruckt und vertrieben wurden. Wenn im Schankraum vom De Moriaan mal ein Kartenspiel auftauchte, dann spielten ausschließlich Fremde damit. Wer Karten spielte, der kam von woanders und hatte wenig Gutes im Sinn, soviel stand fest, und darum senkte auch Roemer seine Stimme.

»Ich habe es sogleich gelesen«, sagte er. »Am Ende steht, daß es in Ostende geschrieben wurde, aber das glaube ich nicht. Das ist nur eine List, um die Regierung auf eine falsche Fährte zu locken. Das Libell enthält allerlei Geschimpfe auf das Haus von Oranien, aber es steht nichts, gar nichts, überhaupt nichts über die Fischerei darin, und das, obwohl hier jedweder Handel durch diesen lächerlichen Krieg fast vollkommen zum Erliegen gekommen ist. Aber darüber kein Wort, es scheint fast, als hätte der Libellant kein Auge dafür, daß auch die Fischerei durch diesen unheilvollen Krieg tödlich getroffen ist.«

»Trotzdem haben manche Partenreeder, entgegen dem Befehl der Generalstaaten, jegliche Schiffahrt einzustellen, es dennoch gewagt, ihre Huker heimlich zu bereedern«, sagte Willem van der Jagt.

»Aber nur, weil es ihnen gelungen ist, die Schiffe auszuflaggen.«

»Fährt man sicherer unter österreichischer Flagge?« fragte Meister Spanjaard.

»Ach, die Engländer sind auch nicht auf den Kopf gefallen, die wissen ganz genau, daß die holländischen Reeder dankbar von der Tatsache Gebrauch machen, daß die südlichen Niederlande zu Österreich gehören und daß man die Sluyser Huker deshalb auch listig unter der Flagge eines Landes auf See schicken kann, mit dem sich England nicht im Krieg befindet.«

»Und trotzdem haben die Engländer bis heute die ausgeflaggten Schiffe unbehelligt gelassen? Traust du dich nicht, deinen Huker unter österreichischer Flagge zu bereedern?«

»Ich habe mich mit einem meiner Schiffer beraten. Der wollte es nicht wagen, unter fremder Flagge nach Island zu fahren, tja, was also soll ich tun? Ihm sagen: ›Ich befehle dir auszulaufen‹?«

»Genau«, meinte der Dichter, »genau das müßtest du sagen. Du bist den Fischern gegenüber viel zu nachsichtig. Wenn sie nicht auf deinem Schiff fahren können, dann fahren sie mit anderen Reedern.«

»Ach ja? Die meisten Schiffe liegen aber im Hafen. Und darum liegt hier alles darnieder, und immer mehr Bedürftige klopfen bei der Diakonie an. Wenn dieser gewissenhafte Bürger, dieser Patriot aus Ostende einmal hierherkäme ... Ach, wie sich hier alles im Elend wälzt, wie sich die Ausgemergelten von Tür zu Tür schleppen und überall anklopfen und um ein Stück Brot betteln ... es bricht einem das Herz ...«

»Hast du das Libell noch?« fragte Meister Spanjaard begierig.

»Sei still«, sagte Roemer. »Wer auch nur Satzteile aus dem Pamphlet zitiert, kann von unserem Schim bei Hafenwasser und Schiffszwieback in der Wagt eingesperrt werden.«

»Ja, ja«, sagte Meister Spanjaard, »und wenn sich das Pamphlet in deinem Besitz befindet, nimmt er es dir außerdem noch ab.«

»Du kannst dich glücklich schätzen, wenn es dabei bleibt«, sagte Roemer. »Ich an deiner Stelle würde lieber aufpassen. In deinem Alter noch mit Ruten ausgepeitscht zu werden ...«

»Ein paar Schläge hätte ich durchaus dafür übrig, und außerdem, wenn ich im Beisein der Herren Schöffen ausgepeitscht würde, dann könnte ich doch wohl damit rechnen, daß du, Herr Schöffe, sehr bald sagst: ›Er hat seine Strafe bekommen.‹«

»Natürlich, aber vielleicht rufen ja die anderen Schöffen im Chor: ›Aber nicht doch, Herr Schinder, macht ruhig noch eine Viertelstunde weiter, früher in der Schule hat er uns immer so lange Rauchwolken ins Gesicht geblasen, bis wir schrecklich husten mußten und unsere Augen zu tränen begannen.‹«

»Ich glaube, ich besuche mal wieder den Goudsteen«, sagte Willem van der Jagt.

»Hat man dir dieses Pamphlet auch auf die Schwelle gelegt?« fragte Meister Spanjaard.

»Warum sollten sie? Bin ich etwa Bürgermeister oder Schöffe?« entgegnete Willem.

»Nein, aber du bist Dichter. Wenn das Libell in deine Hand käme, könntest du es sogleich fachmännisch in Reimform bringen und die Reime dann, nachtragend, wie du bist, weiterverbreiten.«

»Ich besitze es leider nicht«, sagte Willem kurz angebunden, »und selbst wenn ich es hätte, so würde ich es dir dennoch nicht geben, denn du wärest so stolz darauf, es in die Hände bekommen zu haben, daß du jedem davon erzählen würdest. Als im vorigen Monat hier im Ort ausgelassen gefeiert wurde, daß Zoutman und van Kinsbergen die Engländer bei der Doggerbank nach Hause geschickt haben, da hast du überall unbekümmert herumtrompetet, dieser Sieg sei kein richtiger Sieg gewesen.«

»Sieben niederländische Linienschiffe haben eine Zeitlang auf sieben englische Linienschiffe geschossen, die das Feuer erwiderten. Sie haben die Segel und Wanten des jeweils anderen getroffen, und hier und da ist wohl auch eine Rah und ein Bugspriet kaputtgegangen, und anschließend sind alle wieder nach Hause gefahren«, höhnte Meister Spanjaard.

»Die englischen Linienschiffe waren viel größer.«

»O ja, warst du dabei? Hast du sie gemessen?«

»Graf Bentinck ist gefallen.«

»Ach ja, die Engländer feuerten schon mal ein Probeschüßchen ab, und prompt fiel Bentinck tot zu Boden. Mit Pracht und Pomp hat man ihn, auf Staatskosten wohlgemerkt, bestattet!«

»Zoutman hat die Engländer vertrieben.«

»Ja, ja, in dem Gedicht, das du darüber geschrieben

hast. In Reimen hast du alle Engländer glanzvoll auf den Meeresboden geschickt! Nehmen wir doch nur einmal den Titel deines Gedichts, ›Doggerbank‹, der ist wahrlich wunderbar! Wie bist du darauf gekommen? Und dann die ersten vier Zeilen!

Vor Zoutman ist verschreckt geflohn
das niederträcht'ge Albion.
Den Hafen suchten sie mit Hast,
der Flotte Ruhm, er war verblaßt.

Willem warf einen bösen Blick auf seinen alten Schulmeister, stand auf und verließ strammen Schritts die Gaststube des De Moriaan.

»Kannst du denn nicht damit aufhören, jeden gegen dich aufzubringen?« fragte Roemer. »Demnächst hast du nur noch Feinde. Und wo willst du dann noch hin, wenn du bald deine Schule räumen mußt?«

»Ach, sprich nicht davon, kannst du dir das vorstellen, ich im Altenstift? Inmitten von mümmelnden Greisen? Und wirst du aus unserem Willem schlau? Patriot mit Leib und Seele, aber trotzdem besingt er die Schlacht bei der Doggerbank, von der uns der Erbprinz weisgemacht hat, wir hätten einen wundersamen Sieg davongetragen.«

»Ach, Willem mag zwar Patriot sein, aber seine Vaterlandsliebe ist noch ein klein wenig größer, und darum besingt er die Seeschlacht. Und was deine Unterbringung angeht: Zieh ruhig zu mir, bis du eine Unterkunft gefunden hast, die dir gefällt. So ganz allein in einem so großen Haus … Unweigerlich wird man früher oder später ein paar Offiziere des ersten Bataillons vom zweiten Regiment ›Oranje-Nassau‹ bei mir einquartieren oder vom Bataillon des Regiments von Munster, das Oranje-Nassau im nächsten Frühjahr ablösen wird. Die Offiziere logieren jetzt noch im De Moriaan, im De Zon und im 's Lands Welvaren, aber das kostet zwei Gulden die Woche, und um die Kosten zu senken, werden sie bestimmt in absehbarer Zeit bei Privatpersonen untergebracht werden. Dann kommt mir demnächst vielleicht Oberst Graf von Wartensleben oder Leutnant Wittgenstein ins Haus. Und noch ein paar dieser feinen Herrschaften. Wenn ich nicht allein in der Veerstraat wohne, bleiben mir möglicherweise ein oder zwei Offiziere erspart. Seit Diderica von mir gegangen ist und ich Marije zu einem Platz im Altenheim verholfen habe, ist es bei mir in der Veerstraat wirklich sehr still geworden …«

»Ist das dein Ernst? Darf ich eine Weile bei dir wohnen, um von Wartensleben oder Wittgenstein aus deinem Haus fernzuhalten? Das wäre … Herr, nun läßt du deinen Diener in Frieden fahren, wie du gesagt hast, denn meine Augen haben deinen Heiland gesehen.«

»Oh, wenn du lieber gleich in Frieden sterben willst, dann können wir uns die Mühen des Umzugs sparen.«

»Ach, bei dir in einem kleinen Nebenzimmer … das würde mir gut passen.«

»Gut passen? Denk dran, du darfst kommen, vorausgesetzt, du zündest deine stinkende Pfeife nur im Garten an. Keine bösen Dämpfe im Haus.«

»Ein einziges Pfeifchen! Man könnte fast meinen, wir seien Verbrecher. In Maasland haben fünfundvierzig Einwohner eine Beschwerde eingereicht, weil die dort einquartierten Soldaten in den Schuppen Pfeife rauchen.«

»Abgesehen davon, daß sie rauchen, sind sie auch fortwährend betrunken.«

»Na ja, trotzdem, die Pfeifen … Neulich habe ich gehört, daß das Rauchen in der Schweiz ein ebenso großes Vergehen wie Ehebruch ist, oder habe ich dir das etwa schon erzählt? Das kommt, wenn man alt wird. Wie dem auch sei, so ungehörig findet man es dort, wenn sich jemand eine Pfeife anzündet.«

»Es könnte natürlich auch sein, daß die Schweizer den Ehebruch für gar nicht so schlimm halten, nicht schlimmer nämlich als das Rauchen einer Pfeife.«

»Meinst du? Unser Erlöser sagt aber, daß, wer eine Frau ansieht, um sie zu begehren, in seinem Herzen bereits Ehebruch begangen hat.«

»Daraus könnte man auch den Schluß ziehen, daß er eigentlich sagen will: Ach, wenn du es in deinem Herzen bereits getan hast, dann kannst du es ebensogut auch in Wirklichkeit tun.«

»Ach Himmel, wie gern würde ich noch einmal einer Jungfer das Mieder aufschnüren, aber in meinem Alter … mir bleibt nur noch der Genuß eines Pfeifchens, und selbst den macht man mir streitig.«

»Dann such dir eine andere Unterkunft.«

»Nein, nein, wenn ich für eine Weile bei dir einziehen kann, nehme ich es in Kauf, meine Pfeife auslassen zu müssen … Andererseits … wenn so ein Herr Wartenssterben bei dir einquartiert wird, dann wäre es für dich doch von Nutzen, jemanden zu haben, der ihn ausräuchert, oder? Bei dir wohnen … welch eine Lösung für mein Problem … was muß ich dafür tun?«

»Mir Englisch beibringen und mich abends aufmuntern. Ich bin manchmal so schrecklich düster gestimmt.«

»Bin ich auch oft. Man könnte doch wirklich meinen, daß man hier in einem Irrenhaus wohnt. Schon das Theater um den Tambour …«

»Davon habe ich nichts gehört. Worum ging es da?«

»Das Regiment von Wittgenstein hat einen Tambour, und unsere Schützengilde hat auch einen. Der ging munter umher und schlug seine Trommel, um Männer für ein Kaperschiff anzuwerben. Daraufhin hat der Tambour des Regiments nachdrücklich verlangt, die andere Trommel müsse schweigen. Nur er habe das Recht, die Trommel zu rühren.«

»Ich wünschte, es wären nur solche Dinge, die mich so niedergeschlagen machen. Dann wäre es noch auszuhalten. Wie dem auch sei, zusammen mit dir Trübsal blasen, das scheint mir nicht das Schlechteste zu sein, geteiltes Leid … komm, laß uns gehen, hier haben die Wände möglicherweise Ohren. Begleite mich in die Veerstraat, dann zeige ich dir sogleich das Nebenzimmer, das ich dir zugedacht habe.«

»Aber angenommen, du heiratest wieder …?«

»Ich? Wieder heiraten? Wie kommst du darauf?«

»Auch dann nicht, wenn Anna wieder frei würde?«

Roemer antwortete nicht. Erst als er und Meister Spanjaard durch die Hoogstraat gingen, sagte er verbittert: »Anna frei? Höchstens, wenn ich ihren Mann auf einem ausgeflaggten Wrack nach Island schicke. Aber ich bin ja schließlich nicht König David.«

»Ach ja, König David, dieser entzückende Mann nach dem Herzen Gottes. Hat er deshalb den wohl übelsten

Schurkenstreich begangen, der in der ganzen Bibel zu finden ist? Nach dem Motto: ›Als Mann nach dem Herzen Gottes kann ich mir das wohl erlauben‹?«

Als Roemer dem alten Schulmeister im Hinterhaus in der Veerstraat die Broschüre *An das Volk der Niederlande* überreichte und Meister Spanjaard mit zitternden Händen darin blätterte, da sagte sein ehemaliger Schüler: »Und jetzt habe ich dich in der Hand. Wenn du mir noch einmal diese ekligen Giftdämpfe aus deiner Pfeife ins Gesicht bläst oder mich so ärgerst, wie du heute unseren großen Dorfdichter geärgert hast, dann zeige ich dich augenblicklich bei Schim an. Und dann kommst du nicht mit ein paar Rutenschlägen davon. O nein, dann werden all deine Pfeifen mit Vorschlaghämmern sinister zertrümmert.«

»Sinister? Wie kommst du darauf?«

Roemer schwieg. Er war selbst darüber erstaunt, daß ihm dieses ominöse Wort herausgerutscht war, und dachte: Spukt mir denn ständig der Gedanke im Kopf herum, wie es ihm gehen mag?

Separation

So kam es, daß er, während im Kriegsjahr 1782 der Kabeljaufang sowohl auf der inzwischen berühmt gewordenen Doggerbank als auch vor den launischen Küsten Islands von einigen verwegenen Partenreedern kühn wiederaufgenommen worden war, die *Het Ware Geloof* nicht bereederte. Zusammen mit ein paar anderen Hukern von vorsichtigen Reedern lag das Schiff zwischen den Heringsbüsen im Kulk. Obwohl die meisten Partenreeder nicht davor zurückschreckten, ihre Huker zur Doggerbank oder nach Island zu schicken, wagte es kein Reeder, den Heringsfang wiederaufzunehmen. Und das, obwohl von der englischen Marine, wie sich gezeigt hatte, wenig zu befürchten war und die Generalstaaten schlicht weder die Schiffe noch die Mittel hatten, um das 1781 verhängte Fahrverbot durchzusetzen.

Gerade weil ihm jedesmal durch den Kopf schoß, daß er Anna doch noch heiraten könnte, wenn sie ebenfalls verwitwet wäre, erleichterte es ihn, daß der Krieg ihm einen Vorwand bot, die *Het Ware Geloof* nicht zu bereedern. Jedesmal, wenn er wach im Bett lag, sah er ungewöhnlich deutlich vor sich, wie der Huker bei Island auf die Felsen laufen würde. Eine spiegelglatte See, windstilles Wetter, höchstens etwas dünner Nebel, und trotzdem: Plötzlich stieß die *Het Ware Geloof* gegen einen heimtückischen Unterwasserfelsen. Anschließend sank sie so schnell, daß die

Besatzung nicht einmal mehr Zeit hatte, sich in ein Boot zu retten. Einmal träumte er auch, daß die *Het Ware Geloof* von den Kanonen eines englischen Linienschiffs auf den Meeresgrund geschickt wurde. Wenn ein isländischer Felsen oder ein Linienschiff seinen Huker tatsächlich zum Untergang brächte, dann würde er sich, dessen war er sich sicher, für den Rest seines Lebens schuldig fühlen. Dann wäre er derjenige gewesen, der die *Het Ware Geloof* absichtlich nach Island oder Richtung England geschickt hatte, um Grubbelt Heldenwier, der inzwischen als Steuermann auf seinem letzten Huker fuhr, ebenso sinister aus dem Weg zu räumen wie seinerzeit König David den Mann der Bathseba. In einem Brief an Joab, den er Uria mitgab, hatte der Mann nach dem Herzen Gottes geschrieben: »Stellt Uria an den Streit, da er am härtesten ist, und wendet euch hinter ihm ab, daß er erschlagen werde und sterbe.«

Sinister, dieses böse Wort, es ging ihm einfach nicht aus dem Kopf. Sechs zusätzliche Jahre Verbannung, zum Teil natürlich, weil er in Abwesenheit verurteilt worden war, zum Teil aber auch, weil der aufgedunsene Erbprinz diesen Begriff aufgeschnappt hatte. Oder hatte der Erbprinz bei der Verurteilung seines Sohnes überhaupt nicht die Hand im Spiel? Aber als der Fünfte Ende Mai des vorigen Jahres zusammen mit dem Dicksack, dem Herzog von Braunschweig, neben dem der Erbprinz beinahe schlank aussah, dem rauchenden und saufenden Bataillon der Herren von Wartensleben und Wittgenstein einen Inspektionsbesuch abstattete, da hatte Roemer dem Prinzen im Rathaus die Hand gegeben, und bei dieser Gelegenheit hatte der Fünfte gesagt: »An Euch kann ich mich noch erinnern, Ihr wart auch dabei, damals in Delft, ach ja, der Psalmenstreit, Vogt van der Lely, die Drostin und ich haben damals über eine Amnestie beraten.«

Was immer man auch über den Erbprinzen sagen konnte, jedenfalls nicht, daß er ein schlechtes Gedächtnis hatte. Und ebensowenig, daß ihm das Schicksal von Maassluis nicht zu Herzen gegangen wäre. Trotzdem war das Dorf wegen des vierten englischen Seekriegs völlig verarmt, obwohl man den Kabeljaufang wiederaufgenommen hatte. Die Brotpreise waren beunruhigend hoch gestiegen, ebenso die Preise für Milch, Käse und Butter, denn kurz vor dem Ausbruch des Krieges waren erneut Tausende von Kühen an der Rinderpest verendet.

Dennoch kümmerte es Roemer nicht, daß auch er es sich kaum leisten konnte, Brot oder ein Stück Käse zu kaufen. Wenn er ein paar zusätzliche Stuiver in die Finger bekam, lauerte er auf eine Gelegenheit, sie Anna zuzustekken. Ohne das Geld, welches ihr Sohn nach Hause brachte, und mit einem schlechtgelaunten Mann, der arbeitslos zu Hause herumsaß, litt auch sie Mangel. Sie selbst hatte ebenfalls kaum etwas zu tun. Seit der Heringsfang ruhte, mußten keine Netze mehr geflickt werden. Kabeljau wurde schließlich mit Langleinen gefangen.

Fast achtlos sagte Meister Spanjaard eines Abends, als sie wieder einmal einträchtig Trübsal bliesen: »All diese komischen, übellaunigen und ständig wechselnden Zugehfrauen, die immer ins Haus kommen, um zu bohnern, putzen oder waschen … warum fragst du nicht mal deine schöne Anna, ob sie nicht tagsüber deinen Haushalt ein wenig in Ordnung halten will? Dann kommen zumindest wieder ein paar Stuiver in ihre Kasse.«

»Anna, hier, als Dienstmädchen? Nein …«

»Findest du sie dafür zu gut?«

»Ja.«

»Ich glaube, sie würde Gott loben und preisen für ein solches Angebot. Schließlich kann es sich heutzutage niemand mehr erlauben, irgendwelchen Stolz hinsichtlich der Wahl seiner Arbeit zu haben. Soll ich sie fragen? Mir kann sie leichter eine ablehnende Antwort geben, wenn es ihr aus welchen Gründen auch immer nicht recht sein sollte.«

»Na gut, aber Anna jeden Tag hier im Haus ...«

»Wovor fürchtest du dich? Daß sie nicht zu ihrer Arbeit kommt, weil du sie den ganzen Tag über in den Arm nehmen willst? Dieses Verlangen wird nach einer Woche bestimmt schon abgenommen haben, und während dieser Woche sehe ich zu, daß ich nicht in der Nähe bin. Dann besuche ich tagsüber den Sohn meines Bruders. Da wird man zumindest nicht schief angesehen, wenn man sich bei ihm im Lachsschuppen eine Pfeife anzündet.«

»Nein ... nein, ich ... nein.«

»Komm, schlaf erst einmal eine Nacht darüber.«

Er schlief die Nacht nicht darüber, sondern machte kein Auge zu. Anna im Haus als Dienstmädchen, als Küchenmädchen? Warum nicht? Seinerzeit hatte ihre Mutter Engeltje auch jahrelang als Dienstbotin im Hause Stroombreker gearbeitet. Dennoch widerstrebte es ihm, es war, als stieße er sie dadurch von ihrem Sockel.

Wenige Wochen später klopfte an einem friedlichen Sommernachmittag jedoch der Rathausbote an seine Tür.

»Herr Stroombreker«, sagte er, »heute wird ein Fall vor dem Schöffengericht verhandelt. Der Schultheiß hatte die Herren Verwoert und Steur gebeten, als Beisitzer zu fungieren. Verwoert ist jedoch wegen eines plötzlichen Todesfalls verhindert. Der Schultheiß läßt höflich fragen, ob Ihr Euch zur Verfügung stellen könntet?«

Da Roemer keinen Grund hatte, der Bitte nicht zu entsprechen, begleitete er den Boten sogleich die Breede Trappen hinauf und die Hoogstraat entlang zum Rathaus.

Unterwegs fragte er den Boten: »Um was für einen Fall handelt es sich?«

»Ein Antrag auf Separation von Bett, Tafel und Gütern.«

»Wirklich? Hier in Maassluis?«

»Warum nicht? Bei meinem Bruder in Amsterdam – der dort Gerichtsbote ist – sind Separationen alltäglich. Manchmal gibt es sogar Scheidungen. Der Sitzung muß der Antrag eines Notars vorangehen, und ein Staatsanwalt macht diesen dann in der Sitzung anhängig. Oft ist auch noch ein Anwalt dabei, ach ja, dort prozessiert man mit sehr viel mehr Pomp als hier, Separation mit Pomp sozusagen, tja, dort werden manchmal pro Tag drei, vier Fälle verhandelt, da kann man also nicht so gemütlich zu Werke gehen, wie man es hier macht.«

Im Rathaus begab Roemer sich ins Schöffenzimmer. Er nahm neben Schim am Gerichtstisch Platz und fragte den Schultheiß: »Wer wünscht Separation?«

»Einer der Euren. Darum hatte ich auch Verwoert gebeten, als Beisitzer zu fungieren. Es schien mir besser, Euch hiermit nicht zu belasten, weil der Mann auf einem Eurer Huker fährt. Aber jetzt, wo Verwoert plötzlich verhindert ist, blieb mir nichts anderes übrig, als den Boten loszuschicken.«

»Und der ist daraufhin zu dem Schöffen gegangen, der dem Rathaus am nächsten wohnt.«

»Genau. Hättet Ihr anders gehandelt?«

Roemer antwortete nicht. Er schaute über das Hafenbecken, betrachtete die lustlos herumfliegenden Möwen, sah die *Het Ware Geloof* vor Anker liegen. Nichts deutete darauf hin, daß ein Krieg wütete, warum um alles in der Welt hatte er seinen Huker nicht auslaufen lassen? Dann wäre ihm diese Prüfung erspart geblieben. Er war sich so sicher, bereits zu wissen, wer sogleich vor dem Schöffengericht erscheinen würde, daß er, als der Mann und die Frau vom Dorfboten zu ihren Sitzplätzen geführt wurden, weiter zu den Möwen hinaussah.

Nachdem er die Verhandlung eröffnet hatte, fragte Schim ohne Umschweife: »Steuermann Heldenwier, Ihr habt einen Antrag auf Separation von Tisch, Bett und Gütern von Eurer Ehefrau Anna Kortsweyl gestellt. Was ist der Grund für Euer Begehren?«

Grubbelt Heldenwier antwortete nicht. Er senkte den Kopf, kniff in seine schmuddelige Mütze, die er in seinen Händen langsam zerknautschte. Aufmerksam betrachtete Roemer die knetenden Fischerfäuste. Das hatte er schon einmal gesehen, fragte sich nur, wo? Plötzlich fiel es ihm ein. Genau so hatte Diderica in ihren letzten Augenblicken in ihre Decke gegriffen. Konnte er daraus den Schluß ziehen, daß Grubbelt eine tödliche Beklemmung verspürte? Aber wieso? Was hinderte ihn daran zu sagen, warum er die Separation wünschte?

Noch einmal fragte Schim ruhig: »Dürfen wir erfahren, was der Grund für Euren Antrag ist?«

Grubbelt Heldenwier stand auf, ging zum Tisch, hinter dem das Gericht saß, beugte sich zum Schultheiß vor und flüsterte ihm etwas ins Ohr. Roemer schnappte nur ein paar Silben auf, aber er verstand dennoch sofort, was Grubbelt dem Schultheiß anvertraut hatte. Schim sagte: »Nehmt doch Platz.« Dann wandte er sich an Anna und sagte: »Gewiß habt Ihr Verständnis dafür, daß ich nicht laut wiederhole, was Euer Mann mir gesagt hat. Dennoch aber müssen die Mitglieder dieses Gerichts über den Grund für seinen Antrag unterrichtet werden, damit sie in dieser Sache urteilen können. Daher bitte ich Euch beide, das Schöffenzimmer kurz zu verlassen.«

Nachdem sie gegangen waren, sagte der Schultheiß kurz: »Sie weigert sich, fleischliche Vermischung mit ihrem Mann zu betreiben, gut, lassen wir sie wieder hereinkommen.«

Als Anna und Grubbelt mit seiner inzwischen vollkommen zerknautschten Mütze wieder am Tisch saßen, fragte der Schultheiß: »Anna Kortsweyl, Ihr wißt doch, daß die Ehe ein Bund zwischen Mann und Frau zum gemeinsamen Leben ist, der auch einen gesetzlichen Gebrauch des Körpers des anderen mit einschließt. Warum verweigert Ihr Eurem Mann seinen gesetzlichen Anspruch?«

Auch Anna fiel es schwer, dem Schultheiß anzuvertrauen, warum sie sich weigerte, ihren ehelichen Pflichten zu obliegen, auch sie schien aufstehen und dem Schultheiß dies und das ins Ohr flüstern zu wollen, doch dann sah sie Roemer kurz an, und er schaute zurück, und schon überzog eine leichte Röte ihre breiten Wangen. Sie nahm ihren Mut zusammen, sich offenbar bewußtmachend, daß zumindest ein Mitglied des Schöffengerichts sie bedingungslos unterstützen würde. Augenscheinlich ganz ruhig sagte sie: »Mein Mann ist über die Maßen von wimmelndem Ungeziefer befallen.«

Welche Antwort Schim auch immer erwartet haben mochte, diese bedächtig ausgesprochene Mitteilung gehörte ganz offenbar nicht dazu. Seine Mundwinkel fielen herab, und mit glasigem Blick starrte er auf das Ehepaar.

Der Schöffe Steur hielt deshalb wohl den Zeitpunkt für gekommen, Grubbelt freundlich zu fragen: »Könnt Ihr Euch davon schlecht säubern?«

»Ja, Herr Schöffe«, flüsterte Grubbelt mit gesenktem Blick.

»Ich nehme einmal an, daß sich die lebenden Plagegeister vor allem in Eurem Haupthaar aufhalten. Das könnt Ihr doch schneiden lassen?«

»Und dann ein Perücke ...«, sagte der Schultheiß.

»Nein, Herr Schim, eine Perücke, nie, so ein Ding will ich nicht aufsetzen, nein, niemals, niemals.«

Um seine Worte noch zu unterstreichen, zerrte er an seiner Mütze, knetete sie zu einer Kugel, faltete sie wild wieder auseinander und setzte sie sich kurz auf, als wollte er dadurch verhindern, daß ihm jemand eine Perücke auf den Kopf stülpte.

»Mein Mann ist am ganzen Körper dicht behaart«, sagte Anna, »und überall wimmelt und krabbelt es.«

»Läuse?« fragte der Schultheiß.

»Tierchen«, flüsterte Anna, »allerlei Tierchen, Läuse, aber auch ... überall ... rote und braune und schwarze wimmelnde Tierchen. Wenn man ihm die Haare schneidet, dann spaziert die Locke, die zu Boden gefallen ist, einfach davon, so viele Tierchen ...«

»Die Ärmsten unter uns sind gemeinhin in beträchtlichem Maße von solchen Tierchen befallen«, sagte Steur,

»und die weniger armen oft auch, und darum, Frau Kortsweyl, kann ich nicht verstehen, warum Ihr Euch weigert … Ihr selbst seid doch bestimmt auch einigermaßen befallen.«

»Nein«, sagte Anna entschieden.

»Das wundert mich sehr«, sagte Steur, »wie reinigt Ihr Euch denn?«

»Meine Mutter hat uns immer gesagt: Wenn viel Wasser da ist, kann man sich auch mit wenig Seife waschen«, sagte Anna kapriziös.

Im Schöffenzimmer herrschte auf einmal Stille, obwohl die Frage naheliegend war: Wovon bezahlt Ihr heutzutage, wo selbst die Armenfürsorge und die Diakonie nicht imstande sind, die Bedürftigen mit ein wenig grobem Brot zu versorgen, die kostbare Seife?

Weil Roemer die Antwort kannte, schien es ihm dringend geboten, die Aufmerksamkeit des Gerichts mit einer möglichst unschuldigen Frage auf ein anderes Thema zu lenken. Er öffnete bereits den Mund und sah dabei Anna an. Freimütig schaute sie zurück, und dann sagte er einfach zu ihr: »Grubbelt beantragt Separation von Tisch, Bett und Gütern auf Grund der Tatsache, daß Ihr ihn im ehelichen Bett abweist. Ihr könntet aber doch, auf Grund des wimmelnden Ungeziefers, ebenfalls Separation beantragen, und dann könntet Ihr beide, weil gegenseitiges Einverständnis vorläge und wir es dadurch mit einer einvernehmlichen Separation zu tun hätten, für eine Zeit Eurer eigenen Wege gehen.«

»In diesem Fall«, sagte Anna, »kann einer von uns weiter im Haus im Lijndraaiersslop wohnen, aber wo kommt der andere unter? Wo soll ich hin, wenn der Schultheiß und die

Schöffen entscheiden, daß mein Mann das Haus und den Hausrat behalten darf?«

»Bestimmt könntet Ihr, da Ihr noch nicht so alt seid, in einem der vornehmen Häuser als Küchenmädchen oder Dienstmädchen eine Anstellung finden, so wie früher Eure Mutter Engeltje vor ihrer Hochzeit.«

Sie verstand sofort, worauf er hinauswollte. Der rote Farbton auf ihren Wangen, für den er um die Welt gesegelt wäre, vertiefte sich. Und während er sie gespannt ansah, bemerkte er, daß sein wild pochendes Herz nicht mehr von den kreischenden Mantelmöwen übertönt wurde, und er dachte: Ob doch noch alles gut wird? Gut? Zu spät, viel zu spät! Wir sind nun beide gut ein halbes Jahrhundert alt, unser Leben ist alsbald zu Ende, nicht lange mehr, und wir fahren in die Grube der Verwesung, außerdem ist Scheidung undenkbar, so daß ich sie niemals werde heiraten können, und selbst wenn das ginge, so würde das doch nicht die Verbannung unseres Sohnes beenden. Wo mag er bloß sein? Noch sechs Jahre. Soviel steht fest: Wenn Anna als Dienstmädchen bei mir wohnt, dann können wir ihn, sollte er in sechs Jahren wiederkommen, vielleicht dazu überreden, zu uns in die Veerstraat … Und dann kann er irgendwann alles erben, dann kann er die Huker und Büsen bereedern und die Ländereien in Maasland verwalten.

»Ich habe einmal gehört«, sagte der Schöffe Steur, »daß man, wenn man sich sehr fein gestoßenen weißen Pfeffer auf den Kopf streut, diese lästigen Tierchen, allmählich tiefer wandernd, dazu bringen kann, schleunigst zu verschwinden.«

»Weißer Pfeffer«, grummelte Grubbelt mit gesenktem Kopf.

»Mein Mann will sagen«, verdeutlichte Anna fröhlich, »daß dieses Gewürz einen gepfefferten Preis hat.«

Es schien, als überzeugte diese unwiderlegliche Tatsache alle Anwesenden davon, daß es vorerst keinen anderen Ausweg gab als die Separation von Tisch, Bett und Gütern, auch wenn Steur noch leise murmelte: »Aber vielleicht braucht man nur ganz wenig davon.« Sein Gemurmel wurde von Schim übertönt, der knapp erklärte: »Wir werden das entsprechende Dokument ausstellen.«

Psalm 146, Vers 3

»Am längsten Tag ziehen die Bataillone mit der Treckschute ab«, sagte Meister Spanjaard, »kommt jetzt nur, ihr Briten, denn bald schon wird Maassluis wieder ohne Miliz sein.«

»Wir können uns sehr wohl selbst verteidigen«, sagte Willem van der Jagt, »die Schützengilde besteht aus fast fünfhundert Mann.«

»Mit je einer verrosteten, schnuckeligen Muskete auf ein Dutzend Männer.«

»Wir werden Geld für neue Gewehre sammeln. Einen Aufruf habe ich bereits gedichtet. Er wird, wenn es soweit ist, in der *Post van den Neder-Rhijn* erscheinen.«

»Er hat wieder zu reimen angefangen«, flüsterte Meister Spanjaard, »das ist jedesmal der Auftakt zu neuen Unruhen.«

Van der Jagt deklamierte stolz:

»Wohlan, gebt vom Gewinn, durch Gottes Gunst gegeben,
freimütig, wie Ihr dem Lande immer gabt.
Geld ist's, was des Krieges Kräfte labt,
es läßt die Heeresmacht dem Feind entgegenstreben.«

»Wisse, daß es mir vor dem Krieg schaudert. Darum gibt es von mir nicht einen Stuiver«, sagte Meister Spanjaard.

»Und was machst du, wenn die Briten einmarschieren?«

»Dann gehe ich zu ihnen hin und sage: ›Goodbye Sir, nice to meet you. This is Maassluis. Why are you coming to this godforsaken place? This is the most boring village in Holland. Never a bright moment.‹ Und dann fragen die Briten mich: ›But aren't there any nice harlots here?‹ Und dann sage ich: ›I'm sorry, Sir, no hookers here. Our only hooker was banished eight years ago.‹«

»Huker? Was würdest du den Briten über unsere Huker erzählen?« fragte Willem mißtrauisch.

»Daß sie bei unseren Fischern und Reedern sehr beliebt sind«, sagte Meister Spanjaard, »und ich würde zu den Briten auch sagen: ›The only amusement we can offer you, are the best places in church. But beware! Sing very, very slowly, otherwise the wroth of the Sluysers will arise and they will smote you, like Bileam smote his ass.‹«

»Was sagt er?« fragte Willem Roemer mißtrauisch.

»Ich weiß es nicht, ich habe noch nicht sehr lange Englischunterricht.«

»Jetzt, da das Stundenglas deines Lebens allmählich leerläuft, solltest du dich lieber auf dein ewiges Heil konzentrieren statt auf Englisch«, brummte der Dichter, an Meister Spanjaard gewandt.

»Das eine schließt das andere nicht aus. Zusammen mit Roemer lese ich die King-James-Übersetzung. Es gibt keine bessere Methode, eine fremde Sprache zu lernen.«

»Vorausgesetzt, man kennt die Heilige Schrift in- und auswendig«, sagte Willem.

»Im Himmel wartet man noch nicht auf Meister Spanjaard«, sagte Roemer, »einen Mann, der mit allem seinen Spott treibt und jeden ärgert, den braucht man dort oben wie einen Kropf.«

»Ich verstehe nicht, daß du ihn bei dir aufgenommen hast. Ich bedauere jetzt schon, daß ich ihn eingeladen habe, mit nach Rotterdam zu kommen. Aber ich habe mir gedacht: Ach, mein steinalter Lehrer, ich sollte ihn am Sonntag mitnehmen, dann hat er ein wenig Zeitvertreib.«

»Soll ich aussteigen und zurückgehen?« fragte Meister Spanjaard.

»Dann verpaßt du den Burschen aus Bonn.«

»Aus Bonn käme nur Gutes, wenn es in Frankreich läge«, sagte Meister Spanjaard.

»Meinst du? Nach allem, was ich gehört habe ... sogar der Fünfte will ihn offenbar auf dem Klavier spielen hören ... er ist dreizehn oder vierzehn Jahre alt. Zusammen mit seiner Mutter ist er rheinabwärts gereist.«

Gut eine Stunde später kam die Kutsche von Willem van der Jagt beim selben Haus auf De Boompjes an, wo Roemer seinerzeit das Lied von der schnellen Gazelle gehört hatte. Wieder setzte er sich ans Fenster, wieder schaute er über den Fluß und über das sonnige Noordereiland, und es kam ihm so vor, als versänke, verschwände, verflüchtigte sich alles, was er seit seinem vorigen Besuch erlebt hatte. Einen Moment lang schien es ihm, als hätte es nie einen Psalmenstreit gegeben, als wäre sein Sohn nicht in der Verbannung. Doch dann dachte er: Seit ich das letzte Mal hier war, sind bereits acht Jahre vergangen, jetzt nur noch vier Jahre, und sieh doch, wie schnell diese acht Jahre vergangen sind. Dennoch war ihm, als erstreckte sich vor ihm ein Meer von Zeit. Vier lange Jahre noch, vier endlose Jahre, und dann? Ob Gilles zurückkehren würde? Und würde er, wenn er zurückkam, in den Lijndraaiersslop gehen oder in die Veerstraat? Sein ganzes Wesen schien auf diesen einen

Punkt in der Zeit ausgerichtet zu sein, den Augenblick, in dem er seinen Sohn wiedersehen und ihm, so hatte er es mit Anna bereits abgesprochen, äußerst vorsichtig, aber doch unumwunden eröffnen würde: »Ich bin dein Vater. Und darum wohnt deine Mutter auch seit der Separation bei mir in der Veerstraat. In den Augen der Welt als Küchenmädchen, das sich hervorragend aufs Braten, Dünsten und andere zum Essen gehörige Dinge versteht. Leider geht das nicht anders, denn eine Scheidung ist nun einmal unmöglich, aber ich versichere dir, daß ich deiner Mutter und dir meinen ganzen Besitz vererben werde.«

Manchmal meinte er, daß er sich blamieren würde, wenn er dem Jungen eine solche Ansprache hielte. Und war es überhaupt klug, ihm zu enthüllen, daß er sein Vater war? Würde der Bursche dies vielleicht umgehend überall in Maassluis ausposaunen? Seine Mutter glaubte das nicht. »Er gibt keinen Pfifferling um Grubbelt, aber ich denke, daß er mich liebt und mich nicht in den Schmutz ziehen wird.«

Vor Meister Spanjaard hatte er probeweise eine solche Rede gehalten. Der alte Mann hatte ihm aufmerksam zugehört und gesagt: »Ach, wenn es soweit ist, wird alles ganz anders ablaufen, als du es dir jetzt vorstellst. Handle dann nach Lage der Dinge. Bedenke auch, daß Gilles, wenn er hier wieder auftaucht, kein Junge mehr ist, sondern ein Mann von etwa dreißig Jahren.« Meister Spanjaard hatte ihn mit kummervollem Blick angesehen und gesagt: »Ich weiß aus eigener Erfahrung, was es heißt, einen Sohn zu haben, den man nie sieht.«

Während er auf das glitzernde Wasser starrte und pausenlos an seinen verlorenen Sohn dachte, öffnete sich eine

Tür, und es erschien, hinter seiner Mutter hergehend, der vierzehnjährige Junge aus Bonn. »Da ist er, mein Junge«, schoß es Roemer einen Moment lang durch den Kopf, denn der ins Zimmer tretende Knabe hatte denselben entschlossenen, wütenden und rebellischen Blick in den Augen wie Gilles. Aber er war kleiner, gedrungener, und sein Haar war beinahe pechschwarz. Es umflorte das böse dreinschauende Gesicht mit wilden, widerspenstigen Locken, die offenbar nie gekämmt wurden. Unter einem grauen Leinenkittel trug er eine dunkelgraue Weste, und aus demselben Stoff waren auch seine absonderlichen, altmodischen Gamaschen gemacht. Sein Gesicht war olivbraun, als strömte Negerblut durch seine Adern. Ohne ein Wort zu sagen und alle Anwesenden nur mit seinem durchdringenden, bösartigen Blick musternd, schritt der Junge zum Pianoforte. Dort angekommen, ließ er sich auf einem Hocker nieder, wandte sich noch einmal seinem Auditorium zu, alle Gesichter gleichsam der Reihe nach grimmig abtastend, ob die Zuhörer auch aufmerksam genug waren, und schlug dabei schon mal einen Akkord an. Aus dem Pianoforte erhob sich eine Volksweise, die Roemer vage bekannt vorkam. Werden wir jetzt etwa mit solch harmlosen Liedchen traktiert, dachte er enttäuscht. Doch seine Enttäuschung wich schnell, und an ihre Stelle trat zunächst Verwunderung und dann Verblüffung. Der Knabe rückte dem Liedchen wütend zu Leibe, als wollte er es vernichten und zugleich auf einer höheren Ebene erhalten. Aus der dürftigen Melodie zauberte er Notenkaskaden zum Vorschein, die den Blick auf das Lied vollkommen verdüsterten, um es danach plötzlich verträumt und lieblich leuchtend wiederkehren zu lassen, als wäre es von einer gefährlichen Krankheit genesen. Es schien, als wollte der Junge aus Bonn seinen Zuhörern sagen: »Ihr denkt jetzt vielleicht, daß ihr einen unschuldigen Hügel betrachtet, aber seht euch vor, solch ein Hügel kann plötzlich ausbrechen, genau wie im vorigen Jahr der Vulkan Raptor auf Island.«

Roemer schaute zum Fluß und zum Himmel darüber. Es kam ihm so vor, als sähe er immer noch die Dämpfe des Raptor, die vor einem Jahr für so merkwürdig gefärbte Abendhimmel gesorgt hatten. Manchmal war der Äther in liebliches Hellrot und verschwommenes Grün getaucht, manchmal aber zeigte sich das Firmament auch in gespenstischen grauen und tiefblauen Tönen, als wäre das Ende der Zeiten angebrochen. Und es war, als würden diese farbigen Himmel jetzt in Töne gemeißelt, von einem jungen Burschen, einem Kind noch. Doch wie unterschied sich das Aussehen, das Spiel dieses Kindes von dem des Knaben im La Ville de Paris mit dem schelmischen Ausdruck in seinem breiten Gesicht und seinen geschwinden, lieblichen, sorglosen Klavichordmelodien. Was wohl aus diesem Kind geworden war? Wenn der Junge noch lebte, dann war er jetzt ungefähr dreißig Jahre, etwa genauso alt wie Gilles. Wo mochte sein Sohn sich aufhalten? Wie mochte es ihm gehen? Noch vier gespenstisch lange Jahre, vier Jahre, die sich endlos vor ihm erstreckten, während die bereits vergangenen acht Jahre ihm wie weggewischt vorkamen.

»Welch ein großer Meister, dieser Knabe«, sagte Meister Spanjaard, als sie zurückfuhren.

»Aus Bonn konnte doch nur etwas Gutes kommen, wenn es in Frankreich liegen würde?« fragte Willem.

»Das war auch nicht gut«, sagte Meister Spanjaard, »das war geradezu beängstigend. Ein so junger Bursche noch und bereits ein solch weitgespannter Geist, wo soll das enden?«

»Schade, daß er so wenig entgegenkommend war«, sagte Roemer. »Nach dem Ende des Konzerts habe ich ihn noch in meinem allerbesten Französisch gefragt, ob er wisse, was aus dem Knaben geworden ist, den ich im La Ville de Paris gehört habe, diesem Moot Sart, und daraufhin brummelte er irgendwas in einem deutschen Dialekt, das ich nicht verstehen konnte. Nur das Wort ›wien‹ habe ich heraushören können … Er sagte immer wieder: ›wien‹, offenbar wollte er fragen: ›Wen meinen Sie bloß?‹«

»Wien«, sagte Meister Spanjaard, »nein, nein, er wollte dich nicht fragen: ›Moot Sart? Wen meinen Sie damit?‹, sondern er wollte ganz bestimmt sagen: ›Dieser Moot Sart wohnt zur Zeit in Wien.‹«

»Das glaube ich nicht, er sprach dieses ›Wien‹ mit so viel Abscheu aus.«

»Ja, aber gibt es etwas, das nicht seinen Abscheu weckt? Man muß sich diesen Burschen nur ansehen … ich habe recht viel Erfahrung mit Kindern, doch so einer wie dieser ungehobelte Nachfahre Kains ist mir noch nicht untergekommen. In dem steckt ein Welteroberer, ein Himmelsstürmer, ein zweiter Hannibal. Dieser Wüterich zieht mit Elefanten über das Pianoforte. Wenn es jemanden gäbe, nein, ich nenne keine Namen, der sich berufen fühlte, ein Gedicht über dieses Tier aus Bonn zu schreiben, dann sage ich ihm vorher: Dein Gedicht wird im Kielsog des Ruhmes, den dieser Knabe erwerben wird, noch in ferner Zukunft mit Schauern zitiert werden.«

»Ach was«, sagte Willem, »die erlöschen schnell, diese Art von jungen Burschen, du siehst es an Gideon van der

Kraan und Ary Wouterse. Sie sind schon längst wieder aus der Verbannung zurückgekehrt, und hört man je noch mal was von ihnen?«

»Warte nur ab«, sagte Meister Spanjaard, »nicht lange mehr, dann folgt eine zweite Runde, dieselben langsamen Sänger, jetzt allerdings von ziemlich schnell gesungenen Prinzenliedern, gegen dieselben patriotischen Meister.«

Es schien fast, als riefe er mit seiner Vorhersage diese zweite Runde auf sie herab. Noch ehe sie Maassluis erreicht hatten, wurden sie auf dem Vlaardingerdijk von van der Jagts ältestem Sohn angehalten, der dort, ganz bleich, auf die Rückkehr der väterlichen Kutsche gewartet hatte.

»Unser neuer Pastor, dieser Brand van Someren, hat heute morgen über Psalm 143, Vers 3, gepredigt«, sagte Adriaan van der Jagt.

»Put not your trust in princes, nor in the son of man«, zitierte Meister Spanjaard stolz, um anschließend sogleich auch eine Übersetzung zu liefern: »Setzt nicht in Prinzen euer Vertrauen noch in den Sohn des Menschen.«

»Genau, diese Stelle«, sagte Adriaan. »Bereits während des Gottesdienstes begannen die Fischer, die Netzknüpferinnen und die Böttcher zu murren und zu rufen. Und jetzt zieht die erregte Meute, mit Handspaken bewaffnet, in Gruppen durch das Dorf. Ich weiß nicht, ob es sicher ist, mit der Kutsche ...«

»Dann spannen wir hier aus und stellen Pferde und Kutsche vorläufig in einen der Schuppen«, sagte Willem van der Jagt. »Anschließend gehen wir frohgemut zu Fuß weiter. Sollte uns auf dem Deich der Oranjeabschaum begegnen, dann können wir den Hitzköpfen bequem durch eine Seitenstraße ausweichen.«

»Warum«, sagte Meister Spanjaard, »mußtest du auch unbedingt reimen: ›Das Rumkrakeelen sind wir satt, Hitzköpfe raus aus unsrer Stadt.‹ Hättest du statt dessen doch geschrieben: ›Patrioten, Prinzgesinnte, überall ich Freunde finde.‹ Dann müßte ich jetzt nämlich nicht sagen: Drum muß ich, obwohl schon alt an Tagen, heimwärts kehren ohne Wagen.«

Bürgermeister

Noch bevor der Seekrieg mit England zu Ende war, übernahm er aus der vollkommen überschuldeten Konkursmasse der Witwe Goudje Cortebrand zwei Heringsbüsen. Wegen des unseligen Krieges hatte sie, wie diverse andere kleine Reeder, Bankrott gemacht. Er erwog sogar, einige Heringsbüsen aus anderen Konkursen zu kaufen. Wenn nämlich die Büsen wieder auf Fang gehen konnten, warteten Fischgründe mit schwindelerregend großen Schulen auf die Schiffe, da der Hering sich einige Jahre ungestört hatte vermehren können. Die erstaunlichen Fangmengen des Jahres 1780 müßten problemlos wieder erreicht werden können. Sicher, er wußte, daß es riskant war, sie konnten sich fürchterlich irren, und normalerweise hätte er es nie gewagt, sich so weit aus dem Fenster zu lehnen, doch nun herrschte Anna bei ihm im Hinterhaus. Was kümmerte ihn also das Risiko? Außerdem ging es ihm vor allem darum, daß er, wenn sein Sohn demnächst, im Jahr 1788, nach zwölf Jahren der Verbannung wiederkommen sollte, stolz zu Gilles sagen konnte: »Schau sie dir an, die Reederei Stroombreker. Zur Zeit bereedern wir alljährlich drei Büsen und einen isländischen Huker.« So übermütig ihn die Anwesenheit Annas auch machte, bei den Büsen aus den anderen Konkursmassen griff er nicht zu. Vier Schiffe, so wie früher, das war ausreichend, und für drei der vier Schiffe strich er wenig später bereits die Jahresprämie von fünfhundert Gulden ein, welche die Staaten von Holland zur Unterstützung zahlten. Im Jahr darauf bekam er sogar eine Prämie von siebenhundert Gulden für jede Büse. Leider sank im Jahr danach die Prämie wieder auf fünfhundert Gulden.

Im Jahr 1785 fragte man, wie auch schon in den Jahren zuvor, erneut bei ihm an, ob er das Amt des Bürgermeisters anstrebe. Früher hatte er jedesmal geantwortet: »Nein, ich will nicht Bürgermeister werden.« Jetzt aber war alles anders geworden, jetzt garantierte das große Ansehen, welches man als Bürgermeister genoß, daß er sich demnächst leichter des Verbannten erbarmen konnte. Und außerdem: Es würde doch wohl niemand einen Sluyser Bürgermeister verdächtigen, mit seinem Küchenmädchen im Konkubinat zu leben?

Er kam auf die Vorschlagsliste, er wurde gewählt, und Meister Spanjaard sagte: »Das wundert mich. Ansonsten wurden in diesem Jahr nur Patrioten gewählt. Glaubten sie, du seiest auch ein Patriot? Oder haben sie dich gerade deshalb genommen, weil du es immer vermieden hast, Partei zu ergreifen? Wollten sie wenigstens einen neutralen Bürgermeister in ihrem Rat haben?« Roemer konnte darauf keine Antwort geben. »Vielleicht«, so schlug er vor, »hat man mich nur deshalb gewählt, weil ich nah am Rathaus wohne und man mich darum zum Schlüsselbewahrer machen kann.«

Daß er irrtümlich Mitglied eines Patriotenrats geworden war, zeigte sich aber bereits Ende Oktober 1785 nur allzu deutlich, als am 20. dieses Monats der Exerziergesellschaft die Fahne überreicht wurde. Bereits Anfang des Jahres, im Februar, hatte die Gesellschaft vom Rat der Bürgermeister die Erlaubnis erhalten, unter Trommelwirbeln von der Exerzierwiese auf den Markt zu ziehen.

Zwei Kommissare der Gesellschaft, die Herren Willem van der Jagt und Hendrik Valk, reichten im April die Satzung der Gesellschaft beim Rat der Bürgermeister und bei der Drostin ein. Die Douairière wollte ihr nicht zustimmen, der Rat aber gab ihr seine Zustimmung. Drei Drillmeister wurden angestellt. Mit Patronentaschen und weißen Schärpen wurde die Gesellschaft prächtig ausstaffiert.

Am 20. Oktober konnte Bürgermeister Stroombreker, so gern er es auch gewollt hätte, der Feierlichkeit auf der Exerzierwiese nicht fernbleiben. Es war ein windiger Tag mit kolossalen, beängstigend tiefblauen Riesenwolken, die am Himmel wie Linienschiffe entlangsegelten. Als die Fahne, ein Geschenk von Johanna Keyser, der Ehefrau von niemand anderem als dem Schultheiß Schim, einem der Drillmeister übergeben wurde, fiel ein kühler Nieselregen. Ein launischer Windstoß erfaßte das Tuch. Von dem Feldzeichen darauf, Frau Freiheit mit Speer und Schild, konnte Roemer von seinem Sitzplatz auf der improvisierten Tribüne aus nur ein Stück Busen erkennen. Im Dämmerlicht des späten Nachmittags folgte Schauexerzieren, das immer wieder von Deklamationen Willem van der Jagts unterbrochen wurde, die dieser zu Beginn ankündigte als: »Diverse dichterliche Ansprachen anläßlich der feierlichen Übergabe der Fahne, der freiwilligen Exerziergesellschaft gestiftet unter dem Motto: Frei und treu zu Maassluis.«

Am Ende der Feierlichkeit, als die Dunkelheit bereits einsetzte und der Nieselregen sich in einen vollwertigen Sturzregen verwandelte, erhob der Dichter noch einmal seine Stimme und sagte: »Maassluis darf sich öffentlich sehr glücklich preisen, weil man jetzt hier in großer Eintracht lebt.« Ganz nebenbei kam er noch auf die Vergangenheit zu sprechen, »als Zwist mit feiger Furcht heimlich sein Haupt erhob, zum Schaden unsrer neuen Bürgerwehr«.

Es kam Roemer so vor, als hörte er Meister Spanjaard weiterdichten: »Doch nun ist alles Leid gelitten, und darüber freuen wir uns sehr«, doch anstelle von dessen angenehmer Krächzstimme ertönte der Befehl: »Feuer!« Als alle rostigen Musketen zur undurchdringlichen Wolkendecke gerichtet waren, erklang tatsächlich ein lauter Knall, und ein solcher Knall war auch wieder beim Frühlingsschießen am 18. Mai 1786 zu hören, als sämtliche Musketen erneut gen Himmel gerichtet wurden. Doch da schossen die wehrhaften Männer auf der Wiese hinter dem Tanschuppen in die Luft. Hier befand sich der neue Exerzierplatz der Gesellschaft, der nichtsdestotrotz, um die Kosten bezahlbar zu halten, als Weide verpachtet wurde. Jeden Donnerstagmorgen mußte der Pächter den Pferdemist von der Wiese entfernen und das Gras mit Sand bestreuen.

Weil ebendiese Wiese früher als Tanweide benutzt worden war, hatte Roemer, wenn er auf dem Weg zum Fischabschlag daran vorbeikam, jedesmal das Gefühl, die Wiese werde entweiht. Dort hatte er seine Anna vor vierzig Jahren inmitten der anderen, älteren Flickerinnen rasch und behende mit dem beschädigten Garn fuhrwerken gesehen, und dort hatte sich immer die tiefe, unvergeßliche Röte gezeigt, wenn er sie angesehen hatte. Auf einer solchen Weide, an einem solch heiligen Ort konnte und durfte solch eine Horde von Schafsköpfen nicht einfach mit ihren Musketen exerzieren. Ach, sie wohnte ja nun bei ihm, was spielte es also noch für eine Rolle? Trotzdem störte es ihn; es kam ihm so vor, als müßte auf dieser Wiese eher ein Denkmal aufgestellt werden, jetzt, da Anna nun endlich doch, nach so vielen Jahren, dieweil das Stundenglas seines Lebens sich bereits kräftig geleert hatte, seinem Haushalt vorstand. Es freute ihn, daß sie diese Wendung ihres Schicksals als ein Gotteswunder empfand, auch wenn ihr verbannter Sohn dadurch nicht wiedergekommen war. Den ganzen Tag summte sie vor sich hin. Meister Spanjaard hörte sie immer wieder sagen: »Ach, was geht es mir hier gut; wenn man im Lijndraaiersslop zu diesem grauenerregenden, stinkenden Gemeinschaftsabort wollte, dann mußte man immer warten. Hier nie, und der Abort hier stinkt auch beinahe nicht.« Dies verlockte Meister Spanjaard, als sie abends in der King-James-Übersetzung »the Lord's Prayer« lasen, zu dem Kommentar: »Warum fehlt im Vaterunser die Bitte ›Und unseren eigenen Abort gib uns heute‹? Schließlich erfreut deine Anna nichts mehr als der Umstand, daß sie den Abort nur mit zwei anderen teilen muß.«

Was ihn, gerade weil sie so fröhlich zu sein schien, auch verwunderte, war, daß er sich weiterhin grämte. Er konnte es einfach nicht verwinden, daß sie mindestens dreißig Jahre früher seine Frau hätte sein können. Jetzt, da es sich als ein solch großes Geschenk erwies, sie im Haus zu haben, bedauerte er einmal mehr, daß Tausende von Tagen ohne ihre Anwesenheit verflossen waren. Außerdem war er, obwohl er das Bürgermeisteramt bekleidete, besorgt, es könnte herauskommen, daß sie sich, obwohl er immer noch in der Mansarde schlief und ihr Bett sich im Hinterhaus befand, auf mehr Dinge als Dünsten und Schrubben verstand. All die Flickerinnen, die damals ihr Erröten gesehen hatten, waren Gott sei Dank bereits tot; die konnten nichts mehr verraten. Und ihr Mann war mit der *Het Ware Geloof* fast das ganze Jahr über auf See; auch von ihm brauchte man nichts zu befürchten. Trotzdem fürchtete er, es könnte, wenn er sich in seinem Comptoir mit Fangergebnissen beschäftigte, plötzlich jemand ins Zimmer treten und zu ihm, wie im Falle von König David und Nathan, sagen: »Siehe, ich will Unglück über dich erwecken aus deinem eigenen Hause, denn du hast es heimlich getan.«

Als sie sich eines Abends wieder gemeinsam über die King-James-Bibel beugten, sagte Meister Spanjaard: »Was ist bloß mit dir los?«

»Ich habe Angst, daß es rauskommt«, erwiderte Roemer.

»Ach, Unsinn«, sagte Meister Spanjaard, »die Leute hier im Dorf sind mit ganz anderen Dingen beschäftigt. Alle naslang kommt unser ruhmreicher stellvertretender Vogt Jonas Verstaak aus Delft herbeigeeilt, weil das Gerücht die Runde macht, man habe wieder Prinzenlieder gesungen. Ja, ja, nicht lange mehr, und der Psalmenstreit lodert wieder auf, diesmal wegen der Prinzenlieder. Unser Willem könnte dichten: ›Fast jeder Gesang, ob kurz oder lang, macht hier böses Blut zu schäumender Flut.‹ Verstaak hat in der Boonestraat die Bewohner der zwei Häuser, aus denen Prinzenlieder erklungen waren, dazu ermahnt, fortan andere Lieder zu singen. Das muß man sich einmal vorstellen: Der Mann kommt den langen Weg aus Delft, um ein paar Sluysern einzubleuen: ›Singt in Zukunft etwas anderes.‹ Und das, nachdem Vogt van der Lely uns hier unserem Schicksal überlassen hat, als beim Psalmenstreit die Häuser geplündert wurden.«

»Damals war Verstaak noch nicht so wachsam, und van

der Lely war beinahe achtzig Jahre alt. Wußtest du übrigens schon, daß Verstaak erneut mit der Treckschute aus Delft hierhergeeilt ist, um den Fuhrmannsknecht van Dijk zu verhören?«

»Nein, was hat van Dijk denn angestellt?«

»Er hat am Sonntag, dem 22. April, als er mit der Postkutsche aus Rotterdam kam, auf der Hoogstraat beim Delflandhuys leise ein Prinzenlied gesungen.«

»Oho, mit solchen Leuten müßte man den Galgen schmücken, so wie man es im vorigen Jahr mit der armen Frau in Delft gemacht hat, die Ary van Besooijen und seiner Frau Rattengift in die gekochte Buttermilch getan hat, das sie für einen Stuiver beim Apotheker Simon Alewijn gekauft hatte.«

»Wieso kommst du jetzt darauf?«

»Weil ich heute zufällig eine Abschrift des Gebets in die Hände bekommen habe, das Pastor Koot aus Delft kurz vor ihrer Hinrichtung zum Allmächtigen hinaufgesandt hat: ›Höchster Gott, Richter der ganzen Welt, wir danken dir, daß wir noch in einem Land leben, in dem Gerechtigkeit herrscht, wo dein göttliches Gesetz, nach dem das Blut dessen, der Menschenblut vergießt, durch einen Menschen vergossen werden soll, noch angewandt wird. Ach, möge dieser Rechtsvollzug tiefen Eindruck auf die Herzen aller Zuschauer machen‹, und dann kam noch alles mögliche über das Blut Jesu, das bedeutend und ausreichend sei, ihre Schuld zu tilgen. ›Laß sie durch die Verdienste dieses Blutes einen breiten Weg in den Himmel finden.‹ Tja, und danach hat man sie dann aufgeknüpft, ein zwanzigjähriges Mädchen aus Maassluis.«

»Als ob ich mich daran nicht erinnerte. Ich war damals

Schöffe, ich habe den Prozeß genau verfolgt, Besooijens Frau ist nach einer Nacht der fürchterlichsten Schmerzen in der Früh gestorben.«

»Ein junges Ding von zwanzig Jahren! Sie hat bestimmt einen Grund gehabt, warum sie ihren Prinzipalen Buttermilch mit Rattengift serviert hat.«

»Sie wurde des öfteren geschlagen und getreten.«

»Na also!«

»Wenn ihr die Arbeit bei den Besooijens nicht gefiel, hätte sie doch einfach zur Gesindemäklerin gehen und sagen können: ›Ich möchte gern wechseln, habt Ihr nicht einen anderen Dienstherrn für mich?‹ Schließlich behält heutzutage fast niemand seine Domestiken länger als ein, zwei Jahre.«

»Sie hatte bestimmt einen guten Grund, mit ihrer Herrin abzurechnen. Mich dünkt, ihr Schöffen hattet …«

»Aber sie hat einen Mitmenschen mit Rattengift umgebracht!«

»Ja, und so eine wird dann mit dem Strang erwürgt, nach solch einem widerlichen, grausigen Gebet über das Sühneblut Jesu.«

»Wenn du das Gebet so widerlich findest, warum sammelst du dann solche Gebete?«

»Für unsere Nachfahren, damit sie wissen, was für Barbaren wir waren.«

»Da bin ich doch anderer Meinung. Aber um noch einmal auf den Fuhrmannsknecht zurückzukommen: Verstaak ist also extra aus Delft herbeigeeilt, um ihn wegen eines Liedchens zu verhören.«

»Und was hat der Knecht gesagt?«

»Daß er zuviel Genever getrunken hatte.«

»Und danach war alles wieder vergeben und vergessen?«

»Man hat ihm ein Singverbot auferlegt.«

»Sorg du als Bürgermeister doch einmal dafür, daß hier im Dorf jede Form von Gesang verboten wird. Sobald man hier zu singen anfängt, zieht sich der Himmel zu. Nicht lange mehr, und die Leute rücken sich hier innerhalb von zehn Jahren zum zweiten Mal wegen Psalmen und Liedern gegenseitig zu Leibe. Neulich erst hörte ich im Zure Vischsteeg den zweiten Vers von Psalm 146 erschallen.«

Und mit fester Stimme sang Meister Spanjaard:

»Gründet auf Prinzen kein Vertrauen,
bei denen nie das Heil man findet;
würdet ihr Hoffnung auf den Menschen bauen?
Wenn Gottes Hand einst ihren Geist entbindet,
kehren sie zur Erde wieder,
stürzen mit ihren Sünden nieder.«

»Wer hat da im Zure Vischsteeg gesungen?«

»Das konnte ich nicht sehen. Ein Patriot zweifellos.«

Déclaratoire

An einem wolkenlosen Sommermorgen im Juni des Jahres 1787 begab sich Roemer zu seinen neu erworbenen Büsen. Waren sie bereit zum Ablegen? Der Himmel war diesig, hellblau, der Hafen wurde gespült, der Hafenknecht wühlte den Schlick auf, der anschließend mit dem Spülwasser fortgeschwemmt wurde. Flußseeschwalben, Lachmöwen, Brandseeschwalben stürzten sich pausenlos auf die nach oben gespülten kleinen Plattfische, deren weiße Bäuche im schnell strömenden Spülwasser aufleuchteten. Außer den untermäßigen Plattfischen wurden auch Sprotten und Stinte von den eifrigen Vögeln gierig gefressen.

Er ging über die Brücke auf das Kerkeiland. Von weitem sah er, daß in der Ankerstraat, in Höhe des Hauses von Jan Schoevaers, Dutzende von wild gestikulierenden Fischern, Netzflickerinnen und Muschelweibern standen. Was war da los? Bei der Stelle angelangt, wo er zur Haringkade abbiegen mußte, zögerte er. Was hielt ihn davon ab, kurz weiterzugehen? Irgendwas ging dort vor. Er wollte wissen, was all die Menschen auf die Straße gebracht hatte. Die Besichtigung seiner Büsen konnte warten.

Bereits als er die ersten Schritte in die Ankerstraat hinein machte, beim Haus des Schnürmiedermachers Hendrik Moerings, bemerkte er, daß eine der Flickerinnen einem jungen Fischer etwas zuflüsterte. Der Ausweider warf einen Blick über die Schulter zu dem sich nähernden

Bürgermeister und rief: »Hütet euch«, und all die diskutierenden Fischer und Flickerinnen schwiegen plötzlich still. Was scheut denn da das helle Licht des Tages, schoß es Roemer durch den Kopf, und er blieb stehen.

»Guten Tag, Hendrik«, sagte er zu Moerings, der in einem zur Straße hin gelegenen Zimmer am offenen Fenster mit feinem Fischbein zugange war.

»Guten Tag, Herr Bürgermeister«, sagte Moerings.

»Wie ich gehört habe, geht Ihr demnächst gleich bei mir nebenan in der Veerstraat zur Kirche.«

»Auf dem Getreidespeicher von Ary de Jongh, Herr Bürgermeister, bis wir im nächsten Jahr und bei guter Gesundheit, wie wir hoffen, unsere eigene Gemeindekirche weihen können.«

»Ich habe gehört, der Pastor von Maasland will weder Meßkelche noch Kasel, noch Altarglocken abgeben, obwohl seinerzeit das Geld dafür aus Maassluis stammte.«

»Sogar unsere Gesangbücher will er behalten.«

»Es ist für ihn bestimmt nicht leicht, daß seine Gemeinde auf einmal tüchtig schrumpft.« Er dämpfte seine Stimme und fragte: »Wißt Ihr, was beim Haus von Schoevaers los ist?«

Moerings schüttelte den Kopf und beugte sich tief über sein Fischbein.

Er weiß was, aber er will sich raushalten, dachte Roemer, und das ist verständlich. Wenn der Oranjepöbel dort bei Schoevaers etwas ausheckt, dann hat Moerings allen Grund, ängstlich zu sein. Daß die Katholiken hier demnächst auf dem Kornspeicher zusammenkommen können, haben sie vor allem der Tatsache zu verdanken, daß die Macht des Erbprinzen abnimmt.

Er drehte sich um, ging mit raschem Schritt zurück, überquerte die Brücke, stieg die Breede Trappen hinunter, stürzte ins Haus und rief: »Anna, wo ist der Schulmeister?«

»Hinten im Garten«, rief sie, »er raucht dort seine Pfeife.«

Roemer begab sich in den Garten, wo er Meister Spanjaard fand, und sagte: »In der Ankerstraat gibt es eine Menschenansammlung. Die Leute erschraken regelrecht, als sie mich kommen sahen. Ich würde gern wissen, was dort los ist. Könntest du …«

»Ich soll als Spion dorthin gehen? Das ist etwas, was ich schon immer mal machen wollte. Ich weiß noch genau, daß ich jedesmal zu meiner Mutter gesagt habe: ›Wenn ich groß bin, will ich Späher werden.‹«

»Bleib nicht beim Haus von Moerings stehen, so verführerisch die dort ausgestellten Schnürleibchen auch sein mögen.«

»Ach, bevor ich sterbe, möchte ich noch einmal …«

»… einer Jungfer das Mieder aufschnüren, ich weiß. Ich glaube, ich habe dort in der Ankerstraat unter den Netzflickerinnen auch Kootje Morsdam gesehen. Vielleicht kannst du mit ihr etwas verabreden, in der Bibel schlafen die Späher auch bei Rachel, der Hure, meinen Segen hast du also und dazu noch einen Beitrag aus meiner Börse, vorausgesetzt, du findest heraus, was dort los ist.«

»Sie verlangt drei Stuiver.«

»Woher weißt du das? Ich dachte, die öffentlichen Mädchen machen es nicht für weniger als fünfeinhalb …«

»In Den Haag oder Amsterdam, aber nicht hier.«

»Drei Stuiver, die müssen aufzutreiben sein. Ich hätte aber, vor allem bei ihr, allergrößte Angst vor einem venerischen Leiden.«

»Na und? Darf ich vielleicht auch mal sterben?«

»Nein, das darfst du vorläufig noch nicht. Wenn du stirbst, dann …«

»… wohnst du hier mit Anna allein. Was willst du noch mehr?«

»Ja, das schon, aber bestimmt wird man dann hintenrum flüstern.«

»Gewiß, und überall herumposaunen, daß Anna die Bequemlichkeit über die Ehre stellt, mit ihrem Dienstherrn schläft und darum nur ein Bett zu machen braucht. Ich bin hier unverzichtbar, was hält mich fürderhin davon ab, meine Pfeife drinnen zu rauchen? Du wirst mich sowieso nie vor die Tür setzen. Jetzt aber los, auf in die Ankerstraat.«

Sehr bald und recht aufgeregt kehrte Meister Spanjaard zurück. Dennoch berichtete er sachlich über das, was er in Erfahrung gebracht hatte.

»Schoevaers hat sein Haus der vor kurzem gegründeten Oranje-Sozietät zur Verfügung gestellt. Der Vorstand dieses Vereins, vier Mann, die sich Kommissare nennen, ich kenne sie kaum, ist im Besitz einer Erklärung, die sie feierlich als Déclaratoire bezeichnen. Dieses Dokument hätte ich gern für meine Sammlung. Es widerspricht dem Abkommen, das die Patrioten gleich nach dem Krieg dem Erbprinzen aufgezwungen haben und mit dem die Befugnisse des Prinzen beschränkt und der Dicke Herzog entmachtet wurde. Mit diesem Déclaratoire will das finstere Oranjequartett die Ehre des Erbprinzen wiederherstellen.

Ich habe den Text zwar lesen dürfen, doch leider habe ich mir noch keine Abschrift verschaffen können … Also, der Text lautet: ›Wir, die Unterzeichnenden, sämtlich Bürger, Einwohner von Maeslandtsluys, erklären hiermit, daß wir vollkommen zufrieden sind mit der staats- und erbstatthalterlichen Regierung, wie diese in den Protokollen, Privilegien und Gesetzen zuletzt im Jahre 1766 bestätigt wurde.‹«

»Unterzeichnenden? Ist es etwa ihre Absicht, das Déclaratoire von so vielen Leuten wie möglich unterschreiben zu lassen?«

»Gewiß, aber wie? Was dort an Fischern und Flickerinnen stand, hat kaum die Schule besucht. Die können nur ein Kreuzchen machen.«

»Doch nicht alle?«

»Es waren nur ein paar dabei, die ihren Namen schreiben können. Dennoch drohten die vier Herren damit, daß gleich nach Beginn der Heringssaison wieder ein Krieg mit England ausbrechen werde, wenn sie nicht unterschrieben. Was für gerissene Schweinehunde, diese Burschen: Den Fischern angst machen, sie würden gleich nach Verlassen des Hafens wieder von englischen Linienschiffen geentert … aber was soll man machen, es funktioniert. Wer schreiben konnte, versuchte seinen Namen unter das Dokument zu setzen. Wer unterschrieb, bekam eine Karte mit der fettgedruckten Aufschrift ›Für die alte Verfassung‹, und darunter stand jeweils der eigene Name und Maeslandtsluys. Die Kanaille behauptete, wer geentert werde und diese Karte den Engländern zeige, dem drohe keinerlei Gefahr. Ach, ach, welch ein Betrug. Trotzdem habe ich einigen Fischern geholfen zu unterschreiben.«

»Aber …«

»Ja, ich weiß, was du sagen willst. Bedenke aber, daß die gutgläubigen Fischer schrecklich gern ein solches Kärtchen haben wollten. Und welche Rolle spielt es schon, ob sie ihren Namen unter dieses dämliche Déclaratoire setzen oder nicht? Wenn dieses Kärtchen bewirkt, daß sie ruhiger schlafen können …«

»Im geheimen bist du auch ein Oranjeanhänger.«

»Im geheimen? Ich habe dir früher schon einmal gesagt, daß ich selbst ein Oranier bin. Wenn alles ein wenig anders gelaufen wäre, dann wäre ich jetzt der Erbprinz.«

»Du würdest deine Sache besser machen als der Fünfte.«

»Meinst du? Man muß als Machthaber immer Entscheidungen treffen, deren Folgen man niemals überschauen kann.«

»Das stimmt, aber der Fünfte trifft keine Entscheidungen. Er ist unentschlossen.«

»Weil er sich, und das verstehe ich sehr gut, ganz genau der Tatsache bewußt ist, daß er nicht weiß, welche Folgen seine Entscheidungen langfristig zeitigen werden. Im Krieg hat er aufs falsche Pferd gesetzt und einzig die Landesverteidigung verstärkt, während er die Flotte hätte verstärken müssen.«

»Und darum hat man ihn jetzt auch aus Den Haag fortgejagt.«

»Du wirst schon sehen, seine Wilhelmine wird sich damit nicht abfinden, die hat ihren Bruder bestimmt schon um Hilfe gebeten.«

»Du meinst, der König von Preußen könnte seiner Schwester …?«

»Es würde mich nicht wundern. Wenn man Macht und

eine schicke Armee hat, und die hat Friedrich, dann sehnt man sich nach Krieg. Das einzige, was ihm noch fehlt, ist ein Vorwand, ins Land einzudringen. Und die Patrioten hier sind dämlich genug, ihm einen solchen Grund zu liefern. Und wenn nicht, dann verhelfen ihm die Oranjeanhänger zu einem solchen Vorwand. Wobei noch hinzukommt, daß Soldaten sich auch immer danach sehnen, etwas zu unternehmen, denn was ein Mensch auf gar keinen Fall will, ist, in aller Ruhe zu Hause zu sitzen und Däumchen zu drehen.

Wütet ein Soldat gar sehr
auf dem Feld der Ehr',
muß er sich danach nicht scheuen,
darf sich aufs Plündern freuen.

Der Mensch sehnt sich nach großen Ereignissen, und ein größeres Ereignis als Krieg gibt es nicht. Lieber donnernde Kanonen und ächzende Mähren als Langeweile, so ist der Mensch. Und wer Krieg führt, der langweilt sich nie. Nicht Müßiggang, sondern die Flucht in große Ereignisse, um dem Müßiggang zu entkommen, ist aller Laster Anfang.«

»Was für eine Rede! Schade aber, daß du nur einen Zuhörer hast. Sag mal, war Kootje Morsdam ...«

»Ach ja, das hätte ich ja beinahe vergessen. Mit der Morsdame habe ich gesprochen, und sie hat mir stolz erzählt, daß sie für ihre Unterschrift unter das Déclaratoire ein paar Stuiver bekommen hat.«

»Kann sie denn schreiben?«

»Nein, natürlich nicht, sie machte einen Witz. Und unter ihrem dünnen Jäckchen trug sie kein geschmeidiges

Schnürmieder, nein, da gab es leider nichts aufzuschnüren. Meine Stuiver konnte ich in der Börse lassen.«

»Und doch wirkst du recht erhitzt.«

»Ach, und woran erkennst du das?«

»Deine Wangen sind rot gefleckt.«

Meister Spanjaard schluckte umständlich, legte dann beide Hände auf seine Wangen, als wollte er kontrollieren, ob Flammen herausschlugen, und murmelte dann: »Ich sollte ... ich wünschte, ich könnte ein paar Züge an meiner Pfeife tun.«

»Wieso?«

»Um ein wenig zur Ruhe zu kommen.«

»Was ist denn? Kootje Morsdam?«

»Nein«, sagte Meister Spanjaard verstimmt, »natürlich nicht, solch ein Mädchen ... nein, ich muß dir noch etwas anderes erzählen, weiß aber nicht, wie ich es dir sagen soll, ohne daß du sofort zur Tür hinauseilst, um etwas schrecklich Dummes zu tun ... Ich weiß wirklich nicht, wie ich es anpacken soll. Komm, laß uns kurz nach hinten in den Garten gehen. Dann kann ich mir eine Pfeife anzünden und dabei noch einmal in Ruhe darüber nachdenken, wie ich es dir sagen ...«

»Stand ... war ... ist er ... doch nein, das geht jetzt doch noch gar nicht? Wenn Schim davon erfährt ...«

»Habe ich schon zuviel gesagt? Ja, du hast richtig geraten, er stand inmitten der ganzen Oranjeanhänger. Er hat sich sehr verändert, man erkennt ihn fast nicht wieder, aber er war ja auch noch eine richtige Rotznase, als er verbannt wurde, und nun ist er ein Mann. Trotzdem glaube ich, Schim würde ihn erkennen. Schließlich habe ich ihn auch sofort erkannt ...«

Liebe Bücherfreundin, Lieber Bücherfreund!

Nach der Lektüre dieses Buches erwarten wir dessen Rückgabe in unseren Bücherschrank, damit auch andere Lesende in den Genuss gut erhaltener und aktueller Bücher kommen.

Das Planig kreativ Team

»Dann muß ... ich gehe ...«

»Genau das habe ich befürchtet. Du willst auf der Stelle zu ihm hin. Um Himmels willen, tu das nicht.«

»Er könnte hierherkommen, er könnte hier im Haus bleiben, bis er sich im nächsten Frühling wieder stolz auf der Straße zeigen kann ...«

»Glaubst du wirklich, daß er wie ein Lamm mit dir gehen wird, um hier so lange unterzutauchen? Meinst du, daß man dich, wenn du zusammen mit ihm herkommst, nicht sehen wird? Du als Bürgermeister darfst dir nichts erlauben. Wenn du ihn irgendwo im Dorf auf der Straße ansprechen würdest, wüßten es bald danach alle, und man würde sich fragen: Worüber hat Bürgermeister Stroombreker mit dem fremden Kerl gesprochen? Fremder Kerl? Aber nicht doch, das war niemand anderes als Gilles Heldenwier. Schim, los, schnapp ihn dir, sperr ihn in den Kerker, bis Verstaak Zeit hat, ihn nach Watersloot zu bringen.«

»Könntest du ihn nicht ansprechen? Könntest du ihm nicht sagen, daß er hier ...«

»Selbst wenn er das wollte, was ich stark bezweifle, kannst du ihn hier nicht zwölf Monate lang versteckt halten. Er muß folgendes tun: sich blitzschnell aus dem Staub machen. Er denkt natürlich: Es herrscht eine solch große Aufregung wegen der scharfen Gegensätze zwischen Patrioten und Prinzenanhängern, daß niemand auf einen Verbannten, der zu früh wiedergekommen ist, achten wird. Aber da irrt er sich. Schim ist durch und durch ein Patriot, der alte Vogt in Delft ist prinzgesinnt, aber Verstaak ist wie Schim Patriot, und Schim weiß auch, ebenso wie du und ich es wissen, daß die Leute, die vor elf Jahren Maassluis wegen der kurzen Singweise ins Chaos gestürzt haben, alle glühende Anhänger des Prinzen sind. Zwei Verbannte, die zurückgekehrt sind, wurden schließlich schon gerügt, weil sie ein orangefarbenes W an ihrem Hut trugen. Was für ein Triumph wäre es folglich für Schim, wenn er noch einen Verbannten in den Kerker werfen und über ihn sagen könnte: ›Da habt ihr's, diese ehrlosen Prinzgesinnten, bedenkenlos übertreten sie das Gesetz.‹«

»Ich will dennoch … ich gehe trotzdem …«

»Du willst ihn sehen, so wie auch ich meinen Thade fürchterlich gern einmal wiedersehen würde. Und doch beschwöre ich dich: Bleib hier.«

»Sag du ihm dann, daß er besser wieder gehen sollte.«

»Das habe ich ihm schon wärmstens empfohlen, aber er erschrak nicht einmal darüber, daß ich ihn erkannte. Er sah mich nur spöttisch an, als wollte er sagen: ›Was geht das dich an, altersschwacher Greis.‹ Es ist kaum zu glauben, wie ähnlich er dir inzwischen ist. Allein schon darum muß er gehen. Jeder hier mit einem scharfen Blick und auch nur einem bißchen Verstand wird auf der Stelle erkennen, daß Gilles … na ja, vielleicht auch nicht, ich glaube nicht, daß hier im Dorf jemand auf den Gedanken käme, ein so sittsamer Bürgermeister könnte jemals in ferner Vergangenheit … Hinzu kommt noch, daß es im Dorf das Gerücht gibt, deine Diderica habe keine Kinder bekommen können, weil du unfähig bist.«

»Das erzählt man sich?«

»Schon seit Jahren.«

»Aber wie …?«

»Marije.«

»Sie … sie hat sich verplappert. Ich kann es beinahe nicht glauben.«

»Ach, ihr ist vielleicht zufällig etwas herausgerutscht. Ein halbes Wort kann schon genug gewesen sein. Sei doch froh darüber. Niemand wird dich verdächtigen, du könntest ein außereheliches Kind gezeugt haben, und es wird dich außerdem niemand verdächtigen, mit deinem Dienstmädchen das Bett zu teilen.«

Hutschmuck

Dennoch ging er los, um seine Büsen zu inspizieren. In der Ankerstraat warben die vier Kommissare immer noch um Unterschriften. Er konnte es einfach nicht lassen, er mußte hingehen und nachschauen. War sein Sohn noch dort? Nein, er konnte ihn nicht entdecken zwischen den Fischern, die schwiegen, als er vorbeikam. Er ging zum Hellinggat, schaute über das stille, weitläufige Wasser hinüber zur Werft, auf der keinerlei Betriebsamkeit zu sehen war. Dann bog er nach links auf den Zandpad ab, und es war, als nähme er alles mit den Augen seines zurückgekehrten Sohnes wahr. Wie hat sich das alles hier verändert während der elf Jahre, dachte er, warum tut sich auf der Hellingwerft nichts? Wo sind all die Schiffszimmerleute? Finde ich dort noch Arbeit mit meinem sinistren Beil?

»Der Krieg gegen England hat uns weit zurückgeworfen«, antwortete er seinem Sohn in Gedanken. »Selbst jetzt, drei Jahre nach seinem Ende, ist der Niedergang noch überall spürbar. Was uns vor allem geschadet hat, war die Einquartierung der einander ablösenden Bataillone, deren Soldaten sich dann hier zu Tode langweilten und unsere letzten Vorräte fraßen. Als vergeblich haben sich unsere bisherigen Versuche erwiesen, vom Staat Schadenersatz für die Kosten dieses Kantonnements zu erhalten. Aber die Stadtregierung von Maassluis wird sich damit nicht abfinden, wir prozessieren weiter.«

Über die Havenkade ging er zurück zum Kulk. Auf einer seiner Büsen war noch der trockene Schlag des Kalfaterhammers zu hören. Die beiden anderen Büsen zerrten gemächlich an ihren Trossen. Er fragte den Kalfater: »Alles in Ordnung, van Ast?«

»Ja, Herr Bürgermeister«, sagte Gommert van Ast, »aber Steuermann Staal war vorhin hier und berichtete mir, Gerbrand van Teylingen habe gesagt, die Büsen der Patrioten würden vor dem Auslaufen geplündert werden.«

»Van Teylingen habe ich vorhin noch vor dem Haus von Schoevaers gesehen. Er ist doch einer der Kommissare der Oranje-Sozietät?«

»Ja, Herr Bürgermeister.«

»Und wann soll diese Plünderung geschehen?«

»In der Nacht auf den 15. Juni, so daß die Schiffe nicht wie sonst am Morgen des Büsentags auslaufen können.«

»Was meinte Staal? Sind unsere Büsen in Gefahr?«

»Er wußte es nicht. Niemand weiß, ob Ihr Patriot oder ein Prinzenanhänger seid.«

»Selbst weiß ich das auch nicht, van Ast. Leider wird uns das nicht vor der Plünderung bewahren, wenn es van Teylingen und seinen drei Mitstreitern gelingt, freie Fischer zu mobilisieren.«

Er ging weiter, durchstreifte das ganze Dorf, sowohl auf dem Deich wie auch unter dem Deich. Zweimal zeigte er sich im Lijndraaiersslop, aber nichts deutete darauf hin, daß sein Sohn – Grubbelt Heldenwier war schon längst auf dem Huker eines anderen Reeders unterwegs nach Island – sich dort im leeren Haus aufhielt. Wo war sein Sohn jetzt? Sogar als er später am Tag im Bürgermeisterrat über seine Erkenntnisse berichtete und darauf drängte, Maßnahmen zu ergreifen, um die Plünderung der Büsen zu verhindern, und einer der anderen Bürgermeister ihm nicht nur zustimmte, sondern auch besorgt hinzufügte, daß ein »Geist des Grolls und der Unzufriedenheit gegenüber den Rechtschaffenden und den Patrioten gezüchtet wurde«, spukte ihm immer nur durch den Kopf: Wo ist er?

Während der Versammlung drängte sich ihm plötzlich ein Gedanke auf: Jetzt, während ich hier sitze, besucht er seine Mutter. Wußte sie schon, daß er hier ist? Hatte sie Gilles möglicherweise bereits irgendwo im Dorf getroffen und ihm nichts davon erzählt, damit er sich keine Sorgen machte? Gemeinsam mit Meister Spanjaard hatte er beschlossen, Anna vorerst nicht zu erzählen, daß der Junge in der Ankerstraat gesehen worden war. Wenn sie nichts davon wußte, konnte sie sich auch keine Sorgen machen.

Nach der Versammlung eilte er zurück zur Veerstraat. Anna schrubbte das Trottoir vor dem Haus. Nichts deutete darauf hin, daß sie Besuch gehabt hatte. Es war, als sähe er sie zum ersten Mal, und zum ersten Mal fiel ihm auch auf, daß sie, so angenehm dünn sie war, grobknochig und mager aussah. Und sie konnte sehr launisch sein, kratzbürstig, gereizt, was sie sehr von Diderica unterschied, bei der er nie irgendwelche Launenhaftigkeit bemerkt hatte.

Am nächsten Tag verließ er in aller Frühe das Haus und durchstreifte erneut das Dorf. Er ging erst in den Lijndraaiersslop, dann zu den ärmlichen Häuschen der bereits zurückgekehrten Verbannten, dann durch die ganze Sandelijnstraat bis zum Het paard z'n bek und wieder zurück, und er wunderte sich, daß der himmelblaue Papagei, als sei während des letzten halben Jahrhunderts nichts geschehen, immer noch mit seinem heftig rollenden »R« zur Bekehrung aufrief. Er ging durch die Ridderstraat, und dort wurde ihm klar, daß dieses Herumirren vollkommen sinnlos war und zu nichts führte. Trotzdem konnte er es nicht lassen, er mußte weitergehen, durch alle Straßen. Es war, als ballte sich sein ganzes Leben zu diesem einen Gang zusammen, der bereits angefangen hatte, als er mit dem Heilbuttstück bis tief in die Sandelijnstraat vorgedrungen war. Der Alemansdam, die Patijnestraat, die Reinestraat, die Kleine Bogertstraat, die Bogertstraat, die Kale Straat, die Kerkstraat, die Oude Kerkstraat, der Markt, der Goudsteen, die Wagenstraat, die Marelstraat, die Korte Boonestraat, die Lange Boonestraat, die Nauwe Koestraat, die Wijde Koestraat, wieder über die Brücke und erneut durch den Lijndraaiersslop. Der Tag begann, aus den Ruinen tauchten in Lumpen gehüllte schäbige Bengel auf, die ihn um ein paar Cent anbettelten. Mit jedem Cent, den er verteilte, schien es, als brächte er damit den Augenblick des Wiedersehens mit seinem Sohn ein Stück näher. Er kaufte die Zeit, die ihm noch bis dahin blieb. Schon bald hing ihm eine Meute von Kindern an den Fersen, die ihre schmutzigen Händchen nach dem wundersamen Wohltäter ausstreckten. Als seine Centmünzen alle waren, floh er aus dem trostlosen, vollkommen verarmten Straßenkomplex zwischen den zwei glänzenden Vlieten.

In seinem Kontor versuchte er, zur Ruhe zu kommen, indem er sich auf seine Berechnungen stürzte. Geschickt mit Zahlen jonglieren, komplizierte Rechenaufgaben, das hatte ihn immer schon zutiefst befriedigt. Was er hätte werden müssen, war ihm mit der Zeit, erst in den fetten, dann in den mageren Jahren, immer deutlicher geworden: Rechenkünstler. Denn schließlich war nichts so herrlich, so beruhigend und so befriedigend wie Rechnen. Mit tadellosen Zahlenreihen bekam man das, was einen umgab, in den Griff.

Wenn der Junge immer noch in Maassluis war, würde er doch wohl irgendwann von irgendwem erfahren, daß seine Mutter nun als Hausmädchen in der Veerstraat arbeitete. Dann würde er sich umgehend in die Veerstraat begeben, um seine alte Mutter zu sehen. Die Parole lautete folglich: Bleib zu Hause. Er dachte: Der Junge schwimmt von alleine in die Reuse, und dann lassen wir ihn nicht mehr fort, dann bringen wir ihn im Hinterhaus unter, dann kann er sich dort verstecken, bis er sich im nächsten Frühjahr, wenn die zwölf Jahre vorbei sind, wieder stolz im Dorf zeigen darf. Und in der Zwischenzeit kann ich ihn auf seine Aufgaben als Reeder und Verwalter vorbereiten. Damit er im Laufe der Zeit in meine Fußstapfen treten kann, zunächst als Schöffe und später dann vielleicht sogar als Bürgermeister. Oder als Schultheiß, denn auch der schlaue Schim wird bestimmt nicht das ewige Leben haben.

Warum zeigte er sich nicht? Warum versteckte er sich die ganze Zeit, irgendwo in den Seitengassen an der Sluyspolderkade? Oder hielt er sich vielleicht in einem der leeren Schuppen auf der Hellingwerft auf? Er konnte es nicht lassen, er nahm seinen schwarzen Hut, verließ eilig das Haus, stieg die Breede Trappen hinauf und ging quer über das Kerkeiland zur Werft. Er öffnete die leeren Schuppen, roch den Geruch von faulendem Holz, hörte das Ungeziefer rascheln, sah Mehlschwalben durch Fenster, die schon lange ohne Glas waren, ein und aus fliegen, um ihre zwitschernden Jungen zu füttern. Er betrachtete die runden

Nester, die so findig an die Dachbalken gebaut waren. Er sang leise und munter:

»Ein Haus, o Herr, find' selbst der Spatz,
die Schwalbenküken haben ihren Platz
im schmucken Nest an deinem Tisch.«

Auch ein schöner neugereimter Psalm, dachte er, genau wie Psalm 3: »Ich schlief ganz ohne Sorgen, in Gottes Treu geborgen, bis ich erfrischt erwachte.« Letzte Nacht leider ganz und gar nicht, dachte er, aber das wird sich schon wieder richten, wenn ich den Jungen nur erst einmal gefunden habe.

Nein, auf der Werft hielt sich sein Sohn nicht auf, das war offensichtlich. Die Werft war zu einem Ort geworden, dessen Schicksal Jesaja bereits vorhergesagt hatte: »Die Natter wird auch daselbst nisten und legen, brüten und aushekken unter seinem Schatten; auch werden Dornen wachsen in seinen Palästen, Nesseln und Disteln in seinen Schlössern.« Durch die Nesseln hindurch, die tatsächlich mannshoch gewachsen waren, ging er zur Havenkade. Auf der anderen Seite des Wassers sah er eine Menschengruppe vor Bregmans Haus stehen. Die Leute schwenkten große Hüte, an die orangefarbene Bänder in Form des Buchstabens »W« geheftet waren. Ob sich sein Sohn vielleicht in dieser Menschenmenge befand? In einiger Entfernung bemerkte er Schim, der sich der Gruppe näherte. Oh, mein Gott, dachte er, wenn mein Sohn dort ist und auch so einen dämlichen Hut auf dem Kopf hat, dann braucht Schim ihn nur noch zu verhaften. Einen kurzen Moment spielte er mit dem Gedanken, in das Hafenbecken zu springen und zum anderen

Ufer zu schwimmen, doch ihm war sogleich bewußt, daß er dann keinesfalls länger das Amt eines Bürgermeisters bekleiden konnte. Es blieb ihm nichts anderes übrig, als zurückzugehen, über die ganze Haringkade, vom Kerkeiland runter, die Hoogstraat entlang und dann zur Havenkade.

Als er außer Atem bei Bregmans Haus ankam, war Schim nirgendwo mehr zu sehen. Aber die jungen Burschen standen noch dort und nahmen vor dem Bürgermeister sehr höflich ihre großen schwarzen Hüte ab. Er sagte: »Guten Tag, Gideon van der Kraan, guten Tag, Ary Wouterse, was ist hier los?«

»Hier ist die Oranje-Sozietät«, sagte Gideon.

»Aber die ist doch in der Ankerstraat, im Haus von Schoevaers?«

»Die Oranje-Sozietät ist in Bregmans Haus umgezogen.«

»Was wollte Schim vorhin?«

»Er hat uns aufgefordert, das orangefarbene W von unserem Hut zu entfernen, und als wir das nicht taten, hat er uns damit gedroht, daß Verstaak und seine Leute bald kommen würden, um uns nach Watersloot zu bringen. Aber Verstaak ist weit weg, in Delft, von dem haben wir vorläufig nichts zu befürchten. Niemand kann uns daran hindern, ein orangefarbenes W am Hut zu tragen. Auch Ihr nicht, Herr Bürgermeister.«

»Ich verspüre nicht das geringste Bedürfnis, wen auch immer aufzufordern, Verzierungen von seinem Hut zu entfernen. Warum sollte ich? Zweimal bin ich dem Erbprinzen begegnet, und ich habe den Eindruck, daß wir wenig von ihm zu erwarten haben. Aber wir haben auch wenig von ihm zu befürchten. Es ist Unsinn, ihn, wie die Patrioten es tun, als einen Nero darzustellen. Er ist ein außergewöhnlich liebenswerter Mann, der für Holland nur das Beste will, aber leider nicht in der Lage ist, irgendwas zu bewerkstelligen. Und leider hat er sich auch im Krieg vergaloppiert.«

»Ihr könnt gut reden, Herr Bürgermeister, doch leider kommen wir damit nicht weiter. Schart Euch doch auch hinter das Haus von Oranien.«

Er beachtete die Aufforderung nicht und fragte so beiläufig wie möglich: »Wißt ihr vielleicht etwas von den anderen Verbannten? Mal was von Jan van der Thuyn gehört oder von ... wie hieß er auch gleich wieder ... ach, der Bursche, der auf der Werft ... o ja, Gilles Heldenwier?«

»Nein«, erwiderte Gideon van der Kraan barsch.

»Keiner hat je wieder was von Jan und Gilles gehört«, sagte Ary ungerührt.

Die beiden ehemaligen Verbannten hatten ihn offenbar so überzeugend belogen, daß er, als Bürgermeister Swanenburg ihm während einer eilig zusammengerufenen Sondersitzung des Stadtrats erzählte, Schim habe am Hafen einen der Verbannten verhaftet, sofort dachte: Das muß Kaat de Frans gewesen sein, denn Jan und Gilles waren nicht dort.

»Und wo hat Schim Fräulein Persoon in Gewahrsam?« fragte er Swanenburg.

»Wie kommst du darauf, daß Schim Kaat de Frans in die Arrestzelle gesperrt hat?« fragte Swanenburg erstaunt. »Er hat einen der beiden Kerle verhaftet, die für zwölf Jahre in die Verbannung geschickt worden sind.«

Roemer spürte, daß sein Herz augenblicklich zu galoppieren begann, und auch, daß ihm der Schweiß ausbrach.

»Wen von den beiden denn?« fragte er und erschrak, wie belegt seine Stimme klang.

»Ach, das weiß ich nicht«, sagte Swanenburg unbekümmert. Offenbar wunderte er sich nicht über Roemers deutlich sichtbare Bestürzung.

»Weißt du, wen Schim am Hafen verhaftet hat?« fragte Swanenburg Bürgermeister Govert de Hoest.

»Ich glaube«, sagte de Hoest ruhig, »es handelt sich um den Sohn deines Küchenmädchens, Stroombreker.«

Büsennacht

Als er nach der Stadtratssitzung die Breede Trappen zur Veerstraat hinunterging, drängte sich ihm wieder die Frage auf: »Soll ich es Anna sagen?« Zu Hause angekommen, wollte er das Problem mit Meister Spanjaard besprechen. Der Greis sagte ruhig: »Du mußt ihr nichts sagen, sie weiß es schon.«

»Von wem?«

»Sie hat es vorhin auf dem Markt erfahren.«

»Hat es sie entsetzt?«

»Sie hält sich wacker. Sie fragte sich, ob es möglich wäre, ihn zu sprechen, zur Not durch das Zellengitter.«

»Das muß Schim entscheiden.«

»Wenn du mit ihm sprichst, muß es möglich sein.«

»Ich werde Schim fragen.«

Er mußte seine ganze Überredungskunst anwenden, um Schim so weit zu bringen, daß er einem kurzen Gespräch zwischen Mutter und Sohn zustimmte. Während der Diskussion mit Schim erfuhr Roemer auch en passant, was mit Gilles danach passierte.

»Er bleibt bis nach dem Auslaufen der Heringsflotte hier«, sagte der Schultheiß. »Der stellvertretende Vogt wird mit seinen Leuten die Schiffe bis zum späten Abend bewachen und, wenn es sein muß, auch die ganze Nacht. Sobald die Boote am Büsentag in aller Frühe ausgelaufen sind, kehrt Verstaak mit seinen Männern nach

Delft zurück und nimmt dann auch den Verbannten mit.«

Anna ging zum Rathaus, kam anderthalb Stunden später mit rotgeweinten Augen wieder und brach jedesmal, wenn sie von dem Gespräch mit ihrem Sohn berichten wollte, erneut in Schluchzen aus. Bereits zu diesem Zeitpunkt, während er sie immer wieder in die Arme nahm und ihr zuflüsterte: »Nicht weinen, Annalein, alles wird gut, ich werde alles tun, was in meiner Macht steht, um eine erneute Verbannung, Geißelung und andere Strafen zu verhindern«, faßte er einen ebenso kühnen wie verwegenen Plan. So verwegen ist es gar nicht mal, überlegte er, es ist kinderleicht. Da ich von allen Bürgermeistern dem Rathaus am nächsten wohne, hat man mich zum Schlüsselbewahrer ernannt. Darum kann ich mir zu jeder Tages- und Nachtzeit Zugang zum Rathaus verschaffen. Einmal drinnen, muß ich nur noch in den Keller gehen, ein paar rostige Riegel zur Seite schieben und zu dem Jungen sagen: »Komm mit, wir können dich in der Veerstraat, solange es nötig ist, verstecken.«

In Gedanken unternahm er immer wieder den Gang ins Rathaus. Wenn er hellwach in seinem Bett lag, stellte er sich jedesmal vor, wie er in der nächtlichen Dunkelheit die Breede Trappen hinaufging. Oben angekommen, wandte er sich nach links in die Hoogstraat. Wenige Schritte nur, und schon war er beim Rathaus. Er wußte, der Schlüssel würde im Schloß knarren, doch das ließ sich leider nicht verhindern, er hatte den Schlüssel bereits viele Male in das Schloß gesteckt und umgedreht.

Es stellte sich die Frage: Welchen späten Abend, welche Nacht sollte er für sein gewagtes, aber letztendlich doch kaum als gefährlich oder riskant zu bezeichnendes Unternehmen wählen? Wäre es nicht klug, erst einmal den Weg zum Rathaus im Dunkeln zu gehen, schließlich hatte er bis zum Auslaufen der Büsen noch fünf Nächte Zeit? Natürlich hatte er die Strecke bereits oft im Dunkeln zurückgelegt, doch nie mitten in der Nacht und auch nie, wenn es durch dichte Bewölkung, oder weil Neumond herrschte, so stockdunkel war, daß man die Hand nicht vor Augen sehen konnte. Wie war es, sozusagen nach Gefühl von der Veerstraat zur Hoogstraat zu gehen?

Als er schließlich mitten in einer dieser fünf Nächte seinen Mut zusammennahm, aus dem Bett stieg, sich im Dunkeln anzog und ohne Kerze, sich einzig auf seinen Tastsinn verlassend, zwei Treppen hinunterstieg, da zeigte sich, daß der Weg von seinem Bett bis auf die Veerstraat noch der heikelste Teil seiner Unternehmung war. Gleich zu Beginn stellte er bereits fest, daß er sich im Dunkeln kaum geräuschlos anziehen konnte. Dann kamen knarrende Treppenstufen und eine schwere eichenhölzerne, beilsichere Haustür, die sich quietschend öffnete und mit einem dumpfen Knall wieder ins Schloß fiel. Er konnte nicht glauben, daß Anna und Meister Spanjaard von so viel Lärm nicht geweckt würden. Und: Wenn er anschließend wiederkam, mußte er die Haustür wieder öffnen. Auch dann wieder, mitten in der Nacht, Lärm und Gerumpel. Wäre es nicht vielleicht besser, die Tür nur anzulehnen? Das sparte viel Krach. Und wenn er zu Bett ging, dann mußte er einfach seine Kleider anbehalten. An Schlaf war sowieso nicht zu denken, also konnte er sich ebensogut in Kleidern aufs Bett legen.

Als er durch die Veerstraat schlich, überlegte er, ob er

Anna und Meister Spanjaard in seinen dreisten Plan einweihen sollte, doch es erschien ihm besser zu schweigen. »Und sei es auch nur, weil Meister Spanjaard mir vielleicht davon abraten wird und es mir schwerfallen würde, seinen guten Rat nicht zu befolgen.«

Als seine Augen sich einmal an die Dunkelheit gewöhnt hatten, war er erstaunt, wieviel er sehen konnte. Über seinem Kopf wölbte sich der Nachthimmel mit seinen Hunderten, Tausenden Sternen, und im schwachen Schein der glitzernden Punkte ging er die Breede Trappen hinauf. Auf der Hoogstraat angekommen, wunderte er sich darüber, daß er, als er zwischen der Kleine Kerk und dem Delflandhaus hinaufsah, solch eine schwindelerregend funkelnde Heerstraße von Sternen am Himmel glänzen sah. Es sah fast so aus, als bildeten die Sterne ein Band, ein Meer von Licht war es, und dieses Meer von Licht führte ihn von ganz allein zum Rathaus, das am Ende der Hoogstraat als viereckiger, pechschwarzer, monströser Koloß auftauchte. Hätte ich jetzt bloß den Schlüssel dabei, dachte er, dann könnte ich Gilles sofort befreien. Dann fiel ihm ein: Aber was, wenn ich drinnen bin? Im Rathaus ist es stockfinster. Dort sehe ich nichts. Ach, den Weg drinnen kenne ich, tastend gelange ich mühelos in den Keller. Auch die Riegel können meine Hände im Dunkeln bestimmt finden und aufschieben. Währenddessen muß ich mit Gilles reden, damit er weiß, wer ich bin, denn er kann mich ebensowenig sehen wie ich ihn. Ein bißchen Licht wäre praktisch. Aber ich kann schwerlich eine Laterne mitnehmen, ganz zu schweigen von einem Leuchter. Und da unten erst einmal Feuer machen und eine Kerze anzünden, ich glaube nicht, daß ich das kann.

Er ging den Weg zurück, auf dem er gekommen war, durchquerte erneut die Hoogstraat, immer wieder zu dem Sternenband aufschauend, das von den schwarz in die Höhe ragenden Häusern der Hoogstraat begrenzt wurde. Es war fast so, als schrumpften all die Jahre seines Lebens zusammen, als würden sie hinweggefegt, ausgelöscht. Das funkelnde weiße Sternenband machte einen Strich durch sie. Erledigt, unwichtig, bedeutungslos, und das schien ihm alles andere als unangenehm. Im Gegenteil, die Sterne würden noch funkeln, wenn er schon längst tot war, was für ein gewaltiger Trost! Je kleiner und unbedeutender man war, um so weniger spielte es eine Rolle, daß das eigene unbedeutende Leben einmal enden würde. Schließlich hätte es, das stand inzwischen für ihn fest, niemals anfangen dürfen. »Es wäre demselben Menschen besser, daß er nie geboren wäre«, wurde im Markusevangelium über Judas gesagt, aber das galt nicht nur für Judas, das galt für jeden Menschen, und dem konnte er, dort unter der majestätischen Heerschar von Sternen, noch mehr von Herzen zustimmen als je zuvor. Aber trotzdem: Er hatte zufällig einen Sohn bekommen, und jetzt, wo der Sohn nun mal da war, hatte er die Aufgabe, ihn aus den Händen von Schim und Verstaak zu befreien.

Es zeigte sich aber dennoch in den darauffolgenden Tagen, daß ihm jede Nacht ein Grund einfiel, die Befreiung zu verschieben. Er hatte noch Zeit, erst nach dem Auslaufen der Schiffe sollte Gilles nach Delft gebracht werden. Je näher der Tag rückte, an dem die Schiffe auslaufen sollten, um so klarer wurde ihm, wie erstaunlich riskant sein Unternehmen war. Wenn er erwischt wurde, würde man ihm bestimmt das Bürgermeisteramt entziehen. Vielleicht konnte er für dieses Vergehen eine Buße zahlen, vielleicht konnte er sich mit Schim auf einen Vergleich einigen und das Ganze gegen Bezahlung einer größeren Summe aus der Welt schaffen; wahrscheinlicher aber schien es ihm, daß er in Delft gegeißelt werden würde. Und danach drohte auch ihm, dem ehrlosen, ehemaligen Reeder, mit Sicherheit die Verbannung. Also verschob er die Befreiung von einer Nacht auf die nächste, bis schließlich der Tag bevorstand, an dem die Büsen auslaufen sollten. Die Männer Verstaaks bezogen im Dorf nicht nur Posten, sondern mußten auch sogleich eingreifen, weil in den Toppen einiger Büsen orangefarbene Wimpel flatterten.

Die Nacht vor dem Auslaufen, das war seine letzte Chance. Aber warum um Himmels willen hatte er nur so lange gewartet? In dieser Nacht sollten Verstaaks Männer bis morgens früh um den Kulk, wo alle Fangschiffe vor Anker lagen, patrouillieren, um Plünderungen zu verhindern. Auf der einen Seite des Kulk lag die Hoogstraat, und bereits wenn er die Breede Trappen hinaufging, mußten Verstaaks Männer ihn bemerken.

In der Nacht auf den 15. Juni des Jahres 1787 entlud sich jedoch genau über Maassluis ein Unwetter, das den Bewohnern des Dorfes noch Jahre im Gedächtnis blieb. Es war, als hätte der Herrgott persönlich die Aufgabe Verstaaks übernommen. Pausenlos grollte, rollte und dröhnte der Donner. Die Blitze folgten rasend schnell aufeinander, und gegen drei Uhr in der Frühe öffnete der Himmel seine Schleusen. Roemer hörte die Tropfen aufs Dach trommeln. Er konnte sich nicht daran erinnern, jemals einen solchen Sturzregen erlebt zu haben. Er hörte das Wasser prasseln, gurgeln, zischen, hörte es sogar zwischen den Dachziegeln hindurch auf den Boden des Speichers tropfen. Er dachte: Jetzt bietet der Allmächtige mir die Gelegenheit, jetzt muß ich gehen, kein Mensch ist noch auf der Straße, Verstaaks Männer sind längst weggeschwemmt worden. Und selbst wenn noch einer diesem Sturzregen widersteht, dann wird er sofort verstehen, daß ein Reeder bei einem solchen Unwetter nach seinen Büsen sehen will. Er war angezogen zu Bett gegangen, stand also angezogen wieder auf, ging die knarrende Treppe hinunter, öffnete die schwere Haustür und lehnte sie hinter sich nur an. Noch ehe er die Breede Trappen erreicht hatte, war er bereits durch und durch naß. Schäumendes Wasser floß die schmalen Stufen hinunter. Es schwappte einfach in seine Schuhe, aber das störte ihn nicht. Triefend bestieg er die Treppe. Zwischen den aufragenden Häusern der Hoogstraat konnte das Wasser nicht zur Seite weg, so daß es wie ein schnell strömender Bach über das unsichtbare Kopfsteinpflaster floß. Er watete am Delflandhaus vorüber. Im Osten glomm bereits das erste Tageslicht.

Beim Rathaus angekommen, wagte er sich kurz um die Ecke des Gebäudes. Aufmerksam beobachtete er die Havenkade. In der allerersten Morgendämmerung bemerkte er nichts anderes als die mattglänzenden Pflastersteine. Es war niemand zu sehen. Er ging ein paar Schritte an der Seitenmauer des Rathauses entlang und schaute über das Hafenbecken. Die Büsen dümpelten still und friedlich im Kulk, und auch dort konnte er kein Zeichen von Leben entdecken.

Er kehrte zurück auf die Hoogstraat und ging die Freitreppe am Rathaus hinauf. Mit dem großen Schlüssel, den er in der rechten Hand hielt, seit er das Haus verlassen hatte, öffnete er die Eingangstür. Dann fiel ihm ein: Angenommen, Schim oder Verstaak haben dort unten eine Wache postiert, was mache ich dann? Dann sage ich, daß der Ratskeller vor vielen Jahren bei einem ähnlichen Unwetter überflutet worden ist und daß ich nachsehen will, ob der Gefangene trocken in seiner Zelle sitzt. Trotzdem stieg er mit pochendem Herzen in den finsteren Keller hinab. Wie dunkel es dort noch war! Er konnte die Hand nicht vor Augen sehen. Trotzdem gelang es ihm, ohne allzuviel Lärm die Zellentür zu erreichen. Und so finster es auch war, er war sich sogleich sicher, daß dort kein Bewacher schlummerte. Er vernahm ein Rascheln und dachte: Mein Sohn steht jetzt von seiner Pritsche auf und denkt voller Angst: Wer kommt da? Er sagte: »Gilles, nicht erschrecken, ich bin's.«

Von jenseits des Gitters klang schweres Atmen zu ihm herüber. Einen Moment überlegte er, der kurzen Mitteilung seinen Namen hinzuzufügen, doch da zischte sein Sohn bereits: »Reeder Stroombreker? Ihr? Was …«

»Ich komm dich hier rausholen. Folge mir. Dann verstecken wir dich für einige Zeit in der Veerstraat. Bis zum nächsten Frühling, wenn die Zeit deiner Verbannung abgelaufen ist.«

Mühelos schob er die Riegel beiseite. Offenbar waren sie vor kurzem noch mit Walfett geschmiert worden. Ehe er selbst an dem Gitter ziehen konnte, hatte sein Sohn es bereits geöffnet. Gilles war ihm jetzt so nahe, daß er seinen jagenden Atem im Gesicht spürte und ihn riechen konnte. Beinahe derselbe betörende Duft wie der seiner Mutter, doch leider mit Angstschweiß vermischt. Roemer stand da und versuchte, den Geruch einzuatmen. Deshalb war er überhaupt nicht darauf vorbereitet, daß sein Sohn, der ihn wutentbrannt zwischen den aufeinandergepreßten Zähnen hindurch anzischte: »Du dreckiger Schürzenjäger, du hast was mit meiner Mutter«, ihm die geballte Faust mit aller Kraft an den Unterkiefer donnerte. Roemers Kopf schoß nach oben und flog dann nach hinten. Sein Hut fiel zu Boden. Sein Hinterkopf knallte gegen eine Wand, das letzte, was er hörte, war das Krachen seines Schädels, das letzte, was er sah, war ein Lichtblitz. Ihm war, als taumelte er, wie er es als Kind so schrecklich oft geträumt hatte, schwindelerregend schnell die Breede Trappen hinunter, und dann verlor er das Bewußtsein.

Kutscher

Vierundzwanzig Jahre später, im Herbst des Jahres 1811, reiste er mit einer siebenköpfigen Deligation, die aus Mitgliedern des Rats für die Große Fischerei bestand, zum ersten Mal in seinem Leben nach Amsterdam. Er war zu diesem Zeitpunkt bereits einundachtzig Jahre alt, aber man hatte ihn dennoch ausgewählt, weil er besser Französisch sprach als alle anderen im Rat, sein ärgster Rivale, Lambregt Schelvisvanger, eingeschlossen. Schelvisvanger, inzwischen auch schon Ende Sechzig, war Vorsitzender der Rates. Gleich nachdem Schelvisvanger erfahren hatte, daß der kleine Korporal die Niederlande im Oktober mit einem Besuch beehren wollte, schrieb er den Ratsmitgliedern, ob es nicht wünschenswert sei, wenn der Rat »dem Monarchen Huld und Ehre« erweise. Und nebenbei könne man dann, vorausgesetzt, einigen Mitgliedern des Rates werde eine Audienz beim Monarchen gewährt, »Seine Majestät untertänigst ersuchen, wenn es mit den großen Belangen dero Majestät konveniert, noch im Laufe dieses Jahres den frischen Heringsfang und im kommenden Winter die Kabeljaufischerei und im folgenden Jahr die Salzwasserfischerei wieder zu gestatten, unter der Maßgabe, daß die Pläne Seiner Majestät dadurch nicht beeinträchtigt werden«.

Seit 1799, als die Republik sich formal mit England im Krieg befand, konnte man von Fischerei kaum noch reden.

1799 war nicht ein einziges Schiff ausgelaufen, 1800 und 1801 ebenfalls nicht. Der gefürchtete Schiffsbohrwurm hatte das Holz der vor Anker liegenden Büsen und Huker angegriffen. Betrügerische Fischer aus Harderwijk pökelten ihren minderwertigen Zuiderzeehering und brachten ihn als Nordseehering auf den Markt. Sogar von Norwegen aus versuchten Fischmakler, mit miserablem Schoßhering in den niederländischen Markt einzudringen.

1802 durfte wieder gefischt werden. 1803 wurden jedoch gut einhundert Fischereischiffe aus Vlaardingen und Maassluis von der Marine requiriert. Konsul Bonaparte wollte mit einer großen Invasionsflotte die Nordsee überqueren. Weder aus dem tollkühnen Plan noch aus der Fischerei wurde in diesem Jahr etwas. 1804 und 1805 konnte tatsächlich wieder eine Handvoll Büsen und Huker bereedert werden, doch als die Engländer einen Gaffelschoner aus Middelharnis enterten – er fuhr wohlgemerkt unter preußischer Flagge, um die Briten zu täuschen –, erschraken alle Reeder und Fischer. Obwohl sich die Reeder äußerst besorgt zeigten, wurden 1806 und 1807 einige Büsen bereedert, doch 1808 gingen nur ein paar Schiffe aus Vlaardingen und Sluys, die als Ringwaden- und Vlietfischer ausgerüstet waren, auf Fang und brachten knapp tausend Last Hering an Land. 1809 besetzte die britische Marine die Inseln Walcheren und Zuid-Beveland, und man machte den Fischern klar, daß sie, wenn sie die Vermessenheit hätten, sich auf See zu begeben, erst durchs Wattenmeer nach Texel fahren müßten, ehe sie ins offene Meer gelangen konnten. Die Folge war, daß nur achtundzwanzig Büsen aus Vlaardingen und dreizehn Büsen aus Maassluis auf Fahrt geschickt wurden.

1810 wurden die Niederlande Frankreich einverleibt. Mitten in der Fangzeit, eine Handvoll Büsen aus den beiden genannten Orten befand sich noch auf See, kam die Order, daß keine Heringsschiffe mehr auslaufen durften. Die von ihrer ersten Fahrt zurückkehrenden Fischer konnten deshalb nicht erneut auslaufen, so daß in diesem Jahr jede Büse nur eine Fangfahrt machte. Und 1811 war es wegen der Kontinentalsperre allen Büsen und Hukern verboten, in See zu stechen; der Kaiser befürchtete, es könnte auf See zu informellen Kontakten zwischen niederländischen Fischern und Briten kommen, bei denen allerlei Schmuggelware ausgetauscht wurde.

Am 18. August 1811 wandte sich der Fischereirat an den Generalintendanten für Finanzen, Herrn Gogel, mit der dringenden Bitte, wenigstens im September noch auslaufen zu dürfen, weil »durch den Stillstand der Salzheringsfischerei sowie der Kabeljaufischerei vor Island und in der Nordsee die Einwohner der Orte, die daraus sonst den größten Teil ihres Broterwerbs bestreiten, sich in tiefster Armut befinden, und wenn die Kabeljaufischerei im nächsten Winter nicht betrieben werden darf, dann können wir mit Gewißheit voraussagen, daß einige Familien vor Mangel sterben werden, weil die Armenhilfe und die örtlichen Kassen völlig erschöpft sind und die Zahl der Bewohner, die noch in die Kassen einzahlen können, zu klein ist, um die notwendigsten und dringendsten Bedürfnisse ihrer Mitbürger befriedigen zu können«.

Gogel teilte mit, daß er darüber nicht befinden könne, daß bald aber der Kaiser in die Niederlande kommen werde und daß dann vielleicht die Möglichkeit bestehe, Napoleon über sein Ministerium des Inneren oder vielleicht sogar persönlich zu bitten, den Herings- und Kabeljaufang wiederaufnehmen zu dürfen.

Mit der noch sehr unsicheren Aussicht, Napoleon vielleicht selbst sprechen und ihr Anliegen vorbringen zu können, hatten sich zwei Kutschen mit insgesamt sieben Kommissionsmitgliedern auf die lange Reise nach Amsterdam begeben. In der zweiten Oktoberwoche war die Kommission in Amsterdam angekommen und hatte Einzug in die Nieuwe Stadsherberg gehalten.

Dort hatte dann das große Warten begonnen. Ebendort, in dieser Herberge, saßen Lambregt Schelvisvanger und Roemer Stroombreker am frühen Morgen des 11. Oktober, einem Freitag, als erste beim Petit déjeuner. Die anderen Kommissionsmitglieder, jung noch, waren am Vorabend bis tief in die Nacht von einem Spielhaus ins nächste gezogen und schliefen jetzt aus.

Lambregt Schelvisvanger und Roemer Stroombreker sahen einander über den wohlgedeckten Frühstückstisch hinweg an. Obwohl sie einander bereits vierzig Jahre kannten, war es, als sähen sie sich zum ersten Mal. Nie zuvor waren sie sich informell begegnet.

»Wann bist du Schöffe geworden?« fragte Roemer.

»Kurz vor dem großen Psalmenstreit«, antwortete Lambregt.

»Merkwürdig, daß du nie zum Bürgermeister ernannt worden bist.«

»Nein, schade, und jetzt geht es nicht mehr, jetzt gehört der Bürgermeisterrat der Vergangenheit an«, sagte Lambregt. »Aber gut, du magst zwar jahrelang Bürgermeister gewesen sein, dafür war ich aber fünfzehn Jahre lang Schultheiß … ja, ja, ich war der Nachfolger von Pieter

Schim, unserem Pietje Pik, und habe 1795 sein Amt übernommen und es bis zu seiner Abschaffung im Februar diesen Jahres innegehabt. Von mir wird man später sagen: ›Schelvisvanger war der letzte Schultheiß von Maassluis.‹«

»Ach ja, das stimmt, du warst Schims Nachfolger, aber der war seinerzeit doch gerade mal zwei Monate ...«

»Gewiß, Schim wurde im Zuge der Umwälzungen von 1787 aus dem Amt entlassen, und nach den darauffolgenden Umwälzungen wurde er für kurze Zeit wieder Schultheiß, aber da war er schon zu alt, und darum ...«

»Zu alt? Du bist doch auch schon Ende Sechzig, und Schim hat sich längst noch nicht auf sein Altenteil zurückgezogen. Er hat angefangen, in unserem Revier zu wildern, in den vergangenen Jahren hat er jedesmal zwei Schiffe bereedert.«

»Nach den Umwälzungen von 1787 hast du doch auch dein Amt als Bürgermeister verloren. Aber warum eigentlich? Warst du ein so eifriger Patriot? Doch wohl nicht.«

»Nein, mein Motto war immer ein Reim von Meister Spanjaard ... du bist doch auch bei Meister Spanjaard in der Schule gewesen ... na, siehst du, der reimte nämlich immer: ›Herzallerliebste Prinzenfreunde, ihr seid ebensolche Idioten wie die verrückten Patrioten.‹ Nein, ich bin damals aus gesundheitlichen Gründen aus dem Amt ausgeschieden.«

»Ach ja, jetzt erinnere ich mich wieder schwach. Ja, ja, das alles ist schon so lange her, was war damals auch gleich wieder passiert? Du warst ...«

»Man hat mich am Tag, als die Schiffe auslaufen sollten, morgens früh im Rathaus gefunden«, sagte Roemer vorsichtig und dachte: Er will mich aushorchen, er will von mir erfahren, was damals geschehen ist, um daraus möglicherweise einen Vorteil zu ziehen, dieser mit allen Wassern gewaschene ehemalige Wundarzt, Schöffe und Schultheiß Schelvisvanger.

»Du lagst dort ohnmächtig, wenn ich mich richtig erinnere.«

»Gut eine Woche lang bin ich bewußtlos gewesen. Der Wundarzt war davon überzeugt, daß es mit mir aus und vorbei sei. Er weigerte sich sogar, mich zur Ader zu lassen. Seiner Meinung nach hatte es keinen Sinn. Wenn Meister Spanjaard, der damals bei mir im Haus wohnte, mir nicht jedesmal, wenn ich für einen kurzen Augenblick wieder mehr oder weniger bei Bewußtsein war, etwas zu trinken gegeben hätte, hätte ich es tatsächlich nicht geschafft. Tag und Nacht hat er an meinem Bett gesessen und mich so gerettet. Hinterher hat er immer behauptet, er habe das nur gemacht, weil er nach meinem Tod kein Dach mehr über dem Kopf gehabt hätte. Ach, ach, Meister Spanjaard, ich vermisse ihn immer noch jeden Tag. Den Einmarsch der Franzosen hat er noch erlebt … ich weiß noch genau, das erste, was er mir erzählte, als ich nach zwei Wochen wieder aufwachte, war, daß Wilhelmine bei Goejanverwellesluys festgehalten und zurück nach Nimwegen geschickt worden war. ›Man sagt‹, berichtete er mir, ›daß sie von Patrioten festgehalten wurde, doch mein Schwager in Gouda hat mir geschrieben, er kenne all die Taugenichtse, und früher seien sie ganz sicher Prinzenanhänger gewesen.‹ Nach Ansicht von Meister Spanjaard war das Ganze ein abgekartetes Spiel: Die Prinzenfreunde haben, in Absprache mit den Oraniern, Wilhelmine bei Goejanverwellesluys angeblich festgehalten, um ihrem Bruder, dem König von Preußen, einen Vorwand zu liefern, in die Niederlande einzumarschieren.«

»Das halte ich für ausgeschlossen.«

»Meister Spanjaard war davon überzeugt. ›Die ganze Komödie‹, sagte er immer, ›war nur dazu gedacht, Friedrich einen Grund zu verschaffen, seine Armee in die Niederlande schicken zu können.‹ Und er sagte auch: ›Daraufhin hat man in Gouda neue Schlösser an den Stadttoren anbringen lassen, weil man fürchtete, die zwanzigtausend Preußen könnten geradewegs dorthin marschieren, weil die Patrioten doch aus Gouda stammten. Welch ein Affentheater! Als ob man eine Armee aufhalten könnte, indem man neue Schlösser in die Tore einbaut.‹«

Roemer schwieg. Es war ihm gelungen: Er hatte Schelvisvanger abgelenkt. Über die Nacht auf den 15. Juni wollte er nicht mit Lambregt reden. Schon eilte der Wirt mit zwei riesigen Gläsern Dünnbier herbei. Er beugte sich über sein Eßgeschirr und nahm schon mal mannhaft den Löffel zur Hand. Doch Schelvisvanger fragte ihn dennoch honigsüß: »Noch einmal kurz zurück zu der Nacht auf den 15. Juni. Man hat dich also morgens früh im Rathaus gefunden. Wie lange hast du dort gelegen?«

»Nicht sehr lange.«

»Weißt du das genau? Ein Steuermann auf einer meiner Büsen hat gesehen, daß du kurz vor Morgengrauen die Breede Trappen hinaufgegangen bist. Im Juni, eine Woche vor der Sommersonnenwende, wird es bereits gegen vier Uhr hell, und der Bote hat dich um acht Uhr gefunden. Du hast folglich vielleicht vier ganze Stunden dort gelegen.«

»Was soll das, wenn ich fragen darf?«

»Nichts, aber ich habe mich immer schon gefragt …

tja, ich bin nun mal nicht umsonst gut fünfzehn Jahre lang Schultheiß gewesen … das ist ein Amt, eine Berufung, bei der es ein Verdienst ist, wenn man mißtrauisch ist … Ich erinnere mich noch, daß damals gesagt wurde, du seiest nach dem schrecklichen Unwetter in aller Früh losgegangen, um nachzusehen, ob deine drei Büsen den Sturm gut überstanden hatten, und daß du, als du am Rathaus vorüberkamst, bemerkt hast, daß einige Unruhestifter dabei waren, ihren Freund Gilles zu befreien. Das wolltest du verhindern, und daraufhin haben die Kerle dich im Rathaus niedergeschlagen.«

»Man hat mir einen unglaublichen Hieb verpaßt, das ist alles, was ich noch weiß. An das, was davor passiert ist, kann ich mich nicht mehr erinnern. Ich weiß nur noch, daß ich tatsächlich in aller Frühe losgegangen bin, um meine Büsen …«

»Ja, ja, die Büsen, das klingt sehr plausibel, ich bin damals auch zum Hafen gegangen, um meine Schiffe zu inspizieren, und darum weiß ich noch, daß deine drei Büsen an der Haringkade vertäut waren. Wenn du tatsächlich nach deinen Schiffen sehen wolltest, bist du also, nachdem du die Breede Trappen hinaufgegangen warst, nicht nach links in die Hoogstraat abgebogen, sondern bist geradeaus gegangen, über die Brücke aufs Kerkeiland.«

»Wirklich, ich erinnere mich …«

»Das kann sehr gut sein. Es ist auch schon so lange her. Dennoch ist mir aus diesem Jahr viel im Gedächtnis geblieben, vor allem die Unruhen am 18. September. Kannst du dich daran auch nicht mehr erinnern?«

»Ich war damals immer noch nicht wieder auf den Beinen.«

»Du hast also nichts davon mitbekommen, daß die Prinzenanhänger durchs ganze Dorf gezogen sind und überall mit grober Gewalt die Musketen aus den Häusern der Patrioten geholt haben? Du hast das Feuer nicht gesehen, in das all die schönen Sachen der Patrioten geworfen wurden, die schöne Fahne von Frau Schim allem voran? Du hast auch nichts davon mitbekommen, daß man die Kanonen beim Prickenteich weggeholt und durch das ganze Dorf geschleppt hat? Es stellte sich dann heraus, daß Schim, dieser verfluchte Lump, alle Kugeln herausgenommen und ins Wasser geworfen hatte.«

»Das hat Meister Spanjaard mir erzählt, und von meinem Bett aus habe ich beobachten können, wie die armen Katholiken beim Verlassen ihrer Notkirche ›Oranje boven!‹ rufen mußten, während man über ihren Köpfen den blanken Säbel schwang. Manche, wie der Vater von Hendrik Moerings, mußten sogar niederknien.«

Lambregt Schelvisvanger machte sich über sein Dünnbier her, schaute Roemer aber nach einigen gierigen Schlukken wieder geradewegs in die Augen und sagte: »Soll ich dir einmal erzählen, was meiner Ansicht nach damals in der Nacht auf den 15. Juni geschehen ist? Du bist überhaupt nicht losgegangen, um deine Büsen zu inspizieren, du bist losgegangen, um den Sohn deines Hausmädchens Anna zu befreien. Ja, ja, die hübsche Anna ... nicht lange nachdem ihr Mann ... ach, welch trauriges Los wurde ihm zuteil, fern der Heimat ist er auf einem von Schims Hukern gestorben. Auf deinem Huker wollte er nicht mehr fahren, weil du, so erzählte man sich, seine Frau nach der Separation als Küchenmädchen in dein Haus genommen hast. Vor Island hat man ihn in ein grünes Leintuch genäht und über Bord geworfen. Nicht lange danach hast du Anna geheiratet. Das ganze Dorf hat sich darüber das Maul zerrissen, ein reicher Reeder, der eine arme Dienstbotin aus dem hintersten Winkel der Sandelijnstraat heiratet. Und kaum warst du mit ihr verheiratet, da tauchten in der Zeitung Anzeigen auf, in denen jedem eine Belohnung versprochen wurde, der etwas über den Verbleib von Gilles berichten konnte ... Ja, ja, ich wußte damals bereits, wie alles zusammenhing. Du hast es für Anna getan, ich denke, daß du bereits zur Zeit der Umwälzung eine Liebschaft mit ihr hattest, vielleicht sogar vorher schon, und darum – ganz bestimmt hat sie dich darum gebeten –, und darum ihren Sohn befreien wolltest ...«

»Und der von mir befreite Sohn hat mich dann zum Dank für seine Rettung niedergeschlagen? Welch ein Unsinn!«

»Ja, es ist merkwürdig, daß er dich niedergeschlagen hat, aber zweifellos war es im Rathauskeller noch stockfinster. Er hat vielleicht nicht gesehen, daß du es warst, bestimmt hat er geglaubt, Schim, Verstaak oder einer seiner Männer schiebe die Riegel beiseite, um ihn bereits in aller Frühe nach Delft zu transportieren. Ach, was spielt das schon noch für eine Rolle, es ist alles schon so lange her, und ich habe meine Vermutungen niemals einem anderen gegenüber geäußert. Ich werde auch niemals jemandem davon berichten, denn was hätte ich davon, wenn ich meine Vermutungen mit jemandem teilte?«

Er schwieg, trank erneut gierig von seinem Dünnbier und sagte dann beiläufig: »Adrianus de Jongh hat mir gesagt, das Amt des Maire falle ihm schwer, und er hoffe, daß ich bald sein Nachfolger werde. Daraufhin habe ich gesagt: ›Früher bestimmten die Altbürgermeister jedesmal, wer neuer Bürgermeister werden würde, und es mag sich noch so viel verändert haben, noch immer haben die Altbürgermeister großen Einfluß ...‹«

Schelvisvanger sah seinem Kollegen freundlich in die Augen, und Roemer dachte: Ah, so läuft der Hase. Er hat mich zum Mitwisser seiner Vermutungen gemacht, um mich im Tausch gegen sein Schweigen dahin zu bringen, daß ich ihn als neuen Maire empfehle.

So ruhig wie möglich sagte er zu Schelvisvanger: »Meiner Meinung nach bist du ein geeigneter, wahrscheinlich sogar der geeignetste Kandidat für die Nachfolge von de Jongh. An mir wird es nicht liegen, wenn du den Posten nicht bekommst, aber erpresse mich nicht mit bizarren Vermutungen über das, was sich in der betreffenden Nacht im Jahr der Umwälzungen ereignet hat. Erzähl ruhig allen, was deiner Meinung nach geschehen ist. Anna ist schon lange tot, von Gilles haben wir seit jener Nacht leider nie mehr etwas gehört. Was hätte ich schon zu verlieren, wenn du deine verrückten Vermutungen öffentlich machtest?«

»Deine Ehre«, erwiderte Schelvisvanger liebenswürdig.

»Was kümmert mich noch mein Ansehen? Ich bin über achtzig. Mir bleibt nicht mehr viel Zeit. Das Stundenglas meines Lebens läuft allmählich leer, um mit Willem van der Jagt zu sprechen.«

»Das ist jemand, den ich sehr vermisse«, sagte Schelvisvanger. »Leider ist auch er schon von uns gegangen. Er hätte unseren Besuch beim Monarchen für die Nachwelt besungen.«

»Wir sollten erst einmal abwarten, ob wir diesen Despoten tatsächlich zu sehen bekommen.«

Roemers Skepsis hinsichtlich der Audienz bei Napoleon erwies sich als berechtigt. Mit zwei Kutschen begab sich die Kommission über Brücken und an Grachten entlang zum Haus des Amsterdamers Hope, wo Gogel holländische Bittsteller zu empfangen pflegte. Dort angekommen, nach einer Fahrt durch das ungewohnt windstille, sonnige Amsterdam, in dessen blassem Oktoberlicht überall Laub träge herabtaumelte, erfuhren die Kommissionsmitglieder vom Intendanten, daß der Minister zum Kaiser bestellt worden sei und »daß die Audienz heute nicht fortgesetzt werden wird«.

Also fuhren die Herren wieder zurück in ihr Hotel. Was tun? »Haltet Euch ständig bereit«, hatte ein Beamter des Ministeriums, ein Herr Janssen, ihnen beim Abschied im Hause des Herrn Hope gesagt. »Sollte der Kaiser nicht in der Lage sein, Euch zu empfangen, dann werdet Ihr höchstwahrscheinlich Minister Gogel Euer Anliegen vortragen können, und in diesem Falle darf ich Euer Dolmetscher sein.«

In der Gaststube ihrer Unterkunft verschanzten sich die Kommissionsmitglieder in Lehnstühlen. Es schien ihnen nicht klug wegzugehen, denn schließlich konnte jeden Moment die erlösende Nachricht kommen, konnten sie trotz allem einbestellt werden, entweder in Hopes Haus, um Gogel zu treffen, oder in das Palais auf dem Dam, wo der Kaiser während seines Aufenthalts in Amsterdam wohnte. Dennoch fiel ihnen das Warten schwer. Der Wirt bot ihnen zwecks Zeitvertreibs ein Kartenspiel an, doch das wurde von den Kommissionsmitgliedern mit kräftigen Worten zurückgewiesen. Mit Satans Bilderbuch die Zeit totzuschlagen, das war eine der schweren Sünden. Also saßen sie müßig herum, und Roemer dachte an die Audienz zurück, welche der Erbprinz den Geschädigten aus Maassluis gewährt hatte. Von ihm wurde behauptet, sinnierte Roemer, er sei ein Nero, ein Despot, ein Tyrann, und als die Franzosen im Dezember 1794 über die zugefrorenen Flüsse in die Niederlande eindrangen, da hieß es, ihre Kriegsgewalt richte sich nicht gegen die Holländer, sondern einzig gegen diesen fürchterlichen Unterdrücker. Von ihm würde man uns befreien. Und was passierte? Ein unendlich grausamer Despot knebelt uns jetzt, der im ganzen Land, durch sein Fischereiverbot vor allem auch in Maassluis, für grenzenloses Elend gesorgt hat. Unser Dorf stöhnt, seufzt und liegt in den letzten Zügen, und nicht nur unser Dorf, sondern alle Städte und Dörfer in allen Provinzen.

Der Wirt bot Schelvisvanger an: »Soll ich meinen Sohn losschicken? Für einen Schilling findet er heraus, wo sich der Kaiser und die Kaiserin aufhalten.«

Dieser Vorschlag gefiel Schelvisvanger. »Wenn der Knabe sich«, erwiderte der natürlich sparsame Sluyser, »auch mit fünfeinhalb Stuivern zufriedengibt.«

Der Junge, der sowieso bereits einen Versuch wagen wollte, den Kaiser zu sehen, konnte seine Freude darüber, daß dies nun auch noch fürstlich belohnt wurde, kaum verbergen. Er lief los und erstattete am späten Nachmittag Bericht. »Gestern hat sich der Kaiser erst einmal zum Fort auf Pampus rudern lassen. Das ist eine kleine Insel, die vor Amsterdam in der Zuiderzee liegt. Später ist er mit derselben Schaluppe eilig am Ufer des IJ entlanggefahren. Weil der Kaiser, so erzählte man sich dort, große Angst hatte, es könnte vom Ufer aus jemand mit einem Gewehr auf ihn schießen, und darum hielt sich die Schaluppe recht weit von der Kade entfernt, und der Kaiser betrachtete mit einem Fernrohr die Häuser. Heute ist er mit derselben Schaluppe zum Marinearsenal gefahren, und mit lauter Pferden um sich herum und selbst auch zu Pferd ist er durch die Stadt geritten, und die Leute sagen … sie sagen …« – der Junge war außer Atem geraten –, »sie sagen, daß er morgen abend mit der Kaiserin das Theater auf dem Leidse Plein besuchen wird, aber ich weiß noch nicht, was dort aufgeführt werden wird, das werde ich morgen herausfinden, und was er morgen über Tag tun wird, das weiß ich auch noch nicht, aber am Sonntag … Man sagt auch, daß er im Trippenhuis war, wo er sich Gemälde angesehen hat, aber ich weiß nicht, wann, und daß ihm, als er mit der Kutsche zurück zum Palais fuhr, im Halsteeg ein Aschmann mit seinem Karren den Weg versperrt hat und ihm keinen Platz machen wollte und meinte, der Präfekt habe ihm gesagt, er müsse nur der Kutsche eines Wundarztes Platz machen, den Aschmann haben sie also eingesperrt, für sechs Wochen bei Wasser und Brot … Wißt Ihr nun genug?«

Der Junge hielt seine Hand hin, und Schelvisvanger gab ihm einen Fünfeinhalber. Er sagte: »Gut gemacht«, woraufhin der Junge fragte: »Morgen wieder?«

»Ich vertraue darauf«, sagte Schelvisvanger, »daß die Audienz morgen fortgesetzt werden wird.«

Und tatsächlich fuhren die beiden Kutschen am nächsten Tag im selben mattgoldenen Herbstsonnenlicht über die blätterbedeckten Grachten zum Haus des vornehmen Meisters Hope. Dort erfuhren sie, daß Minister Gogel ihnen wirklich eine Audienz gewähren wollte. Wieder schlich dort der ebenso wohlwollende wie geheimnisvolle Beamte Janssen herum. Obwohl Schelvisvanger ihm versicherte, daß sie keinen Dolmetscher bräuchten, weil sie alle, und Reeder Stroombreker im besonderen, so gut Französisch sprächen, daß sie sich selbst mit dem Minister würden unterhalten können, wich Janssen ihnen nicht von der Seite. Mehr noch, er ergriff sogar das Wort, als Gogel in das Vorzimmer trat, in dem sie sich aufhielten.

»Mit tiefem Respekt«, sagte Janssen, »vor ihrem großen Souverän sind die Kommissionsmitglieder erfreut, daß es ihnen gestattet ist, den Eurem Rang zukommenden Respekt die sanfteren Gefühle des Vertrauens und der Liebe hinzufügen zu dürfen, die nur dem Talent und den Tugenden entgegengebracht werden.«

Was faselt der Kerl, dachte Roemer. Einigermaßen verärgert wandte Roemer sich direkt an Gogel und fragte ihn in seinem besten Französisch: »Erwartet Ihr, daß die Audienz beim Kaiser irgendwann noch stattfinden wird?«

»Das hängt zum größten Teil von dem Gespräch ab, welches ich heute mit Euch führen werde«, sagte der Minister. »Vielleicht könnt Ihr mir bereits so hinreichend darlegen, warum Ihr die Fischerei wiederaufzunehmen wünscht, daß ich Euer Anliegen dem Kaiser gegenüber so deutlich machen kann, daß eine Audienz sich als unnötig erweisen wird, denn Ihr werdet verstehen, daß der Kaiser mit allerlei Geschäften, Aufgaben und Kümmernissen belastet ist.«

»D'accord«, sagte Roemer, »also keine Audienz beim Kaiser. Ihr seid sein Stellvertreter, und darum wende ich mich an Euch und flehe: Laßt uns bitte wieder zum Fischfang auslaufen. Sowohl in Vlaardingen als auch in Maassluis, wo alle Einwohner in irgendeiner Form ihr täglich Brot mit dem Fischfang selbst oder in Betrieben verdienen, welche direkt mit der Fischerei zusammenhängen, ist die Bevölkerung völlig verarmt, so daß den Elenden nichts anderes übrigbleibt, als in den Häusern der vornehmen Meister zu betteln, wo sie oft so lange ans Fenster klopfen, bis sie zusammenbrechen oder ihnen ein wenig grobes Brot zugeworfen wird.«

Gogel erschrak. Ob dies eine Folge des wütenden Stolzes war, mit welchem der uralte Reeder seine Klage vorbrachte, oder des für Gogel offenbar erstaunlichen Französisch mit den scharf ausgesprochenen Worten »les misérables« war, konnte Roemer nicht erkennen, doch Gogel stellte, auf einmal interessiert, detaillierte Fragen zu den mit der Fischerei verbundenen Gewerben und brachte damit Roemer in Verlegenheit, weil diesem so auf die Schnelle nicht die französischen Wörter für Segelmacherei, Tauschlägerei, Böttcherei und Netzflickerei einfielen. Auch Herr Janssen kannte, wie sich herausstellte, die entsprechenden Wörter für all diese zuarbeitenden Gilden nicht, doch mit den Vokabeln für Segel, Tau, Tonne und Netz und ein paar näheren Umschreibungen kam er dennoch recht weit. Außerdem hatte Schelvisvanger bereits vorgearbeitet und konnte Gogel im Namen der Kommission ein Schreiben übergeben, in dem der Minister, so erläuterte Schelvisvanger, noch einmal genau nachlesen könne, was der Rat wünschte. Und als das Gespräch schließlich zu Ende war und Schelvisvanger den Brief feierlich überreicht hatte, sagte Gogel: »Nachdem ich Euer Anliegen vernommen habe, erkläre ich in Anbetracht der Tatsache, daß es auf See immer noch zu gefährlichen Begegnungen mit den Engländern kommen kann, daß die Fischerei noch nicht wiederaufgenommen werden kann, daß ich aber dennoch die gemachten Vorschläge Seiner Majestät unterbreiten werde.«

»Wir haben also überhaupt nichts erreicht«, sagte Roemer zu Lambregt, als sie im milden Sonnenlicht, von dem sie in ihrer düsteren Kutsche leider wenig sahen, in ihre Herberge zurückfuhren.

»Meinst du? Ich bin doch guten Mutes, daß dieser Gogel sich beim Kaiser für unsere Sache einsetzen wird.«

»Ich nicht«, erwiderte Roemer. »Unsere Bitte wurde wohlwollend gehört und schmort nun beim Minister. Dem Kaiser wird er damit nicht zur Last fallen. Und wir dürfen die Fischerei nicht wiederaufnehmen.«

»Komm, komm, nicht so pessimistisch. Sogar eine Audienz beim Monarchen ist immer noch nicht ausgeschlossen.«

»Man wird uns ein paar Tage warten lassen und dann sagen, eine Audienz sei auf Grund der vielfältigen Verpflichtungen des Kaisers nicht möglich. Ich schlage vor, unsere Ehre zu wahren und sofort nach Maassluis zurückzukehren.«

»Nein, wir bleiben, bis man uns unumwunden mitteilt, daß der Kaiser außerstande ist, uns zu empfangen.«

Am Sonntag kam diese Nachricht. Um drei Uhr nachmittags. Vom Sohn des Wirtes hatten die Mitglieder des Rates bereits am Morgen vernommen, daß der Kaiser am Tag des Herrn nach Zaandam fahren und dort das Häuschen von Zar Peter dem Großen besuchen würde. Darum war an diesem Tag mit einer Audienz nicht zu rechnen. Sosehr dies auch bedauert wurde, so erleichtert war man auch. Durfte man am Tag des Herrn zur Audienz des Kaisers gehen? War dies nicht eine flagrante Schändung des Gebots, den Sonntag zu heiligen? Schließlich durfte man am Sonntag nur zur Audienz beim Allmächtigen, in einer Kirche.

Doch als nachmittags um drei die Nachricht kam, daß es leider keine Audienz geben würde, zu welchem Zeitpunkt auch immer, herrschte, aller Gewissensnot zum Trotz, doch große Enttäuschung vor. Was nun? Auf der Stelle abreisen? Am Sonntag? Undenkbar. Selbst wenn damit das vierte Gebot nicht übertreten würde, so wäre man doch niemals rechtzeitig in Maassluis angekommen. Einen weiteren Tag würde man müßig in der Nieuwe Stadsherberg verbringen müssen. Eine weitere Nacht würde Roemer, wie bereits in allen anderen Amsterdamer Nächten zuvor, keinen Schlaf finden. Anschließend würden er und die anderen Kommissionsmitglieder unverrichteter Dinge wieder in ihr notleidendes Dorf am Sluyse Diep zurückkehren müssen.

Roemer lag in dieser Nacht wach, wie er so viele Nächte in seinem Leben wachgelegen hatte. Offenbar schadet es einem Menschen nicht, wenn er so wachliegt, dachte er, denn ich bin damit erstaunlich alt geworden. Dennoch sehnte er sich verzweifelt nach Schlaf, zur Not auch in Form eines kurzen Schlummers, so daß er zumindest einen seligen Moment des Einnickens erlebte, und während er hellwach in die Dunkelheit starrte, wunderte er sich darüber, daß er sich so verzweifelt nach dem Vergessen eines süßen Schlummers sehnen konnte, obwohl er unvermindert Angst vor dem Tod hatte. Trotzdem: Was war der Tod anderes als ein Nickerchen, das ewig währte? Warum sich davor fürchten? Inzwischen hatte er das Alter der sehr Starken erreicht, was hielt ihn davon ab, frohen Herzens zu verscheiden? »Noch eine Sache muß ich zu meiner Zufriedenheit erledigen, ehe ich mich zu dir geselle«, flüsterte er im Dunkeln dem Geist von Meister Spanjaard zu, »das verstehst du doch sicher?«

Als sich die Kommissionsmitglieder am nächsten Morgen in aller Frühe zum Aufbruch bereitmachten, erschien beim Petit Déjeuner der liebenswürdige Janssen.

»Meine Herren«, sagte er feierlich, »Seine Exzellenz, der Innenminister, ersucht den Präsidenten sowie ein oder zwei Mitglieder des Rates, sich heute um ein Uhr im kaiserlichen Palais einzufinden, um Seiner Majestät, dem Kaiser und König, vorgestellt zu werden.«

Er schwieg kurz, als wollte er den Kommissionsmitgliedern die Gelegenheit geben, die immense Tragweite dieser Nachricht zu erfassen.

»Daß nur zwei Mitglieder des Rates den Präsidenten begleiten dürfen«, sagte er nach einer kurzen Minute tiefsten Schweigens, »geschieht aus Sorge um die Sicherheit des Kaisers. Gewiß werdet Ihr dafür Verständnis haben. Wer den Präsidenten begleiten darf, mögen die Herren unter sich ausmachen.«

»Wegen seiner Kenntnis der französischen Sprache«, sagte Schelvisvanger, »möchte ich auf jeden Fall den Herrn Stroombreker an meiner Seite haben.«

»Oh, ich kann auch als Dolmetscher fungieren«, sagte Janssen.

»Sehr gern«, erwiderte Schelvisvanger, »aber trotzdem kann ich Herrn Stroombreker nicht missen. Er weiß genau, wieviel Huker und Büsen während der letzten Jahrzehnte in Maassluis bereedert wurden und wieviel Last Hering und Kabeljau sie an Land gebracht haben.«

»Aber über Vlaardingen weiß ich nichts«, sagte Roemer bescheiden.

»Dafür haben wir Herrn Slijper«, sagte Schelvisvanger.

»Ihr werdet Euch schwarz kleiden müssen«, sagte Janssen.

»Das sind wir bereits«, sagte Schelvisvanger verärgert.

»Mit einem schwarzen Dreispitz«, sagte Janssen.

»Darauf haben wir uns eingestellt«, erwiderte Schelvisvanger.

»Ich werde Euch begleiten«, sagte Janssen, »und es erscheint mir angebracht, jetzt schon mal das Protokoll durchzugehen. Wir fahren, wegen der Sicherheit des Kaisers, in einer kleinen geschlossenen Kutsche zum Palais. Wir dürfen uns weder durch die Kalverstraat noch über den Pijpenmarkt dem Palais nähern. Nur über den Nieuwezijds Voorburgwal dürfen wir uns zum Hintereingang des Palais begeben. Da es nicht erlaubt ist, mit einer Kutsche vor der Tür des Hintereingangs anzuhalten, werden wir bereits vorher aussteigen müssen. Ich schlage vor, daß wir, da die Kutsche auf dem Platz bei der Donkere Sluys warten muß, dort auch aussteigen, um dann zu Fuß, über die Brücke des Nieuwezijds Voorburgwal, zum Hintereingang zu gehen. Sollte das Gespräch länger dauern, muß die Kutsche sich auf die andere Seite des Wassers, zur Rechten der Donkere Sluys, zurückziehen. Von dort kann sie dann, an der Gracht entlang und die Pijpenmarktsluys überquerend, wieder zum Hintereingang fahren, sobald wir uns auf den Rückweg machen. Wir dürfen uns dann nur über den Dam, das Palais immer rechts von der Kutsche liegenlassend, wieder hierhin begeben. Ich möchte, obwohl es überflüssig scheint, aber man weiß nun mal nie, was passieren kann, noch hinzufügen, daß es uns, wie allen anderen, aufs strengste verboten ist, die kleinen Steine zu betreten, die vor dem Haupteingang des Palais liegen. Diese Steine dürfen derzeit ausschließlich vom Kaiser und von der Kaiserin betreten werden.«

Kurz vor halb eins fuhr, von einem pechschwarzen Wallach gezogen, die Kutsche vor. Der Kutscher ließ die Peitsche knallen. Die drei Männer gingen hinaus. Erneut knallte die Peitsche. Roemer warf einen Blick auf den ebenfalls in dezentes Schwarz gekleideten Kutscher. Er sah nur seine Rückseite, aber er wußte sofort, wer dort auf dem Bock saß, und ihm war, als ballte sich sein gesamtes Dasein, das gut achtzig Jahre gewährt hatte, zu diesem einen schwindelerregenden Moment zusammen, in dem er den Kutscher erkannte. »Doch noch«, murmelte er, »da siehst du's, Meister Spanjaard, doch noch.«

»Was ist?« fragte Lambregt besorgt. »Man könnte meinen, dir werde plötzlich schlecht. Du bist auf einmal leichenblaß geworden.«

Er antwortete nicht, nahm Platz und dachte: Ich bin inzwischen zu alt, um mich noch aus der Fassung bringen zu lassen, ich muß ruhig bleiben, dies ist meine letzte Aufgabe, und die muß ich zu einem guten Ende bringen. Nachher, wenn wir zurückfahren, werde ich mit dem Kutscher reden, jetzt müssen wir uns erst einmal diesen Napoleon vornehmen.

Er biß die Zähne zusammen, atmete so tief wie möglich ein und atmete dann so langsam wie möglich wieder aus, weil er schon oft die Erfahrung gemacht hatte, daß er auf diese Weise sein wild pochendes Herz einigermaßen beruhigen konnte.

Als sie auf der Donkere Sluys anhielten, wurde er aufs neue mit dem Anblick des Kutschers konfrontiert. Nun aus größerer Nähe, weil der Kutscher von seinem Bock sprang und den drei Kommissionsmitgliedern sowie Herrn Janssen beim Aussteigen half. Und als er dem Kutscher unerschrokken geradewegs in die Augen sah, da war der Eindruck, in einen Spiegel zu schauen, so stark, daß er sich wunderte, daß weder Schelvisvanger noch Slijper diesen früh gealterten Mann zu erkennen schienen. Wieder mußte er das ungestüme Pochen seines Herzens mäßigen, um so mehr, da der Kutscher ihn nun auch erkannte; er erkannte ihn nicht nur, sondern sah ihn unter der breiten Krempe seines schwarzen Kutscherhuts mit demselben unstillbaren, offenbar durch nichts besänftigten Haß der früheren Jahre an. Trotzdem schien es, als wäre auch der Kutscher erschrocken. Jedenfalls wurde er blaß. Dann aber drehte er sich brüsk um, als wollte er sagen, daß er hiermit nichts zu tun haben wollte. Nachher, dachte Roemer, nachher, wenn diese Audienz vorbei ist, werde ich dir alles, was ich besitze, zu Füßen legen. Nimm es dann an, in Gottes Namen, nimm es dann an, damit es mir vergönnt ist, in Frieden zu gehen.

Zu Fuß gingen sie über die Brücke zur Gracht entlang dem Palais. Schon öffnete sich der Hintereingang, und durch ein finsteres Labyrinth von feuchtkalten Gängen wurden sie in einen großen Saal geführt. Am Kopfende eines langen Tisches, jedoch nicht in der Mitte, sondern genau neben der Ecke, saß ein gedrungener, kräftig gebauter Mann in hellgrüner Uniform. Das ist also der schreckliche Usurpator, dachte Roemer ruhig, und er dachte auch: Hätte ich jetzt unter meinem Mantel ein sinisteres Beil versteckt, dann würde es mir leider dennoch nicht gelingen, ihn abzuschlachten. Zu viele herausgeputzte Kerle stehen zwischen ihm und mir. Ehe ich bei ihm wäre, hätten sie mich, alt, wie ich bin, längst überwältigt.

Nachdem sie von Gogel, übrigens ohne dem Kaiser besonders nahe kommen zu dürfen, Napoleon vorgestellt worden waren, wurden ihnen, recht weit vom Monarchen entfernt, Sitzplätze an der Längsseite des Tisches angeboten. Dennoch hatte Roemer, der trotz seines Alters immer noch einen sehr scharfen Blick hatte, den Eindruck, als könnte er dem Kaiser geradewegs in die Augen sehen. Kalte graue Augen hatte er, Augen aus vortrefflichem Fensterglas. Der Kaiser wollte wissen, ob der Herr Janssen ein Mitglied der Kommission sei. »Nein«, sagte Minister Gogel.

»Dann wünsche ich seine Anwesenheit nicht«, sagte der Kaiser.

Herr Janssen machte einen Diener, entfernte sich, und der Kaiser flüsterte einem Lakaien etwas zu. Dieser entfernte sich, und kurze Zeit später erschien ein Herr, der, wie Minister Gogel ihnen zuflüsterte, »sowohl der französischen als auch der niederländischen Sprache mächtig ist«.

»Wir brauchen keinen Dolmetscher«, flüsterte Schelvisvanger.

Dann folgten die Fragen, eine nach der anderen. Es schien fast, als verhörte der Kaiser sie. Sehr bald schon, nachdem Roemer die ersten Fragen nach den im Laufe der Jahre in Maassluis bereederten Büsen und Huker in seinem besten Französisch beantwortet hatte, drängte sich ihm ein bestürzender Gedanke auf: Dieser Elende, dieser Usurpator dort, ist genau wie ich, er hat es mit Zahlen. Und als diese Erkenntnis einmal zu ihm durchgedrungen war und er den Kaiser großzügig mit Zahlen fütterte, da ging ihm durch den Kopf: Darum also, das ist einer der Gründe, warum er überall triumphiert hat, er kennt genau die Anzahl der Soldaten und Pferde, der Gewehre und Kanonen, seine Feldzüge sind ebenso viele Beispiele für höhere Mathematik.

Und dann zeigte sich, nachdem er den Kaiser erneut mit Lasten Hering und Kabeljau eingedeckt hatte, auf dem eiskalten, massigen Kopf mit den grauen Fensterglasaugen völlig unerwartet ein breites Lächeln, und dieses Lächeln war so herzerwärmend, so bezaubernd, daß Roemer kurz aus dem Konzept geriet und seine Aufzählung auf niederländisch fortsetzte. Daraufhin sprang der Dolmetscher, froh, doch nicht vollkommen nutzlos zu sein, sofort behende ein und übersetzte die Zahlen in flinkes Französisch. Der Kaiser gab, erneut herzerobernd lächelnd, zu verstehen, daß er nun genug wisse. Dann fragte er: »Wollt Ihr mir irgendeinen Vorschlag unterbreiten oder eine Bitte äußern?«

»In meiner Funktion als Präsident des Rates will ich hierauf gerne antworten«, sagte Schelvisvanger und ließ eine auf Französisch gehaltene Rede folgen, die er bereits viele Male geübt hatte: »Wir bitten Eure Majestät ehrfurchtsvoll, die Belange der Heringsfischerei, dieses bedeutenden Zweiges der Wohlfahrt des Landes, wie auch die der Kabeljaufischerei zu berücksichtigen und auf diese gnädig hinabzuschauen. Ein mitmenschliches Gefühl macht es uns zur Pflicht, Eure Majestät untertänigst zu bitten, wenn es sich mit den übergeordneten Interessen vereinbaren läßt, noch im Laufe dieses Jahres den Frischfang von Heringen, im kommenden Winter die Kabeljaufischerei und im nächsten Jahr die Salzheringfischerei wieder ausüben zu dürfen, mit der Einschränkung, daß dadurch die Absichten Eurer Majestät nicht beeinträchtigt werden.«

Nachdem Schelvisvanger zu Ende gesprochen hatte, herrschte Stille in dem großen Saal. Napoleon schien in Gedanken versunken. Das ist allerdings ein vollkommen anderer Mann als der Fünfte, dachte Roemer, doch eine

Gemeinsamkeit ist, daß beide zur Gesetztheit neigen. Aufgedunsen aber wird er nie werden.

Der Kaiser schaute auf, und wieder erschien dieses erstaunliche, bezaubernde Lächeln. Dann wurden seine Züge wieder fester, er sah Schelvisvanger direkt ins Gesicht und sagte ruhig: »C'est bon.«

Als die drei Kommissionsmitglieder zu Fuß über die Brücke des Nieuwezijds Voorburgwal zur Kutsche auf dem Platz bei der Donkere Sluys gingen, schlug eine Glocke zwei Uhr. Auf der Brücke gesellte sich auch Herr Janssen wieder zu ihnen. Ein äußerst feiner Nieselregen fiel auf ihre dreieckigen Hüte. In dem Augenblick, als sie die Kutsche erreichten, bemerkte Roemer, daß ein viel jüngerer Mann auf dem Kutschbock Platz genommen hatte. Er wandte sich an Herrn Janssen: »Wo ist der Kutscher von vorhin geblieben?«

»Im Zusammenhang mit der Sicherheit des Kaisers hat man uns angewiesen, die Kutscher der Fahrzeuge, die zum Palais fahren und die vom Palais wieder wegfahren, fortwährend zu wechseln.«

»Kann ich den Kutscher von vorhin irgendwo erreichen?« fragte er beinahe flehentlich.

»Mein Herr«, sagte der Beamte und sah befremdet zu ihm auf, »steigt bitte rasch ein.«

Herr Janssen schob ihn, hinter Schelvisvanger her, mir nichts, dir nichts die Stufen hinauf und schlug die Tür zu. Er hörte die Pferde hoch wiehern, und während er noch stand, setzte die Kutsche sich bereits in Bewegung. Hätte Schelvisvanger ihn nicht aufgefangen, er wäre zu Boden gestürzt.

Nachwort

Die Geschichte der noch jungen Republik der Niederlande war – auch im 18. Jahrhundert – geprägt durch den ständigen Konflikt zwischen wohlhabender Bürgerschaft und Statthalter. Das Amt des Statthalters könnte man als aristokratisches Überbleibsel aus der vorrepublikanischen Zeit bezeichnen. Er wurde – über den Umweg der Generalstaaten – von den Magistraten einiger Städte gewählt. Er war eine Art Staatsoberhaupt und der Oberbefehlshaber, und er hatte wiederum das Recht, die Magistratsmitglieder zu ernennen. Als 1702 der Statthalter Wilhelm III. von Oranien kinderlos starb, nutzten die Generalstaaten die Gelegenheit und besetzten das Amt nicht wieder. Die Geschicke des Landes wurden danach fast fünfzig Jahre lang von den »Regenten« bestimmt, die aus wohlhabenden und einflußreichen Kaufmannsfamilien stammten. Während dieser Zeit verschärften sich – nicht zuletzt auf Grund der zunehmenden wirtschaftlichen Schwierigkeiten des Landes – die sozialen Gegensätze. Ämterkauf und Korruption taten ihr übriges, um die Unzufriedenheit bei Mittel- und Unterschicht anwachsen zu lassen.

Als Frankreich 1747 im Zuge des Österreichischen Erbfolgekriegs in Staatsflandern einmarschierte, kam es in den nördlichen Niederlanden zu Unruhen. Da sich das Land wegen der Bedrohung von außen keine innenpolitische Auseinandersetzung leisten konnte, ernannten die Regenten Wilhelm IV. zum neuen Statthalter. Vier Jahre später starb Wilhelm, und sein dreijähriger Sohn Willem Batavus wurde, da das Amt 1747 erblich geworden war, sein Nachfolger. Die Regierungsgeschäfte übernahm zunächst seine Mutter, die dabei von einem Berater ihres Mannes, Ludwig Ernst, Herzog von Braunschweig-Wolfenbüttel (dem Dicken Herzog), unterstützt wurde. Volljährig geworden, übernahm Wilhelm V. 1766 das Amt. Während seiner Regierungszeit setzte sich der Niedergang der niederländischen Wirtschaft, durch kriegerische Auseinandersetzungen mit England verstärkt, fort. Immer wieder kam es zu lokalen Unruhen wie dem im Roman beschriebenen Psalmenstreit in Maassluis, dessen Ursache letztendlich auch soziale Mißstände waren.

Von den Ideen der Aufklärung begeistert und durch die Unabhängigkeitserklärung der Vereinigten Staaten inspiriert, entstand während der Regierungszeit Wilhelms V. eine neue politische Gruppierung, die sogenannten Patrioten, die sich vornehmlich aus dem Besitz- und Bildungsbürgertum rekrutierte. Sie schickten sich an, die Niederlande – auch mit Hilfe ihrer Freikorps – zu demokratisieren. Als Preußen sich 1787 in den Konflikt einmischte, kam es zu Aufständen der Unterschicht gegen das patriotische Bürgertum. Die demokratische Revolution wurde niedergeschlagen und der Statthalter wieder in seine Rechte eingesetzt. 1794 marschierte Frankreich in die Niederlande ein und bestimmte bis zum Ende der napoleonischen Zeit die Geschicke des Landes.

Dies ist der historische Hintergrund, vor dem mein Roman spielt. Da es mein Bestreben war, einen dokumentarischen Roman zu schreiben, der einen möglichst detaillierten und genauen Bericht über die Ereignisse in Maassluis während der Jahre 1775 und 1776 und danach liefert, und ich außerdem das Wohl und vor allem das Wehe der Fischer jener Tage darstellen wollte, habe ich mich bei der Niederschrift auf historische Quellen gestützt.

Für die Darstellung des Aufstands erwies sich das Buch *Kerkelijke historie van het psalmgezang der Christenen, van de dagen der apostelen af, tot op onze tegenwoordige tijd toe, en inzonderheid van onze verbeterde nederduitsche psalmberijminge* (2 Bände, Amsterdam 1777/78) von J. van Iperen von unschätzbarem Wert. Praktisch gleich nach dem Aufstand hat van Iperen sämtliche Ereignisse in Maassluis beschrieben, so daß wir wahrscheinlich über ein recht wahrheitsgetreues Bild des Aufstands verfügen.

Was die Fischerei angeht, so ist mir vor allem die Doktorarbeit von H. A. H. Kranenburg, *De zeevisscherij van Holland in den tijd der Republiek* (Amsterdam 1946), nützlich gewesen. Dank ihrer Literaturliste kam ich zahlreichen anderen Publikationen über die große und die kleine Fischerei auf die Spur, wobei mir das berühmte Buch *Overzicht van de geschiedenis van de Nederlandsche zeevisscherij* (Leiden 1885) von A. Beaujon und das herrliche Buch *Onze IJslandvaarders in de 17de en 18de eeuw* (Amsterdam 1935) von M. Simon-Thomas von größtem Nutzen waren. Dank des Buches *De haringvisscherij van 1795 tot 1813* (Vlaardingen 1922) von J. C. Vermaas und M. C. Sigal stieß ich auf die Audienz einiger Fischer bei Napoleon im Jahre 1811. Im Nationalarchiv befinden sich Protokolle dieser Unterredung. Napoleons Aufenthalt in den Niederlanden hat G. F. Gijsberti Hodenpijl in seinem Buch *Napoleon in Nederland* (Haarlem 1904) wunderbar zu Papier gebracht.

Alle Tage von Napoleons Besuch werden ausführlich beschrieben, abgesehen von dem Tag – leider –, an dem die Audienz der Fischer stattfand.

Was die Geschichte von Maassluis anbelangt, so folgt hier eine Liste der wichtigsten Veröffentlichungen:

S. Blom, *Geschiedenis van Maassluis* (Schiedam 1948).
A. Brouwer / I. Vellekoop, *Maassluis in oorlog en beroerte, 1780–1789* (Vlaardingen 1986).
H. Dibbits, *Vertrouwd bezit. Materiële cultuur in Doesburg en Maassluis, 1650–1800* (Nimwegen 2001).
A. Dienske, ›De regeering van Maassluis in de 17de en 8de eeuw‹, in: *De Navorscher* 1927–1929
C. P. I. Domisse, *Maassluis in 300 jaar* (Maassluis 1914).
J. Zwart, *Van een deftig orgel, Maassluis 1732–1932* (Maassluis 1933).

Einen Augenzeugenbericht von den Ereignissen in Maassluis in der zweiten Hälfte des 18. Jahrhunderts findet man in der Schrift *Geschiedenisse van, en in, mijn leven van rijgflijfmaker Hendrik Moerings* aus dem Jahr 1799. Leider ist von dieser einzigartigen Quelle nur eine unvollständige Faksimileausgabe der Handschrift Moerings erhalten.

Ich kann unmöglich sämtliche zu Rate gezogene Literatur aufzählen; dies ergäbe eine Literaturliste von groteskem Ausmaß. Wer jedoch nachforschen will, wo ich was gefunden habe, kommt mit den genannten Werken schon recht weit.

Der Ort Maassluis, zu Zeiten der Romanhandlung ein Dorf, heute eine Stadt, firmierte damals unter mindestens zehn verschiedenen Namen: Maessluis, Maesluis,

Maessluys, Maeslandtsluys, Maeslandsluys, Maaslandsluys, Maaslandersluis, Maesslandersluys, Maeslandsluis, doch bereits im Jahre 1642 wurde der Name Maassluis benutzt. Letzterer wurde so oft wie möglich verwendet, außer wenn in einer der benutzten Quellen ein anderer Name genannt wurde. Der Name des nahe gelegenen Dorfes Maasland wurde schon damals allgemein so geschrieben.

Praktisch alle Figuren in diesem Roman sind historische Personen. Ich habe ihre Namen nicht verändert.

Auffällig viele Männer trugen damals den Namen Jacob. Das ist manchmal ein wenig verwirrend, aber ich wollte die originalen Vornamen gerne beibehalten.

Maarten 't Hart

In unnütz toller Wut

Roman. Aus dem Niederländischen von Gregor Seferens. 352 Seiten. Serie Piper

Die junge Lotte Weeda ist Photographin und will in einer kleinen katholischen Ortschaft die zweihundert markantesten Persönlichkeiten porträtieren. Kaum einer kann der Bitte einer so verblüffend schönen Frau widerstehen. Doch nicht nur Abel, der Graf, soll bald bereuen, ihr eine Zusage gegeben zu haben …
Elegant, leichthändig und unerhört spannend erzählt Maarten 't Hart diese augenzwinkernde Geschichte und zeichnet ein skurriles Porträt der Bewohner, die offensichtlich nicht nur der Liebe, sondern zunehmend dem Wahn verfallen sind.

»Mysterienspiel aus der niederländischen Provinz, ein literarischer Krimi und als solcher einer der besten des Jahres. Doch das Buch ist viel mehr.«
Focus

05/2044/01/L

Maarten 't Hart

Die Sonnenuhr

Roman. Aus dem Niederländischen von Marianne Holberg. 336 Seiten. Serie Piper

Leonie Kuyper führt ein bescheidenes Leben als Übersetzerin – bis ihre beste Freundin Roos, die Laborantin mit den knallroten, superlangen Fingernägeln, an einem Sonnenstich stirbt. Roos hat sie zur Alleinerbin bestimmt, allerdings unter einer Bedingung: Daß sie für die drei geliebten Katzen sorgt und in ihr Appartment zieht! Als Leonie sich auf diesen Deal einläßt, entdeckt sie nach und nach verwirrende Geheimnisse im Leben ihrer Freundin. Maarten 't Hart, der große Erzähler und Meister witziger Dialoge, hat einen komischen und höchst spannenden Roman geschrieben.

»Maarten 't Hart, ein wunderbar altmodischer Erzähler, offenbart in diesem Krimibubenstück lustvoll seine komödiantische Seite.«
Der Spiegel

05/2042/01/R

Maarten 't Hart

Die Netzflickerin

Roman. Aus dem Niederländischen von Marianne Holberg. 448 Seiten. Serie Piper

Dies ist die Lebensgeschichte des Apothekers Simon Minderhout aus dem südholländischen Maassluis und seiner kurzen, leidenschaftlichen Liebe zu der Netzflickerin Hillegonda während der deutschen Besatzungszeit. Sie ist zugleich die atemberaubende Geschichte eines alten Mannes, der Jahrzehnte danach dem Teufelskreis von Denunziation und Verrat kaum entkommen kann.
Wie ein spannendes Stationendrama liest sich die Lebensgeschichte des Apothekers Simon Minderhout, der Hauptfigur in Maarten 't Harts neuem Roman.

»Maarten 't Hart erweist sich erneut als großartiger Erzähler, dem es gelingt, Schicksale so authentisch zu schildern, daß der Leser einfach Anteil nehmen muß.«
Hamburger Abendblatt

05/1047/01/L

Maarten 't Hart

Die Jakobsleiter

Roman. Aus dem Niederländischen von Gregor Seferens. 256 Seiten. Serie Piper

Immer am Deich entlang wandert der junge Adriaan, vorbei an Rapsfeldern und blühendem Klatschmohn. Zusammen mit seiner Cousine Klaske wird er einen paradiesischen Sommertag verbringen – doch an dessen Ende steht ein Unglück, das Adriaans Leben in eine neue Bahn lenkt. Ein weiteres Meisterwerk des niederländischen Schriftstellers Maarten 't Hart.

»Die ›Jakobsleiter‹ enthält alle Elemente der Erzählkunst des niederländischen Meisters: Sinnlichkeit, Poesie, Genauigkeit, menschliche Wärme trotz köstlicher Ironie, und eine Art, Landschaft und Natur zu beschreiben, wie es nur ein Liebhaber und Kenner kann.«
Buchkultur

05/2043/01/R

Elia Barceló

Das Rätsel der Masken

Roman. Aus dem Spanischen von Stefanie Gerhold. 528 Seiten. Serie Piper

Was Amelia und Raúl verband, scheint unzerstörbar und hinter einer Mauer des Schweigens verborgen. Bis ein anderer Mann in Amelias Leben tritt und die Schatten der Vergangenheit heraufbeschwört. Ein Roman wie ein tödlicher Maskenball mit wechselnden Verkleidungen und unvorhersehbarem Ausgang – die Geschichte eines diabolischen Spiels namens Liebe.

»Die Spanierin Elia Barceló lotet jede Nuance in den Herzen ihrer Helden aus und findet für die zarteste Regung die passenden Worte. Ein eleganter Gesellschaftskrimi über die Grenzen zwischen Liebe und Besessenheit und über die Kunst, sein wahres Gesicht zu verbergen.«
Woman

05/2235/01/L

Hitonari Tsuji

Warten auf die Sonne

Roman. Aus dem Japanischen von Ursula Gräfe. 416 Seiten. Serie Piper

Der alte Regisseur Hajime Inoue wartet auf die Sonne, die ihm das ersehnte Licht für seinen letzten Film bringen soll. Shiro, der Filmrequisiteur, wartet, daß sein Bruder aus dem Koma erwacht. Und das Mafiamitglied Fujisawa wartet auf die Tasche von Shiros Bruder, deren Inhalt außerordentlich gefährlich ist …
Ein Roman zwischen Traum und Realität und die berauschende Entdeckung eines japanischen Schriftstellers, der auf wundervolle Art süchtig macht.

»Ein reizvolles, in sich ruhendes philosophisches Kammerspiel um Warten, Erwartung und Erlösung.«
Frankfurter Allgemeine Zeitung

05/2238/01/R